HELGA GLAESENER

Das Seehospital

ROMAN

ROWOHLT TASCHENBUCH VERLAG

Originalausgabe
Veröffentlicht im Rowohlt Taschenbuch Verlag,
Reinbek bei Hamburg, März 2019
Copyright © 2019 by Rowohlt Verlag GmbH,
Reinbek bei Hamburg
Redaktion Silke Jellinghaus
Umschlaggestaltung any.way, Barbara Hanke / Cordula Schmidt
Umschlagabbildung akg-images,
mauritius images / Paul Fearn / Alamy
Satz aus der Warnock Pro bei hanseatenSatz-bremen, Bremen
Druck und Bindung CPI books GmbH, Leck, Germany
ISBN 978 3 499 27410 7

1.

FRIDA

Großvater ist tot.
Was hat der Mensch zu fühlen, wenn er so eine Nachricht erhält? Trauer? Auflehnung? Verzweiflung? Frida strich über das Telegramm, das vor ihr auf dem schmalen Holzpult lag. Ihre Hände zitterten leicht. Das Stimmengewirr ihrer Mitstudenten – fast ausschließlich Männer, angehende Ärzte in Hemd und Weste, mit Nickelbrillen und tintenbefleckten Fingern – erfüllte die Luft. Gelächter, Besserwisserei, kleinlaute Fragen der Faulpelze und Fetzen verwegener Flirts mit den wenigen Studentinnen drangen an ihr Ohr. An gewöhnlichen Tagen liebte sie diese Atmosphäre, sie gab ihr das Gefühl, lebendig und in ihrem Element zu sein. Aber heute fühlte sich jeder Laut wie ein Peitschenhieb an. Die blau und orange bemalte Stuckdecke senkte sich herab, als wollte sie sie erdrücken, das Sonnenlicht verblasste.

Frida legte die Hände flach auf das Papier. Durch ihren Kopf zogen längst vergangene Szenen: Tabakrauch in Großvaters Stube, seine krächzende Stimme, die aus dem eisgrauen Bart drang, Schenkelklopfen, scharf gezischte Vorwürfe, verlegene Umarmungen … Die Bilder waren da, aber Gefühle dazu wollten sich einfach nicht einstellen.

Dabei war es doch Großpapa gewesen, der sie zu dem

Menschen geformt hatte, der sie heute war. Er hatte sie seit ihrer Kindheit ermutigt, Dinge auszuprobieren, ihr später gegen den Willen der Mutter zugeredet, sich in Hamburg zur Krankenschwester ausbilden zu lassen, und sogar die Kosten dafür getragen. Ohne ihn säße sie jetzt immer noch auf Amrum, womöglich gefangen in einer dumpfen Ehe. Sie war ihm also von Herzen dankbar. Warum war ihr trotzdem so leer zumute? Frida meinte die Stimme ihrer Mutter zu hören: *Zu viel Verstand, zu wenig Gemüt, das ist deine Schwäche, Kind.*

«Was steht denn drin?» Annemie, ihre Kommilitonin, stieß mit dem Fuß gegen ihr Bein. Sie hatte ihr das Telegramm aus dem Erikahaus mitgebracht, dem Wohnheim der Krankenschwestern, wo es am Vormittag abgegeben worden war. Frida suchte nach Worten, kam aber nicht zum Antworten, weil Professor Schneider ans Pult trat und sein Manuskript zurechtrückte.

«Nun sag schon», zischte Annemie. «Von ...»

«Könnte man die beiden Damen in der fünften Reihe überreden, ihr Schwätzchen nach der Vorlesung weiterzuführen?», fiel Schneider ihr ins Wort. Er hielt nichts von Frauen an Universitäten und ließ es die Studentinnen bei jeder Gelegenheit spüren. Frida wartete ab, bis er aus seiner Kladde vorzutragen begann. Dann senkte sie unauffällig den Blick auf das braune Papier und überflog noch einmal die wenigen Worte. Aufgegeben: Telegraphenstation Wittdün auf Amrum. Datum: 6. April 1920. Adressat Frida Kirschbaum. Inhalt: *Großvater ist tot.*

Unvermittelt stieg Zorn in ihr auf. Wie hatte Mutter nur ein so herzloses Telegramm aufgeben können? Es hätte heißen müssen: *Dein geliebter Großpapa ist heute Nacht verschieden. Komm bitte zu uns nach Hause. In Liebe, deine Mutter.* Hatte sie sich aus Geiz so kurz gefasst? Oder drückte sie mit den dürren Worten ihre tiefsitzende Abneigung gegen Großpapa aus?

«Es wäre erfreulich, wenn Sie sich endlich den Folgen langanhaltender Hypertonie zuwenden könnten, junge Frau!»

Vierzig Studenten und acht Studentinnen bevölkerten den kleinen Hörsaal der medizinischen Fakultät. Alle starrten Frida jetzt an. Vor allem die Frauen in ihren adretten Blusen blickten vorwurfsvoll. Sie kämpften täglich mit dem Vorurteil, für den Arztberuf zu empfindlich zu sein, in dramatischen Situationen zu unentschlossen und natürlich auch zu dumm. Entsprechend hassten sie es, wenn eine von ihnen bei einem Fauxpas ertappt wurde.

Frida blickte verkrampft auf den Professor, der seinen Vortrag wieder aufgenommen hatte und nun storchenhaft vor den Bankreihen auf und ab stolzierte. «... muss man wissen, dass Hypertonie häufig durch eine Verengung der Nierenarterie verursacht ...»

Ihre Hand lag auf dem Telegramm, das Papier fühlte sich an wie ein heißes Blech, und endlich gestand sie sich ein, warum sie kaum Trauer verspüren konnte. Sie hatte Großpapa immer noch nicht den Spott vergeben, den sie über sich hatte ergehen lassen müssen, als sie ihm offenbarte, dass sie Medizin studieren wolle. *Flausen, Weiber werden hysterisch, wenn es knifflig wird, sie sind nicht hart genug, der Mensch muss seinen Platz kennen ...* Als sie sich trotzdem einschrieb, drehte er ihr kalt den Geldhahn zu. *Du kommst schon noch zurückgekrochen.* War sie aber nicht, und bei ihren anschließenden Besuchen auf der Insel hatte Großpapa sie kühl behandelt.

«... hören wir zu diesem Thema unseren ausländischen Gast, Herrn Dr. Tylor.»

Die Stille, die Schneiders Worten folgte, ließ Frida aufschrecken. Verstohlen beobachtete sie den korrekt gekleideten Mann, der neben den Bankreihen die Treppe hinabstieg. James Tylor arbeitete erst seit wenigen Monaten in der Eppendorfer Klinik. Ein Engländer, guter Internist, hieß es, aber langweilig. Frida war ihm einige Male zwischen den Krankenhauspavillons begegnet.

«Was ist denn nun?», wisperte Annemie, aber Frida reagierte nicht. Nur kein weiterer Rüffel!

Tylor hatte das Pult erreicht – ohne Kladde, fiel ihr auf. Er war noch jung, sie schätzte ihn auf Mitte dreißig, mit beginnenden Geheimratsecken und einem klugen, aber verschlossenen Gesicht. Frida wusste, dass Schneider ihn hasste. Der Professor hatte im Krieg vier Söhne verloren. Der Engländer war für ihn der Mörder seiner Kinder, und er hatte sich lange gegen dessen Anstellung an der Eppendorfer Klinik gesträubt. Angeblich hatte er sogar gedroht, die Klinik im Fall des Falles zu verlassen, diese Drohung dann aber doch nicht wahr gemacht. Seine verächtlich herabgezogenen Mundwinkel zeigten, wie sehr er hoffte, sein Kollege würde sich blamieren.

Doch Tylor dozierte kenntnisreich über die Ursachen der Hypertonie. «... renovaskulär durch eine Verengung der Nierenarterie, parenchymal durch eine Nierenkrankheit ... Im Anfangsstadium kann der Bluthochdruck ohne äußere Beschwerden verlaufen, aber wenn er chronisch wird, äußert er sich oft in Müdigkeit, Kopfschmerz und einer Verminderung der Leistungs...»

Frida verlor sich erneut in Grübeleien. Warum hatte ihr niemand geschrieben, dass Großpapa leidend war? Oder war sein Tod überraschend gekommen? Ihre Schreckstarre löste sich in Vorwürfen auf. Sie hätte über Weihnachten nach Hause auf die Insel fahren sollen. Vielleicht hätte sie Symptome entdeckt und ihm helfen können, vielleicht würde er noch leben, wenn sie sich nicht hätte überreden lassen, während der Weihnachtsfeiertage Dienst zu tun. Nun kamen sie doch, die Tränen. Verstohlen wischte sie sie mit der Spitze des kleinen Fingers aus dem Augenwinkel. Sie merkte, dass Tylor sie beobachtete, und senkte den Kopf. Sie war stark, niemand sollte sie weinen sehen.

Plötzlich kam ihr ein weiterer entsetzlicher Gedanke: Sie musste natürlich zur Beerdigung heim nach Amrum fahren. Und das hieß, dass sie wenigstens eine Woche bei der Arbeit und den Vorlesungen fehlen würde. Aber das konnte sie sich auf keinen Fall leisten.

Ihr wurde kalt und ein bisschen übel.

«Du dramatisierst», meinte Annemie, als sie nach der Vorlesung an einem schäbigen Warenhaus und einem Zeitungsstand vorbei zur Haltestelle der Elektrischen am Mittelweg eilten. «Du hast doch ... Oh, da kommt sie schon, Mist...» Ein offener, kaum gesicherter Gulli versperrte den Weg. Sie mussten ihn umkreisen und rennen, um die gelbgrüne Tram noch zu erwischen, die gerade mit Gebimmel um die Ecke bog. Atemlos, die Hände an den Hüten, quetschten sie sich auf die letzten freien Plätze in der dritten Klasse. Ihnen gegenüber saß eine abgemagerte Frau, an die sich auf jeder Seite ein kleines Mädchen schmiegte, beide so dürr wie die Mutter. Der Krieg war vorüber, aber der Hunger geblieben und vielleicht sogar noch schlimmer geworden. «Bauern retten im Moment mehr Leben als Ärzte», hatte einer ihrer Professoren letztens gemeint.

Annemie klammerte sich an der Haltestange fest und beugte sich zu Fridas Ohr. «Jeder fährt nach Hause, wenn der Großvater stirbt, das gehört sich so. Natürlich kriegst du dafür frei!», zischte sie.

Sie hatte gut reden. Annemie bekam das Studium von ihren unfassbar großzügigen Eltern bezahlt, für Frida war die Situation brenzliger. Als Großpapa sich geweigert hatte, sie weiter finanziell zu unterstützen, hatte sie die Oberin der Eppendorfer Klinik gefragt, ob sie ein bisschen Geld verdienen könne, indem sie den unbeliebten Wochenenddienst in den Krankenpavillons übernahm. Schwester Dietrich, die sie schätzte, hatte zugestimmt und sich bei der Universitätsleitung für sie eingesetzt, und als man dort ablehnend blieb, hatte sie sogar die Krankenhausverwaltung aufgesucht. Am Ende hatte man sich darauf geeinigt, dass Frida am Wochenende und in zwei Nächten Dienst tun würde und dafür weiterhin im Erikahaus wohnen und essen dürfe. In ihrer freien Zeit könne sie dann das Studium absolvieren. Wenn sie nun aber mindestens eine Woche ausfiel ... Gerade jetzt, wo sich einige der Schwestern mit der Grippe angesteckt hatten ...

«Rede mit Dr. Kröppke», schlug Annemie vor, als hätte sie ihre Gedanken mitgelesen. «Der ist in dich verschossen und hat ausreichend Charme, um die Oberin zu bequatschen.»

«Das ist doch Unfug!» Frida versuchte entrüstet zu klingen, musste aber gleichzeitig lächeln. Daniel Kröppke war vor einem Jahr aus Afrika an die Klinik gekommen. Vielleicht war es der Aufenthalt in der Fremde gewesen, der seinen Blick und sein Herz weit gemacht hatte. Er war ein umgänglicher Mensch, der mit den Patienten und Schwestern genauso unbeschwert scherzte wie mit seinen Kollegen. Und, ja ... Er trieb sich tatsächlich auffallend oft in ihrer Nähe herum. Letztens hatte er vorgeschlagen, ihr bei einem Kaffee von der Schlafkrankheit zu erzählen, die unter den Afrikanern grassierte. Sie hatte abgelehnt, das Angebot war zu überraschend gekommen. Wer auf Amrum aufgewachsen war, neigte zur Verschlossenheit, dagegen kam sie immer noch nicht an.

«Was ist Unfug? Das mit der Oberin oder das mit Kröppke?» Annemie lachte auf, als sie Fridas Gesicht sah. «Aus dir wird kein Fräulein Doktor Kirschbaum, sondern eine Frau Doktor Kröppke, darauf verwette ich mein Stethoskop.» Unter der Hutkrempe zwinkerte sie Frida zu.

«Ihr Großvater, wie bedauerlich. Mein herzliches Beileid, Fräulein Kirschbaum.» Die Oberin, die als einzige der Eppendorfer Schwestern in Schwarz gekleidet war, faltete die Hände auf ihrem Schreibtisch, einem wuchtigen Möbel, dessen zerkratzte Oberfläche von langer Benutzung zeugte. Über ihrem mageren Busen hing die Kreuzkette, eine Schwesternbrosche hielt den engen Kragen zusammen, die weiße Haube thronte auf ihrem Kopf.

Und nun?

Frida blickte sich in dem nüchternen Büro um und wurde von Panik erfasst. Sie hatte erst kürzlich ihre erste Leiche seziert, einen jungen Tuberkulosetoten. Bereits vor seinem Ableben hatte sie eine Röntgenaufnahme der Lunge machen lassen und bei der Sektion festgestellt, dass sie in ihrer Beurteilung des Bildes richtig gelegen hatte: ein ausgeheilter Herd in Höhe der vierten Rippe, dazu verkalkte Lymphdrüsen, besonders an der rechten Lungenpforte ... Die Möglichkeit, in einen Menschen hineinzusehen, ohne ihn aufschneiden zu müssen, war atemberaubend. Und man staunte bereits über neue Entdeckungen. In Paris hatte Calmette an einer Verbesserung seines Tuberkulose-Impfstoffs gearbeitet, den man vielleicht ebenfalls bald würde einsetzen können. Die Medizin war so aufregend, sie lebten in einer Zeit, in der sich die Erkenntnisse überschlugen, und sie hatte das unfassbare Glück, an dieser Entwicklung teilhaben zu können. Würde ihr Traum im nächsten Moment zerplatzen?

«Wie lange werde ich auf Sie verzichten müssen?»

O lieber Gott, alles ging gut. «Ich weiß noch nicht, wann das Begräbnis stattfindet, aber nicht mehr als eine Woche, denke ich. Vielleicht zehn Tage. Höchstens.» Sie versuchte, nicht allzu flehentlich zu klingen. Die Oberin lächelte. Und gab ihr den gewünschten Urlaub.

Frida fiel Annemie, die draußen im Flur auf sie gewartet hatte, um den Hals. Ihre Freundin lachte. «Kommst du mit ins *Anno 1905*? Da ist heute Musik, jemand singt, keine Ahnung ... Oh, 'tschuldigung, du bist ja in Trauer. Oder willst du doch?»

Frida schüttelte den Kopf, und Annemie eilte mit wehendem Rock davon, die Personifizierung unbändiger Lebensfreude. Frida erklomm die breite, geschwungene Eichenholztreppe, die hinauf in die Wohnräume der Krankenschwestern führte. Das Zimmer, in dem sie lebte, war klein und nur kärglich ausgestattet, denn sie hatte keines der vorhandenen Möbelstücke durch etwas Eigenes ersetzt. Von Amrum etwas mitzunehmen wäre zu kompliziert gewesen. Rasch begann sie zu packen. Was würde sie brauchen? Lag in der Kommode ihres ehemaligen Kinderzimmers noch Unterwäsche? Hingen alte Kleider im Schrank? Oder hatte Mutter inzwischen alles fortgegeben? Damit hatte diese nämlich bei ihrem letzten Besuch gedroht. «Man sieht ja, dass es der Madame nicht mehr reicht, bescheiden bei ihrer Familie zu leben. Dann kann man auch Platz schaffen.»

Frida füllte den Koffer, bis nichts mehr hineinpasste. Sie starrte auf das fleckige Leder, und plötzlich legte sich etwas Schwarzes auf ihr Gemüt wie eine düstere Vorahnung. Amrum. Ihr wurde das Herz eng, als sie an die Insel dachte.

Es war noch kühl, als Frida am nächsten Morgen zum Hauptbahnhof fuhr. Frierend stieg sie aus der Elektrischen. Ihre Stimmung hob sich ein wenig, als sie die gelben Windröschen und Anemonen sah, die auf dem Platz vor der Bahnhofshalle blühten wie ein Hoffnungsschimmer auf wärmere Tage. Die Markisen vor den Geschäften waren ausgefahren, die Verkäuferinnen legten Waren auf den Tischen aus.

Frida eilte durch die Wandelhalle, in der sich Männer in eleganten Mänteln, aber auch Arbeiter mit zerknautschten, schmutzigen Ballonmützen und erschöpft wirkende Frauen in züchtiger Bürokleidung in einem steten Strom Richtung Bahngleise bewegten. Im Wartesaal für die erste Klasse wurden Tische eingedeckt und Blumenvasen aufgestellt, aus der Bahnhofsküche drang der Geruch frischen Gebäcks. Frida drängte sich eine der Treppen hinab zu dem Gleis, auf dem der Zug nach Bremerhaven einlaufen sollte. Hier unten war es noch kälter, und ihr Anflug von morgendlichem Optimismus schwand. Fröstelnd schlang sie die Arme um den Oberkörper.

Ein Bahnbeamter mit Mütze und Uniform senkte gerade das Metallschild, das anzeigte, welcher Zug als nächster einfahren würde. Natürlich nicht der nach Bremerhaven. Frida unterdrückte einen Seufzer. Die Aussicht, tagelang auf Amrum aushalten zu müssen, schlug ihr auf den Magen, sie hatte heute Morgen keinen einzigen Bissen runterbekommen. Gleichzeitig schämte sie sich. Zu Hause warteten doch auch ihre jüngeren Geschwister. Und Louise, Emily und Christian hatte sie wirklich gern. Stimmte es vielleicht doch, was Mutter ihr vorwarf? Besaß sie zu wenig Gemüt? Ihr Blick blieb an einem Warnschild hängen, das darauf hinwies, dass Damen mit unverdeckten Hutnadelspitzen von der Beförderung in Zügen ausgeschlossen waren. Im Krieg waren zwanzig Millionen Menschen gestorben, und die Bahn warnte vor Hutnadeln. Was für ein Irrsinn ...

Sie zuckte zusammen, als plötzlich von der Treppe her ein lautes Rufen ertönte: «Fräulein Kirschbaum!»

Erstaunlich, wie schnell die Stimmung umschlagen konnte. Frida gab sich betont uninteressiert, als sie sich umdrehte, aber ihre Wangen füllten sich mit Glut.

«Na, das nenne ich aber unfreundlich, einfach zu verschwinden, ohne einer Menschenseele Bescheid zu geben.» Daniel Kröppke eilte über den Bahnsteig und packte ungestüm ihre Hände. Der offene Mantel flatterte um seine Beine, die Schirmmütze hing ihm schief auf dem Kopf. Er tat, als merke er nicht, wie sehr er sie überrumpelte.

«Keiner Menschenseele außer der Schwester Oberin und den Herren von der Verwaltung und der Armee der Erikaschwestern ...», antwortete Frida lächelnd.

«Aber nicht dem armen Wurm, dem es das Herz brechen könnte.»

Die Glut in ihrem Gesicht wurde intensiver. Das war ziemlich deutlich. Kröppke hob ihre Hand und hauchte altmodisch einen Kuss darauf. «Kommen Sie auf einen Kaffee mit in den Wartesaal? Ich muss Ihnen etwas erzählen, Frida, unbedingt und auf der Stelle. Bitte! Es ist lebenswichtig.»

«Dr. Kröppke, mein Großvater ...»

«... ist verstorben, verzeihen Sie, ich weiß. Erlauben Sie mir, Ihnen mein Beileid auszusprechen.» Seine Stimme klang gehetzt und flehentlich zugleich. «Ich würde Sie auch nicht bedrängen, wenn es warten könnte, halten Sie mich nicht für pietätlos. Aber es gibt Momente, in denen sich das Leben entscheidet. Weichenstellungen ...», sagte er mit einem bedeutungsschwangeren Blick auf die Gleise. Er wollte sie mit sich ziehen, doch sie widersetzte sich.

Das Metallschild, das die eingehenden Züge anzeigte,

war umgeschlagen worden: *Bremerhaven* stand dort nun. Gleichzeitig ertönte das Pfeifen einer Lokomotive, und schon rollte der Zug heran. Sein Zischen und Stampfen füllte die Bahnhofshalle. Das Licht, das durch das rußverschmierte Fenster über den Gleisen fiel, ließ die schwarzen Waggons glänzen.

«Ich flehe Sie an ...»

Frida drehte sich wieder zu Kröppke um. Sie wusste nicht, was genau er von ihr wollte, aber plötzlich erfüllte sie helle Verzweiflung. Weichenstellungen ... Sie mochte ihn gern, sehr sogar. Er war wie ... wie die fleischgewordene Zuversicht, um die sie Tag für Tag rang. Ohne dass er dick gewesen wäre, besaß er ein fülliges, rundes Gesicht mit breiter Nase und einem offenen Lächeln, das sofort Vertrauen einflößte. Frau Dr. Kröppke ... Andererseits: Sie kannten einander doch gar nicht. Frida schaffte es auf die Schnelle nicht, ihre Gefühle zu entschlüsseln.

«Dr. Kröppke ...»

«Sagen Sie bitte Daniel zu mir. Ich werde noch einmal nach Malawi gehen, Frida. Das ist es. Ich habe heute Morgen die Bewilligung vom Institut für Schiffs- und Tropenkrankheiten im Briefkasten gefunden. Ich darf meine Untersuchungen fortsetzen, die ich in Afrika begonnen habe. Sie wissen schon – zur Schlafkrankheit. Das Institut finanziert einen Anschlussaufenthalt. Kommen Sie mit. Bitte! Helfen Sie mir. Ich werde eine tüchtige Krankenschwester brauchen. Jemanden, der mehr fertigbringt, als Verbände zu wechseln, der auch nach der Arbeit ...»

Der Zug war neben ihnen quietschend zum Stillstand gekommen. Türen öffneten sich. Frida musste einen

Schritt beiseitetreten, um den Schaffner herauszulassen.

«Dr. Kröppke ... Daniel, mein Großvater ...»

«Er würde es verstehen.» Kröppke beugte sich vor und küsste sie mutig auf die Stirn. «Mehr noch – er würde es begrüßen, wenn er wüsste, welche Gelegenheit sich Ihnen bietet.»

Nein, das würde er nicht. Großpapa hatte gewollt, dass sie nach der Schwesternausbildung nach Amrum zurückkehrte und in dem kleinen Seehospital aushalf, das er zum Gedächtnis an Fridas verstorbenen Vater gegründet hatte und in dem Kinder aus einem Hamburger Waisenhaus an der Seeluft genesen sollten. Aber da war noch etwas: Wenn sie mit Kröppke nach ... wie hieß das? Malawi? ... ginge, müsste sie ihr Studium aufgeben. Hätte sie damit nicht alles verraten, wofür sie so hart gekämpft hatte? Eiskalte Gedanken ohne Gemüt, würde ihre Mutter monieren. Doch das Studium war ihr so wichtig. Frida sah das Feuer in Kröppkes Augen. Er liebte sie und sie ihn vielleicht auch. Außerdem würde sie an seiner Seite an einer Art von Forschung teilhaben, die ihr vermutlich nie wieder angeboten würde ...

«Einsteigen oder draußen bleiben?», blaffte der Schaffner.

Zögernd löste sie ihre Hände und erklomm mit ihrem Koffer die Stufen zum Waggon. Als sie sich in der Tür noch einmal umdrehte, sah sie die Enttäuschung in Kröppkes Gesicht. Er winkte kurz und ging dann mit hochgezogenen Schultern zur Treppe.

Sie hatte einen Fehler gemacht. Beim Ruckeln, mit dem der Zug sich in Bewegung setzte, wurde ihr das klar. Es ging ihr wie ein Stich ins Herz. Niedergeschlagen suchte sie sich einen Platz auf einer der harten Sitzbänke in der dritten Klasse und starrte durch die staubige Scheibe auf die vorüberziehenden Hamburger Häuser und dann auf die karge norddeutsche Landschaft.

Kurz vor dem Bremerhavener Bahnhof entdeckte sie in ihrer Manteltasche ein Foto. Sie zog es heraus. Daniel Kröppke war darauf abgebildet, in seltsam anmutenden kurzen Hosen und einem weißen, vorn geöffneten Kittel. Er musste es ihr heimlich hineingesteckt haben, wie auch immer er das geschafft hatte.

Auf ihr Gesicht stahl sich ein Lächeln.

2.

FRIDA

*E*s war kurz nach fünf, als die Amrum-Fähre an der weit ins Meer reichenden Holzbrücke vor Wittdün anlegte. Das Wasser schäumte grau und weiß, der Wind riss an ihrer Kleidung. Hier war nichts mehr von der Hamburger Frühlingsidylle zu spüren. Frida packte ihren Koffer, schaffte es gerade noch, den Hut vor einer Windbö zu retten, und eilte über die Brücke dem Strand entgegen.

Dort blieb sie stehen, als wüsste sie plötzlich nicht weiter. Kaum einen Steinwurf entfernt, duckte sich die graue Inselbahn in ihrem Schuppen. Dahinter erhob sich das Kurhaus, das stolzeste Gebäude von Wittdün. Es hatte mehrere Fahnen gehisst, die hart im Wind flatterten, als gäbe es etwas zu verteidigen. In seinen Mauern befanden sich praktisch sämtliche moderne Einrichtungen für die Badegäste: eine Apotheke, eine Arztpraxis, ein kleiner Laden und natürlich die Poststelle, von der aus Telegramme zum Festland geschickt werden konnten. Rechts von dem Gebäude lagen die durch ein Spinnennetz von Wegen verbundenen Pensionen und Hotels, in denen vor dem Krieg der Kurbetrieb stattgefunden hatte.

Wittdün war erst vor wenigen Jahrzehnten mit der Ankunft der ersten Badegäste errichtet worden – und hatte der Insel einen beachtlichen Aufschwung beschert. Doch auf den Strandwegen und Terrassen, wo vor dem Krieg Männer mit Strohhüten und Frauen in bunten Seidenkleidern flaniert waren, wirbelte jetzt nur noch Sand. Amrums einstige Badegäste waren finanziell ruiniert oder im Krieg unter die Räder gekommen. Frida wusste, wie schwer das Ausbleiben der Gäste die Inselbewohner ankam. Hatte man anfangs noch über die Eindringlinge gewettert, die zweifellos die guten Sitten verderben würden, so war man bald dazu übergangen, Zimmer an sie zu vermieten. Pensionen und Hotels waren wie Pilze aus dem Boden geschossen, nicht nur hier, sondern überall auf der Insel. Sogar in Privathäusern wurden Zimmer vermietet. Manche Familien zogen gar während der Saison in die Keller, um weiteren Platz anbieten zu können. Und als mit dem Krieg das Geschäft ausblieb, waren viele in Not geraten.

Ließ sich nicht ändern, wie das meiste im Leben. Frida machte sich auf den Weg. Sie musste mit ihrem Koffer an Pfützen vorbei und Matschkuhlen ausweichen. Die wenigen Reisenden, die mit ihr an Land gegangen waren, überholten sie stumm. Es waren ausschließlich Männer von der Insel, und ein Gespräch hatte sich auch während der Überfahrt nicht ergeben. Man hatte sie sicher erkannt, aber sie war eben das Kirschbaumfräulein mit den hochgestochenen Plänen, der die Insel nicht ausreichte. Da hielt man sich bedeckt.

Frida lief ein Stück in den Ort hinein und hielt kurz inne, um über die Bucht zu ihrem Heimatdorf Steenodde hinüberzublicken. Wobei das Wort Dorf eine glatte Übertreibung war. Es gab dort das *Gasthaus zum lustigen Seehund*, wo in besseren Zeiten ebenfalls Gäste untergekommen waren, einige Bauernhöfe, das Seehospital und ein bisschen abseits gelegen, in der Nähe des Strandes, sodass sie von hier nicht zu sehen war, die Villa ihrer Familie.

Unerwartet kämpfte sich die Sonne durch die Wolken, und einen Moment lag Steenodde in ihrer Lichtbahn. Kam jetzt doch ein bisschen Heimatgefühl auf? Nein, die Beklemmung blieb. Sie löste sich erst, als Frida ein paar Minuten später im Pfeifen des Windes die Stimmen ihrer Schwestern vernahm. Sie blinzelte gegen das Sonnenlicht und sah Emily und Louise über den Strandweg auf sich zulaufen. Lou stürmte mit wehenden Röcken voran, Emily folgte langsamer, aber vor Glück strahlend. Frida begann ebenfalls zu laufen, ließ ihren Koffer fallen, warf die Arme um Lou und drehte sich mit ihr im Kreis. Emily drückte sie lachend einen Kuss auf die Wange. Jetzt endlich war es da, das Glücksgefühl, wie eine Riesenwelle, die sie förmlich überrollte.

«Woher wusstet ihr, dass ich komme?»

«Na, wenn der Großpapa die ewige Reise antritt ... Gerlinde hat das Telegramm losgeschickt, den Rest haben wir uns aus dem Fahrplan der Fähre zusammengereimt. Los, gib mir den Koffer.» Lou nahm ihr das Gepäckstück aus der Hand, und Emily hakte sich bei Frida unter. «Ich bin so froh, dass du wieder da bist.» Ihre kleine Schwester schmiegte sich an sie, und mit der Wärme ihres Körpers platzten lauter verborgene Erinnerungen auf. Die Sommertage, die sie schwimmend am Strand verbracht hatten, die Lampionfeste beim Kurhaus, die Musik der Kurkapelle, der sie verborgen hinter den Strandkörben gelauscht hatten, die Versteckspiele auf dem Dachboden der Villa ...

Sie liefen einige Meter an den Gleisen der Inselbahn entlang, die Amrum bis hinauf nach Norddorf durchquerte, und bogen dann auf den Strandweg ein, auf dem die Mädchen gekommen waren. Lou begann sie zu bestürmen. «Nun erzähl schon!»

«Was denn?»

«Na, alles! Jede kleinste Kleinigkeit. Deine Briefe, also da muss ich wirklich schimpfen, wie spärlich die waren, und wenn sie kamen ... als hätte eine Gouvernante sie diktiert! Wie sind die Hamburger Männer? Sie haben dir zu Füßen gelegen, stimmt's? Nun rede schon. Keine Geheimnisse.»

Frida musste lachen. «Natürlich haben sie mir zu Füßen gelegen, was sonst? Mitsamt ihren Beulen und Brüchen und den verkorksten Lungen, die armen Burschen. Und jeder hat Tränen des Glücks geweint, wenn er mir auf nimmer Wiedersehen den Rücken kehren konnte.»

«Aber die Ärzte! Es muss sie doch verrückt gemacht haben, mit einer Frau zu reden, die ... na, die eben dasselbe weiß wie sie. Zeig deine Finger! Gibt es einen Verlobungsring?»

Frida entzog ihrer Schwester die Hand. «Was ist hier passiert? Das ist viel wichtiger. Wie ist Großpapa gestorben?» Die Stimmung kippte, plötzlich waren ihre Schwestern so still, dass das Rauschen der Brandung wie ein Blasorchester dröhnte.

«Ich vermisse ihn, Frida. Ich hätte das gar nicht vermutet, weil er ... Er hat doch ständig an uns rumgemeckert. Also an mir, Emily ist ja sein Liebling gewesen, und Christian hat er wie Luft behandelt.»

«Er hatte dich ebenfalls lieb», widersprach Emily.

«Was weiß man schon», gab Lou mürrisch zurück.

«Ist er krank gewesen?»

«Er hatte sich schon seit Wochen nicht wohlgefühlt. Immer war ihm schwindlig gewesen, er ist kaum noch aus dem Haus gegangen. Und dann ist er die Treppe hinabgestürzt, nachts, sodass wir es nicht bemerkt haben. Er hat sich das Genick gebrochen und war wohl sofort tot, meinte der Arzt. Jedenfalls lag er direkt vor der untersten Stufe, und wir haben ihn nicht rufen hören.» Wieder wurde es still. «Alles geht vorbei. Man muss sich beeilen mit dem Leben. Das hab ich gedacht, als ich ihn morgens gefunden habe. Dass man sich beeilen muss. Irgendwann liegt jeder von uns tot auf einem Fußboden.» Louise kickte gegen einen Kieselstein.

«Was redest du denn?», flüsterte Emily betroffen.

«Ist doch wahr. Sag ihr das, Frida: Irgendwann sind wir alle tot. Ich bin jedenfalls fest entschlossen, alles aus dem Leben rauszuholen, was möglich ist.» Sie wurde schneller und drehte sich mit dem Koffer im Kreis. «Was ist mit dir, Frida?», fragte sie, während sie rückwärtslief. «Bist du ausgegangen? Hast du getanzt? Ich hab gehört, dass ganz Hamburg voller Varietés und Theater ist.» Sie begann den bekannten Schlager von der Foxtrottkönigin zu trällern. *«Lou, du kleine Motte, du tanzt famos, jedoch der Foxtrott, das ist dein Clou, Lou, du raubst mir...»*

«Aufhören, das ist ja grässlich.» Frida hielt sich lachend die Ohren zu. «Außerdem studiere ich und arbeite in den restlichen Stunden der Woche als Krankenschwester. Schon vergessen? Wenn mein Tag vorbei ist, fall ich wie ein Sack Kartoffeln ins Bett.»

«Wie fad von dir! Aber du hast wenigstens die Wahl. Hier geht man vor Langeweile ein. Das wird sich auch erst ändern, wenn die Gäste zurückkehren. Hast du's mitgekriegt? Dass die Dänen wie verrückt unsere Hotels kaufen, weil sie glauben, dass wir nach der Abstimmung zu Dänemark kommen werden?»

«Was für eine Abstimmung?»

«Es geht darum, zu welchem Land wir in Zukunft gehören wollen. Deutschland oder Dänemark. Aber wir bleiben deutsch. Ich kenne niemanden, der zu den Dänen will. Na gut, niemanden im riesigen Steenodde.»

«Mir ist egal, was wir sind. Wenn nur die Gäste wiederkommen», seufzte Emily.

«Nanu?» Frida drückte scherzhaft ihren Arm, und Emily errötete.

«So meine ich das doch nicht. Aber ich könnte sie fotografieren. Die würden bestimmt gut zahlen, weil es hier auf Amrum ja keine Fotografen gibt, und jeder will eine Erinnerung an seinen Urlaub.»

«Knipst du immer noch?»

«Klar. Ich hab mir sogar eine eigene Dunkelkammer eingerichtet, oben auf dem Dachboden.»

«Bis jetzt hast du nur Seehunde vor die Linse gekriegt», spöttelte Lou. Wahrscheinlich meinte sie es nicht so abfällig, wie es klang, aber so war sie – ein Vulkan, der Aschewolken paffte und ab und zu auch Glut und Lava spie. «Ich will mich verlieben», trällerte sie und drehte sich erneut, sodass der Koffer flog wie der Sitz an einem Kettenkarussell. «*Sapperment, das Mädel, das hat Beine...*», sang sie.

Ihr Lied zerstob im Wind, und kurz drauf passierten sie

den *Lustigen Seehund* mit seinen nassen Sprossenfenstern. Schließlich betraten sie durch die hintere Gartenpforte das Grundstück ihrer Familie.

Wie auf ein geheimes Kommando blieben sie stehen. Auf Amrum wuchs nicht viel, deshalb hatte ihr Großvater, als er nach Vaters Tod sein Kapitänsleben beendete und sich hier niederließ, Erde vom Festland herüberschaffen lassen und Bäume, Rasen, Blumen und eine Hecke angepflanzt, die inzwischen haushoch aufragte. Dornröschens Garten, dachte Frida, nur dass hier keine Prinzen die Lippen spitzten, um die Prinzessinnen zu befreien. Da sich wieder Wolken vor die Sonne geschoben hatten, wirkte der Garten düster. Die Villa in seiner Mitte glich einer riesigen, grauen Schachtel mit einem steilen Hut darauf, die beiden erleuchteten Fenster, die zum Schlafzimmer ihrer Mutter gehörten, sahen wie Katzenaugen aus.

«Nun kommt schon», drängte Lou, die nichts Bedrückendes aushielt. Sie folgten ihr ums Haus herum in die kleine Eingangshalle, in der es seit der Elektrifizierung der Inselbahn ebenfalls elektrisches Licht gab. Die Birnen des Kronenleuchters flackerten, wenn die Inselbahn den benachbarten Ort Nebel passierte, manchmal fielen sie auch ganz aus. Jetzt allerdings brannten sie ruhig, mit warmem, gelbem Licht.

«Ich mache uns einen Tee.» Emily hängte ihren Mantel in den Garderobenschrank und lief zur Küche. Ein Haus dieser Größe hätte in Hamburg ein Dutzend Dienstboten beschäftigt, aber der enge finanzielle Spielraum hatte ihre Mutter genötigt, sich mit wenig Hilfe zufriedenzugeben. Ein Köchin, die gemeinsam mit dem Hausmädchen auch putzte, die ältliche Zofe Gerlinde, die früher ihr Kindermädchen gewesen war, Großvaters Kammerdiener Willy und ein Hausdiener, der sich gleichzeitig um den Garten kümmerte und die Kutsche fuhr und ... eigentlich alles tat, was jenseits der Hausarbeit anfiel. Viel zu wenige Menschen. Trotzdem blitzte der schwarz-weiß gefliese Fußboden, und auf den wenigen, aber gediegenen Möbeln stach nicht die kleinste Staubfluse ins Auge. Mutter war streng.

«Wo liegt er denn?», fragte Frida Lou.

«Großvater? Oben in seiner Schlafkammer. Aber ich geh da nicht mehr rein. Tote machen mir Gänsehaut.» Schon war auch sie verschwunden.

Frida stieg die dunkle Treppe mit den knarrenden Stufen hinauf und gelangte über eine kleine Galerie zu einer weiteren Treppe. Großpapa hatte sich im obersten Geschoss des Hauses eine großzügige Wohnung eingerichtet. Von dort hatte er also hinabgewollt und war gestürzt? Sie konnte keinen Blutfleck entdecken. Aber vielleicht war er ja auch erst bei der unteren Treppe ins Stolpern geraten. Oder er hatte überhaupt nicht geblutet.

Ihr wurde der Hals eng, als sie sich seinem Schlafzimmer näherte. Der Spalt unter der Tür war dunkel. Sie fand ihn in bedrückender Einsamkeit auf seinem Bett liegen. Kein Stuhl stand neben seinem Lager, als hätte niemand den Wunsch gehabt, bei ihm zu wachen. Frida schaltete das Licht einer kleinen Wandlampe ein.

Ihr Großvater sah nicht friedlich aus. Beim Sturz hatte er sich den Kiefer verletzt, vermutlich gebrochen, sodass man den Mund nicht mehr hatte schließen können. Er wirkte wie ein drittes großes Auge, das ihr entgegenstarrte.

In den Mundwinkeln und zwischen den Barthaaren klebten Reste von Blut.

Frida ging ins Bad und füllte Großvaters blau geblümte Porzellanwaschschüssel mit Wasser. Sie machte sich daran, sein eingefallenes Gesicht zu säubern. Großpapa war immer penibel frisiert gewesen, der Bart akkurat gestutzt, das Haar mit Pomade in Form gebracht. Nun wucherten Bartstoppeln in seinem eingefallenen Gesicht, und die Schnurrbartenden stachen wie gekrümmter Draht in die Luft. Sie schäumte die Seife auf, nahm den Rasierhobel zur Hand und entfernte die Stoppeln, so gut es eben ging.

«Es geht mir gut», erzählte sie ihm dabei leise. «Ich studiere jetzt im dritten Semester, und es macht mir Freude, ich merke, dass ich eine Begabung für die Medizin habe. Ja, hör nur zu, Großpapa. Ich bin dem Studium so gut gewachsen wie die Männer. Und ich darf sogar schon in der Chirurgie helfen. Letztens bei einem Kaiserschnitt, stell dir vor. Die Zwillinge haben beide überlebt, ihre Mutter auch. Und im Winter habe ich einem Jungen einen Nagel aus der Lunge geholt, den wir mit Hilfe von Röntgenstrahlen entdeckt hatten. Die sind übrigens ein Segen, diese Strahlen, eine Revolution. Ich werde Leben retten, Großpapa. Das ist doch etwas.»

Ihr Großvater hörte ihr im Tod ebenso wenig zu wie im Leben. Reglos stierte er ins Leere. Sie wusch den Rasierschaum aus den Furchen und trocknete das Gesicht mit einem Handtuch ab. Dann strich sie Wichse in die Barthaare und bog ihm den Schnurrbart zurecht. Seltsam, dass der alte Willy ihn nicht würdig für den Sarg hergerichtet hatte. Die beiden waren gemeinsam bis Sumatra gesegelt, und Willy hatte seinen Kapitän verehrt wie den lieben Gott. Aber offenbar nur, solange er ihm nützlich sein konnte, dachte Frida bitter. Sie würde ihm die Meinung geigen.

Nachdem sie das Rasierzeug ausgespült, getrocknet und in die Holzkiste zurückgelegt hatte, stand sie ratlos neben dem Bett. Das also sollte es gewesen sein? Der Tod war ihr vertraut, aber in diesem Moment kam er ihr wie ein Fremder vor, der sich ungebeten in ihr Leben eingemischt und sie um etwas Wichtiges betrogen hatte. Plötzlich wurde ihr klar, wie wichtig es ihr gewesen wäre, vor Großpapa hinzutreten und ihm ihren Abschluss zu überreichen. Ihre Augen füllten sich mit Tränen.

Um sich abzulenken, goss sie noch einmal frisches Wasser nach. Auch der Rest des armen Körpers musste ja gewaschen werden. Und wenn Willy schon bei dem Gesicht geschludert hatte ...

Sie schlug die Decke zurück. Großpapa trug seine geflickte alte Hose, das Hemd und die ausgebeulte Jacke, in der er es sich oft bequem gemacht hatte. Seltsamerweise hatte er die Hosenbeine in seine Socken gesteckt. Frida holte saubere Kleidung aus dem Schrank. Offenbar hatte schon jemand nach etwas Passendem für die Beerdigung gesucht, denn es herrschte Unordnung in den Fächern. Willy, der dann aber vor der schweren Aufgabe kapituliert hatte?

Sie kehrte zum Bett zurück, um Großpapa den letzten Liebesdienst zu erweisen. Als sie am Fenster vorbeikam, erblickte sie draußen im Garten die Schaukel vor dem weiß gestrichenen Schuppen, und ein Lächeln huschte über ihr Gesicht. Ihr Großvater hatte die Enkelkinder auf seine schroffe Art geliebt und für sie gesorgt.

Vorsichtig begann sie mit einer Schere seine Ärmel und dann das Hemd zu zerschneiden. Die Totenstarre war bereits gewichen, es bereitete ihr kaum Schwierigkeiten, ihn zu entkleiden. Nur der Geruch, der aus den Kleidern stieg, war unangenehm, aber das ließ sich nicht ändern. Als sie den Gürtel öffnete, um auch die Hose entzweischneiden zu können, gewahrte sie im trüben Licht der Lampe plötzlich eine Bewegung unter dem Stoff. Entsetzt wich sie zurück und starrte auf das karierte Hosenbein. Kein Zweifel, der Stoff hob und senkte sich, und zwar an mehreren Stellen.

Aber Großvater war tot.

Mit bebenden Händen zerschnitt sie den Stoff. Und kreischte entsetzt auf, als ihr ein paar grün-schwarz gefleckte Kröten entgegensprangen.

«Was hast du getan? Was hast du nur getan, du ... Satansbraten? Das ist ... entsetzlich!»

Christian stand vor ihr, in Knickerbockern und Stiefeln, mit Hosenträgern über einem schmutzigen, weißen Hemd und einem frechen Grinsen im Gesicht. Er war kein Kind mehr, aber auch noch lange nicht erwachsen. Bei Fridas Umzug war er neun gewesen. In der gemeinsamen Zeit zu Hause hatte er stets an ihr gehangen wie eine Klette, mit tausend Fragen und einem unerschöpflichen Vorrat an Blödsinn im Kopf. Er hatte mütterliche Instinkte in ihr geweckt und sie zugleich bis zum Platzen gereizt. Unvergessen, wie er Maden gesammelt und sie zwischen die belegten Käsebrote für ihr Picknick gelegt hatte. Inzwischen war er fast vierzehn, und natürlich hatte sie erwartet, dass sein kindischer Sinn für Albernheit ...

«Ich weiß gar nicht, wovon du redest.» Ihr Bruder tat blasiert, aber es war klar, dass er log. Er hatte ihr noch nie etwas vormachen können. Aufgebracht packte Frida ihn bei den Schultern. «Wie konntest du nur! Er ist dein Großvater. Und selbst, wenn er es nicht wäre ... Tote verdienen Respekt. Sie können sich doch nicht mehr wehren!»

Das Blasierte verschwand. Kleinlaut murmelte Christan: «Er hat's doch gar nicht mehr gemerkt. Und ich war so wütend auf ...»

«... auf einen toten Mann?»

«... auf dich!», rief er und fügte hitzig hinzu: «Du hattest versprochen, mir zu schreiben. Mindestens einmal im Monat, hast du gesagt. Und dass du zu Weihnachten nach Hause kommst. Und ich dich mal besuchen darf ... Du hast mich immer nur angelogen!» Seine Augen wurden plötzlich feucht. Er entwand sich ihr und rannte aus dem Zimmer.

Entgeistert starrte Frida ihm nach. Ganz von der Hand weisen konnte sie seine Anschuldigungen nicht. Sie war ja wirklich über Weihnachten in Hamburg geblieben, und das mit dem Besuch würde erst klappen, wenn sie in eine eigene Wohnung gezogen war. Aber das hatte sie ihm doch in ihren Briefen, die sie zugegebenermaßen auch nicht immer pünktlich zur Post gebracht hatte, erklärt. Und außerdem: Wer würde wegen solcher Bagatellen die Leiche des eigenen Großvaters ... Sie verbot sich das böse Wort *schänden.* Es klang gar zu hässlich. Christian war schlicht ein Kindskopf, immer noch, man konnte nur hoffen, dass die Flausen sich bald verwuchsen.

Pünktlich um sieben trafen sie im Esszimmer aufeinander, die ganze Familie, so, wie es in diesem Haus üblich war. Frida sah zum ersten Mal seit ihrer Ankunft ihre Mutter – eine Frau Mitte vierzig, mit einer hochgeschlossenen Bluse, aus deren Rüschenkragen der Kopf wie eine Blüte aus den Kelchblättern ragte. Ihr strenggefältelter Rock fiel ihr bis auf die Knöchel. Das Haar war zu einer aufwendigen Frisur aufgesteckt, über dem Busen hing eine schwere Kette mit einem in Gold gefassten Jadestein. Sie sah elegant aus, aber so, als stamme sie aus dem vergangenen Jahrhundert.

Genau wie unser Haus, dachte Frida, deren Blick durch das Zimmer glitt, als sähe sie es zum ersten Mal. Schwere dunkle Möbel mit gedrechselten Beinen, überladen mit Zierrat, steife Vorhänge, glasbehangene Lüster, bei denen das Auswechseln der Kerzen Stunden in Anspruch nahm ... Mutter klammerte sich an die alten Zeiten. Das hatte sie schon immer getan, und der Krieg mit seinen Grausamkeiten hatte diese Neigung wohl noch verstärkt.

Rudolf von Möhring, ihr Stiefvater, geleitete Mutter zum Tisch und rückte ihr den Stuhl zurecht. Er war mit seinem Frack ebenfalls überkorrekt gekleidet, aber wohl nur Rosa zu Gefallen. Rudolf war ein Mann der Natur. Wann immer es sich einrichten ließ, verschwand er ins Freie, um zu jagen oder auf dem einzigen Pferd, das ihnen geblieben war, einen Ausritt zu machen.

Frida und ihre Geschwister setzten sich ebenfalls um den ovalen Tisch mit der weißen Decke und dem noch von Mutters Großeltern stammenden gelb geblümten Geschirr. Das Silberbesteck war blank gewienert, die Servietten akkurat gebügelt, der unvermeidliche Blumenstrauß, dieses Mal Tulpen aus dem Garten, ragte zwischen den Tellern empor.

Lou schnupperte. «Schon wieder Fisch!», maulte sie. Das hätte sie sich bei Fridas letztem Besuch noch nicht getraut. Verstohlen lugte Frida zu ihrer Mutter hinüber, doch die hatte offenbar beschlossen, die freche Bemerkung zu überhören. Auch Christian und Emily schwiegen. Ihr Bruder sorgte sich bestimmt, ob sie die Sache mit den Kröten verraten hatte, und hielt sich deshalb lieber dezent im Hintergrund.

Die alte Gerlinde trug das Essen auf. Ihr Gesicht war ausgedörrt wie eine Backpflaume, das Haar so dünn, dass die Kopfhaut hindurchschimmerte. Aber den Rücken hielt sie gerade. *Das ist das Wichtigste: Immer Haltung bewahren!, hatte sie ihnen in ihrer Kindheit eingetrichtert.* Nur dass die Haltung nicht half, wenn das Innere hohl war. Sofort schalt Frida sich für ihren gehässigen Gedanken. Sie hatte Gerlinde nie gemocht, aber das war kein Grund, schäbig über sie zu denken. Was war es nur, das sie in diesem Haus so dünnhäutig werden ließ? Sie füllte ihren Teller mit einer Kartoffel und einem kleinen Stück Bratfisch. Mehr würde sie nicht hinunterbekommen.

Nach einigen Bissen richtete Mutter zum ersten Mal das Wort an sie. «Es wäre hilfreich gewesen, wenn du uns telegraphiert hättest, mein Kind. Wenn ich gewusst hätte, dass du kommst, hätte ich dir die Kutsche gesandt.»

Frida ließ entgeistert die Gabel sinken. «Aber ... Großpapa ist gestorben. Natürlich komme ich heim.»

«Nur hättest du mir die Ankunftszeit mitteilen sollen. Es wäre eine Frage der Rücksicht gewesen, meinst du nicht auch?»

«So schwer war die ja nicht zu erraten. Ich hab's jedenfalls geschafft.» Lou zwinkerte Frida hinter vorgehaltener Hand zu, und Mutter warf ihr einen kühlen Blick zu. Erneut senkte sich Schweigen über die kleine Tischgesellschaft.

Frida starrte auf den Fisch. Unmöglich, sich etwas in den Mund zu stecken, ihr Magen rebellierte. Kurz entschlossen schob sie den Teller von sich und platzte heraus: «Ich war bei Großpapa im Zimmer. Er lag immer noch in den Kleidern, in denen er gestorben ist, im Bett, mit Blut im Gesicht ... Warum um Himmels willen hat sich denn niemand um ihn gekümmert?»

«Die letzten beiden Tage waren für uns alle äußerst schwierig», herrschte Mutter sie an. «Es wundert mich nicht, dass du so etwas nicht nachvollziehen kannst, du hast ja niemals einer Familie vorgestanden. Aber sei beruhigt: Wir haben den Kaplan aus Nebel beauftragt, er wird morgen kommen und euren Großvater für die Beerdigung herrichten.»

«Warum hat Willy das nicht längst erledigt? Wo steckt er überhaupt?»

Ihr Stiefvater hob die Hand, um ihre Mutter am Sprechen zu hindern. Er räusperte sich. Seine Stimme war tief, er sprach knapp und strahlte die Autorität aus, die ihren Diskussionen schon früher ein Ende zu setzen pflegte. «Du verstehst die Lage nicht. Mit dem Tod deines Großvaters...», er räusperte sich, «sind auch einige finanzielle Fragen aufgetaucht, Fragen, die uns als Familie betreffen. Wir wissen noch nicht, wie wir jetzt finanziell dastehen. Also bleibt uns nichts übrig, als so sparsam wie möglich zu sein und sämtliche Angestellten, auf die wir verzichten können, zu entlassen.»

«So schnell?»

«Möglicherweise werden wir mit dem Pfennig rechnen müssen.»

«Aber Willy...»

Mutter legte Rudolf die Hand auf den Arm. «Er ist bei seinem Neffen untergekommen. Natürlich haben wir darauf geachtet, dass er nicht auf der Straße steht. Er hat unserer Familie ja lange genug gedient, und es gehört zu den Pflichten...»

«Aber die paar Stunden...»

«Ich kann es nicht fassen!» Mutters Stimme schraubte sich in die Höhe, wie meist, wenn ihr der Verlauf eines Gesprächs missfiel. «Immer diese kindischen Streitereien. Warum fällt es dir so schwer, Frieden zu halten, Frida?» Sie schob den Stuhl zurück und stand auf. Ihre sorgfältig nachgezeichneten Augenbrauen waren nach oben gewandert, ihre Mundwinkel bogen sich hässlich nach unten. «Frida, Louise, Emily... Ich bedaure, dass ich so deutlich werden muss, aber zu unseren Häuptern liegt ein verstorbenes Mitglied unserer Familie. Ich gebe nicht vor, euren Großvater geliebt zu haben, nach allem, was ich seinetwegen ertragen musste. Dennoch gebührt ihm unser Respekt. Ich dulde in diesem Trauerhaus kein zänkisches Benehmen. Rudolf, wenn ich bitten darf...»

Ihr Stiefvater warf dem Fisch einen bedauernden Blick zu, stand aber sofort auf und reichte ihrer Mutter den Arm. Die beiden rauschten hinaus. Ein Ritual. Der große Abgang, dessen Sinn es war, Verwirrung und einen Berg an Schuldgefühlen zurückzulassen. Frida wusste wieder, warum sie die Besuche bei ihrer Familie so verabscheute.

«Warum muss sie nur immer so gemein zu uns sein?» Lou, die die Kammertür geöffnet hatte, tastete sich zum Bett. Sie fühlte nach ihrer Schwester, kroch unter die Decke und schob die eisigen Füße zwischen Fridas Beine. Eine Angewohnheit von früher.

Die Lampen im Haus waren gelöscht, aber der Mond tupfte einen hellen Flecken auf die Möbel, und sein Licht fiel auch auf eine verblasste Fotografie neben dem Kleiderschrank. Das Bild zeigte ihren Vater auf einem Ausflugsdampfer, Frida hatte es von Großpapa zum zwölften Geburtstag geschenkt bekommen. *Damit du weißt, von wem du abstammst.* Wäre ihr Leben anders verlaufen, wenn Vater nicht gestorben wäre? «Weißt du, warum Mutter Willy sofort nach Großpapas Tod entlassen hat?», fragte sie leise.

«Er wurde flapsig, als sie angedeutet hat, dass Großvater vielleicht zu tief ins Glas geguckt hat, bevor er gefallen ist. Und zack hat sie ihn rausgeschmissen.»

«O Gott, der Arme.»

«So ist sie doch immer», zischte Lou. «An mir krittelt sie auch ständig rum. *Schließ den oberen Knopf, unterbrich die Gäste nicht, lach nicht so laut ...* Und gleichzeitig kreist sie über den unverheirateten jungen Männern auf der Insel wie ein Geier. Ständig lädt sie jemanden ein. Den Neffen vom Strandvogt, den Kapitän Tönissen, der sich nichts aus Frauen macht und nur darüber redet, wann er endlich wieder in See stechen kann ... In Wirklichkeit sind ihr die natürlich nicht gut genug. Du müsstest sie mal jammern hören: *Wann kommen endlich die Badegäste wieder...* Und damit meint sie natürlich die unverheirateten Schnösel, die beim Anblick junger Mädchen zittrige Knie bekommen. Bei ihr war es ja umgekehrt. Sie war der Badegast und Papa der Insulaner mit den zittrigen Knien.» Lou kicherte, hörte aber sofort wieder damit auf. «Mir geht das auf die Nerven, Frida. Ich kann dir nicht sagen, wie ich es hasse: dieses Herumgereichtwerden, als wäre ich ein Stück Baiser mit Schlagrahm drauf.»

«Willst du denn nicht heiraten?»

Lou drehte sich auf den Rücken und starrte zur Decke. «Unsinn, natürlich will ich. Aber ich such mir meinen Ehemann selbst aus. Das hab ich mir geschworen. Wenn ich heirate, soll es die ganz große Liebe sein. Einer, der sich neue Wege zutraut. Ein Rebell.»

«Ach, du lieber Himmel.»

«So wie unser Vater.»

«Aber der war doch gar kein Rebell.»

«Er ist im Sturm rausgefahren, um die Seeleute zu retten, die vor Henningstedt in den Masten hingen. Er ist für sie gestorben. Das zeigt doch, dass er das Herz auf dem rechten Fleck hatte.»

«Dann ist er ein Held, kein Rebell.»

«Jetzt hör schon mit der Worteklauberei auf.» Lou stieß ihr das Knie in die Seite. Sie starrten beide zu dem Foto ihres Vaters hinüber. Er war kurz vor Emilys Geburt mit dem Seenotrettungsboot hinausgefahren. Das Lister Boot konnte wegen des Wetters nicht auslaufen, also hatten die Amrumer helfen müssen. Die Besatzung hatte zumeist aus erfahrenen Seeleuten bestanden, seit Jahren war keinem ein Leid geschehen. Doch in dieser tragischen Nacht brachte eine hohe Grundsee ihr Boot ebenfalls zum Kentern. Die Männer hatten es zwar wieder aufrichten können, und die meisten waren dem eisigen Wasser entronnen, aber Anders Kirschbaum, der leichtsinnigerweise nicht die vorgeschriebene Korkweste getragen hatte, ertrank in den Fluten.

«Vor allem ist er Arzt gewesen», meinte Frida einsilbig.

«Dann wäre er auf uns beide stolz. Auf dich, weil du ebenfalls Ärztin wirst, und auf mich, weil ich mich was traue! Vielleicht wandere ich auch nach Indien aus und angele mir einen Maharadscha.» Lou kicherte und schmiegte sich noch enger an sie. «Ich bin so froh, dass du wieder da bist, Frida! Ich hab dich schrecklich vermisst.»

3.

LOUISE

Der Samstag war gekommen, der Tag, an dem Großpapa beerdigt werden sollte. Lou riss das Fenster ihres Kinderzimmers auf. Die Sonne schien, der Garten schimmerte in dem durchscheinenden Grün, das nur der Frühling bereithält, aus den Beeten lugten die Spitzen der Maiblumen. Hinter der Hecke lag das Dorf mit seinen wenigen Häusern, hundert Meter weiter sah sie die Flut gegen den kargen Strand rollen. Sie war froh, dass sie ihren Großvater nicht im Nieselregen in den nassen Geestboden hinablassen mussten. Wie deprimierend das gewesen wäre. Danke, lieber Gott!

Aber sie musste sich beeilen. Hektisch riss Lou ihr Kleid vom Bügel und zog es über den Kopf. Sie drehte sich vor dem Spiegel in der Mitteltür des alten Schranks. Trauerkleidung war hässlich, selbst wenn sie nicht aus einer muffigen Truhe stammte wie das Kleid, das Mutter ihr aufgenötigt hatte. Es hatte einer Großcousine gehört, die es angeblich bei Vaters Beerdigung getragen hatte. Gerlinde hatte es ein wenig gekürzt, aber es hing immer noch altmodisch bis fast auf die Füße.

Lou vergaß das Kleid, als sie ein Paar schwarze Handschuhe von ihrer Kommode nahm. Ihr Herz füllte sich mit Trauer. Das, was sie zu Frida gesagt hatte, stimmte nicht:

In Wirklichkeit hatte sie ihren Großpapa gern gehabt, trotz seiner gelegentlichen Mäkelei. Er hatte ihr den eigenen Vater ersetzt, den sie so schmerzlich vermisste. Rudolf hatte sich ja nie die Mühe gemacht, seinen Stieftöchtern nahezukommen. Mit Christian war er oft unterwegs, wohl, weil er sein leibliches Kind war, aber die Mädchen ... Lou musste lächeln, als sie daran dachte, wie Großpapa sie im Kreis geschwungen und ihre schwarzen Locken bewundert hatte.

Ihre Trauer wandelte sich in Schuldbewusstsein. Warum hatte sie Großvater, nachdem der Arzt fortgegangen war, nur nicht gewaschen? Sie hätte nicht auf Frida warten dürfen. Aber sie hatte es kaum geschafft, sein Zimmer zu betreten und ihm einen Kuss auf die kalte Stirn zu hauchen. Der Tod war so ... hart, so unzugänglich. Kein Schmeicheln möglich, um ihm etwas abzuringen. Vom Verstand her war ihr das klar, aber es selbst zu erleben ... zu begreifen, dass Großpapa sie niemals wieder heimlich auf einen Pharisäer einladen würde, dieses herrliche Gesöff aus Kaffee, Rum und Schlagrahm ...

Lou verdrängte das unheimliche Bild des toten alten Mannes. Mutter hätte sich um ihn kümmern müssen. Basta! Sie steckte ihre Haare hoch und setzte den schwarzen Hut auf, ein bisschen schräg, damit es keck aussah. Das würde Großpapa auf seiner Wolke gefallen.

Ein Blick auf die Uhr zeigte, dass sie sich sputen musste. Sie hastete die Treppe hinab und eilte über den Kiesweg zur Straße. Die drei Kilometer zum Kirchhof nach Nebel würden sie mit der Kutsche zurücklegen. Lou wäre bei dem schönen Wetter lieber zu Fuß gegangen, aber Mutter hatte auf der Kutschfahrt bestanden – man hielt auf sich, zu einer Beerdigung kamen nur die Inseltrampel zu Fuß. Ich werde auf keinen Fall weinen, schwor sich Lou, während sie in die Kutsche stieg, in der der Rest der Familie sie schon ungeduldig erwartete.

«Es gehört sich nicht, Liebes, bei solch einem Anlass wie ein aufgescheuchtes Huhn in letzter Minute ...»

Nein, Mutter, und blabablia ...

Sie ruckelten los.

Der Friedhof der St.-Clemens-Kirche war bedrückend still, die Kirche kalt und muffig, der Gottesdienst grässlich, weil Mutter dem Pastor eine Menge blumigen Unsinn eingetrichtert hatte, den er über Großpapa erzählen sollte. Kein Wort passte, alles war irgendwie falsch und geheuchelt. Später liefen sie im Gänsemarsch zwischen Grabsteinen, auf denen oft geschrieben stand, dass jemand auf See geblieben war. Großpapa war elend zu Füßen einer Treppe gestorben. Das hätte ihn gewurmt, wenn er's noch mitbekommen hätte. Lou merkte, wie ihr nun doch die Tränen hinabliefen. Zum Glück besaß ihr Hut einen dünnen, schwarzen Schleier. Sie schielte zu Frida, die so gelassen neben ihr schritt, als wäre eine Beerdigung – die Beerdigung ihres Großpapas! – ein gewöhnlicher Spaziergang. Wurde man so, wenn man das Leichenaufschneiden zu seinem Beruf machte? So ... hart?

Am Grab lauschten sie noch einmal dem Pfarrer mit seinen rot geäderten Wangen, der erzählte, dass Gott den Ludwig Kirschbaum nun in seine Obhut nehmen werde. Er hätte lieber auf ihn aufpassen sollen, als er auf der Treppe stand, dachte Lou böse. Sie spürte, dass sie Kopfweh bekam. Plötzlich legte jemand den Arm um ihre Schulter. Frida. Ihre Schwester drückte sie leicht an sich. Als wäre das ein Signal, schob Emily von der anderen Seite ihre Hand in Lous Ellenbogenbeuge. Sogar Christian, der Riesenfratz, trat dichter an sie heran. Und dann – unfassbar – lächelte ihre Mutter ihnen von der anderen Seite des Grabes tröstend zu.

Lou entdeckte ein ungewohntes Gefühl in sich: Stolz auf ihre Familie. Sie stritten zu viel, sie bereiteten ihrer Mutter Kummer, und vielleicht waren sie jetzt sogar verarmt, aber wenn es drauf ankam, so wie hier am Grab, standen sie zueinander. War das nicht das Einzige, das zählte?

Sie hielt den Kopf hoch, als sie die obligatorische Schaufel Erde auf den Sarg warf. Adieu und gute Reise, Großpapa. Und danke, danke, danke!

«Lou ...» Frida zog sie auf dem Weg zum Friedhofstor zur Seite in eine der Gräberreihen und flüsterte etwas.

«Was ist? Sprich lauter, ich ...»

«Wo sind die Kinder?»

Was für Kinder? Plötzlich fiel es Lou wie Schuppen von den Augen. Die aus dem Seehospital natürlich! Die Waisen, denen Großpapa das alte Kapitänshaus gekauft hatte. Sie blickte sich um. Die Menge der Trauergäste war groß, bestimmt hundert Leute waren gekommen, um dem alten Ludwig, der bis zum vorletzten Tag seines Lebens mit ihnen im *Lustigen Seehund* gezecht hatte, die letzte Ehre zu erweisen. Die meisten waren Seeleute, einige von ihnen Kapitäne, wohlhabend geworden auf großer Fahrt. Der

Badearzt war da, der Apotheker, der Kurdirektor Wolff. Aber Frida hatte recht: keine Spur von den Hospitalkindern. Und auch nicht von den Leuten, die sie versorgten. Na, das war ja wohl ...

Sie hielt ihre Schwester fest, wartete, bis der alte Willy zu ihnen aufgeschlossen hatte, packte ihn am Arm und wiederholte Fridas Frage. Großpapas Freund und Diener, der mit roten Augen als Letzter am Grab verharrt hatte, wiegte verwundert den Kopf. «Aber wissen Sie das gar nicht? Die gnädige Frau hat angeordnet, dass alle Kinder zurück nach Hamburg müssen, ins Waisenhaus.»

«Was soll das heißen?», flüsterte Frida entgeistert.

Auch Willy senkte die Stimme. «Wohl, dass die Gnädige zu geizig ist, um das Seehospital weiter zu unterhalten. Sie hat Schiffs- und Eisenbahnkarten für die Kinder besorgt und Jonny Peters ausrichten lassen, dass er sie und Hannah zur Fähre karren soll.» Er spuckte aus, und weil er Kautabak kaute, landete ein brauner Klecks auf dem Weg zwischen den Gräbern.

«Wann?», fragte Lou.

«Ich weiß es nicht, aber da sie nicht hier sind und Hannah auch nicht ... Die Hannah, die hat den Käpt'n doch so verehrt. Wenn's ihr möglich gewesen wäre, hätt sie mit am Grab gestanden ... Was soll denn das? Lou, Mädelchen, bleib hier! Wenn die Gnädige entschieden hat ...»

Aber Lou rannte schon zum hinteren Ausgang des Friedhofs. Sie hatte den Fahrplan im Kopf. Die Fähre fuhr um ein Uhr. Ihr blieb also eine knappe Stunde, um zur Landungsbrücke zu gelangen. Emily war schon mit Mutter zur Kutsche gegangen, doch Frida folgte ihr. Sie rafften die schrecklichen Trauerkleider, ihre Haare lösten sich aus den Spangen. «Wie viele Kinder sind es überhaupt?», keuchte Frida.

«Nur noch ungefähr ein Dutzend. Seit Großpapa nicht mehr so gut zu Fuß war, hat Mutter dafür gesorgt, dass keine Neuen nachgekommen sind, wenn jemand nach Hamburg zurückgeschickt wurde. Ich glaube, er hat das gar nicht gemerkt.»

«O Gott.»

«Und jetzt will sie sie alle forthaben – du siehst es ja. Großpapa wird in den Wolken toben!» Das Hospital sollte schließlich die Erinnerung an seinen Sohn Anders wachhalten. Großpapa war heimgekehrt, als er gestorben war. Bis in die Seele erschüttert, hatte Willy ihnen später erzählt, weil er sich ja mit ihm überworfen und vor seinem Tod nicht mehr versöhnt hatte. Da er im Stiftungsrat eines Hamburger Waisenhauses tätig gewesen war, beschloss er, als Buße auf Amrum ein Seehospital zu gründen, in das er neunzehn kränkelnde Jungen und neunzehn Mädchen, ein Kind für jedes Jahr, das sein Sohn gelebt hatte, holte, damit sie in der kräftigenden Seeluft gesund würden. War eines wieder auf den Beinen, hatte er es zurückgesandt und ein anderes schicken lassen. Also war das kleine Hospital immer voll belegt gewesen – bis Großvater vor einem Jahr das Rheuma zwickte und er nur noch selten bei den Kindern vorbeischaute. Da hatte Mutter sich eingemischt, mit den entsprechenden Folgen.

Und nun wollte sie das Hospital ganz schließen? Sie hatte nicht einmal gewartet, bis Großpapa unter der Erde war, um sein Liebeswerk zu vernichten. Und natürlich hatte sie die Sache heimlich eingefädelt! Lous Gesicht brannte vor Wut.

Sie hatte Seitenstiche, und die Lunge tat ihr weh, als der kleine Hafen endlich vor ihnen auftauchte. Zum Glück lag die Fähre noch in der Fahrrinne vor Anker. Sie konnte die kleinen Gestalten zwischen den anderen Schiffsgästen ausmachen. Die Jungen trugen die blauen Matrosenanzüge, an denen Großpapa solche Freude gehabt hatte, die Mädchen dazu passende Matrosenkleider. Einige standen an der Reling, andere saßen auf den Bänken, die Größeren wirkten bedrückt. Sie wussten ja, dass sie in eine traurige Zukunft fuhren. Hannah, rundlich, das Haar zu einem weißen Knoten gebunden, umschwärmte sie und wirkte gleichzeitig wie die Verwirrteste unter ihnen.

Lou wollte zur Brücke, aber Frida hielt sie zurück. Keuchend fragte sie: «Was, wenn wirklich nicht genügend Geld da ist, um für die Kinder zu sorgen? Rudolf hat doch gesagt, er weiß nicht, wie es um unsere Finanzen steht.»

«Kein Geld? Von einem Tag auf den anderen? Du bist ja verrückt!»

«Aber …»

«Nun hör schon auf!»

Der Rest des Weges zog sich. Sie erreichten das Schiff gerade in dem Moment, als einer der Fährleute das Metalltor in der Reling schließen wollte. «Warten Sie», keuchte Lou. «Die Hospitalkinder gehen wieder an Land.»

Wenn es so einfach gewesen wäre. Nicht alle Kinder konnten laufen, einige zitterten von Schüttelfrost, andere husteten sich die Seele aus dem Leib und schafften es kaum aufzustehen. Dabei hätten sie es bei Lous Anblick so gern getan. Sie war ja oft genug im Seehospital gewesen, um mit ihnen zu spielen und ihnen Rosinen vorbeizubringen, die sie aus der Villenküche stibitzte.

«Helfen Sie den Kindern an Land», befahl Frida einem der Männer. Er gehorchte ohne Widerspruch. Und weil der Kapitän ablegen wollte, packten noch weitere Seeleute mit an.

Hannah schwirrte zwischen ihren Schützlingen herum. «Man muss sie zählen», murmelte sie, stupste einen kleinen Jungen, bewahrte ein Mädchen, das über den Saum seines zu großen Kleides stolperte, vor einem Sturz ins Wasser und schickte zwei Jungs, die in etwas besserer Verfassung waren, einen Koffer zu holen. Ihr schlohweißes Haar war aus dem Knoten gerutscht, der schäbige Mantel hatte einen frischen, braunen Fleck in Höhe des Knies, der bös nach Kuhfladen aussah. Zu anderen Zeiten hätte Lou gelacht.

Jetzt hatte sie genug anderes zu tun. Einige der Jüngsten stanken – ihre Windeln waren durchweicht. Ein Mädchen mit blonden Zöpfen übergab sich, und weil sie gut erzogen war, versuchte sie, über die Reling ins Wasser zu spucken, was ihr aber nicht gelang. Lou wischte ihr mit einem Taschentuch über den Mund. Die Kleine begann zu wimmern, Lou nahm sie auf den Arm und trug sie über die Brücke. Das Mädchen war sicher schon vier Jahre alt, aber, Himmel, wie dünn und leicht. Lou spürte durch das Mäntelchen hindurch die Knochen.

Endlich standen sie alle an Land. Auf der Fähre spülte jemand mit einem Eimer Wasser das Erbrochene fort.

«Wartet hier, wir brauchen einen Wagen.» Frida lief hinüber zum Kurhaus. Nach wenigen Minuten kehrte sie mit einem hageren Mann zurück, mit Ebbe Rörden, einem der letzten Angestellten der Kurverwaltung, der seit einem Bootsunfall humpelte. Sie ging mit ihm ums Haus herum.

«Was hat das denn nun zu bedeuten, Fräulein Kirschbaum? Hat sich die gnädige Frau anders besonnen?», fragte Hannah hoffnungsvoll und wiegte einen krebsroten Schreihals in den Armen.

«Ist er nicht zu dünn angezogen?»

«Anton? Der schwitzt vom Fieber. Wenn man ihn noch dicker einpacken würde, brächte ihn das um, vertrauen Sie mir. Können wir ins Hospital zurückkehren? Hab ich das richtig verstanden? O Gott, wäre das ein Glück.» Sie begann zu weinen.

Lou schaute zu einem Häuflein älterer Kinder, die auf dem Bohlensteg zusammengesackt waren. Ein paar von ihnen schien es gutzugehen, aber einige wimmerten, sie schaukelten mit den Oberkörpern und umarmten sich dabei selbst, als müssten sie sich trösten. «Was ist denn los mit ihnen?», fragte sie und hörte die Angst in der eigenen Stimme.

Hannah winkte tränenblind ab, und Lou brauchte einen Moment, um zu verstehen. Offenbar hatte es die schwachen Kinder, die ernstlich erkrankten, immer schon gegeben – nur hatte sie sie nicht zu Gesicht bekommen, weil sie niemals in die Schlafzimmer vorgedrungen war, wo sie in ihren Betten lagen. Sie war wie vor den Kopf geschlagen. Mit Kindern, die das Bett hüten mussten, konnte man nicht spielen, deshalb hatte sie die um sich geschart, die sie im Speisesaal vorfand. Aber warum hatte sie nicht wenigstens einen Blick in die Zimmerchen geworfen?

Das Kind auf ihrem Arm musste sich erneut übergeben, dieses Mal kam nur Galle. Lou kramte in der Manteltasche, fasste in ihr durchweichtes Taschentuch und hätte sich vor Ekel fast selbst übergeben. Sie widerstand dem Drang, das Kind auf dem Boden abzusetzen, auch, als es das stinkende Gesichtchen in ihre Halsbeuge schmiegte.

Endlich kehrten Frida und Ebbe Rörden mit einem Pferdewagen zurück. Ebbe hielt vor der Brücke und begutachtete mit der Ruhe des Insulaners die Kinderschar. Dann stieg er vom Bock und half ihnen, die Kleinsten und Schwächsten auf die Ladefläche zu hieven. Frida beugte sich über den fiebernden Anton in Hannahs Armen. «O Gott», flüsterte sie, lief noch einmal ums Kurhaus und kam mit ein paar Pferdedecken zurück.

Nicht alle Kinder fanden auf dem Karren Platz, nicht einmal die Hälfte. Frida bestimmte, wer laufen musste, und erklärte, dass sie ab und zu wechseln würden. Sie erklomm die Bretter und verteilte die Decken, auf ihrer Stirn stand eine steile Falte. «Setz dich mit der Kleinen vorn auf den Bock», wies sie Lou an.

Den Platz hatte schon ein Junge besetzt, der über der Matrosenkleidung einen dicken Pullover voller Flickstellen trug – der einzige, der guter Stimmung war und sich auf das Abenteuer der Karrenfahrt freute. Er rückte dichter zu Ebbe, damit sie sich neben ihn quetschen konnte. «Hallo, Lou!»

«Hallo, Klaus.» Er war eines der wenigen Kinder, deren Namen sie kannte, weil er schon ewig im Hospital lebte.

Als sie losfuhren, begann er auf Ebbe einzuquasseln. Wie hiess das Pferd? War Ebbe auch zur See gefahren? Und mal in einem echten Sturm gewesen? Von Piraten überfallen worden? Der brummte: «Nein ... nein ... nein ...», und warf einen skeptischen Blick zum Himmel. «Der Wind bläst Regen rüber.»

Er hatte recht. Am Horizont ballten sich schwarze Wolken zusammen, die wie eine Streitmacht Richtung Insel voranrückten. Der Wind frischte auf, und Lou umschlang das kleine Mädchen. Sie streichelte sein nassgeschwitztes Köpfchen und bemühte sich, flach zu atmen, um den Gestank auszuhalten. Zur Busse für ihre Wehleidigkeit drückte sie die Kleine fester an sich, und als sie zu wimmern begann, stimmte sie das Lied von der Suse und den Gänslein im Stroh an, das sie einmal mit den Waisen geübt hatte. Einige Kinder, die hinter dem Wagen hertrotteten, sangen mit, das machte sie stolz auf ihre Schützlinge. Die Beine waren müde, aber die Seelen kämpften. Überlebenskünstler waren das, kleine Helden! Das Mädchen in ihren Armen schlief über dem Gesang ein, auch das war ein Glück.

Frida, die mit einem Kind an jeder Hand neben dem Pferdewagen lief, fragte Hannah aus, und Lou lauschte mit gespitzten Ohren. Ihre Eltern hatten offenbar bereits kurz nach Grosspapas Tod sämtliches Personal des Hospitals entlassen: Jonny Peters, der den Garten bestellte und für den alten Gaul sorgte, Stienke, die dreimal die Woche aus Süddorf kam und die Zimmer schrubbte, Grete, die am Herd stand ... Hannah sollte die Kleinen nur noch nach Hamburg bringen, danach drohte ihr ebenfalls der Rauswurf, dabei hatte sie doch niemanden, zu dem sie gehen konnte. Ihre Tochter war ja mit der Familie nach Amerika ausgewandert. «Wird jetzt alles wieder gut?», wiederholte sie bang.

Lou konnte nicht sehen, ob Frida nickte. Aber was konnten sie auch schon versprechen? Persönlich besaßen sie beide keinen Pfennig. Und wenn ihr Stiefvater die Wahrheit gesagt hatte, besaß möglicherweise auch die Familie kein Geld mehr. Einen Moment sah Lou sich gemeinsam mit Hannah und den Kindern auf der Wittdüner Brücke sitzen und Geld von den Badeleuten erbetteln.

Endlich erreichten sie das Hospital – ein altes Friesenhaus, zu dem die hochtrabende Bezeichnung gar nicht recht passte. Aber es sah gemütlich aus, mit den weiß getünchten Mauern, dem Spitzgiebel, dem Reetdach und den blühenden Birnbäumen im Garten. Über der Haustür hatte Großpapa ein weißes Emailleschild angebracht, auf dem in schwarzen Lettern *Seehospital* geschrieben stand, darunter, etwas kleiner: *In memoriam Anders Kirschbaum*. Lou hatte das Schild schon hundertmal gesehen, aber in diesem Moment, mit den erschöpften Kindern vor Augen, schoss ihr der Name des Vaters wie ein Pfeil ins Herz. Das Hospital war die letzte Erinnerung an ihn, sein Vermächtnis, und sie hätten es fast in den Schmutz getreten.

«Beeilung, es geht los», brummte Ebbe Rörden.

Er hatte recht, die Wolken leckten schon mit schwarzen Zungen in den Garten, erste Tropfen fielen. Sie trugen und scheuchten die Kinder ins Haus und dort in den Speisesaal. Die Größeren sanken erschöpft auf die Stühle, die Kleineren einfach auf den Dielenboden. Der Raum war karg. Drei lange Tische, vor denen dunkle Holzstühle standen, ein altmodisches Klavier, auf dem bis auf Emily niemand spielen konnte, und ein Schrank für das Geschirr, mehr Mobiliar gab es nicht. Was tat's, die Kinder waren froh, nicht wieder nach Hamburg zu müssen, einige rissen trotz ihrer Müdigkeit schon wieder Witze.

Lou trug ihre kleine Last zum Waschraum. Das Mädchen musste gesäubert werden, vorher konnte man es unmöglich ins Bettchen legen. Sie streichelte die blasse Wange. «Nun wach schon auf», flüsterte sie und schüttelte die Kleine sacht, um sie zu wecken und auf dem Boden abstellen zu können. Sie musste ja Wasser in die Schüssel pumpen.

Der kleine bezopfte Kopf fiel zur Seite, ein beschmutztes Gesicht wurde sichtbar. Darin weiße Lippen, die sich nicht mehr bewegten, starre Augen.

Lou begann zu schreien.

4.

FRIDA

Es war tiefste Nacht, als Frida mit ihrer Schwester nach Hause zurückkehrte, und sie waren so erschöpft, dass sie nicht einmal mehr miteinander sprachen. Die kleine Margarethe Hollstein war also gestorben. «Sie hustet schon seit Wochen, deswegen wurde sie hierhergeschickt», hatte Hannah ihnen erzählt. «Am Ende spuckte sie Blut.»

Hatte sie an einer Lungenentzündung gelitten? Hoffentlich keine Tuberkulose, dachte Frida. Die Krankheit war so entsetzlich virulent. Sie hatte die kleineren Kinder auf dem staubigen Boden krabbeln sehen, in dem sich die Tuberkelbazillen so gern vermehrten, und natürlich hatten alle auch die Luft eingeatmet, die von der Kranken beim Husten verseucht wurde. Ihr Blick fiel auf Lou, deren Kleid an der Brust von Margarethes Auswurf durchtränkt war. Energisch schob sie ihre Schwester die Treppe hinauf ins Badezimmer. «Du musst dich waschen! Und dein Kleid wird verbrannt!»

«Ist nicht schade drum.» Lou riss sich das Trauerkleid vom Leib und trat es in eine Ecke. «Was ist denn los?»

Frida erklärte es ihr, und Lou begann sich erschrocken zu schrubben. «Gründlich», mahnte Frida und zog sich ebenfalls aus. Sie hatte die stäbchenförmigen Tuberkelbazillen durch ein Mikroskop gesehen. Wenn man die Gestalt des Feindes kannte, wurde der Schrecken nicht kleiner, sondern größer. Er war real, es gab ihn tatsächlich. Und er tötete.

Sie hatte den Jungen vom Kutschbock, der sich vor Lebenskraft nicht bändigen ließ, mit Ebbe Rörden zurück nach Wittdün geschickt, in die Apotheke, mit einer Notiz, in der sie die Notlage des Hospitals beschrieb und um Lysol zum Desinfizieren bat. Aber Amrum lebte, was die moderne Medizin anging, hinter dem Mond. «Sie haben kein Lysol vorrätig, auch kein Sagrotan», hatte Klaus bei seiner Rückkehr erklärt. Er hatte sich die Namen der Chemikalien gemerkt, das war ungewöhnlich. Normalerweise hätte der Junge sie interessiert, aber nicht an diesem Abend. Es gab ja so viel zu erledigen. Die Betten mussten frisch bezogen, die Kinder neu auf die Räume verteilt werden.

Das Eppendorfer Krankenhaus, in dem sie arbeitete, war in Form mehrerer Pavillons errichtet worden, um infektiöse Kranke von anderen isolieren zu können. Frida hatte das Prinzip im Kleinen nachgeahmt: Die Kinder, bei denen sie etwas Ansteckendes vermutete, das zur Gefahr werden könnte, kamen in die kleineren Zimmer oben im Dachgeschoss, die anderen unten in das große Nordzimmer. Es gab einige Kinder, denen es wirklich schlechtging. «Der Inselarzt kommt einmal im Monat», hatte Hannah ihnen erklärt, mehr könne sich das Hospital nicht leisten. «Die Inselluft macht sie gesund, hat Ihr Großvater immer gesagt. Und wen sie nicht gesund macht, dem können wir nicht helfen.»

Das klang vernünftig. Es klang entsetzlich.

«Wie viele Kinder sterben im Schnitt?»

Hannah nannte eine erstaunlich geringe Zahl und bot auch gleich eine Erklärung an: «Sie schicken uns sicher nur die, bei denen sie Hoffnung haben.»

Frida drehte den Wasserhahn zu, sie rubbelten sich beide trocken und schlüpften in die Bademäntel, die an verschnörkelten Haken hingen. Zum Glück war es schon spät, sie würde ihrer Mutter heute nicht mehr entgegentreten müssen, um ihr zu erklären, warum sie und Lou nicht beim Leichenschmaus gewesen waren und sich um die Trauergäste gekümmert hatten oder warum die Kinder ins Hospital zurückgekehrt waren. Sie hätte die Auseinandersetzung, die darauf folgen würde, nicht mehr geschafft. Nur noch schlafen, morgen würde man weitersehen.

Nachdem sie sich von Lou mit einem leisen «Gut gemacht, Schwester» verabschiedet hatte, tastete sie sich durch den Flur zu ihrem alten Kinderzimmer. Sie öffnete die Tür – und ihr Herz tat einen Satz. In einer Ecke zwischen Bett und Fenster flackerte ein Lichtschein. Aber nicht nur das: Auf dem Boden lagen Kinderbücher verstreut, die alten Puppen waren aus den Regalen gezerrt worden, die Kommodenschubladen hingen schief aus den Öffnungen, einige standen auf dem Boden. Papas alter Sekretär war von der Wand gerückt worden und stand mitten im Raum ...

«Ich dachte, du kommst gar nicht mehr nach Hause.»

«Mutter!» Entgeistert schloss Frida die Zimmertür. «Was machst du denn hier?»

Rosa kam hinter dem Bett hervor, wo sie gekniet hatte. Der Lichtschein stammte von einer Petroleumlampe. Sie setzte sie auf dem kleinen Tisch unter dem Fenster ab und nahm Platz. Ihr Rücken hob sich stocksteif gegen die Wand ab, ihr Gesicht war gefroren. Einen Moment herrschte Stille. Dann begann sie zu weinen.

Schockiert ließ Frida sich auf der anderen Seite des Tischs nieder. Sie starrte ihre Mutter an und suchte nach Worten, aber ihr fiel nichts ein. Mutter und Tränen – so etwas gab es gar nicht. *Hysterie*, geisterte es durch ihren auf Diagnosen getrimmten Kopf. Aber ihre Mutter war nicht hysterisch, sie hatte nie zu Gefühlsausbrüchen geneigt. Dass sie in jeder Situation stoisch blieb, gehörte zum Kern ihres Charakters. Zögernd sagte Frida: «Es tut mir leid, dass ich nach der Beerdigung verschwunden ...» Sie zuckte zusammen, als Rosa nach ihrer Hand griff.

«Lass gut sein, Kind», murmelte ihre Mutter müde und wischte sich die Tränen aus dem geschminkten Gesicht. «Wir hatten es nicht immer leicht miteinander. Wir sind so verschieden, sind es immer schon gewesen, fürchte ich. Aber jetzt haben wir andere Sorgen. Es geht um unsere Existenz, Frida. Ich weiß nicht, wie ich es dir schonender beibringen soll, aber dein Großvater hat es geschafft, uns mit seinem überstürzten Tod ...» Sie lachte matt, als ihr das zweideutige Wortspiel auffiel. «Verzeih, ich wollte nicht pietätlos klingen. Er hat uns ins Elend gebracht, das ist es, was ich sagen will. Wir haben nichts mehr, gar nichts.»

Frida starrte in das Gesicht ihrer Mutter, in die Hälfte, die vom Licht der Petroleumlampe erhellt wurde. «Was willst du damit sagen? Wir hatten doch immer Geld. Ich meine, wenn jemand stirbt, verschwindet doch nicht einfach sein Vermögen.»

«Natürlich nicht. Nur muss man sich kümmern.» Sie lachte bitter. «Ich habe Großvater einige Male darauf aufmerksam gemacht, dass er Vorsorge treffen soll. Aber natürlich hat er nicht auf mich gehört. Er hat mich verabscheut. Ich bin ihm ja nie gut genug gewesen. Er hätte sich für seinen Sohn eine Frau von der Insel gewünscht, eine, deren Väter und Brüder ebenfalls zur See fuhren – das hätte ihm gepasst. Schon dass Anders Medizin studierte, brachte ihn auf. Er hat mir die Schuld daran gegeben, obwohl Anders bereits praktizierte, als wir uns kennenlernten. Aber Gerechtigkeit war ja nie seine ...» Sie schlug die Hand vor den Mund, als wollte sie die Flut böser Worte aufhalten.

«Was hast du denn hier gemacht?»

«Verstehst du nicht?» Rosa zog ein Taschentuch aus dem Ärmel ihres Kleides und betupfte damit ihre Augen. «Es geht um das Testament, um Ludwigs letzten Willen. Ich bin mir sicher, dass er eines zu euren Gunsten aufgesetzt hat, weil er für euch Mädchen die Zuneigung empfunden hat, die er seinem Sohn und seiner Schwiegertochter verwehrte. Und dieses Testament müssen wir finden, weil ...», die nächsten Worte flüsterte sie, «es leider ein altes Testament gibt, eines, das dein Großvater im Zorn schrieb, als er erfuhr, dass Anders Medizin studieren würde. Er wollte ihn damit zwingen, sich umzubesinnen und ebenfalls zur See zu fahren. Aber dein Vater hat sich für die Medizin entschieden, und da hat Ludwig das Testament unterzeichnet und bestimmt, dass nach seinem Tod sein gesamtes Vermögen an seinen Bruder fallen soll.»

«Ich habe einen Onkel?»

«Einen Großonkel, es geht ja um Ludwigs Bruder, um Heinrich. Der ist inzwischen zwar schon tot, aber sein Sohn lebt in Südamerika, und dieser Sohn wird erben, falls das neuere Testament nicht auftauchen sollte.» Sie winkte ab, als Frida etwas Tröstendes sagen wollte. «Ludwig hat mit dem Mann seit Jahrzehnten nichts zu tun gehabt. Aber das Testament befindet sich in seinem Besitz, und die Gefahr, dass er sein Erbe einfordert, schwebt von nun an ständig über uns. Womöglich hat er noch Verbindungen zur Insel, er hat hier ja seine Kindheit verbracht. Jemand könnte ihm von Großpapas Ableben schreiben.» Rosa griff nach Fridas Hand. «Nur, ich kann mir einfach nicht vorstellen, dass euer Großvater sein Vermögen tatsächlich diesem Fremden vererben wollte. Es *muss* ein neueres Testament geben!»

«Hatte er nicht irgendeine Schatulle für wichtige Papiere? Eine Schublade? Ein Schrankfach?»

«Papierkram war ihm verhasst, das weißt du doch. Er hielt nicht die geringste Ordnung. Wir haben all seine Räume durchsucht, es war eine Sisyphusarbeit – nichts.»

«Vielleicht hat er es einem Notar übergeben.»

«Ein Mann, der bei jeder Gelegenheit über die Rechtsverdreher fluchte? Ganz sicher nicht. Und wenn, dann hätte er uns doch wohl einen Hinweis hinterlassen. Ich kann mir auf das alles einfach keinen Reim machen, Frida.»

Eine Weile war es still. Nur die Uhr an der Wand tickte.

«Ich habe die Kinder aus dem Hospital von der Fähre zurückgeholt», erklärte Frida schließlich.

Rosa streichelte ihre Hand. «Das war leichtsinnig. Du weißt nicht, was es bedeutet, arm zu sein, und damit meine ich: so arm, dass man seine Rechnungen nicht mehr bezahlen kann und der Bäcker nicht mehr anschreiben lässt. Ich habe erlebt, wie es sich anfühlt, wenn der letzte Bissen verschlungen ist und der Magen zu schmerzen beginnt.»

«Du musstest hungern?», fragte Frida schockiert.

Kurz sah es so aus, als wollte Rosa das Thema wechseln, aber dann redete sie weiter, sonderbar ernsthaft, als würden sie zum ersten Mal wirklich miteinander sprechen. Sie beschwor eine altmodische Welt herauf, mit einer Mutter, deren Parfüms abends das Kinderzimmer füllten, einem Vater, der seine kleine Tochter vergötterte, einem Kindermädchen, das ihr jeden Wunsch von den Augen ablas ...

«Dann spekulierte mein Vater an der Börse. Er verlor eine Menge Geld. Das wusste ich natürlich nicht, aber ich wurde Zeuge, wie die Dienstboten verschwanden, einer nach dem anderen. Gerlinde durfte nicht mehr mit mir ausgehen, sondern musste Zimmer fegen, weil mein Vater die Hausmädchen entlassen hatte. Als Nächstes fiel die Sommerfrische aus. Dann wurde das Essen kümmerlicher. Keine Austern mehr, die Portionen auf den Tellern schrumpften. Mir machte das nichts aus. Ich war damals sechzehn Jahre alt und durfte meine Mutter zum ersten Mal auf einen Ball begleiten. Ich hab's genossen, ich war die Hübscheste und trug die schönsten Kleider. Dafür sorgten meine Eltern.»

«Sie gaben Geld für Kleider aus?»

«Verstehst du das nicht? Wir standen vor dem Ruin, und ich war ihre einzige Hoffnung. Nur eine reiche Heirat konnte uns noch retten.»

Es war, als spräche sie von einem anderen Jahrhundert. Das tat sie ja auch. Sie und Papa hatten 1898 geheiratet. «Aber Vater ist doch gar nicht reich gewesen.»

«Man hatte mich zur Kur hierher nach Amrum geschickt. Die Nerven. Was mir anfangs Freude bereitet hatte, hielt ich nämlich bald nicht mehr aus – die Männer, denen ich präsentiert wurde und die mich musterten wie eine fleckige Frucht. Die bangen Blicke meines Vaters, wenn ich nach einem gesellschaftlichen Ereignis nach Hause kam, seine Enttäuschung, wenn mir niemand ernstlich den Hof gemacht hatte. Ich wurde also hierhergeschickt – und bin deinem Vater begegnet. Er arbeitete als Badearzt und kümmerte sich um mich. Nach langer Zeit gab es wieder einen Menschen, der nichts von mir verlangte. Wir haben einander geliebt, Frida. Und gegen den Widerstand unserer Eltern geheiratet. Geldsorgen hatte ich danach nie wieder. Aber die Angst vor der Armut steckt mir weiter in den Knochen.»

Frida wusste nicht, was sie sagen sollte. Unbeholfen stammelte sie: «Das tut mir leid.»

«Dir muss nichts leidtun. Meine Eltern sind kurz nach der Hochzeit gestorben, beide im selben Jahr. Ohne deinen Vater hätte ich auf der Straße gestanden. Ich habe also Glück gehabt. Du musst nur begreifen, dass wir jetzt vor dem finanziellen Ruin stehen. Wenn es ein Testament gibt, das euch zu Erbinnen macht, und wir können es finden, sind wir gerettet. Ansonsten ...» Sie ließ den Satz unvollendet und schloss: «Das mit den Hospitalkindern musst du auf jeden Fall rückgängig machen. Am besten schon morgen. Wir werden die liebe Not haben, uns selbst zu retten.» Das Weiche war aus ihrer Stimme verschwunden. Wortlos stand sie auf und ging hinaus.

5.

LOUISE

Lou schöpfte Hoffnung, als Frida am nächsten Morgen zu ihr ins Zimmer kam und von dem Gespräch mit Rosa erzählte. Mutter wollte die Kinder zurück nach Hamburg schicken, schlimm, schlimm, aber sie, Frida und Emily waren ja wirklich Großpapas Schätze gewesen, der Inhalt seines Lebens, nachdem er die Seefahrt aufgegeben hatte! Natürlich hatte er ihnen sein Vermögen vererbt. Und damit war die Rettung doch mit Händen greifbar!

«Wir müssen das Haus auf den Kopf stellen, Frida. Du wirst schon sehen: Großpapa hat auch fürs Hospital vorgesorgt. Wir können Jonny Peters, Stienke und Grete zurückholen, damit die Kinder wieder ordentlich versorgt werden. Vielleicht können wir sogar eine Krankenschwester anstellen, eine, die's gelernt hat und Hannah beisteht. Niemand soll mehr sterben.» Lou hörte ihre eigene Stimme schwanken. Das Bild von dem toten Mädchen mit den starren Augen war ihr wie in den Kopf gebrannt. Hastig sprach sie weiter: «Wir werden Medikamente kaufen. Und der Arzt soll kommen, wann immer es jemandem schlechtgeht. Warte, ich hole Emily, wir suchen gemeinsam.»

Sie rannte ins Nebenzimmer und rüttelte ihre Schwester wach. Emily war trantütig, es kostete Mühe, sie aus den Kissen zu bekommen. Alles musste man ihr doppelt erklären. «Zieh dir was an, oder du kannst bald betteln gehen», machte Lou ihr Dampf. Dann begannen sie mit der Suche, und zwar in Großpapas Schlafkammer.

«Mutter ist schon vor uns hier gewesen», meinte Emily, die einen unordentlichen Haufen Manschettenhemden im Schrank entdeckte. «Glaubt ihr wirklich, wir können noch was finden, wenn sie's nicht geschafft hat?» Verzagt fuhr sie mit den Händen durch ihre ungekämmten Locken, was zum Anbeten niedlich aussah, aber kein bisschen weiterhalf. Warum war sie nur so gleichgültig? War ihr nicht klar, in was für einer Situation sie steckten?

«Nun mach schon!», zischte Lou gereizt.

Sie fanden aber tatsächlich nichts. Nachdem sie ihre Enttäuschung überwunden hatten, begannen sie Großpapas Salon zu durchstöbern. War ein Fund hier nicht sogar wahrscheinlicher? Die Bücher flogen aus dem Regal. Emily schüttelte sie kopfüber, um etwaige Papiere zu entdecken – vergebens. Die Kommode enthielt nur Souvenirs aus den Ländern, zu denen Großpapa gesegelt war. Auch im Sekretär wurden sie nicht fündig, obwohl sie auf der Suche nach einem Geheimversteck sogar die Rückwände abschraubten. «Oje!» Lou ließ sich ächzend in Großpapas Sessel fallen.

«Und wenn er doch kein zweites Testament gemacht hat – meinst du, wir stehen dann wirklich auf der Straße?», fragte Emily bang. Na, endlich verstand sie!

«Ach was. Wir kämpfen uns schon durch», machte Frida ihr Mut. Sie ging hinaus, als wäre ihr noch etwas eingefallen.

«Es sind die Kinder, um die wir uns Sorgen machen müssen», erklärte Lou. «Die Knöpfchen können sich nicht helfen, die gucken mit großen Augen in die Welt und verstehen nicht, dass ihr Leben an einem seidenen Faden hängt.» Es fiel ihr schwer, die folgenden Worte auszusprechen, aber sie fand, sie müsse Emily mit der vollen Wahrheit konfrontieren: «Gestern ist eines der Kinder gestorben, und wenn wir nicht fündig werden, dann stirbt vielleicht noch eines und noch eines. Ihr Leben ist in unsere Hände gelegt.»

Emily war blasser geworden. Sie begann von neuem die Schubladen umzudrehen – der Himmel mochte wissen, was sie sich davon erhoffte. Als sie später den Raum verließen, hörten sie Frida im Salon telefonieren. Sie blieben stehen und lauschten.

«Nein, das stimmt schon. Aber ein kleines Mädchen, Margarethe Hollstein ... ja, genau, die mit dem Husten. Sie ist leider gestern verstorben ...» Sprach ihre Schwester mit dem Waisenhaus in Hamburg? Lou spähte über das Treppengeländer und konnte sehen, wie Fridas Gesicht allmählich versteinerte, bis sie schließlich den Hörer auflegte.

«Was ist los?» Sie eilten die Treppe hinab und folgten Frida in den Salon. Der Bericht ihrer Schwester war ein weiterer Schlag. Sie hatte tatsächlich mit dem Waisenhaus telefoniert. Die Spenden waren dort in den letzten Jahren immer geringer worden, inzwischen blieben sie fast völlig aus. Der Reichtum der Wohltäter war schon im Krieg zusammengeschmolzen und ging nun durch die Inflation in Rauch auf. Viele hatten wohl auch Kriegsanleihen gekauft und ihr Vermögen verloren. «Sie sagen, sie wissen kaum, wie sie die Kinder versorgen sollen, die noch im Haus sind. Sie sagen ...»

«Was denn?», fragte Lou.

«Es herrscht Hunger.»

«Aber was ...»

«Sie schaffen es einfach nicht, noch weitere Kinder durchzubringen. Sie sind am Verzweifeln.»

Lou blickte in die kühlen Augen ihrer Schwester. Ihr Herz zog sich zusammen. Frida hatte ihnen im vergangenen Jahr von Aufständen in Hamburg geschrieben, bei denen die Leute Brotfabriken plünderten und sogar geschossen wurde. Hier auf Amrum waren sie auch nicht gerade auf Rosen gebettet, aber sie hatten neben ihren Feldern das Meer, sie konnten also fischen, niemand musste verhungern. Durch ihren Kopf geisterte eine Armee abgemagerter Hamburger Waisenkinder, die leere Schüsselchen in den Händen hielten. «Dann müssen wir unsere Knöpfchen hierbehalten.» Sie hasste das Zittern in ihrer Stimme.

«Wir könnten sie doch einfach aus unserer Speisekammer miternähren», schlug Emily vor.

Frida schüttelte den Kopf. «Da sind wir nach ein paar Tagen am Ende.»

«Bald kommen die ersten Badegäste. Ich könnte Fotos machen und sie den Leuten ...»

«Die kommen eben *nicht*!», fauchte Lou entnervt. «Herrgott, Emily! Außerdem würden ein paar Groschen uns nicht weiterhelfen. Es nützt nichts, wenn wir uns in Träume flüchten.»

In die Stille, die ihren Worten folgte, drang das Klappern des Geschirrs aus der Küche. Es klang wie ein Fanfarenton der Heuchelei. Sie selbst würden gleich ihr Frühstück serviert bekommen. Gut, die Kinder an diesem Morgen auch, denn noch standen Mehl und einige Konserven in der Speisekammer des Seehospitals. Aber irgendwann würden die Kleinen an leeren Tischen sitzen.

«Die Amrumer sind anständige Leute. Wir müssen schnorren gehen, an jede Haustür klopfen!», sagte sie und wusste im selben Moment, dass sie sich etwas vormachte. Knapp war das Essen auf der Insel ja auch.

Wenig später saßen sie am Esstisch. Gerlinde hatte Brot, Margarine und Marmelade in edlen Porzellanschalen aufgedeckt, und Lou kratzte mit bleiernem Magen Butter auf ihre Stulle.

«Was ist denn, wenn sich dieser Großcousin aus Südamerika meldet? Stehen wir dann auf der Straße?», fragte Frida mit belegter Stimme.

«Das zum Glück nicht. Die Villa hat dein Vater von seiner Mutter geerbt, sie ist bei seinem Tod an mich übergegangen. Allerdings ist sie unser einziger Besitz – und im Moment wohl nicht viel wert, denn in dieser Krise wird niemand ein Haus auf einer Insel kaufen wollen. Zumindest haben wir aber ein Dach –» Rosa unterbrach sich.

Rudolph hatte seine Tasse so heftig von sich geschoben, dass der Kaffee spritzte. Der Eklat war fast noch schockierender als ihre Worte. Betreten starrten sie auf die braunen Flecken auf dem Tischtuch. Rudolf besaß kein eigenes Vermögen, das wusste Lou. Verarmter Adel, hatte Mutter einmal erklärt. Die beiden hatten sich in ihrer Jugend in Kladow, Rosas Geburtsort in der Nähe von Berlin, ineinander verliebt, aber Rudolfs prekäre Situation hatte damals jede Hoffnung auf eine Ehe zunichte gemacht. Ihre Hochzeit mit dem Inselarzt musste ihm wie ein Pflock ins Herz gegangen sein. Fühlte er sich im Haus seines Vorgängers möglicherweise wie ein Bettler? Er besaß ja immer noch kein eigenes Geld. Zumindest konnte Lou sich nicht erinnern, ihn jemals bei einer Arbeit gesehen zu haben.

Verstohlen starrte sie ihre Eltern an. Zwei Menschen, die keinen Tag getrennt voneinander verbringen konnten, ständig liebevolle Blicke wechselten, einander niemals widersprachen. Mit elf oder zwölf, als sie ihre Eltern mit anderen Eltern zu vergleichen begann, hatte sie diese Ehe vor sich zu einer ergreifenden Romanze verklärt. Der Stiefvater und die Mutter schienen einem der Liebesromane entsprungen, die sie damals mit Feuereifer verschlang – bis ihr klarwurde, dass ihr leiblicher Vater in diesem Fall vermutlich von Anfang an der Betrogene gewesen war. Rosa hatte Rudolf geheiratet, sobald das Trauerjahr verstrichen war. Sicher hatten die beiden die ganze Zeit miteinander in Kontakt gestanden. Liebesbriefe, während Anders arglos seiner Arbeit nachging. Sie wusste noch, wie wütend sie damals geworden war.

Rudolf knallte die Serviette auf den Tisch, stieß den Stuhl zurück und verließ das Zimmer. Lou wollte die Gelegenheit nutzen, um sich ebenfalls davonzumachen, aber Mutter hielt sie zurück. «Ihr wartet hier auf mich! Es gibt da noch etwas ...»

Sie verließ ebenfalls den Raum, kehrte aber schon bald mit einem Holzkästchen in der Hand zurück, das sie vorsichtig auf dem Tisch absetzte. Sekundenlang starrte sie es an. Dann sagte sie leise: «Zumindest den Schmuck eurer Großmutter soll der Amerikaner nicht in die Klauen bekommen. Meine Schwiegermutter war ja leider schon verstorben, als ich euren Vater geheiratet habe. Ludwig hat die Kleinode aufbewahrt und es nie für nötig befunden, sie innerhalb der Familie weiterzugeben. Aber ich denke, eure Großmutter hätte gewollt, dass die Ketten und Broschen von ihren Enkelinnen getragen werden.»

Viel war es nicht, was die alte Frau in dem mit Samt ausgeschlagenen Kistchen gesammelt hatte, etwa zehn Schmuckstücke. Aber der Kettenanhänger mit dem ovalen Jadestein ... die schwarz angelaufenen zierlichen Silberohrringe ... Ihr Anblick rührte Lou. Merkwürdig, wie selten sie bisher an ihre Großmutter gedacht hatte. Sie war einmal so jung wie sie selbst gewesen. Was mochte sie gefühlt haben, wenn Großpapa wieder zu einer seiner Monate währenden Reisen aufgebrochen war? Hatte sie ihn geliebt?

Lou sah Frida eine in Gold gefasste Gemmenbrosche in die Hand nehmen, auf der ein Schiff abgebildet war. «Ich will nichts von dem Schmuck, nur diese Brosche», erklärte sie hastig, und Frida reichte ihr das Gewünschte. Auch ihre Schwestern wählten.

«Aber ihr dürft den Schmuck nicht verkaufen, niemals», mahnte Mutter. «Solche Dinge werden weitervererbt, sie stehen für die Seele einer Familie.»

Viel wert war er wohl sowieso nicht. Das behauptete zumindest Frida – aber genau wie Mutter verbat sie Lou und Emily, an einen Verkauf auch nur zu denken, nicht einmal fürs Hospital. Stattdessen suchten sie am Abend desselben Tags den Nebeler Pastor auf. Sie erklärten ihm die

Notlage des Seehospitals, und er erwähnte ihre Sorgen voller Anteilnahme am folgenden Sonntag in seiner Predigt. Lou wischte sich Tränen der Rührung aus den Augen, als die Amrumer noch am selben Tag Tüten mit Mehl, Rüben und Winteräpfeln vorbeibrachten. Gleichzeitig platzte sie vor Stolz über ihre Insel. «So was kriegst du in Hamburg nicht hin», sagte sie zu Frida und schaffte es, ihrer Schwester ein Lächeln zu entlocken, das allerdings schwermütig wirkte. Zum ersten Mal fragte sie sich, wie lange Frida überhaupt noch auf der Insel bleiben konnte. Und was aus dem Hospital werden würde, wenn sie sie verließe. Vorsichtig fragte sie: «Vermisst du Hamburg?»

Sie hatte auf etwas Beruhigendes gehofft, aber Frida sagte knapp: «Sie werden mir den Studienplatz und vor allem meine Arbeitsstelle nicht ewig freihalten.»

«Du kannst aber doch nicht einfach weggehen.»

«Nein, kann ich nicht.»

Sie standen vor der Tür des Hospitals. Jonny Peters, der Gärtner mit dem Elbsegler, der genau wie Willy mit Großpapa zur See gefahren, aber etliche Jahre jünger war, stieß den Spaten in die Erde des Hospitalgartens und pfiff dabei. Man konnte ihm nichts mehr zahlen, trotzdem war er heute Morgen aufgetaucht, vielleicht eine Folge der sonntäglichen Predigt. Oder er war wegen Grete gekommen, die sich ebenfalls wieder in die Küche gestellt hatte und in einer Fischsuppe rührte. Alle Augenblicke klopfte er an ihr Fenster auf einen kurzen Schnack. In Nebel ging das Gerücht, dass die beiden trotz ihres fortgeschrittenen Alters miteinander angebändelt hätten.

«Ich hasse diese Insel», sagte Frida leise.

«Amrum? Das ist unmöglich!»

«Ich hasse die Langeweile, die Engstirnigkeit, den Geruch nach Tang und Salzwasser, das Möwengeplärr, die dunklen Stuben, dass es kaum Bäume gibt ...»

«Aber spürst du nicht auch die Freiheit? Ein Blick übers Meer, und du kommst zur Ruhe. Frida, so was, diese Weite, gibt es nur hier bei uns. Und dann die Robbenbabys. Und die schwarzen Gesichter am Piadersinj. Und das Hulken, vergiss das Hulken nicht ...» Sie meinte damit das Laufen von Haus zu Haus an Silvester, eine Sitte, bei der sich die Menschen verkleideten. Wer einen der Hulken erkannte, spendierte, je nach Alter, Schnaps oder Süßigkeiten. Ein Mordsspaß, fand Lou, das musste man doch einfach lieben.

«Ich bin zu alt, um an Haustüren zu schnorren», sagte Frida müde.

Klaus, der Bengel mit dem unerschöpflichen Tatendrang, kam aus dem Haus, um zu fragen, ob er mit einigen Kameraden fischen gehen dürfe. Natürlich durfte er. Jeder Bissen war willkommen, sogar dringend nötig. «Nehmt einen Eimer mit», ordnete Frida an und kehrte ins Haus zurück, um nach einem Jungen zu sehen, der fieberte.

Lou folgte ihr. Die Wickelkinder waren zu versorgen, Staubmäuse sammelten sich in den Ecken. Als sie die Kinder in den Räumen und auf den Treppen wuseln sah und ihr aufging, wie viel Arbeit noch vor ihr lag, packte sie plötzlich eine bleierne Erschöpfung. Müde wies sie die älteren Mädchen an, die Böden zu fegen. Die Jungen waren bereits draußen, um Jonny im Garten zu helfen – jeder, der konnte, musste mit anpacken. Es war wohl nie anders gewesen. Nur hatte sie das früher nicht mitbekommen. Inzwischen war ihr klar, dass im Hospital früher jedes normale Leben unterbrochen worden war, wenn sie vorbeikam. Man musste es der Enkeltochter des Kapitäns, der das Haus finanzierte, angenehm machen. Ein paar Spiele mit den Kindern, die gesund genug waren, die kränkeren, deren Anblick auf die Stimmung schlagen konnte, wurden weggesperrt. Lou ekelte sich vor der eigenen Blindheit.

Und fürchtete die Zukunft.

Sie hatten das Testament immer noch nicht gefunden. Zum Glück hatte der ferne Großcousin sich bisher nicht gemeldet, aber in der Nacht war Lou aus einem Albtraum hochgefahren. Es hatte an der Tür des Hospitals geklopft, und ein Kerl mit goldener Taschenuhr und Mexikanerhut hatte sich hereingedrängt und alle Kinder am Kragen gepackt und mit wildem Gelächter hinausgeworfen. Falls dieser abscheuliche Cousin in Wirklichkeit käme ... Er würde wohl kaum auf Amrum wohnen wollen. Aber wenn er das Hospital verkaufte, konnte er seine Hazienda in Amerika vergrößern und sich eine zweite verdammte goldene Uhr leisten. Genau das würde er machen, ganz sicher.

Lou raffte sich auf und wandte sich wieder der Arbeit zu. Endlich war der letzte Kinderhintern abgewischt, und die Windeln lagen im Eimer, um später gewaschen zu werden. Wer erledigte diese kräftezehrende Arbeit eigentlich? Ebenfalls Hannah, die sich bereits zu Tode schuftete? Schon wieder Schuldbewusstsein.

Ihre Miene hellte sich erst auf, als Klaus mit seinen

Freunden vom Fischen zurückkam. Im Eimer zappelten fast bis zum Rand Heringe. Grete nahm ihnen die Beute ab, um sie im Keller kühl zu lagern.

«Gibt es Nachschlag?», fragte Klaus hoffnungsfroh, als sie später die Suppe zum Abendbrot ausgelöffelt hatten. Hannah schüttelte den Kopf, und Klaus stand ohne zu meckern auf und sammelte die Schüsseln ein. Während die älteren Kinder sich wuschen, spülte Lou zusammen mit Emily das Geschirr. Ihre Schwester stieß sie an. «Was machen wir, wenn Frida wirklich weggeht?»

«Weiß ich nicht.» Erschöpft wischte Lou mit dem Lappen die letzten Blechteller sauber.

Sie ließ ihre Schwestern allein heimgehen, als endlich alle Arbeit erledigt war und sämtliche Kinder in den Betten lagen. Frida mochte die See hassen, Lou lechzte danach, an den Strand zu kommen. Einfach nur im Sand sitzen, nichts mehr denken, die Möwen kreisen sehen, die überhaupt nicht plärrten, sondern mit kühnen Schreien nach Eiern und Muscheln jagten ...

Die Hände am Mantelkragen, trottete sie durch die mit Strandhafer bewachsenen Dünen, vorbei an den dunklen Teichen der Vogelkoje, wo früher Lockvögel die Wildenten ins Verderben gequakt hatten, und dann hin zum Kniepsand an der Westseite der Insel. Vor dem Krieg hatten hier Badewagen gestanden, die zum Umkleiden und als Regenschutz dienten. Männer und Frauen waren in züchtigen Badeanzügen durch die Wellen geplanscht, Kinder hatten Sandburgen gebaut oder einander im flachen Ufer gejagt. Aber jetzt war keine Menschenseele zu entdecken. Der

Krieg, der verfluchte. Obwohl: Es war ja gerade die Stille, die sie hier suchte.

Lou ließ sich in den Sand fallen, lehnte sich mit dem Rücken gegen eine Düne und schloss die Augen. In ihrem Nacken piekte der Strandhafer, es störte sie nicht. Ruhe, Ruhe war das Einzige, das zählte. Durfte man wohl dafür beten, dass ein unbekannter Großcousin bereits in jungen Jahren – natürlich ohne allzu große Schmerzen – gestorben war? Sie lauschte dem Wellenschlag. Auch dieses Geräusch war Balsam für ihre Nerven, ein Schlaflied, von Neptun gesungen. Noch ein paar Wochen, und die Seehunde würden auf einer der trockengefallenen Sandbänke ihre Babys zur Welt bringen. Würde sie dann wohl noch hier sein?

Frida hatte in einer der kurzen Pausen, die sie sich gönnten, vorgeschlagen, dass sie und Emily ebenfalls im Erikahaus eine Ausbildung zur Krankenschwester machten sollten. Was für eine schreckliche Vorstellung! Lou mochte keine kranken Menschen. Mit den Kindern des Hospitals war es etwas anderes, die Knöpfchen kannte sie, die hatte sie gern. Aber sich vorzustellen, dass sie sich um Erwachsene kümmern sollte, um Dahinsiechende, die stanken und aus allen Körperöffnungen Unaussprechliches absonderten und sich beschweren würden, wenn Schwester Lou nicht spurte, oder, schlimmer noch, deren Todesängste sie sich wie eine Grippe einfangen und niemals wieder loswerden würde ... Das war doch ... grauenhaft.

Sie dämmerte weg. Als sie die Augen wieder aufschlug, pappte Sand in ihrem Haar, und der Wind wehte feine Körner in ihr Gesicht. Die Abendsonne hatte die Spiegelfläche der Nordsee mit einem Schleier aus flammend roter Seide überzogen.

«Ist hier noch Platz?»

Ach, sie war gar nicht von allein aufgewacht, jemand hatte sie geweckt. Lou brauchte nicht zur Seite zu rücken, die Düne zog sich über viele Meter, und der Neuankömmling ließ sich einfach neben sie in den Sand plumpsen. Sie warf ihm einen verstohlenen Blick zu. Matz Matzen. Dorfschullehrer aus Nebel, ein Querschießer, der auf der Insel Spott hervorrief, weil er gegen die despotische Art rebellierte, in der deutsche Schüler unterrichtet wurden. Kinder brauchten eine starke Hand, das wusste man doch. Außerdem war er aber auch noch so etwas wie ein Kamerad – sie hatten ein paar Jahre lang gemeinsam die Dorfschule besucht. Er natürlich in der höheren Klassenstufe, also auf der anderen Seite des Klassenzimmers, aber was tat das schon.

Er nahm seine karierte Schirmmütze vom Kopf, die er sommers wie winters trug und die sie einmal, um ihn zu ärgern, an die Spitze eines der Masten bei der Bahnstation gehängt hatte, weil sie klettern konnte, er aber nicht.

«Na, das nenn ich mal einen Zufall, Matz.»

«Nö. Ich hab dich gesucht.» Er lehnte sich ebenfalls zurück und schwieg erst einmal still, wie man das hier so tat, auf der Insel. Gesucht hatte er sie also. Und wie war er drauf gekommen, dass sie gerade hier sein könnte? Es schmeichelte ihr, dass er ihr offenbar gefolgt war.

«Was willst du denn von mir?»

«Ich vermisse meine Kinder.»

«Hast du denn welche?»

«Klar, achtzehn. Und drei davon kommen aus eurem Hospital. Die sind mir verlorengegangen.»

«Oh!»

Matz hatte nach der Schule ein Lehrerseminar besucht. Dann hatte ihn, wie alle jungen Männer, der Krieg verschluckt. Eine Verwundung brachte ihn zurück auf die Insel, und weil er wegen des Oberschenkeldurchschusses kriegsuntauglich geworden war, brauchte er auch nicht mehr an die Front zurück. Also machte er im Seminar seinen Abschluss zum Volksschullehrer, und vor einem Jahr hatte er sich wieder auf Amrum eingefunden. Den Vater, der vor ihm die Schule geleitet hatte, hatte das Giftgas in den Schützengräben gefressen, Matz wurde umgehend zu seinem Nachfolger eingesetzt.

Er hatte ihr damals auseinandergesetzt, was ihm vorschwebte: dass nämlich alles wie früher werden sollte, bevor der Krieg ihre Seelen zersetzt hatte. Die Kinder sollten Rechnen, Schreiben und gute Manieren lernen und wie sich die Wildvögel unterschieden und wie man auch auf Marschboden Gemüse und Blumen züchten konnte. Punkt. Aber bald war ihm wohl aufgegangen, dass es nicht reichte, sich in die Vergangenheit zu retten. Er hatte mit etwas angefangen, das er Reformpädagogik nannte. Lou hatte keine Ahnung, worum es sich dabei handelte, sie wusste nur, dass die Eltern protestiert hatten, er sie aber besänftigen konnte.

«Wir können die Kinder nicht entbehren», erklärte sie mit Nachdruck. «Jedenfalls nicht die älteren. Das Hospital hat's gerade schwer. Alle, die genügend Kraft haben, müssen helfen, den Dampfer über Wasser zu halten.»

«Die Erwachsenen müssen helfen. Kinder müssen lernen.»

«Was nützt ihnen ihr Wissen, wenn sie verhungern?» Lou erwartete, dass er fragte, ob es wirklich so arg sei. Das tat er aber nicht. Stattdessen sagte er: «Bei mir bekommen sie mittags ein Brot neben die Schiefertafeln.»

«Im Ernst?»

«So sind die Zeiten. Wenn der Magen knurrt, kann der Kopf sich nicht konzentrieren. Für eine Stulle reicht's immer.»

Und da brach Lou in Tränen aus. Es hatte gar nichts mit den hungernden Kindern zu tun, auch nichts mit Matz' Großzügigkeit. In ihrem von Kopfweh gemarterten Schädel hatte sich einfach so viel Trübsal angesammelt: ihr habgieriger Großcousin, die armen Knöpfchen, dass sie vielleicht die Seehundbabys nie wieder zu Gesicht bekommen würde ... Das ganze Elend quoll ihr nun aus den Augen.

«Oje», sagte Matz und reichte ihr ein Schnupftuch. Sie schnäuzte sich und steckte es ein, um es später auszuwaschen. Dann wurden sie wieder still. Das Abendlicht war zusammengeschnurrt und führte jetzt als goldenes Lichtbanner von der Sonne an den Strand. Es war so herzzerreißend schön.

«Ich habe unseren Inselchor wieder aufleben lassen», sagte Matz. «Freitagabends, acht Uhr. Uns fehlt eine schöne, reine Stimme im Sopran. Komm einfach rüber.»

Ach, der Chor. Sie ging nicht oft zur Kirche, aber sie hatte schon gehört, dass im St.-Clemens-Gottesdienst wieder gesungen wurde. «Ich kann nicht. Ich schlafe ein, sobald im Hospital alles erledigt ist.»

«Jetzt nicht weinerlich werden», mahnte Matz. Als sie schwieg, begann er plötzlich zu singen: *De Hoffnung weer hunnert Dag ünnerwegs* ... Er besaß ebenfalls eine schöne Stimme, eine vollere als sie, natürlich, er war ja ein Mann. Lou schniefte noch ein bisschen, dann legte sie sich auf die Seite, schloss die Augen und badete in den Tönen. Aller Kummer wurde durchsichtig und flog mit Matzens Stimme übers Meer.

«Freitagabend, acht Uhr, in der Schule», sagte er, als er aufstand. Sie hörte ihn davongehen.

6.

EMILY

Sie hieß Anna. Ihre roten Haare klebten an der Stirn, die Wangen glühten, gleichzeitig zitterte sie. Emily, die vor ihrem Gitterbettchen stand, zitterte ebenfalls. Anna hatte aufgehört zu weinen, vielleicht war sie zu schwach, aber man konnte ihre Qualen an der Art erkennen, wie sie ruckartig den Kopf auf dem Kissen wälzte. Frida löste Tropfen in Wasser auf und nötigte das Mädchen zu trinken. Hoffentlich war es ein Schmerzmittel, sodass die Kleine endlich einschlief!

Sie verließen das Zimmer. Im Flur erklärte Frida, dass Anna sterben würde. Der Schleim, den sie ausspuckte, bestand fast nur noch aus Blut, das Fieber war hoch, das Herz klopfte unregelmäßig, die Kräfte erloschen. Frida zählte die Symptome so nüchtern auf wie die Zutaten für einen Sonntagskuchen. Wilma und Horst, deren Betten im selben Zimmer standen, würden überleben, meinte sie. Sie hatten auf die mit heißem Spitzwegerich-Tee getränkten Wickel und den Kamillentee gut reagiert.

«Hat Anna Tuberkulose?», fragte Emily bang. Es war die einzige Krankheit, die sie kannte – und sie fürchtete sich vor ihr. Amrum war ein paar Jahre zuvor von der Seuche heimgesucht worden, man hatte in der Inselbahn Schilder angebracht, die die Gäste dazu anhielten, nicht auf den

Boden zu spucken und sich beim Husten ein Taschentuch vor den Mund zu halten. Trotzdem hatte es Dutzende Tote gegeben. In Süddorf war eine ganze Familie ausgelöscht worden.

«Ich kann's nicht sagen. Ich habe weder ein Röntgengerät noch die Möglichkeit zu einem Hauttest. Aber ich glaub es nicht. Wichtig ist, dass wir die hustenden Kinder von den anderen fernhalten, damit sie sich nicht anstecken.»

Und was ist mit uns?

Emily schämte sich des Gedankens, kaum dass er ihr in den Kopf schoss. Frida und Lou waren stark, die machten sich nur Sorgen um andere. Aber sie selbst hatte eine Heidenangst – vor Schmerzen und vor allem vor dem Tod. Wenn sie stürbe, würde man sie wie Großpapa in eine kalte Grube legen und Erde auf sie werfen. Sie würde im Sarg anfangen zu verfaulen. Käfer und Würmer würden sich in ihr Fleisch graben ...

Nein, weg mit den Bildern. Nicht grübeln! Das würde die Angst nur schlimmer machen. Mit zitternden Händen zog Emily den Kittel aus, den auf Fridas Anweisung jetzt alle im Infektionszimmer tragen mussten. Sie legte den Mundschutz ab und wusch ihre Hände mit Karbolseife, bis sie weh taten. Dann rettete sie sich in den Speisesaal zu den gesünderen Kindern.

Der Tag war verregnet, überall war es düster, auch hier im Raum. Emily holte eine Pappschachtel hervor, um mit den Kleinen Sternhalma zu spielen. Zwei etwa achtjährige Mädchen, Zwillinge, die wie Spucke aneinanderklebten, und ein älterer Junge namens Klaus setzten sich zu ihr, die anderen malten auf Schiefertafeln oder spielten mit

Muscheln, die sie in ausgewaschenen Konservendosen gesammelt hatten. Frida saß in der Küche, wo Jonny Peters und Grete Hühner rupften – die beiden mageren Vögel waren ein Geschenk von einem der Wittdüner Hotels. Endlich einmal etwas anderes als Fisch, dachte Emily, obwohl sie gar nicht mit den Kindern gemeinsam aß und überhaupt nicht wusste, ob die Kleinen etwas gegen die immer gleichen Fischsuppen einzuwenden hatten. Wenn man Hunger schob, war es wahrscheinlich gleich, was auf dem Teller landete. Sie hörte Frida leise lachen.

Hannah strebte mit einem Packen Pappkärtchen in Richtung Küche, und sie und Frida begannen miteinander zu reden, und während Emily ihre Figuren setzte, lauschte sie durch die halboffene Tür. Offenbar hatte einer der Badeärzte vor Jahren damit begonnen, die Krankheitsverläufe der Hospital-Kinder auf Pappkärtchen zu notieren. «Sollen wir das weitermachen?» Frida stimmte zu, und Emily konnte sehen, wie Hannah die Karten auf der Seite des Tisches, die frei von Hühnerfedern war, ausbreitete. Die beiden sprachen über Krankheiten. Viele der Kinder litten unter Asthma.

Zum Glück. Das ist nicht ansteckend!

Frida erklärte, welches Kind Fortschritte machte und bei wem sich der Zustand verschlimmerte: Horst, der bei seiner Ankunft offenbar kaum atmen konnte und aus Furcht vor neuen Anfällen nicht aus dem Bett wollte, hatte letztens einen längeren Spaziergang bewältigt, das war ein gutes Zeichen. Klaus merkte man seine Erkrankung kaum noch an. Hannah erzählte, dass eine Rückkehr nach Hamburg bei ihm zu einem bösen Rückfall geführt hatte, weshalb man ihn auf die Insel zurückgeschickt hatte, sodass er nun schon im dritten Jahr hier lebte. Er schien nur in der Seeluft gedeihen zu können.

«Zack ... zack ... uuuund zack ...» Eines der Zwillingsmädchen, die kleine Anke mit dem eingerissenen Ohrläppchen, das sie von ihrer Schwester unterschied, übersprang mit einer gelben Figur die anderen Holzpüppchen und rettete sie ins eigene Feld. Sie schaute Emily triumphierend an, aber die war mit ihrer Aufmerksamkeit schon wieder in der Küche.

«Was ist mit den drei Mädchen, die an Bleichsucht leiden?»

«Sabine ist oben, die ist immer nur müde. Aber die Zwillinge spielen mit Emily.»

Und dann fiel wieder das Wort, das sie fürchtete: *Tuberkulose*. Emily spitzte die Ohren, aber Frida schweifte gleich wieder ab. Sie erzählte von der Spanischen Grippe, von der man sagte, dass sie mehr Tote als der Krieg gefordert habe. Warum faszinierte diese Katastrophe sie so? Emily begriff nicht, wie jemand Freude daran haben konnte, sich mit Siechtum und Tod zu befassen.

Die Kinder hatten das Spiel beendet. «Noch mal?», fragte Anke strahlend. Ihre Haut spannte sich über dem knochigen Kiefer, es sah erschütternd aus. Emily schüttelte den Kopf, klappte das Spielfeld zusammen und schickte die Kinder zum Waschen. Zeit, in die Betten zu schlüpfen. Durch die kleinen Fenster fiel ja kaum noch Licht.

Bevor sie heimgingen, legte Frida Hannah ans Herz, ihr sofort Bescheid zu geben, sollte es einem der Patienten schlechter gehen, auch wenn es mitten in der Nacht wäre.

Na, die hatte Nerven ... Erschöpft trottete Emily mit ihrer Schwester am *Lustigen Seehund* vorbei in Richtung Villa. Es nieselte, der Wind blies die salzige Seeluft über die Insel. Die Häuser hinter den Hecken und den krummen Zäunen wirkten wie graue Schildkröten, sämtliche Fensterläden waren abweisend geschlossen. Auf der Straße breiteten sich Pfützen aus.

Fröstelnd zog Emily die Schultern hoch. Wo steckte eigentlich Lou? Hatte die sich abgeseilt, weil sie das Hospital auch nicht mehr ertrug? Na, das wäre ja was. Emily nahm sich vor, sich morgen für die Einkäufe zu melden, die in Wittdün zu erledigen waren. Dann sollte Lou sich mal um die Kinder kümmern. Sie wusste nicht, ob sie das schreckliche Hospital überhaupt noch einmal betreten konnte.

Unvermittelt legte Frida ihren Arm um sie. «Und, Schwesterchen? Was sind *deine* Träume?»

«Bitte?»

«Na, wenn man so jung ist ...»

«Ich bin doch schon siebzehn.»

Frida lachte. «Jedenfalls denkt man dann doch über die Zukunft nach. Ich hab dich in den letzten vier Jahren kaum gesehen, Emily. Und jetzt merk ich plötzlich, dass du erwachsen geworden bist. Wovon träumst du also, wenn du an deine Zukunft denkst?»

Emily zögerte – und platzte heraus: «Ich will ein Fotoatelier haben.»

«Ist nicht wahr!»

«Doch. Am besten in einer Großstadt wie Hamburg oder Berlin. Weil ich ja genügend Kunden kriegen müsste, damit ich mir eine Wohnung leisten kann.» Sie hatte noch nie mit einem Menschen über ihre große Sehnsucht gesprochen. Wie auch? Mutter hätte die Hände über dem Kopf zusammengeschlagen, und Lou dachte ja immer bloß an sich selbst. Jetzt sprudelte es nur so über ihre Lippen. «Die Leute würden zu mir kommen, wenn sie heiraten oder ein Kind gekriegt haben, oder zur Konfirmation ... In allen Situationen, die sie glücklich machen. Ich hätte den ganzen Tag nur mit Freude zu tun, Frida, und ich würde diese Freude aufs Fotopapier bannen und sie damit an die Leute zurückgeben. Ein besseres Leben gibt's doch gar nicht!»

Frida lachte.

«Wusstest du, dass die Menschen früher sogar ihre Toten fotografiert haben? Sie haben sich mit ihnen auf eine Bank oder ins Gras gesetzt, sie unauffällig gestützt und sich mit ihnen ablichten lassen, gerade so, als würden sie noch leben. Das hat ihnen geholfen, mit der Trauer fertigzuwerden, heißt es. Und ich kann das verstehen. Ich hätte auch gern ein Foto, auf dem Großpapa ...» Sie verstummte, schielte zu Frida, ob die sie vielleicht für verrückt hielt, sah ihr Interesse und fuhr fort: «Wäre es nicht schön, wenn es ein Bild gäbe, das wir uns anschauen könnten, wenn wir ihn vermissen? Stell dir vor, wir hätten eins von Papa!»

«Er ist ertrunken – das wäre kein Anblick, den du dir wünschst.»

Da hatte Frida wahrscheinlich recht. Hätte sie auch selbst dran denken können.

Das Nieseln wuchs sich zu einem Regenschauer aus. Sie liefen schneller, am Haus des alten Bendixen vorbei, durch dessen Fenster Akkordeonmusik drang. In die melancholische Musik hinein fragte Frida: «Ist dir eigentlich schon ein Mann über den Weg gelaufen? Ich meine ... na, du weißt schon.»

Verächtlich zuckte Emily mit den Schultern. «Jedenfalls keiner, der mit einer Kodak mithalten könnte. Und dir?»

Frida lachte abermals, antwortete aber nicht. Hielt sie das Fotografieren genau wie der Rest der Familie für einen affigen Zeitvertreib? Aus der Nacht lösten sich die Umrisse der Villa. «Weißt du, dass ich mir auf dem Dachboden eine Dunkelkammer eingerichtet habe? Willst du sie sehen?»

«Gern», stimmte Frida zu. Emily lächelte überrascht.

Sie tasteten sich die Treppen hinauf bis unters Dach, wo das Gerümpel aufbewahrt wurde, wie wohl in jedem Haus. Vor einem der gemauerten, unverputzten Verschläge, die den Boden unterteilten und die sie mehr erahnen als sehen konnten, blieb Emily stehen. Sie zog einen schwarzen Vorhang beiseite, drehte einen Schalter – und Lampenlicht erhellte den Raum. Ihre Schwester blickte verblüfft auf den Tisch mit dem Schemel, das Regal für die Schalen und Fläschchen und die Leine, an der Emily ihre Fotos zum Trocknen aufgehängt hatte. Sie trat näher, sah sich die Fotos an, nahm einige der braunen Flaschen heraus, las die Etiketten und bewunderte die Kameras.

«Das hier ist eine Rex Brownie ...» Emily zeigte mit heißen Wangen auf eine Kamera mit einem Kartongehäuse, die sie besonders liebte, weil sie von ihrem Vater stammte. «... und das hier eine Kodak Junior No. 2A. Die hat mir Großpapa geschenkt! Er war oft hier oben, wusstest du das? Er hat mir auch das Licht verlegt. Und mir manchmal für die Fotos, die ich gemacht habe, ein paar Groschen zugesteckt.»

«Was für ein schöner, stiller Ort.»

Emily warf ihrer Schwester einen raschen Blick zu, aber sie schien es ernst zu meinen. Glücklich fragte sie: «Willst du sehen, was ich in den letzten Tagen fotografiert habe?»

Frida ließ sich auf dem Schemel nieder, und Emily holte die Kodak Junior, die sie für die letzten Aufnahmen benutzt hatte. Sie schaltete das Licht aus und machte sich an die Arbeit. *Entwickler, Stoppbad, Fixierbad* ... Die Worte kamen so routiniert über ihre Lippen wie bei ihrer Schwester die Bezeichnungen für die Krankheitssymptome. Als sie schließlich aus den Negativen Schwarzweißabzüge zauberte, beugte Frida sich vor. Die Kinder aus dem Hospital materialisierten sich auf dem Fotopapier. Auch von Frida, Lou und Christian gab es Aufnahmen.

«So sehe ich also aus? Lauf ich wirklich so krumm?»

«Blödsinn. Nur das mit deiner Bluse ...» Emily wusste, wie man einen Menschen so drapierte, dass er auf Fotos gut aussah. Rasch öffnete sie Fridas obersten Blusenknopf und legte den Kragen anders. Frida lachte, ließ den Knopf aber offen stehen. Sie nahm eines der letzten Bilder in die Hand, und beide betrachteten die Aufnahme, die vor dem Hospital aufgenommen worden war. «Die Kinder sind zu dünn», stellte Frida fest. Sie meinte damit: Sie verhungern. Nicht auf der Stelle, sondern schleichend. Die Matrosenanzüge und -kleider schlotterten an den mageren Körpern, an den Beinen traten die Knie wie Knubbel hervor. «Wir müssen an Geld kommen.»

Und wenn das nicht gelang? Wenn auch die Amrumer

aufhörten, Lebensmittel zu spenden, weil sie selbst kaum über die Runden kamen? Dann würden die Kinder doch nach Hamburg zurückmüssen, dachte Emily. Und es gäbe kein Hospital mehr, keine Kranken, die mich anstecken könnten ... Sie schluckte, über sich selbst entsetzt. Wie konnte sie nur so denken! Sie hatte die Kleinen doch auch gern. Aber gleichzeitig hatte sie eben eine schreckliche Angst, zu sterben.

«Was ist?», fragte Frida.

Nein, das würde sie niemals über die Lippen bringen. Fiebrig suchte sie nach einem anderen Thema. «Wie steht es eigentlich um dich selbst? Hast du dich schon mal in jemanden verliebt?»

«Aber nein, was für ein Unsinn.»

Emily beugte sich vor. «Ich sehe, wenn du lügst. Doch, doch ... Nun sag schon! In wen?»

Frida lachte und gab es auf zu leugnen. «Er ist Arzt. Aber er ist ins ferne Afrika gereist. Und bestimmt hat er eine Krankenschwester gefunden, die ihn begleitet, und weil er schon fast vierzig ist, wird er sie toll vor Sehnsucht heiraten.»

«Tut dir das leid?»

«Überhaupt nicht. Ich will doch Ärztin werden», sagte Frida, aber Emily spürte, dass sie log.

Anna lebte am nächsten Morgen immer noch. Dafür war ein Junge gestorben, Erich, von dem Frida vermutet hatte, dass ihm nichts fehle als ausreichend Essen und frische Luft. Die bekümmerte Hannah erzählte ihnen, dass er aus schlimmen Verhältnissen stammte – seine Mutter hatte sich im Hamburger Hafen an Seeleute verkauft. Er war einer von denen gewesen, die nicht weinen konnten. Einmal hatte er von einer Schwester geredet, aber darüber wusste sie nichts weiter.

«Bei mir hat er über Bauchweh geklagt», sagte Lou, die wieder bei den Kindern half, leise. «Wenn ich nur drauf gehört hätte. Aber ich dachte, er stellt sich bloß an, weil er ... keine Ahnung, was ich gedacht habe.»

«Ich hätte auch nicht zugehört. Kleine Kinder klagen häufig über Bauchweh. Es ist, als könnten sie nicht spüren, was sie wirklich zwickt», erklärte Frida. Sie wirkte auch jetzt unberührt, aber als Emily, die sich doch zu einem weiteren Tag im Hospital überwunden hatte, sie später allein in der Küche entdeckte, sah sie sie in ein Taschentuch schnäuzen.

Und nun? Emily fühlte sich schuldig. Alle waren traurig über den Tod des Jungen. Sie selbst ja auch, aber sie fühlte sich vor allem leer. War sie kalt? Herzlos? Sie biss sich auf die Lippen, schleppte sich durch die Arbeit und haderte mit sich. Endlich, am späten Nachmittag, kam ihr eine Idee. Sie lief hinüber zur Villa, kramte ihre Kodak Junior hervor und kehrte damit zum Hospital zurück. Während drinnen Windeln gewechselt wurden, bat sie Jonny, den toten Jungen in den Garten zu tragen.

«Wozu das denn?»

«Es wird den Kindern helfen, glaub mir.»

Jonny war den Tod gewohnt. Er trug die leblose Gestalt in den Garten hinaus und setzte sie, so, wie Emily ihn anwies, auf eine Bank. Die Sonne stand richtig, sie war mild und gab doch genügend Licht.

«Schieb einen Ast hinten durch sein Hemd, damit er gerade sitzt, so als würde er noch leben.»

«Warum soll er ...?»

«Für ein Foto.»

Jonny gehorchte kopfschüttelnd. Als er fertig war, holte Emily einige der größeren Kinder aus dem Haus. Sie nötigte sie, sich zu dem toten Kameraden zu setzen, befestigte die Kamera am Stativ, mahnte zur Ruhe, bat um ein Lächeln, zu dem die Kinder aber nicht fähig waren – dann schoss sie, verbissen und gleichzeitig innerlich geschüttelt vor Grauen, mehrere Fotos. «Es soll doch wenigstens ein Bild von ihm bleiben», meinte sie, als sie fertig war. Aber die Kinder rannten einfach davon, froh, der schrecklichen Situation entronnen zu sein.

Wieder daheim auf ihrem Dachboden, entwickelte Emily die Totenbilder. Normalerweise zelebrierte sie die Prozedur, aber dieses Mal konnte es ihr gar nicht schnell genug gehen. Als sich ihre Aufnahmen auf dem Papier abzeichneten, wurde ihr Mund trocken. Jonny hatte vor dem Knipsen versucht, Erichs Augen zu schließen, um ihm ein friedlicheres Aussehen zu geben, aber das war aus Gründen, die sie nicht verstanden hatte, nicht möglich gewesen. So stierte der arme Junge sie an, sein Blick war direkt auf die Kamera gerichtet. Es sah aus, als lebte etwas in dem toten Körper weiter, das entsetzt der Dinge harrte, die kommen würden: Erde, Würmer, Maden ...

Verstört zerriss Emily die Aufnahmen, öffnete das mit schwarzem Stoff verdunkelte Dachfenster und warf die Schnipsel hinaus. Kurz drehte sie sich um sich selbst. Sie musste raus hier, an die frische Luft, atmen, sich vergewissern, dass sie selbst noch lebte. Doch ein Blick auf das Chaos in der Dunkelkammer hielt sie auf. Sie schaffte es nicht, den Raum zu verlassen, ohne wenigstens das Gröbste aufzuräumen. Dieser Ort war ihr Heiligtum. Also stellte sie mit zittrigen Händen Flaschen in die Regale und trocknete Schüsseln ab.

Sie wollte gerade eine Schere in eine Schublade räumen, als sie unten im Haus einen leisen Schrei hörte. Und dann die Stimme ihrer Mutter: «Ich hab's gefunden. O Gott im Himmel! Rudolf, Frida ... Kinder, ich habe es gefunden!»

Emily fand ihre Mutter in der Halle, in die sie mittlerweile hinabgeeilt war. Sie schwenkte aufgelöst einen Umschlag. «Ich hab's gefunden», stammelte sie immer noch. Im selben Moment ging die Tür. Lou kehrte aus dem Hospital zurück. «Sieh nur ...»

Lou stutzte und nahm ihr das Kuvert aus den Händen. Ungläubig starrte sie darauf und lief damit weiter ins Wohnzimmer, wo Frida in einem hohen Lehnstuhl vor sich hin dämmerte. Sie rüttelte die Schwester an der Schulter, während Mutter zu erklären begann. Sie habe Großpapas Testament in ihrer Bibel entdeckt. In ihrer eigenen Bibel! Was mochte der alte Mann sich gedacht haben, als er es dort hineinlegte? Nun ja, so sonderbar war der Einfall auch wieder nicht. Er wusste, dass sie jeden Sonntag in der Heiligen Schrift las, so gehörte es sich schließlich, er hatte es ja selbst getan. Nur, in der Aufregung der letzten beiden Wochen war sie von ihrer Gewohnheit abgewichen. «Komm, du darfst das nicht öffnen.» Sie nahm Lou das Kuvert aus der Hand und rief nach Rudolf.

Eine Viertelstunde später hatten sie sich alle im Salon versammelt, sogar Christian saß mit leuchtenden Augen in der Runde. Rudolf nahm das Kuvert, das inzwischen auf der geblümten Tischdecke lag, öffnete es mit einem Jagdmesser, zog einen braunen Pergamentbogen heraus und begann vorzulesen.

Es war vor drei Jahren verfasst worden, hier auf Amrum natürlich, Großpapa hatte die Insel ja nicht mehr verlassen. Emily verstand nicht alles von dem in Bürokratendeutsch verfassten Text, aber offenbar hatte er sein Vermögen in Goldbarren angelegt, die er zu Hause aufbewahrte, weil er den Banken nicht traute. Man möge in dem alten Überseekoffer auf dem Dachboden nachschauen.

«Er verwahrt Gold in einem alten Koffer?», fragte Mutter ungläubig, aber Emily verstand ihren Großvater. Mit diesem Koffer war er schließlich durch die ganze Welt gesegelt.

Großpapa hatte Rudolf als Treuhänder für das Vermögen seiner Stieftöchter eingesetzt, und zwar bis zu dem Zeitpunkt, an dem sie heiraten würden oder das dreißigste Lebensjahr vollendet hätten. An dieser Stelle brach sich wohl seine altmodische Einstellung Bahn. Rudolf solle die Familie bis dahin vom Erbe versorgen.

Dann ging es ins Detail. Bei dem Vermögen handele es sich um Degussa-Goldbarren im Wert von ... Emily verstand das Folgende nicht, ihr schwirrte der Kopf. Dollar, Mark ... Rudolf las Zahlen vor und auch exotische Namen wie Sumatra und Deutsch-Ostafrika. Noch während er über das Testament gebeugt war, flitzte Christian los, sicher, um das Gold zu suchen. Aber Rudolfs Gesicht begann sich zu verdüstern. Die Barren besäßen zusammen ein Gewicht von tausendzweihundert Feinunzen, erklärte er.

Christian kehrte mit einem fleckigen Leinenbeutel zurück, Triumph im Gesicht. Er reichte ihn seinem Vater, der hob die Vase von dem Spitzendeckchen in der Mitte des Tischs und schüttete den Inhalt vorsichtig darauf aus. Ein kleines Häuflein rechteckiger Goldbarren mit dem Aufdruck *Degussa, Feingold* und der Zahl 999,9 lag vor ihnen. Er zählte, verglich die Summe mit der aus dem Testament und nickte.

«Ist das viel?», fragte Lou.

«Es ist nicht wenig, aber ich hätte mit mehr gerechnet, mit sehr viel mehr. Euer Großvater muss eine Weile auf großem Fuß gelebt haben. Vielleicht hat er auch spekuliert, so wie dein Vater», meinte er in Rosas Richtung.

«Und wie lange können wir davon leben?», fragte Frida.

«Tja», brummte Rudolf, «es kommt drauf an, was wir jetzt unternehmen.»

7.

FRIDA

Frida musste mehrere Versuche unternehmen, ehe sie in der folgenden Woche die Oberin Dietrich ans Telefon bekam. Gepresst versuchte sie ihr die Situation zu erklären: Sie und ihre Schwestern hätten geerbt. Aber alles sei sehr unübersichtlich. Ihre Eltern dächten darüber nach, ihr Amrumer Zuhause zu verkaufen. Sie seien nach Berlin gefahren, in der Hoffnung, dass ihr Stiefvater dort mit Hilfe alter Bekannter eine Arbeit finden könne. Aber die Zukunft des Hospitals ...

«Mein Stiefvater drängt darauf, die kranken Kinder wieder nach Hamburg zurückzuschicken und das Hospital zu verkaufen, aber das geht nicht. Da werde ich niemals zustimmen.» Sie erklärte die Sache mit den hungernden Kindern im Uhlenhorster Waisenheim. «Unsere Kinder dorthin zu bringen wäre womöglich ihr Tod. Es muss einen anderen Weg geben. Aber um den zu finden, muss ich noch eine Weile auf Amrum bleiben. Ich habe die Hoffnung, dass es hier Leute gibt, die sich für wenig Geld um die Kleinen kümmern würden. Viele Insulaner bringen jetzt schon Lebensmittel vorbei, und ...»

«Ich verstehe», unterbrach die Oberin sie schließlich. «Und ich denke, es kann Ihnen nur nutzen, einmal selbst die volle Verantwortung für ein kleines Hospital zu tragen. Sie sind eine der besten Krankenschwestern, die ich je ausgebildet habe, wenn ich das erwähnen darf. Ich werde Sie freistellen und mich auch bei der Universität dafür einsetzen, dass man Ihnen bis zum nächsten Semesterbeginn Urlaub gibt. Wird das reichen?»

Frida verdrückte ein paar Tränen. Die letzten Tage waren dunkel gewesen, durchzogen von schwarzen Ahnungen und den bösen Prophezeiungen ihrer Eltern vor der Zukunft. Nun sah sie zum ersten Mal wieder einen Lichtstrahl am Horizont.

In den nächsten Tagen nahmen die Kinder sie völlig in Anspruch. Frida hatte in der Eppendorfer Klinik viele Patienten sterben sehen und gedacht, sie hätte ihren Frieden damit gemacht, nicht allen helfen zu können. Doch hier auf Amrum wurde ihr Panzer löchrig. Die Kinder waren ihr zu vertraut geworden. Sie beichteten ihr Geheimnisse, flüsterten ihr ungeschickte Liebeserklärungen ins Ohr, drückten sie ... Es war einfach nicht dasselbe wie in den anonymen Eppendorfer Pavillons.

Während sie den Jungen und Mädchen den Puls maß, ihnen in die Augen schaute und ihre Lungen mit dem alten, angerosteten Stethoskop abhorchte, das sie in einem Schrank gefunden hatte, kämpfte sie mit ihrer Frustration. Sie wusste, wie unzureichend ihre Behandlung war. Es fehlten Instrumente zur Diagnose und selbst die einfachsten Medikamente. Außerdem machte die Müdigkeit sie unachtsam. Hätte sie nicht merken müssen, dass Ida humpelte? Hätte sie nicht aus ihr herausbringen müssen, dass sie auf eine Muschel getreten war? Idas

Wunde heilte, daraus folgte also kein wirkliches Unglück, aber es hatte die Gefahr bestanden, dass sie ihren Fuß verlor.

Voller Ungeduld wartete Frida auf die Rückkehr ihrer Eltern. Dann könnte man weiterplanen. Doch Rosa hatte beschlossen, noch einige alte Freundinnen in der Nähe von Berlin zu besuchen, als wüsste sie nicht, wie dringend ihre Tochter ihr Kommen herbeisehnte.

Und dann trafen die Briefe ein. Es waren zwei, beide trugen den offiziellen Stempel der Universität. Frida öffnete den ersten – und atmete erleichtert auf. Man hatte ihrer Bitte um Aussetzung des Studiums stattgegeben. Und von wem kam der zweite? Ungeduldig riss sie an dem Papier. Der Umschlag enthielt einen schlichten Briefbogen mit einigen flüchtig hingekritzelten Zeilen.

Sehr geehrtes Fräulein Kirschbaum ... Sie überflog die Floskeln, die folgten ... *möchte ich Sie bitten, am 22. Mai um siebzehn Uhr im Zimmer 42 der medizinischen Fakultät zu erscheinen und Ihre Prüfung im Fach «Hygiene und Bakteriologie» abzulegen. Mit vorzüglichen Grüßen, Dr. James Tylor.*

Konsterniert starrte Frida auf das Papier. Die Universität wollte ihr freigeben, aber Tylor bürdete ihr eine Reise nach Hamburg auf? Warum? Um ihr zu zeigen, was er davon hielt, wenn die weiblichen Studenten sich Extrawürste braten ließen? Suchte er nach einem Vorwand, sie zu diskreditieren?

Die Prüfung selbst war kein Problem, über Hygiene und Bakteriologie wusste sie mehr, als Tylor je prüfen könnte.

Sie hatte ja während der Grippeepidemie mitgeholfen, die Standards für die Ärzte und Schwestern umzusetzen, die verhindern sollten, dass die Bakterien von einem Pavillon in den nächsten getragen wurden. Aber es ärgerte sie, dass man von ihr etwas verlangte, was man keinem männlichen Studenten zugemutet hätte – nämlich mitten in einer familiären Notlage Prüfungen zu absolvieren, die man problemlos auch um ein halbes Jahr hätte verschieben können.

Eingebildeter englischer Mistkerl!, dachte sie.

Nachmittags horchte sie wieder die dünnen Kinderbrüste ab. Anna starb, kurz bevor sie Feierabend machte. In ihrem Fall war Frida erleichtert, dass die Qual ein Ende hatte. Sie wusste, dass sie ihr nicht hätte helfen können. Manchmal war die Kunst einfach am Ende. Ein letztes Mal strich sie über den roten, von Schweiß verklebten Haarschopf, dann trug sie das tote Mädchen in einen kleinen Raum mit einer alten Liege, den Hannah für solche Fälle hergerichtet hatte. Über der Liege hing ein pausbäckiger Engel, der Anna sicher gefallen hätte. War sie an Tuberkulose verstorben? Nein, Frida tippte auf eine Lungenentzündung, die nicht hatte heilen wollen, weil ... Sie wusste es nicht. So viele Menschen starben, ohne dass sich die genaue Todesursache feststellen ließ. Husten war ein Allerweltssymptom. Sie schlug das Kind in ein Laken ein und verschloss die Zimmertür.

Auf dem Heimweg ging sie noch einmal beim Pfarrer und beim Totengräber vorbei.

Drei Tage später machte sie sich auf den Weg nach Hamburg. Die Prüfung fand nicht in Raum 42 statt, wie in dem Schreiben angegeben, sondern in Tylors Büro, einem kleinen Zimmer am Ende eines langen Ganges. «Platzprobleme», erklärte er, als er ihren verwunderten Blick bemerkte.

Steif bat er sie, sich zu setzen. Er war ein schwer einzuschätzender Mann: Sein Mund wirkte grüblerisch, war aber zugleich oft spöttisch verzogen, die Bewegungen kamen ihr allzu beherrscht vor. Doch sie mochte seine Augen. Sie waren von einem intensiven Indigoblau und der Blick scharf. In dem Zimmer, in dem er arbeitete, wirkte er wie ein Fremdkörper. Es war gemütlich eingerichtet, man hätte es sogar altväterlich nennen können. In einer Ecke stand ein Plüschsessel mit Troddeln, daneben ein mit aufwendigen Schnitzereien verzierter Beistelltisch. Die Vorhänge bestanden aus schwerem, angestaubtem, dunkelbraunem Samt, die Bilder an den Wänden waren Imitationen irgendwelcher barocker Schinken. In den Bücherregalen drängte sich allerdings ausschließlich neuere Fachliteratur. Frida entdeckte Freuds «Abhandlungen zur Sexualtheorie» und die «Psychopathologie des Alltagslebens».

Tylor zog einen Zettel voller Stichworte aus einer Schublade, die er aber nicht benötigte. Die Fragen waren unkompliziert. Dampfsterilisation, chemische Sterilisation, Sterilisation chirurgischer Verbände, Catgut aus Hammeldarm, Karbolspray, Jod ... Frida antwortete und versuchte ihr spöttisches Lächeln zu unterdrücken.

«Wie halten Sie es denn in Ihrem Inselhospital mit der Hygiene?»

«Bitte?»

«Es heißt, Sie haben Ihr Studium unterbrochen, um Ihre Zeit kranken Waisenkindern zu widmen.»

«Händewaschen, Kittelwechseln und Karbolseife. In Zweifelsfällen Sagrotan», erklärte sie spröde. Die Wittdüner Apotheke hatte das Mittel besorgt und ihr vergangene Woche geliefert. Aber was ging das diesen Tylor an?

Der Professor blickte kurz auf seine Hände, dann sagte er: «Ich schlage vor, Sie bringen auch gleich die Ohren-, Nasen- und Kehlkopferkrankungen hinter sich.»

Entgeistert starrte sie ihn an. «Darauf bin ich doch überhaupt nicht vorbereitet.»

«Sie werden keine Probleme damit haben», meinte er trocken. Sollte das ein Kompliment sein? Wenn, dann war es ein vergiftetes. Das Lehrbuch von Otto Körner lag auf dem kleinen Tisch in ihrem Zimmer im Erikahaus, sie hatte seit Monaten nicht mehr hineingeschaut und nur noch vage in Erinnerung, was Tylor in der Vorlesung erläutert hatte.

Der Professor begann zu fragen. Es ging ihm vor allem um Operationsmethoden. «Behebung eines Trommelfelldefekts?»

«Die Perforationsstelle wird mit der äußeren Eihaut eines Hühnereis bedeckt.» Damit lag sie noch richtig, bei anderen Fragen geriet sie ins Stammeln. Sie wusste, dass sie einen Fehler beging, indem sie sich auf diese Prüfung einließ. Damit erkannte sie ja praktisch deren Gültigkeit an.

Hinter Tylor hing eine Zeichnung zwischen den Gemälden, eine aus einer Zeitung gerissene Karikatur. Sie zeigte einen Vulkan, darüber tanzten Figuren in Ballsälen und auf Salondampfern. Quer über der Zeichnung stand das Wort *ausverkauft*. Die Deutschen amüsierten sich also, während unter ihnen die Lava brodelte. War das sein Blick auf das Volk, bei dem er zu Gast war? Herablassung? Vielleicht sogar der gleiche Hass, wie Schneider ihn pflegte, nur besser kaschiert? Aber warum war er dann nach Hamburg gekommen?

«Was versteht man unter einer Stenose der Luftwege?»

«Eine schwere Beeinträchtigung der Luftzufuhr zu den Lungen.»

«Gut. Ich denke, es reicht.» Tylor kritzelte etwas auf den Zettel mit den Stichwörtern. «Ihr vollständiger Name?»

«Frida Kirschbaum. Professor Tylor ...»

«Es ärgert mich», sagte er.

«Wie bitte?»

Er legte seinen Stift beiseite, und zum ersten Mal blickte er ihr direkt in die Augen. «Es ärgert mich, wenn die Begabteste unter meinen Studenten ihr Studium aufgibt, um in der Provinz Kindern die Nase zu putzen.»

«Ich putze nicht ihre Nasen, ich versuche, ihre Leben zu retten», erwiderte sie scharf.

«Wenn Sie Ihr Studium beenden, wird der Menschheit effektiver geholfen werden. Es ist eine mathematische Rechnung. Jetzt retten sie vielleicht ein Dutzend Leben. Als ausgebildete Ärztin könnten es Tausende sein.»

«Ach! Gibt es jetzt auch noch eine Vorlesung in Sachen Philosophie? Wie viele Menschen leben auf der Erde? Zwei Millionen? Und davon sterben täglich? Zigtausende? Meine Kräfte sind sowieso begrenzt, Dr. Tylor. Es ist sinnlos, die Kranken gegeneinander aufzurechnen. Ich hab dem kleinen Anton geholfen, eine Bronchitis auszukurieren, und dem nicht mehr ganz so kleinen Hans heilen endlich die Wunden am Hintern, weil ich sie mit Zinksalbe zuschmiere. Diesen beiden konnte ich helfen. Und wenn ich's nicht getan hätte ...» Sie drängte die Tränen zurück, die ihre Nase kitzelten. Jetzt nur nicht sein Klischee vom Weiblichen bestätigen.

«Werden Sie Ihr Studium aufgeben?»

«Natürlich nicht.»

«Ich wünsche Anton und Hans alles Gute, aber ich sehe in den beiden vor allem den Klebstoff, der Sie in der Provinz ...»

«Keine Provinz. Amrum ist eine Insel mit Heilklima, besonders geeignet für Lungen- und Hautkrankheiten. Zu beobachten, auf welche Weise diese Heilungen vonstattengehen, ist von medizinischem Interesse!»

«... den Klebstoff, der sie auf der Insel fest- und damit von Ihrem Studium abhält. Jetzt glauben Sie noch, dass Sie im Herbst nach Hamburg zurückkehren werden ...»

«Das werde ich auch!»

«Aber was, wenn Anton und Hans dann gerade eine weitere medizinische Krise durchmachen?»

Sie starrte ihn an und merkte, wie ihre mühsam unterdrückte Angst sich wieder zum Monstrum aufblähte. «Ich werde die retten, die zu retten sind. Bis zum Semesterbeginn wird alles entschieden sein. Dann bin ich wieder hier.»

Tylor streckte ihr die Hand hin. «Versprochen?»

Sie schlug ein, auch wenn sie sich dabei lächerlich vorkam. Und plötzlich schoss ihr eine Idee durch den Kopf. Sie zögerte. Tylor hatte sie gelobt, auch wenn seine Unterstellungen dem Lob den Glanz genommen hatten. Sollte sie es wagen? Was riskierte sie schon außer einer hämischen Abfuhr. «Dr. Tylor ...»

«Bitte?»

«Könnten Sie mir ein paar Medikamente besorgen, die ich von Amrum aus nicht beschaffen kann?»

Tylor stutzte. Dann holte er ein freies Blatt Papier aus einer Schublade. «Schreiben Sie's auf, und lassen Sie den Zettel hier auf dem Schreibtisch liegen. Morgen früh können Sie alles aus der Krankenhausapotheke holen.» Er erhob sich, dann fiel ihm noch etwas ein. Er ging zu seinem Regal und fischte ein Kuvert zwischen den Büchern hervor. «Das hier wurde mir von der Universitätsleitung gegeben, mit der Bitte, es an Sie weiterzureichen.»

Es handelte sich um weitgereiste Post. Der Brief war in Afrika aufgegeben worden.

Daniel schrieb von heißen Tagen und schwülen Nächten und seiner Überzeugung, dass der Erreger der Schlafkrankheit entgegen der Meinung britischer Forscher nicht vom afrikanischen Hochwild, sondern, wie bereits von einem Mann namens Taute vermutet, durch die gewöhnliche Tsetsefliege auf den Menschen übertragen werde. Er war ein begeisterter Mediziner und schilderte ihr die Symptome der Krankheit in allen Einzelheiten. Fieber, Gliederschmerzen, Lymphknotenschwellung ... Frida versank in seinen Spekulationen, sie ließ sich mitreißen. Vor allem ging es ihm darum, ein Medikament namens

Bayer 205 zu erproben, mit dem man der Seuche, die in Malawi teilweise epidemische Ausmaße erreicht hatte, zu Leibe rücken könnte. Sie hatten bereits erste Versuche durchgeführt …

Frida lächelte glücklich und ertappte sich nicht zum ersten Mal bei dem Wunsch, sie wäre mit ihm gegangen. In Gedanken sah sie sich neben Daniel an Krankenbetten und in einem provisorischen Labor stehen. Scharen von glücklichen schwarzen Patienten … aufregende Entdeckungen … Was für eine Vorstellung. Ihr kam Marie Curie in den Sinn, die Frau, die ebenfalls mit ihrem Mann zusammenarbeitete und der für ihre Radium-Forschung der Nobelpreis verliehen worden war.

Ach was, weg mit den Tagträumen! Sie legte den Brief in ihren Koffer. Erst einmal stand ihr Studium auf dem Plan. Sie wollte Ärztin werden, alles Weitere musste zurückstehen. Die einzige Ausnahme bildeten die Amrumer Hospitalkinder. Sie waren Großpapas Vermächtnis an sie, und sie würde sich um sie kümmern, solange es notwendig war. Dann aber musste sie in ihr eigenes Leben zurückkehren. Tylors Bild von den Kindern, die sie wie Klebstoff auf Amrum festhielten, machte ihr zu schaffen.

Vielleicht war dieses Bild auch der Grund, warum sie sich am Nachmittag auf den Weg zum Uhlenhorster Waisenhaus auf der anderen Seite der Alster machte. Sie musste in Erfahrung bringen, wie es tatsächlich um das Haus stand, und den Leuten klarmachen, dass das Seehospital die Kranken womöglich nur noch bis zum Ende des Sommers betreuen konnte.

Der Backsteinbau war neu und wirkte solide. Er zog sich über drei Stockwerke an einer mit schlanken Buchen bestandenen Allee entlang. Die Fensterrahmen waren weiß gestrichen, und ins Glas der Eingangstür war die bunte Figur des Nikolaus eingelassen, des Schutzpatrons der Kinder. Frida betrat einen großzügigen Empfangsbereich, aber der Pförtner, der hinter der Theke aus dunklem Holz sitzen sollte, war nirgends zu entdecken. Also öffnete sie die nächste Tür, die ins Innere des Hauses führte, und begab sich auf die Suche nach den Verwaltungsbüros.

Seltsamerweise war kaum jemand in den Gängen unterwegs. Sie lief durch leere, gelb gestrichene Flure und begegnete nur einmal einem Trupp Frauen mit Schürzen, Eimern und Besen, die es aber zu eilig hatten, um ihr Beachtung zu schenken. Als sie eine Treppe hinaufstieg, hörte sie zum ersten Mal eine Kinderstimme. Aha, hier lebten sie also, die Kleinen. Gab es Spielzimmer? Unterrichtsräume? Vermutlich, aber sie schien im Schlaftrakt gelandet zu sein, denn sonst hätte es turbulenter zugehen müssen. Bis auf die eine hohe Stimme, die bereits wieder verklungen war, hörte sie kein Geräusch.

Neugierig öffnete sie eine der Türen, die den Gang säumten. Vor ihr lag tatsächlich ein Schlafsaal, an dessen Wänden sich Kinderbetten reihten. Neben jedem Bett stand ein Stuhl. Alles wirkte pedantisch geordnet. Obwohl es erst auf vier Uhr zuging, waren die meisten Betten bereits belegt, aber es herrschte eine beunruhigende Stille.

Nur wenige Kinder drehten den Kopf, als sie den schmalen Gang ins Zimmer beschritt. Es roch nach Desinfektionsmitteln, uringetränktem Bettzeug und Apathie. Langsam ging sie an den Betten entlang. Ein kleines Mädchen lächelte sie an, die anderen Kinder starrten an die Decke oder schliefen. Frida spürte, wie ihr Magen sich verkrampfte. Die Gesichter auf den Kissen waren so abgemagert, dass die Kieferknochen durch die Haut stachen. Bei den wenigen Körpern, die sich freigestrampelt hatten, konnte sie unter den Nachthemden einzelne Rippen erkennen, sie sah Froschbäuche und die krummen Beine, die für Rachitis typisch waren. Die Kinder hungerten schlimmer, als es im Seehospital je der Fall gewesen war. Ihr wurde klar, dass über jedem der Betten der Tod grinste.

Mechanisch machte sie am Ende der Bettenreihe kehrt. Das kleine Mädchen lächelte sie erneut an, hoffnungsvoll, als wäre sie ein Rettungsseil, das sie ergreifen könnte. Frida wandte rasch den Kopf ab. Raus hier. Raus aus diesem Wartesaal des Todes!

Als sie in den Flur zurückkehrte, kam ihr eine ältere Krankenschwester entgegen, die mit einem stinkenden Töpfchen zu einer der Kliniktoiletten eilte. Frida wollte sie aufhalten, aber sie schob ihre ausgestreckte Hand beiseite. Keine Zeit. Wie auch? Bevor man am Essen sparte, war sicher Personal entlassen worden. Überraschenderweise blieb die Frau dann aber doch stehen. «Kann ich Ihnen helfen?»

«Was ist mit den Kindern?»

«Wir haben einen Krieg verloren», sagte die Frau und lief mit steinernem Gesicht weiter.

8.

LOUISE

Matz war ein hoffnungsloser Chorleiter. Vielleicht ist er auch einfach zu musikalisch, dachte Lou. Er schaute auf ein Notenblatt und von dort sprangen die Melodien in seinen Kopf, sodass er sie mühelos vorsingen konnte. Dass Noten für andere Menschen nichts als Fliegenschisse auf schwarzen Linien waren, konnte er nicht begreifen. Er argwöhnte Renitenz oder Gleichgültigkeit bei seinen Chorsängern und begann mit den Fäusten in den Hosentaschen einen Vortrag.

«Wenn die Noten auf dem Papier nach oben gehen, singt man höher, wenn sie runtergehen, tiefer. Ganz einfach. Ihr habt's doch vor Augen, oder?» Er starrte in leere Gesichter. «Und wenn die Noten durch kleine Querstriche miteinander verbunden sind oder diese halben Flügel drankleben ...»

«Nich schnacken! Maak to», blaffte der alte Bendixen.

Matz' Kiefer arbeitete. Wenn ihm jetzt die Pferde durchgingen, konnte er seinen Chor in den Wind schreiben, und das wusste er auch. Er holte Luft und zwang sich zu einem Lächeln. «Ich sing's noch mal vor. Ab Takt vierundzwanzig. Bitte genau drauf achten: Der Übergang vom e zum fis ...»

«En beten scheef hett Gott leev», bellte Bendixen, der

halb taub war und fand, dass es beim Kirchengesang vor allem auf die fromme Gesinnung ankam.

«Vielleicht macht euer Gewimmer dem lieben Gott Freude, ich krieg davon Herzklabaster. Gebt euch doch einfach mal Mühe!», bettelte Matz.

Lou verbarg ihr Lächeln hinter ihrem Notenblatt. Der Matz mit seinem ollen Pulli und den Hosenträgern! «Spiel's auf der Orgel vor, beide Männerstimmen», riet sie.

Er gehorchte, voller Hoffnung, dass sie ein besseres Gespür dafür besaß, wie man den halbtauben Insulanern den Choral in den Kopf hämmern könnte. Seine Finger glitten über die Tasten, er sang den Tenor mit. Ja, seine Stimme war ein Gottesgeschenk. Das Kirchenschiff füllte sich mit Wohlklang – der sein trauriges Ende fand, als die anderen Männer einstimmten. Acht Männerstimmen, acht Töne. «Bitte noch einmal. Genau hinhören.» Und noch einmal ... Und ...

«Fieravend.» Bendixen erhob sich, die anderen folgten. Und Matz, der seinen Schülern tadellos den Marsch blasen konnte, musste vor den Eltern kapitulieren. Das war's also gewesen mit der Probe. Am Sonntag sollten sie im Gottesdienst singen. *Ach, mein Jesu, welch Verderben ...* Ja, das traf es.

Lou sammelte die Noten ein, die die Chorleute auf den Kirchenbänken zurückgelassen hatten, und brachte sie zu Matz, der sich grimmig einen Schnürsenkel zuband. «Rums, machte die Rakete und schoss durch die Decke in den Himmel hinauf.»

«Ja, lach nur», brummte Matz. «Ich hab die Idioten satt. Ich schmeiß es hin.»

«Und das sagt ausgerechnet der Reformpädagoge, der die ganze Welt heile machen will?»

Matz hatte ihr an einem der vergangenen Abende wieder von seiner neuen Art zu unterrichten vorgeschwärmt. Sie wurde von einem Mann namens Gaudig propagiert und breitete sich angeblich gerade über ganz Deutschland aus. Lou hatte nicht viel von dem verstanden, was ihm im Herzen brannte. *Selbständigkeit, Selbstbestimmung, selbst ... selbst ...* Ihr hatte der Kopf geschwirrt. Am Ende der Schulzeit sollten seine Schüler fähig sein, allein zu denken und zu lernen, ihr ganzes Leben lang, darauf wollte er hinaus. Aber sie war skeptisch. Der Mensch trottete in der Herde. So war das nun mal.

Matz hatte die Noten in seiner fleckigen Ledertasche verstaut und trat nun mit ihr hinaus auf den Friedhof. Vögel flatterten von den Grabsteinen auf, und Matz schob seine Mütze in den Nacken und starrte ihnen nach. Sein Chor war längst Richtung Haus und Hütte verschwunden, und er selbst wäre ebenfalls mit ein paar Schritten bei der Schule gewesen, in der seine kleine Wohnung untergebracht war, aber es zog ihn noch nicht dorthin. «Ich bring dich heim.»

«Ist nicht nötig. Auf Amrum geht man ja nicht verloren.»

«Ich mach's trotzdem.»

Lou lächelte. Es war Ende Mai. Trotz der späten Stunde hing immer noch die Dämmerung über der Insel. Kein goldener Himmel dieses Mal, kein Horizont in Flammen, nur ein leises Erlöschen des Lichts. Matz kam nach wenigen Schritten wieder auf sein Lieblingsthema zu sprechen: auf den Herrn Gaudig, der gerade in Lübeck einen Vortrag gehalten hatte. «Er sagt, ihm ist aufgefallen, dass die Jugend eine sonderbare Sehnsucht nach Führern an den Tag legt, die ihnen den Weg vorgeben. Immer soll ihnen jemand die Richtung weisen. Gaudig findet das furchtbar.»

«Wieso? Was ist denn schlecht daran?», fragte sie. «Du weist doch auch Wege.»

«Ja, den Knirpsen. Aber wenn man heranwächst, muss man den eigenen Kopf gebrauchen. Gaudig sagt, unserer Jugend fehlt das Gefühl für die Selbstverantwortung. Man sollte nur dem Befehl des eigenen Herzens folgen. Und damit hat er recht!»

«Was bist du nur für ein Spinner, Matz.» Sie boxte ihn lachend in die Seite.

«Ich hoffe, meine Schüler werden auch mal welche!»

Dann hatten sie auch schon das Tor der Villa erreicht. Lou blieb stehen. Sie drehte sich zu Matz um und … Sie tat nichts Besonderes, sie wartete einfach, das Gesicht gehoben, die Lippen ein ganz klein wenig gespitzt. Na los, Matz! Er mochte sie, wohl schon ewig, und inzwischen bummerte ihr Herz ebenfalls, wenn sie ihn traf. Verliebt sein und küssen – das gehörte doch zusammen. Aber Matz, der strubbelige Dummkopf, kratzte sich am Hals, bat sie hektisch, die Familie zu grüßen, und schwupps, schon floh er den Weg hinab. Wenn's drauf ankam, wurde der Kämpfer für die Reformpädagogik also schüchtern.

«Der Gaudig hat recht. Immer dem Befehl des eigenen Herzens folgen», rief sie ihm lachend nach.

Am nächsten Mittag kehrte Frida auf die Insel zurück. Sie war in sich gekehrt, regelrecht bedrückt, aber Lou hatte keine Lust, sie nach den Gründen zu fragen – die Prüfung hatte sie bestanden, alles andere war nebensächlich. Ihr schwirrte ja immer noch Matz im Kopf herum, der sie am Gartentor hatte stehenlassen. Leider ließ er sich den ganzen Tag nicht blicken.

Aber am Sonntag nach dem Kirchgang – der Chor jaulte zum Erbarmen – kam er mit rüber ins Hospital. Zum Essen wollte er sich nicht einladen lassen, dafür spielte er später mit den älteren Kindern ein Rechenratespiel. Anfangs hielten sie nichts davon, aber wenn er nicht in seinem Schuldzimmer stand, war er ein lustiger Bursche, und da ließen sie sich drauf ein. Selbst Fridas Gesicht hellte sich einen Moment auf. Als er später aus dem Herzhäuschen im Garten kam, hielt Lou ihm erneut den gespitzten Mund hin, nur, um ihn zu necken – überall spielten ja die Kinder. Er grinste und brummte glücklich: «Na warte», als er an ihr vorbeilief.

Gegen Abend kam Gerlinde aus der Villa, um zu berichten, dass die Eltern mit der letzten Fähre heimgekehrt seien. «Eure Mutter hat ein wenig geschlafen, aber nun möchte sie euch möglichst bald sehen.»

Matz zog ein enttäuschtes Gesicht, wahrscheinlich hatte er auf einen Abend im Garten gehofft. Nun aber brachten sie eilig die Kinder zu Bett und gingen nach Hause.

Rudolf rauchte seine Pfeife, als Lou mit ihren Schwestern das Zimmer betrat. Er klopfte sie am Kamingitter aus und setzte sich an den Tisch, wo Mutter bereits auf einem der

Polsterstühle Platz genommen hatte. Na, das versprach ja förmlich zu werden. Lou fiel auf, dass eine Staubschicht den Flügel bedeckte. Mutter verreiste, und sofort hielt hier der Schlendrian Einzug. Sicher würde dazu eine Bemerkung fallen. Sie war versucht, ein Herzchen auf den schwarzen Lack zu malen, verkniff es sich aber und setzte sich zu den anderen.

Rudolf räusperte sich, dann kam er umstandslos zur Sache. «Ich spreche zu euch in dieser Stunde als der Verwalter eures Vermögens, zu dem euer Großvater mich, wie ihr wisst, eingesetzt hat. Diese Aufgabe ist verantwortungsvoll und nicht einfach zu bewältigen. Ich muss dafür sorgen, dass diese Familie überlebt und euer Erbe dennoch so weit wie möglich erhalten bleibt.»

Lou starrte ihn an. Worauf wollte er hinaus? Die Sekunden tickten in den Raum.

«Ich habe mit einem Bekannten gesprochen, einem Bankier, dem ich das Testament vorgelegt habe. Es ist so, wie ich befürchtet habe: Mit der Summe, die euer Großvater euch hinterlassen hat, kommen wir vielleicht ein Jahr über die Runden, höchstens anderthalb, und auch das nur, wenn wir sehr sparsam sind.»

«Und das ist tatsächlich das Gebot der Stunde: sparen», fügte Mutter dumpf hinzu. «Und zwar so knauserig wir nur können, an jeder Stelle. Und damit meine ich: wirklich überall, wo es möglich ist.» Sie ließ ihnen Zeit, zu begreifen, was sie meinte.

«Du willst das Hospital schließen?», stieß Frida hervor.

«Und zwar auf der Stelle. Es bricht mir selbst das Herz, aber ...»

«Mutter, die Waisenkinder...»

Rudolf hob die Hand. «Man kann eurem Großvater keinen Vorwurf machen. Dass er sein Vermögen in Gold anlegte, war eine kluge Entscheidung. Dass es kein besonders großes Vermögen ist... Nun, er war nur ein Kapitän, dazu in schweren Zeiten. Und doch bleibt das Resultat: Seine Hinterlassenschaft wird euch nicht lange über Wasser halten. Das Hospital ist eine Eskapade, die ihr euch nicht mehr leisten könnt. Ich habe also keine andere Möglichkeit...»

«Aber wo sollen die Kinder denn hin?»

«Zurück in das Waisenhaus, aus dem sie gekommen sind. Dort trägt man schließlich die Verantwortung für sie.»

Einen Moment herrschte Totenstille. Als Frida wieder die Stimme hob, sprach sie so leise, dass sie kaum zu verstehen war: «Ausgeschlossen. Ich bin in Uhlenhorst gewesen. Die Kinder sind dort am Verhungern.»

Lou starrte ihre Schwester an. Dass Deutschland hungerte, wusste sie auch. Es hatte in dem schrecklichen Krieg begonnen. Hungerblockade und Steckrübenwinter – die beiden Wörter hatten sich ihr tief ins Gedächtnis gegraben, genau wie die Zeitungsfotos, die das Elend in Hamburg und Berlin dramatisch aufs Papier bannten. Und sogar auf Amrum hatten sie mit Lebensmittelkarten anstehen müssen. Brotmarken gab es für die Ärmsten heute noch. Nur: verhungern? In einer öffentlichen Einrichtung? Kinder, die dem Staat anvertraut waren?

«Übertreib nicht», sagte Rudolf. «Es ist schwierig, aber im Moment muss jeder sehen, wie er durchkommt.»

Frida wandte sich an ihre Mutter. «Wirklich, ich habe sie in ihren Betten liegen sehen. Die Kinder sind nur noch Haut und Knochen. Ihre Bäuche sind vom Hunger aufgebläht. Einige von ihnen hatten schon Ödeme an ...»

«Bitte kein Fachchinesisch», korrigierte Mutter mechanisch.

«Sie werden sterben. Und wenn wir unsere Kleinen dorthin bringen, werden sie ebenfalls ...»

Rudolf klopfte mit der Hand auf den Tisch. «Das Waisenhaus muss sich eben an den Staat wenden. Dort wird man schon helfen. Ich bin dafür verantwortlich, für euch zu sorgen.»

Lou spürte ihren Mund trocken werden. Plötzlich sah sie wieder die kleine Margarethe vor sich, wie sie mit starren Augen in ihren Armen gelegen hatte. Die weißen Lippen, das verschmierte Erbrochene ...

«Also gut», sagte Frida. «Überlass mir das Gold, das Großpapa für mich vorgesehen hat. Ich werde es für das Hospital verwenden und verzichte auf alle weiteren Ansprüche. Ich komme auch so durch. Nach dem Studium werde ich ja ...»

Rudolf brauste auf. «Siehst du? Genau deshalb hat dein Großvater mir euer Vermögen anvertraut: weil er sich gedacht hat, dass ihr mit eurem weiblichen Unverstand alles in kürzester Zeit durchbringen würdet. Außerdem ist das Hospital euer gemeinsamer Besitz. Selbst wenn ich dir deine Flausen durchgehen lassen würde, wäre es mir trotzdem nicht erlaubt, gegen die Interessen deiner jüngeren Schwestern zu handeln. Das Hospitalgebäude muss verkauft oder lukrativ umgewandelt werden – etwa in eine

Pension. Irgendwann werden ja wohl schon wieder Badegäste kommen.»

Es wurde still im Raum, eine Lerche sang im Garten. Lou dachte an Sabine, die gerade das Pfeifen auf zwei Fingern gelernt hatte ... an Hans, der im Rollstuhl saß und trotzdem Fußball spielen wollte ... an Wilma mit den Zöpfen, die immerfort Petersilie anschleppte, und beim Kochen helfen wollte ... an Ida, an die Zwillinge ... Eine Faust presste ihr das Herz zusammen. *Wir lassen sie sterben, damit wir selbst leben können.* «Wir müssen eine andere Lösung finden», flüsterte sie mit dünner Stimme.

Mutter, die bis dahin steif zwischen ihnen gesessen hatte, nahm ihre Hand, und ein Lächeln trat plötzlich auf ihr Gesicht, als wäre ihr eine Idee gekommen. «Ja, Louise, ich stimme dir zu.» Als Rudolf sie perplex anstarrte, legte sie ihre andere Hand auf seine knöchrige. «Es wundert mich nicht, Kind, dass du so etwas sagst. Der Herrgott hat dir ein gutes Herz geschenkt. Und es gäbe tatsächlich einen Weg, den kranken Kindern zu helfen und gleichzeitig für euch Mädchen zu sorgen. Es wäre sogar ein sehr natürlicher Weg, wie man ihn in den meisten Familien auch ohne Not einschlägt. Der Weg von Tradition und guter Sitte.»

«Was meinst du?»

«Nun, ihr Mädchen seid nicht reich, aber auch nicht unvermögend. Es sollte durchaus möglich sein, euch vorteilhaft zu verheiraten. Das wäre doch die Lösung. Gute Ehemänner, die euch vor einem Schicksal in Armut bewahren.»

Lou starrte ihre Mutter an. Sie begriff nicht. «Mutter! Ich bin nicht einmal verlobt.»

«Das ließe sich ändern. Du bist im besten Heiratsalter, Louise. Wie du weißt, habe ich mir ja schon öfter Gedanken gemacht, welche Herren für euch Mädchen in Frage kämen. Viel Auswahl gibt es leider nicht, aber einige respektable Männer wohnen doch auf der Insel. Ich denke da zum Beispiel an Hellmut von Rathen, den Jagdfreund eures Vaters. Er ist nicht nur wohlhabend, sondern hat sich auch um den Badetourismus verdient gemacht und der Insel auf andere Weise großzügig und weitsichtig geholfen – beispielsweise, indem er sie mit Strom versorgte. Man könnte sich vorstellen, dass ihm auch das Hospital ...»

«Mutter, was redest du? Der ist doch uralt.» Lou stand mit wackligen Knien auf.

«Noch nicht einmal fünfzig. Was bedeutet, dass er Lebenserfahrung und die Gelassenheit und Güte besitzt, die sich erst mit den Jahren einstellen.»

«Aber ...»

Mutters Stimme wurde schärfer. «Hast du nicht selbst gerade gesagt, die kranken Kinder müssten ohne das Hospital verhungern? Kind, es geht im Leben nicht ohne Opfer. Ich habe das ja selbst erlebt. Meine Ehe mit deinem Vater wurde von gegenseitigem Respekt und Zuneigung getragen, aber sie gründete vor allem auf Vernunft. Armut ist ein furchtbares Los. Und ihr Mädchen ...»

Lous Herz trommelte, als wollte es die Brust durchschlagen. «Du willst, dass ich einen alten Mann heirate, den ich kaum kenne?»

Frida öffnete den Mund, sie wollte etwas einwenden, doch Rosa war schneller. «Solche Ehen sind in Familien wie unserer durchaus üblich. Die Eltern wissen mit ihrer Lebenserfahrung recht gut, welcher Mann zu ihren Töchtern passen würde. Ja, ich denke, ich werde ihn einladen. Angesichts der Tatsache, dass sich dieses Haus in Trauer befindet, stelle ich mir einen kleinen musikalischen Abend mit anschließendem Essen vor. Emily, es wäre schön, wenn du etwas auf dem Flügel spielen könntest. Vielleicht könntest du zu ihrer Begleitung singen, Louise? Deine Stimme ist zwar nicht ausgebildet, aber ich meine, dass du ein natürliches Talent...»

«Du willst mich verkaufen?»

«Verzeihung?» Die Stimme ihrer Mutter klang jetzt eisig. Sie schien es zu merken, denn sie bemühte sich um einen weicheren Tonfall, als sie weitersprach: «Louise, wenn ich denken müsste, dass Hellmut dir zuwider ist, würde ich dich niemals zwingen. Dann müssen die Waisenkinder eben doch den Zug nach Hamburg nehmen.»

Lou stand auf.

Sie rannte nicht hinaus, sie taumelte.

Matz. Ihre Füße liefen wie von selbst zu seinem Haus. Wo sollte sie denn auch hin, wenn nicht zu ihm? Das Schulgebäude war in die Jahre gekommen. Das Reetdach musste dringend geflickt werden, eine zerbrochene Scheibe war mit Pappe abgedichtet. Als sie durch das quietschende Tor in den dunklen Garten trat, sah sie wie schwarze Scherenschnitte die beiden Schaukeln und die Wippe, die Matz mit den älteren Schülern im vergangenen Sommer aus Holzresten gebaut hatte. Von hier ging es auch zu seinen beiden Wohnräumen.

Sie hämmerte gegen die Tür. Es dauerte, bis eine Lampe aufflammte. Auch die Schule besaß elektrisches Licht, aber nur im Klassenzimmer. Man hatte sich im Dorf gedacht, dass es reiche, wenn die Kinder Licht zum Lernen hatten. Der Dorflehrer konnte sich wie seine Vorgänger ein Kaminfeuer anzünden und eine Petroleumlampe auf den Tisch stellen.

Lou wartete im Wind, der scharf um die Ecke blies, obwohl es doch eine Maiennacht war. Endlich öffnete Matz die Tür. Er trug eine Hose und ein Unterhemd, das er hastig in den Bund gestopft hatte. Die Hosenträger hingen ihm über die Hüften. «Lou ...»

Sie schob ihn durch den engen Flur zurück in seine Wohnstube. Ein Tisch, zwei Stühle, in einer Ecke ein eiserner Herd, Geschirr, das in einer Blechwanne einweichte ... Durch die Tür konnte sie das Bett sehen, aus dem das karierte Bettzeug quoll. Was hatte Matz ihr mit seinem Grinsen und seinem «Na warte ...» eigentlich in Aussicht gestellt? Tatsächlich einen vom Priester abgesegneten Platz in diesem Bett? Sie fasste ihn bei den Händen. «Ist das nicht wunderbar? Matz, stell dir vor: Ich werde heiraten.»

Ihrem Reformlehrer stand der Mund offen. Er machte sich los und schloss die Tür zur Schlafkammer. Sicher war ihm das Bettzeug peinlich, seit Wochen war es nicht mehr gewaschen worden, wozu auch, wenn er hier wie ein Eremit hauste.

«Und nicht irgendwen, Matz, sondern den reichen Dänen, dem das Elektrizitätswerk unten in Wittdün gehört, kannst du dir das vorstellen? Er hat ein Haus in Norddorf –

und vielleicht auch eines in Kopenhagen. Vielleicht werden wir nach der Hochzeit dorthin ziehen. Er wird mich ausführen. Ich werde Pelze und Seidenkleider tragen und mich mit Essen vollstopfen, bis ich platze. Ein eigenes Auto krieg ich bestimmt auch, und ich werde jeden Abend in die Oper gehen.»

«Donnerwetter», sagte Matz. Die Haare standen ihm vom Schädel ab wie Stahlwolle.

«Ja, willst du mir nicht Glück wünschen?» Lou fasste ihn erneut bei den Händen und zwang ihn zu ein paar Tanzschritten. «Du bist natürlich eingeladen.»

«Meine Gratulation», sagte Matz und sah wie ein Dummkopf aus.

«Hellmut von Rathen. Du kannst gleich mal üben: Gnädige Frau von Rathen, darf ich Ihnen den Sonnenschirm tragen? Erlauben Sie mir, Ihnen ein Biskuit zu servieren, Frau von Rathen? Wünschen Sie, dass ich ...»

«Von Rathen?»

«Ein bisschen mehr Ehrfurcht im Ton, wenn ich bitten darf.»

«Den willst du heiraten?»

«Ganz genau, Matz. Er ist Hunderttausende Mark schwer. Wie könnte ich ihn nicht lieben?» Sie wartete und sah ihn an, ihren Matz. Er hatte sie beinahe geküsst. Er wusste, wie ihr selbst zumute war. Sie hatte es ihm doch deutlich genug gezeigt. Warum fuhr er nicht aus der Haut? Warum brüllte er ihr nicht ins Gesicht, dass er sie liebe und im Leben nichts anderes als die Liebe zähle?

Matz strich sich durch die wirren Haare und blinzelte. Das war alles. Die Sekunden tröpfelten in sein Schweigen.

«Behalte mich gut in Erinnerung», sagte Lou und wandte sich zur Tür.

«Von Rathen ist ein Dreckschwein», tönte es in ihrem Rücken. Aber das reichte nicht, es war zu lau, kam zu spät, Lou sparte sich die Antwort.

Die Nacht war still und schwarz.

Ihre Füße trugen sie zum Meer.

9.

FRIDA

Frida stieg langsam die Treppe hinunter. In der Küche klapperte Geschirr, aus dem Musikzimmer drang lustloses Klaviergeklimper. Sie hatte nach dem entsetzlichen Abend mit ihren Eltern kaum geschlafen. Als alle zu Bett gegangen waren, hatte sie noch auf Lou gewartet, aber ihre Schwester war einfach nicht gekommen, und da war sie in die Kissen gesunken und erschöpft eingeschlafen.

Unglaublich. Es war unglaublich, wie Mutter Lou erpresst hatte. Heiraten, um das Hospital zu retten. Sie hätte sofort lautstark protestieren müssen, das war ihr inzwischen klar. Man würde für die Waisen eine andere Lösung finden. Einen Kredit, der das Hospital über Wasser hielt ... einen Gönner ... Irgendetwas würde ihnen schon einfallen. Aber die guten Ideen kamen ja immer erst mit Verspätung.

Mit stechenden Kopfschmerzen steckte sie den Kopf durch die Salontür. «Wo ist Lou?»

«Ich weiß nicht. Soll ich mal in ihrem Zimmer nachschauen?», murmelte Emily, die die berüchtigte *Elise* übte, das Stück, mit dem ihre Mutter sie alle drei getriezt hatte.

«Da war ich gerade. Ihr Bettzeug ist unberührt. Kannst du bitte aufhören, Lärm zu machen?»

Emily klappte den Klavierdeckel zu, und Frida setzte sich an den Tisch. Draußen war es warm und hell, aber ihr Kopfschmerz verlangte nach Dunkelheit und Kälte. Konnte sie nur jetzt keine Rücksicht drauf nehmen. War Lou vielleicht schon in aller Frühe zum Hospital gegangen, wo man sicher sehnsüchtig auf Hilfe wartete? Aber wo hatte sie dann geschlafen?

«Sie hat gestern Nacht das Haus verlassen. Aber sie ist offenbar nicht zurückgekehrt», murmelte Frida. Sie sah in den Augen ihrer Schwester Panik aufsteigen und zwang sich zur Ruhe. Emily war keine Verbündete, sondern eine weitere Person, um die man sich kümmern müsste. Dazu fehlte ihr jetzt nur die Zeit. «Üb weiter. Ich finde sie schon.»

«Vielleicht ist sie rüber zu Matz. Lou singt in seinem Kirchenchor, aber bestimmt nicht, weil sie Choräle mag. Und gestern hat er sich doch die ganze Zeit im Hospital herumgetrieben.»

Das stimmte. Frida erhob sich wieder. Hoffentlich hatte Lou keine Dummheiten gemacht. Aber Matz ... Sie kannte ihn von früher, und ... nein, er war nicht der Mann, der ein Mädchen zu sich ins Bett holte und damit ins Unglück riss. Trotzdem: rüber zum Schulhaus und Klarheit schaffen. Aber vorher noch im Hospital nach ihr schauen.

Sie schnappte sich ihr altes Fahrrad, das im Schuppen in einer Gartenecke stand. Im Hospital fragte sie allerdings vergebens. Also gleich weiter nach Nebel. Auf dem Weg überholte sie die Kinder, die ebenfalls zur Schule wollten. Die Jungen trugen kurze Hosen, die Mädchen Kleider mit bunten Schürzen, der Sommer kam dieses Jahr früh.

Vor dem alten Reetdachhaus lehnte Frida ihr Rad an die Wand. Sie rannte zum Hintereingang und hämmerte an Matz Matzens Tür. Zum Glück öffnete er sofort. Ungeschickt versuchte er in sein Jackett zu kommen. Als er sie erkannte, wurden seine Augen groß.

«Ist Lou bei dir?»

«Herrgott, nein.» Sie sah, wie ihm die Farbe aus dem Gesicht wich. «Was ist los?» Er blickte zum Weg, wo die Kinder aus verschiedenen Richtungen zusammenströmten. «Ist sie …? Ach, komm erst mal rein.» Er stieß seine Haustür zurück.

In der dunklen Stube begann sie hastig zusammenzufassen, was sich am Vorabend zugetragen hatte, aber Matz fiel ihr schon nach wenigen Sätzen ins Wort: «Lou hat mich gestern Nacht aus dem Bett geholt. Ich mach ihr auf, und da redet sie auch schon von diesem von Rathen, dass sie ihn heiraten will, dass sie reich sein wird, in die Oper gehen … Ich war überhaupt noch nicht wach. Ich hab das gar nicht so schnell kapiert.»

«Sie ist also nicht hier?»

«Natürlich nicht!»

«Hat sie gesagt …?»

«Mir ging jedes Wort direkt in die Magengrube. Dieses Gerede über die Heirat. Es drehte sich also in Wirklichkeit um die Kinder? Verflucht, Frida, ich bin ein Esel!» Matz rannte im Zimmer herum wie ein aufgezogener Kreisel. «Natürlich hat sie es nicht ernst gemeint. Lou will doch keinen reichen Knacker, die macht sich doch gar nichts aus Geld …»

«Matz, sie hat nicht in ihrem Bett geschlafen.»

«Was soll das heißen?» Als Frida keine Antwort gab, weiteten sich seine Augen. Kraftlos ließ er sich auf einen seiner beiden Stühle sinken. Frida zog sich den anderen heran. Die Kinder standen inzwischen schon vor der Schultür, man konnte sie durchs offene Fenster reden und lachen hören.

Frida griff über den Tisch nach Matz' Arm. «Weißt du, wohin sie gegangen sein könnte? Gibt es irgendwelche Orte, die sie besonders mag?»

«Wenn sie sich was angetan hat ...»

«Hör auf, Matz!»

«Sie war wie von Sinnen. Frida, ich hab sie noch nie so gesehen.»

«Vielleicht ist sie ja zum Strand runter.»

«Und dann? Dort bleibt man doch nicht die ganze Nacht über. Sie *muss* nach Hause gegangen sein!»

«Ist sie aber nicht.» Sonst wäre ja ihr Bett zerwühlt gewesen. Frida merkte, dass sich ihre Gedanken im Kreis drehten.

«Vielleicht ist sie weg von der Insel.»

«Wie denn? Heute ist noch keine Fähre gegangen. Und wo sollte sie auch hin? Lou kennt Amrum und sonst nichts.»

Sie blickten einander an. Die Angst stand zwischen ihnen wie ein Koloss. «Die Kinder kriegen frei, ich hole mein Rad», sagte Matz.

Die Fähre lief am frühen Vormittag aus, doch ohne Lou. Matz und Frida beobachteten, wie das kleine Schiff ablegte und einen Bogen zog. Sie sahen noch einmal im Hospital und in der Villa nach, aber ohne Erfolg. Nun wiederholte Frida ihre Frage: «Gibt es Plätze, die Lou besonders liebt?»

Matz nickte. Er radelte ihr voraus Richtung Dünen. Als sie die erste erreichten, mussten sie absteigen – unmöglich, den Sand auf Reifen zu überqueren. Sie ließen die Räder fallen und liefen zu Fuß weiter, an schwarz-grün schimmernden Teichen vorbei und zwischen Sandbergen hindurch, in denen sich karge Gräser festgebissen hatten.

Schließlich erreichten sie den Kniepsand. «Hier haben wir manchmal gesessen», sagte Matz. Er suchte mit dem Blick den Strand ab. Möwen kreischten oder pickten nach Würmern, eine Eiderente führte ihre Küken an der Wasserkante entlang. Sonst war nichts zu sehen. Seine Schultern sackten hinab.

Nach den Vorwürfen, die Frida sich selbst machte, kamen die der anderen. Rosa, der sie am Nachmittag von Lous Verschwinden berichtete, fuhr entsetzt von dem Stickbild auf, das sie gerade fertigte. «Wieso fort? Was soll das heißen, sie hat nicht in ihrem Bett geschlafen?»

Sie lief ins Obergeschoss, rief vergeblich nach ihrer Tochter und kehrte aufgewühlt zurück. Schon auf den Stufen brach es aus ihr heraus: «Man hätte dem Mädchen nie mit dem Schicksal der Hospitalkinder drohen und ihr schon gar nicht von der desolaten Situation der Hamburger Waisen erzählen dürfen. Oh, wie konntest du nur, Frida. Louise besteht aus reinem Gefühl. Sie ist labil, das war sie doch schon immer. Natürlich hat sie die Fassung verloren.»

Und wer hatte sie zur Ehe gedrängt? *Das* war doch der

Grund für ihr Davonlaufen gewesen. Frida sprach es nicht aus, aber ihre Mutter schien den Satz in ihrem Gesicht zu lesen.

«Du hättest mich unterstützen müssen. Ich kenne deine Schwester. Sie braucht einen starken Mann an ihrer Seite, der ihr Halt gibt. Darum habe ich die Ehe doch vor allem vorgeschlagen.» Rosas Blick wurde feindselig. «Ich hätte das Kind gar nicht fortgehen lassen, wenn du mich nicht abgelenkt hättest. Ich dachte noch ... Aber du hast dich ja sofort eingemischt. Es geht immer nur um dich! Merkst du das eigentlich? Dass es immer nur um dich gehen muss?»

Frida kämpfte die böse Antwort, die ihr auf der Zunge lag, nieder und verließ wortlos das Haus. Im Garten blieb sie stehen. Sie hatte Probleme zu atmen, ihre Luftröhre schien geschrumpft, der Sauerstoff klebrig. Ihr fiel auf, dass die Grashalme in die Höhe geschossen waren, seit es niemanden mehr gab, der sie schnitt. Sie bogen sich im Wind, es sah aus, als äfften sie das Meer nach. Das tiefe, das böse Meer.

Was hatte Lou getan? Wohin war sie gegangen, nachdem sie Matz verlassen hatte?

Am nächsten Vormittag fuhr Frida, sobald im Hospital das Nötigste erledigt war, erneut zu Matz. Als er sie durchs Fenster entdeckte, verließ er seine Klasse und kam zu ihr heraus. «Habt ihr sie gefunden?»

Frida schüttelte den Kopf, und die Hoffnung in Matz' Augen erlosch. Unwillkürlich ging sein Blick Richtung Küste.

«Ach, Unsinn.» Sie versuchte sich und ihm Mut zu

machen. «Erinnerst du dich an diese mecklenburgische Bark, die vor Amrum gestrandet ist? Wir waren noch Kinder. Tage später haben wir einen der Männer gefunden, die dabei ertrunken sind. Er wurde beim Kniepsand angespült, unten im Süden, in der Nähe des Kurhauses. Er sah schrecklich aus. Der Strandvogt hat gesagt, dass seine Wunden vom Aalfraß stammten.»

«Und?»

«Lou war dabei, als wir ihn entdeckten. Sie hat danach ein nervöses Fieber bekommen und hatte wochenlang Albträume. Der Anblick hat sie furchtbar mitgenommen.»

«Er hatte keine Augen mehr.»

Frida nickte. «Lou hat sich für den Rest des Sommers geweigert, an den Strand zu gehen.»

«Und was bedeutet das?»

«Dass sie niemals ins Wasser gehen würde», sagte Frida.

«Was können wir tun?»

«Wenn dein Unterricht vorbei ist, fangen wir an, die Insel abzusuchen.»

Und so geschah es – an diesem Tag und auch an den folgenden. Sobald Matz sich frei machen konnte, durchforsteten sie die leerstehenden Gebäude auf der Insel: die Winterställe der Schafe, ein Hotel, das mit geschlossenen Vorhängen auf die Rückkehr der Badegäste wartete, die Brandruine der geistesschwachen Witwe Andresen, die unglückseligerweise ihr Herdfeuer nicht gehütet hatte, auch die Hütte, die das Rettungsboot in Norddorf vor den Unbilden des Wetters schützte. Ihr Treiben wurde bemerkt, natürlich, viele Amrumer begaben sich ebenfalls auf die Suche. Aber was erhofften sie sich eigentlich?

Gar nichts. Suchen war einfach erträglicher, als abzuwarten.

Am Mittwoch liefen sie noch einmal zum Strand. Wieder passierten sie die dunklen Teiche. Hatte Lou womöglich in einem dieser Gewässer ihr Ende gefunden? Vielleicht hatte sie sich in der Dunkelheit hineinverirrt und es nicht mehr geschafft, sich zu retten? Aber es war unmöglich, all die kleinen Seen zu durchwaten, unmöglich, in dem morastigen Grund mit den Händen nach einem toten Körper zu tasten. Matz schien das Gleiche zu denken. Ohne ein Wort zu wechseln, machten sie kehrt.

Es dunkelte bereits, und als sie auf dem Rückweg zur Straße an der Vogelkoje vorbeikamen, sahen sie im Mondlicht den Kojenteich glänzen. Über den vier Seitenkanälen, den Pfeifen, bogen sich die Drahtgitter, in die die Wildenten gelockt wurden. Die Lockenten hatten sich längst ins Entenhaus verzogen. Frida beschleunigte den Schritt. Rudolf hatte sie in ihrer Kindheit einmal hierhergebracht, um ihr zu zeigen, wie der Kojenmann die Enten in die Reusen scheuchte und sie dort schnappte und gringelte. Ein furchtbares Gemetzel. Rudolf hatte gelacht, weil sie weinte.

«Was ist denn?», fragte Matz.

Sie erklärte es ihm.

Er fasste ihren Arm und nötigte sie, zum Teich hinüberzugehen. Das Schilf bog sich leicht im Wind, die Kronen der Bäume spiegelten sich auf der silbernen Teichoberfläche. «Hier wird nichts mehr gefangen, Frida. Die Koje ist zwar noch da, aber die Enten bleiben fort.»

«Wie meinst du das?»

«Es ist die Inselbahn. Sie verscheucht sie mit ihrem Pfeifen und Läuten. Seitdem ist es aus mit den Entenbraten.»

«Da bin ich aber froh!»

«Hm.» Matz versenkte die Hände in den Hosentaschen.

«Was soll das bedeuten: dein *hm*?»

«Mein Onkel hat vier Jahrzehnte lang hier als Kojenmann gearbeitet. Er hat diese Anlage mit seinen eigenen Händen errichtet.»

«Das wusste ich gar nicht.»

«Weil er einen anderen Namen trägt als ich. Er ist ein Onkel mütterlicherseits.» Matz bückte sich und hob einen Stein auf, den er übers Wasser springen ließ. «Du bist ungerecht, Frida. Dein Stiefvater jagt Seehunde, jeder hier auf Amrum geht angeln. Das Tier dient dem Menschen als Nahrung, ist einfach so. Und mein Onkel war eben der Kojenmann. Er hat früher die Konservenfabrik in Nebel beliefert, seine Enten gingen als Spezialität rüber an die Küste. Von dem Verdienst konnte er sich ein neues Dach leisten und seine Fenster streichen.»

«Merkst du das Heimtückische nicht? Lockvögel und Pfeifen, die aussehen wie eine Fluchtmöglichkeit und dann doch in die Reuse führen?»

«Und was ist mit dem Köder, der an der Angel hängt?», hielt Matz dagegen. «Ach, ist doch auch egal – die Sache ist vorbei. Mit der Bahn kam der Lärm, und die Wildenten machen nun einen Bogen um die Koje.»

«Für deinen Onkel tut's mir leid.»

«Anfangs war es gar nicht so schlimm», räumte Matz, der sich wieder dem Weg zuwandte, ein. «Es wurde ausgehandelt, dass die Bahn ab Mitte August das Pfeifen und Läuten vermindert und ihre Betreiber den Kojenmännern den finanziellen Schaden ersetzen, der trotzdem entsteht. 70 Pfennig für jede Ente, die sonst womöglich gefangen worden wäre. Aber dann hat dieser von Rathen, der Dreckskerl, den Lou heiraten soll, die Inselbahn übernommen, und es war aus mit dem Arrangement. Er weigert sich einfach, das Geld rauszurücken. Es gibt keine Badegäste mehr, die die Inselbahn benutzen, sagt er. Also fährt sie nur für die Inselbewohner, und er macht dabei einen Riesenverlust. Er stellt die Bahn als Dienst am Gemeinwesen dar.»

«Ein bisschen Recht hat er ja schon.»

«Kann mein Onkel was dafür, dass von Rathen sich mit den Badegästen verkalkuliert hat? Dieser Scheißer jammert, aber er lebt in seiner fetten Villa und stopft sich den Bauch mit Austern voll. Mein Onkel klopft ein paarmal die Woche bei mir an und lädt sich diskret zum Essen ein. Und wenn er nicht kommt, bring ich ihm was vorbei und tu, als käme ich wegen der Geselligkeit – so sieht es aus.»

«Hat dein Onkel sich nicht wehren können?»

«Gegen Hellmut von Rathen? Wenn dem einer Kontra gibt, rächt er sich. Er hat meinen Onkel angezeigt, wegen angeblicher Strandräuberei. Alles erstunken und erlogen. Von den Insulanern glaubt's auch keiner, aber Onkel Boy hat es mächtig mitgenommen. Und die Bahn pfeift jetzt extra laut, wenn sie die Koje passiert.»

Sie schwiegen, während sie weiter Richtung Steenodde liefen. «Wir finden sie nicht mehr», sagte Matz, als sie die Villa erreichten.

«Hör auf, so zu reden.»

«Irgendwann wird sie angeschwemmt.»

10.

CHRISTIAN

*H*alt drauf. Halt drauf, Junge!» Vater wisperte zwischen zusammengepressten Zähnen, um die Brandgans mit den seitlichen schwarzen Streifen, dem schwarzen Kopf und dem schimmernden braunen Brustband nicht aufzuscheuchen, die auf einem der kleinen Süßwasserteiche ihre Kreise zog. Ungeduldig griff er nach dem Lauf der Winchester, die Christian in den Händen hielt, und zog ihn ein Stück nach links.

Christian ließ es geschehen. Er drückte ab – ohne zu treffen, natürlich. Er hatte gar nicht die Absicht gehabt, die Gans zu erwischen. Sie flatterte auf, und sein Vater entriss ihm mit einem Fluch die Flinte. Ein rasches Nachladen, dann schoss er selbst, und das Schicksal des fliehenden Vogels war besiegelt. Bruno, der gefleckte Jagdhund, flitzte los, und während er das Wasser aufwühlte, ließ Christian angeödet eine geharnischte Predigt über sich ergehen.

War ihm aber egal. Mutter und Vater hatten ihn in Berlin einfach bei einem langweiligen alten Ehepaar abgegeben, wo er stundenlang blöde Bücher lesen musste, anstatt die Abenteuer zu erleben, die er sich für seinen ersten Besuch in der Hauptstadt ausgemalt hatte. Und seit ihrer Rückkehr auf die Insel stänkerte Mutter ewig herum. Außerdem vermisste er Lou. Er ahnte, dass seine Eltern etwas mit ihrem

Verschwinden zu tun hatten. Frida hatte mal in der Wut so etwas fallenlassen. Aber sie wollte ihm nichts erklären, und jetzt war er allen böse.

Er zuckte zusammen, als sein Vater ihn bei den Schultern packte und schüttelte. «Beide Augen offen halten, *beide*! Nur Anfänger kneifen das eine zu. Da, versuch's noch einmal mit dem Ganter.»

Erneut bekam Christian die Flinte in die Hand gedrückt. Kurz überlegte er, sie einfach wegzulegen und abzuhauen, aber da kam ihm plötzlich ein Fuchs ins Visier, und ihn packte eine sonderbare Lust. Das rötliche Tier bemerkte sie nicht, es stand völlig still, wie versunken. Er zielte sorgfältig, allerdings nicht auf seine Brust, sondern auf den Hinterlauf. Und zog den Abzug durch. Ein schwer zu beschreibender Schrei ertönte – das Tier wurde beiseitegefegt, es rappelte sich auf, humpelte ... und verschwand zwischen den Büschen.

Dass er lächelte, bemerkte Christian erst, als ihm die Hand seines Vaters ins Gesicht klatschte. Sein Lächeln gefror. Entgeistert starrte er Rudolf an. Was war das denn? Vater hatte ihn noch nie geschlagen, nicht einmal als kleinen Burschen. War er aufgebracht, weil er den Ganter nicht erwischt hatte? Oder hatte er gemerkt, dass er absichtlich auf den Fuchs gezielt und ihn mit Vorsatz nur verletzt hatte? Aber warum sollte ihn das stören? Es war doch nur ein blödes Tier.

Wut stieg in Christian auf. Wer haute denn dem eigenen Sohn wegen eines idiotischen Fuchses eine runter! Was schadete es, wenn der noch ein bisschen rumhumpelte, bevor er starb? Christian hatte schon Dutzende, ach was,

Hunderte Tiere verletzt. Es war einfach spannend zu beobachten, wie sie schnappten oder zurückwichen, wenn man sie ritzte. Oder wie sie zappelten, wenn man ihnen – das hatte er besonders interessant gefunden – mit einem Messer im Körper rumstocherte. Es dauerte, bis die Viecher krepierten, besonders die größeren. Es kitzelte seine Neugierde, es interessierte ihn eben. NA UND?

Aufgebracht sprang er auf. Vater sollte sich nur wie ein Tugendbold aufführen. Er ging jagen, während ganz Amrum nach Lou suchte. Das war doch viel schlimmer. Lou war immerhin ein Mensch! Ohne auf das zu hören, was sein Vater brüllte, stürzte Christian davon.

Am liebsten wäre er sofort nach Hause gerannt, um sich bei seiner Mutter zu beschweren. Die würde ihn in Schutz nehmen, auch gegen Vater, da war er sicher. Er war der einzige Mensch, der sich bei ihr alles erlauben konnte. Christian treibt sich herum? *Das männliche Wesen sehnt sich nach Abenteuern.* Er stopft den gesamten Kuchen in sich rein? *Natürlich braucht ein Junge mehr Nahrung als ein Mädchen.* Christian hätte sich über die Gesichter von Lou und Emily totlachen können, als die sich beklagt hatten, dass sie leer ausgegangen waren, und sich dann anhören mussten, dass eine Dame genügsam zu sein hatte und keinesfalls durch unmäßiges Essen auf sich aufmerksam machte.

Allerdings merkte er schon bald, wie ihn die Lust verließ, die Sache mit dem Fuchs breitzutreten. Womöglich kriegte dann Frida von der Sache etwas mit, und bei ihr setzte es wirklich Ärger. Er bog also auf einen kleinen Weg ab, der rüber zum Kniepsand führte. Als er ihn erreichte, erklomm er eine Düne. Der Sand unter seinen Füßen geriet ins Rutschen, und da fiel ihm auf, dass er in seiner Hast die Flinte mitgenommen hatte. Er schulterte sie, um die Hände freizubekommen, und kraxelte weiter.

Bald hatte er den Gipfel der Düne erreicht und blickte sich um. Ihm gefiel die Insel, auf der er geboren war. Für Jungs wie ihn war sie ein Abenteuerparadies. Er war inzwischen dreizehn Jahre alt und über jugendlichen Blödsinn eigentlich erhaben, aber der Zauber hatte angehalten. Bis heute. Bis jetzt. Missgelaunt merkte er, dass ihn zum ersten Mal keine Freude überkam, als er auf die See hinausblickte, an deren Horizont ein Segelboot schwamm.

Mürrisch ließ er sich in den Sand plumpsen. Ein Vogel flog auf, noch so ein idiotisches Tier, aber er war zu unruhig, um mit der Flinte draufzuhalten. Vater hatte ihn geschlagen, und das brachte ihn wirklich auf. In seinem Leben hatte es immer eine Ordnung gegeben. Großpapa konnte ihn nicht leiden, Vater war dagegen wie ein Kamerad zu ihm. Mutter nörgelte, aber beschützte ihn. Und die Mädchen ... Sie behandelten ihn von oben herab, als wäre er noch ein Baby, aber er wusste, dass sie ihn liebhatten. Und nun war diese Ordnung gestört.

Ein Ruf lenkte ihn ab. Instinktiv ließ Christian sich die Düne hinabrollen. Er kroch ein Stück im Sand und versuchte zu erkennen, wer seine Ruhe störte. Ach was! Wieder mal die Gören aus dem Hospital! Sie kamen über den Dünenweg gerannt. Was hatte er die gefressen! Sie streunten über die Insel, angelten, fingen Kaninchen, sie hatten jede Menge Spaß. Er hatte mitmachen wollen, vor zwei, drei Jahren, aber da waren sie plötzlich komisch geworden.

Hatten ihn fühlen lassen, dass er nicht dazugehörte. Er war ja auch nur einer von der Familie, die sie vor dem Tod bewahrte. Undankbares Gesocks. Besonders den einen, der Klaus hieß, hasste er. Der ging keiner Prügelei aus dem Weg, egal, wie oft man ihn verdrosch.

Heute waren sie zu fünft. Klaus, Wilma und Horst, und zwei Mädchen hatten sei auch noch dabei, Zwillinge, deren Namen er nicht kannte. Eigentlich machten sie nichts Besonderes, sie jagten einander, schlugen sich ab, spielten. Aber durften sie das überhaupt? Wie konnten diese Gören hier ihre Zeit verschwenden, während seine Schwestern sich für sie abrackerten? Warum wischten die nicht Böden und gruben den Garten um? Gerlinde hatte recht: Diese Waisenlümmel waren wie Zecken, die sich an gutmütige Leute hängten und sie aussaugten. Hätte er zu bestimmen, er hätte dem längst ein Ende gemacht.

Eines der Zwillingsmädchen unten am Strand schrie auf. Sie schien gesiegt zu haben. Klaus jagte sie durch eine der Pfützen. Sie kreischten, sie vergnügten sich …

Und Christian hatte endgültig genug. Diese blöden Scheißer. Schlecht gelaunt stieg er die Düne hinab. Als ihm die Flinte in die Quere kam, wäre er beinahe auch noch gefallen. Gereizt riss er sie von der Schulter … Aber plötzlich trat ein Grinsen in sein Gesicht. Klaus und seine Freunde waren völlig in ihr Spiel vertieft. Da könnte man doch …

Er schlich um die Düne herum, bis er die Bande wieder im Blick hatte. Dann legte er die Flinte an, nur spielerisch natürlich, und nahm Klaus ins Visier. Der stand gerade genauso bewegungslos wie vorhin der Fuchs, er wäre eine ebenso leichte Beute. *Beide Augen offen halten* ... Klar, Vater. Christian zielte, rückte die Flinte zurecht, zielte noch einmal – dann drückte er ab. Die Kinder schrien auf, sie blickten sich um, entdeckten ihn und gaben Fersengeld.

Christian lachte. Er hatte natürlich absichtlich danebengeschossen, aber jetzt war endlich klar, wer von ihnen der Stärkere war. Waffen waren etwas Großartiges, sie verliehen einem Macht. Und plötzlich kam ihm eine Idee. Warum sollte er seinem Vater die Winchester überhaupt zurückgeben? Er konnte ja behaupten, dass er sie verloren hätte. Oder gar nicht mitgenommen.

Rasch zog er seine Jacke aus, wickelte die Waffe hinein und grub am Fuß der Düne ein Loch, in dem er sie verbuddelte. Ein kleiner Strauch, den er aus der Erde riss, markierte die Stelle. Ihm war noch nicht ganz klar, was er mit seinem Tun bezweckte, aber ihn erfüllte eine tiefe Befriedigung.

11.

FRIDA

Die Medikamente, die James Tylor ihr besorgt hatte, schlugen an. Bei den Zwillingen und der zappeligen Sabine wich die ungesunde Blässe, die Fieberschübe, unter denen Erika litt, gingen zurück. Horsts Bronchien schienen sich zu entkrampfen. Eigentlich sollte sie froh sein, aber Frida fühlte sich, als liefe sie mit einer Eisenkugel am Knöchel durchs Hospital.

Es gab immer noch nichts Neues von Lou. Sie blieb wie vom Erdboden verschluckt. Nein, dachte Frida, nicht vom Erdboden, sondern von der See. Weil sie selbst im entscheidenden Moment nicht richtig nachgedacht hatte. Die Eisenkugel, an der sie schleppte, war aus ihrer eigenen Schuld gegossen. Angestrengt versuchte sie sich auf die Behandlungspläne zu konzentrieren, es gelang ihr nur mühsam. Auch die unzähligen Handgriffe, das Heben und Tragen der kleineren Kinder, von denen einige zu schwach waren, um allein zu den Plumpsklos zu gehen, zehrten an ihren Kräften.

Hannah half, so gut sie konnte, doch man merkte ihr das Alter an. Letztens war ihr die kleine Ida aus den Armen gerutscht. Dem Mädchen war nichts passiert, aber Hannah war in Tränen ausgebrochen und völlig entmutigt gewesen. Und dann auch noch der abendliche Blick in die

Speisekammer. Inzwischen wusste Frida, wie viele Brote, Fische, Wurst und Marmelade ihre Schützlinge pro Tag verbrauchten. Es war nicht schwer auszurechnen, wie lange die Vorräte noch reichen würden, wenn kein Nachschub mehr käme. Nicht einmal mehr eine Woche. Aber bei wem sollte sie noch betteln gehen?

Am Ende überlebten die Kinder von den Vorräten, die Mutter ihnen spendierte. Ja, das tat sie tatsächlich, erstaunlicherweise. Nachdem sie den ersten Schock über Lous Verschwinden verwunden hatte, hatte Rosa nie wieder davon gesprochen, dass die Waisen zurück nach Hamburg müssten, sondern im Gegenteil mit Freundinnen korrespondiert, die ihr ein wenig Geld überwiesen, mit dem sie Gerlinde ins Warenhaus nach Wittdün schickte. Sie ging mit blasser Miene durch das Haus, sprach wenig und wischte sich oft mit dem Taschentuch über die Augen. Wahrscheinlich versuchte sie, mit den Mehlspenden etwas wiedergutzumachen. Auch Rudolf hatte nicht mehr vom Verkauf des Hospitals geredet.

Mit vor Müdigkeit brennenden Augen schaute Frida auf, als draußen plötzlich Stimmen hörbar wurden. Die größeren Kinder kehrten vom Angeln zurück. Sie sah Wilmas Zöpfe schwingen, ihre Wangen waren gerötet, Klaus sagte etwas zu ihr, sie nickte … Ein schönes Bild, dachte Frida. Und doch stimmte etwas nicht. Warum sahen die Kinder nicht glücklicher aus? Und wo, verflixt, hatten sie die Angeln und die Eimer gelassen? Die Fische waren fest für die Abendsuppe eingeplant.

Sie wollte aufstehen und sie zu sich rufen, doch die Kinder rannten bereits von allein auf ihr Büro zu. Schon standen sie vor dem kleinen Tisch, den Frida zu ihrem Schreibtisch umfunktioniert hatte. Einen Moment sprudelten sie vor Rededrang über, aber bevor Frida ein einziges Wort verstand, klappten sie plötzlich die Münder zu. Alle schauten zum Fenster hinaus in den Garten, wo Christian auf demselben Weg herangeschlendert kam, den sie selbst gerade gekommen waren.

«Er hat mit einem Gewehr auf uns geschossen», sagte Klaus.

Frida starrte ihn an. Klaus war elf Jahre alt, für sein Alter aber hoch aufgeschossen und früh gereift. Die Augen in dem hageren Gesicht sahen aus wie die eines Erwachsenen. Eines misstrauischen Erwachsenen, der gelernt hatte, dass ihm das Leben bei jeder Gelegenheit ein Bein stellt. «Bitte?», fragte sie perplex.

«Christian hat auf uns geschossen», wiederholte er.

Da kam der Genannte auch schon durch die Bürotür. Christian musste die letzten Worte gehört haben, denn sein Gesicht wurde rot vor Empörung. «*Was* hab ich gemacht, du ... Schmarotzer?»

Wo hat er denn diesen Ausdruck her? Von Mutter? Frida sah, wie die Hospitalkinder instinktiv zusammenrückten.

«Also, jetzt langt's wirklich», erboste sich ihr Bruder. «Ich hab euch die Meinung gegeigt, das war alles – und außerdem dringend nötig. Meine Familie kämpft, damit das Hospital überlebt, meine Schwestern rackern sich halb zu Tode – und ihr geht spielen, statt für Essen zu sorgen. Ihr seid doch keine Babys mehr. Ihr ...»

«Stimmt das? Du hast geschossen?»

«Und womit bitte?» Christian streckte ihr die Hände entgegen, sie sah, wie tief ihn ihre Frage kränkte.

Frida wandte sich an die betreten zu Boden blickende Kindergruppe. «Wie kommt ihr überhaupt darauf, dass geschossen wurde?»

«Es gab einen Knall», sagte Klaus. «Vögel sind aufgeflogen. Und Christian stand mit dem Gewehr bei der Düne.» Die anderen Kinder pressten die Lippen zusammen. Weil Klaus log und sie nicht in die Sache mit hineingezogen werden wollten? Oder aus Angst vor ihrem Bruder?

«Ja, es gab wirklich einen Schuss», blaffte Christian. «Im Moment ist nämlich Jagdzeit, wovon ihr natürlich keine Ahnung habt. Die Vögel sind vor Schreck aufgeflogen. Aber dass *ich* geschossen haben soll ... Entweder seid ihr blind, oder ihr lügt euch was zurecht.»

Frida verlor die Geduld. Ihr fiel wieder das Abendessen ein, sie hatte Wichtigeres zu tun, als einen Zank zwischen Kindern zu schlichten. «Was ist mit den Fischen?»

Klaus senkte den Kopf.

«Sie konnten keine fangen. Weil sie nämlich gespielt haben, statt zu arbeiten. Die spielen fast die ganze Zeit», erklärte Christian gehässig. Die schuldbewussten Gesichter der Hospitalkinder bewiesen, dass er die Wahrheit sagte.

«Dann habt ihr ja offenbar keinen großen Hunger», fauchte Frida. «Umso besser, so brauchen wir für euch heute Abend nicht den Tisch zu decken.» Verärgert wies sie zur Tür. Sie war so wütend, so erschöpft, so verzweifelt wegen Lou.

Auch Christian fehlte offenbar die Lust, das Gespräch

fortzusetzen, denn er verschwand ebenfalls ins Freie. Sie sah ihn Richtung Villa davonlaufen, und plötzlich tat er ihr leid. Die Waisenhauskinder waren eine eingeschworene Gemeinschaft, das half ihnen durch den oft trostlosen Alltag und auch durch schwierige Situationen wie diese. Aber für Christian gab es keinen Beistand. Die Insulaner betrachteten jeden als Zugereisten, der nicht mindestens in dritter Generation auf Amrum lebte, und Christian bewies wenig Talent, sich trotzdem mit ihnen anzufreunden. Sicher lag das auch an Rosas dünkelhafter Erziehung. Früher hatte er oft mit den Kindern der Badegäste gespielt, aber die blieben ja leider aus.

Seufzend stand Frida auf, um in der Küche nach dem Rechten zu sehen. Sollte sie den fünf Pflichtvergessenen wirklich das Abendbrot streichen?

Ja, sie fand, das hatten sie verdient.

Die anderen Kinder waren noch beim Essen, als Christian ein zweites Mal im Hospital auftauchte. «Mutter lässt ausrichten, du sollst an die Hausmusik heute Abend denken.»

«Wie bitte?»

«Sie hat Leute eingeladen.»

«Das ist Unsinn, wir sind doch in Trauer.»

«Trotzdem. Ich soll dir sagen, dass du pünktlich sein musst. Um acht kommen die Gäste.» Er blinzelte ihr verschwörerisch zu, wie zum Dank, dass sie ihm in dem Streit mit den Kindern beigestanden hatte, und dann war er auch schon wieder fort.

Frida blickte auf die Uhr, die an der Wand des kleinen

Speisesaals tickte. Kurz nach sieben. Und nun? Einfach bis nach dem Essen bleiben und sich später bei den Gästen fürs Zuspätkommen entschuldigen? Oder den Hausmusikabend komplett schwänzen? Was sollte das überhaupt für eine Einladung sein? Lou war verschwunden, es ging ihnen allen von Herzen schlecht, und selbst wenn die Gäste sie ablenken sollten – Großpapa war doch kaum ein paar Wochen unter der Erde. Da lud man sich keinen Besuch ins Haus. Das gehörte sich einfach nicht. Und wer wüsste das besser als Mutter?

Dennoch wäre es ein Fehler, ihr den Abend zu verderben. Dann würde sie vielleicht ihre Hilfe einstellen, und im Hospital finge das richtige Hungern an. Frida erklärte Hannah, warum sie jetzt schon gehen müsse, und diese nickte so ergeben, wie sie jeden Schicksalsschlag hinnahm.

«Kommst du allein zurecht?»

«Aber natürlich, hat doch früher auch geklappt.»

«Wirklich?»

Hannah straffte sich und lächelte. Eine tapfere Frau, Frida umarmte sie herzlich. Dann band sie ihre Schürze ab und machte sich auf den Weg. Auf dem Weg grübelte sie weiter. Wen mochte Mutter zur Hausmusik geladen haben? Dieselben Gäste, die vor einem Monat wegen Lou kommen sollten? Aber das wäre doch ein Irrwitz. Irgendetwas stimmte nicht. Sie bekam wieder Kopfweh. Auch ihr Magen schmerzte, und sie erinnerte sich, dass sie den ganzen Tag noch nichts gegessen hatte.

Als sie die Villa erreichte, blickte sie erschöpft zu den bodentiefen Fenstern des Salons, hinter denen romantisch Kerzen flackerten.

Gerlinde erwartete sie bereits an der Haustür und drängte sie die Treppe hinauf. Sie hatte Fridas bestes Kleid geplättet und ein Korsett auf das Bett gelegt. «Du musst dich beeilen», flüsterte sie.

«Wer kommt denn überhaupt?»

«Na, Gäste!»

«Wieso ...»

«Frag nicht, sie müssen jeden Augenblick eintreffen. Sei *liebenswürdig*!» Schon war Gerlinde wieder in den Flur hinaus.

Frida starrte auf das Korsett. Kein Mensch trug mehr diese alten Folterinstrumente. Die Korsettstäbe aus Fischbein schmerzten nicht nur, sie waren auch eine Demütigung. Was für eine Vorstellung, den Körper zusammenzupressen, nur, um realitätsfernen Erwartungen von Männern zu entsprechen, die Frauen kaum höher als Püppchen werteten. Sie ließ es liegen, genau wie das Kleid, und zog den Rock und die Bluse an, mit denen sie aus Hamburg gekommen war. Ein Blick in den Spiegel, die Haare gekämmt, noch eine dezente Kette – dabei musste es bleiben.

Als sie die Treppe hinabstieg, hörte sie ihre Eltern bereits die Gäste begrüßen. Stimmen mischten sich, Plaudern und Lachen füllten die kleine Halle. Frida setzte ein angestrengtes Lächeln auf. Die meisten Gäste kannte sie von früher. Nielsen, Hammer, Petri – alles ehemalige Seefahrer, die in den Kolonien die Grundlage für einen bescheidenen Wohlstand ergattert hatten. Der Pfarrer aus Nebel war da, der Besitzer des Norddorfer Warenhauses, dessen Namen sie vergessen hatte ...

Mutter hatte sie entdeckt. Nach links und rechts

lächelnd und plaudernd – sie war eine liebenswürdige Gastgeberin –, eilte sie auf Frida zu. Einige wenige Worte, dann zog sie sie zu einem Mann, über dessen Bauch sich der Stoff eines schwarz glänzenden Fracks wölbte. Am samtgefütterten Revers blitzte die Kette einer goldenen, modernen Taschenuhr. «Hellmut kennst du ja schon.»

Auf den ersten Blick war an dem Mann nichts auszusetzen: eine unauffällige Frisur, das Gesicht bartlos, was ihm etwas Ehrliches verlieh, der Handkuss routiniert und so zurückhaltend, wie es sich gehörte. Er war ihr niemals besonders aufgefallen. Wenn sie nicht inzwischen von Matz gehört hätte, dass er dessen Onkel in den Ruin getrieben hatte ... Andererseits: Matz war ein Betroffener. Man durfte wohl nicht alles, was er sagte, für bare Münze nehmen.

«Frida ... Es muss Ewigkeiten her sein, dass wir uns zum letzten Mal gesehen haben. War es nicht bei einem festlichen Essen zum Advent vor zwei oder drei Jahren?» Von Rathen sprach mit einem ausgeprägten dänischen Akzent, der seine Stimme so weich klingen ließ, wie seine Hand sich anfühlte. Frida spürte, wie sich das gleiche Lächeln, das sie eben noch an ihrer Mutter gestört hatte, auf ihren eigenen Lippen ausbreitete. «Sie haben die Courage aufgebracht, ein Medizinstudium zu beginnen, habe ich gehört? Respekt, junge Dame, Respekt.»

Bevor Frida antworten konnte, wurden sie von dem polternden Kurdirektor unterbrochen, der die Halle betrat und mit seiner dröhnenden Stimme sämtliche Aufmerksamkeit auf sich zog. Sie wusste von Lou, dass seine Frau vor zwei Jahren verstorben war. Die neue Gattin sah hübsch und sehr jung aus. Er klemmte verliebt ihren Arm an seinen Körper und zog sie zu den Gastgeberinnen.

«Meine liebe Frida! Zurück aus dem rauen Hamburg? Na, das nenn ich eine Freude. Diese junge Dame wirst du mögen, Elisabeth. Ach was, ins Herz wirst du sie schließen! Du musst wissen, Liebes, das Fräulein Kirschbaum ist in die Fußstapfen ihres Vaters getreten. Sie studiert Medizin. Aber ein kluges Köpfchen hatten Sie ja immer schon, wenn ich das sagen darf, Frida. Ich hoffe sehr, dass Sie einmal seine Stelle als Badearzt einnehmen werden. Es hätte ihn so gefreut ...»

Rudolf, der sich mit einem der Kapitäne unterhalten hatte, klatschte in die Hände, und die Gästeschar bewegte sich Richtung Salon. Verstohlen zog Frida ihre Mutter zur Seite. «Was soll das hier?», zischte sie. «Lou ist ... sie ist ...» O Gott, ihr kamen die Tränen.

«Reiß dich zusammen, Frida», wisperte Mutter. «Wir können uns keine Sentimentalitäten leisten. Hast du schon vergessen? Wir sind bankrott! Spiel bitte etwas auf dem Flügel.»

«Ich kann das nicht!»

Mutter fuhr sich mit der Hand über die Lippen. Ihre Haut war fleckig, sie zitterte leicht. Aber das hielt sie nicht davon ab, sich selbst an das Instrument zu setzen. Frida ging wie betäubt zu einem der in zwei Reihen aufgestellten Stühle. Das Murmeln um sie herum erstarb, und Mutter begann zu spielen. Sie war keine erstklassige Pianistin, aber es reichte für ein fehlerfreies Geklimper, das von den Gästen liebenswürdig beklatscht wurde. Mit einem Lächeln erhob sie sich.

Und dann geschah das Ungeheuerliche.

Nach den üblichen Willkommensworten erklärte sie: «Es tut mir leid, dass heute nur meine älteste und meine jüngste Tochter unter uns weilen können. Louise musste leider aufs Festland, ein übler Zahnschmerz, der einen kundigen Zahnarzt erforderte, wie Amrum ihn trotz seiner hervorragenden Bäderkultur leider nicht zu bieten hat. Und da hat sie die Gelegenheit genutzt, gleich eine liebe Verwandte zu besuchen. Ihr kennt sie ja, unsere Lou, immer unternehmungslustig. Ich fürchte, sie strebt in die Welt hinaus.»

Frida erstarrte. Rechts und links von sich sah sie die Leute höflich, skeptisch lächeln. Was sollte das? Glaubte Mutter im Ernst, dass man ihr die Lüge abnahm? Die Inselbewohner hatten doch mitbekommen, wie verzweifelt sie nach Lou gesucht hatten.

Zufällig blickte sie zu Christian, der während des Konzerts gelangweilt an einem Westenknopf gespielt und sich nicht einmal bemüht hatte, sein Gähnen zu verbergen. Jetzt saß er plötzlich kerzengerade. Er starrte Mutter mit einer seltsamen Mischung aus Verblüffung und Zorn an. Dann erhob er sich und verließ wortlos das Zimmer.

Sein rüpelhaftes Benehmen fiel kaum auf, denn der Kurdirektor erklärte, vielleicht aus einem Bedürfnis zu helfen, dass seine junge Gattin ein wahres Gesangstalent sei und sogar Unterricht bei der göttlichen Irene Abendroth genommen habe. Mutter fasste die so Gelobte bei den Händen und nötigte sie zum Flügel. Es folgte das Ritual gespielter Bescheidenheit: Mutter wisse nicht, ob sie mit ihrem laienhaften Spiel überhaupt geeignet sei, eine echte Sängerin zu begleiten, aber wenn die liebe Elisabeth bereit wäre, es mit ihr zu versuchen ... War sie mit dem alten Liedgut vertraut? So herzerwärmend, diese Volkslieder. Die Frau begann zu singen ...

Und dann öffnete sich die Tür wieder. Nur eine Handbreit dieses Mal und ganz leise. Es war ein Zufall, dass Frida es überhaupt bemerkte. Niemand trat ein, die Tür schloss sich so lautlos, wie sie aufgegangen war. Aber im nächsten Moment schrie die Sängerin auf. Eine Ratte flitzte über ihre silberfarbenen Schuhe. Sie stolperte zurück, die Ratte schoss am Klavierhocker vorbei und dann wie blind durch den Salon.

Die Damen stoben in alle Ecken, Rudolf schnappte sich beherzt die Kaminschaufel und begann das langschwänzige Tier, das sich in eine Ecke geflüchtet hatte, damit zu traktieren. Er schlug zweimal daneben, beim dritten Mal traf er. Das Quieken ähnelte furchtbarerweise der Koloratur der Sängerin. Erst der vierte Schlag tötete das Tier.

Mutter war kreidebleich geworden. Es nötigte Frida Respekt ab, wie rasch sie sich fing und die Gäste beruhigte. Sie schaffte es sogar, sie mit einem Scherz zum Lachen zu bringen. Rudolf schob die tote Ratte auf ein Kehrblech.

«Schau man sich das nur an», sagte der Kurdirektor, der ihm die Tür öffnete, mit merkwürdiger Stimme, «das Vieh hat sich den Schwanz verbrannt.»

«Wahrscheinlich ist es über das offene Küchenfenster ins Haus gelangt und dabei ans Herdfeuer geraten», brummte Rudolf. «Wir haben da noch einen alten Ofen stehen ...»

Das war gelogen. Die Villa hatte einen Elektroherd erstanden, als das Elektrizitätswerk in Wittdün errichtet worden war. Großpapa hatte Freude an technischen Neuerungen gehabt, da war er nicht knauserig gewesen. Es gab also keinen offenen Herd. Und auch sonst brannte bei diesen milden Temperaturen kein Feuer im Haus. Eine böse Ahnung stieg in Frida auf.

Sie verließ die Gesellschaft und stieg hinauf ins Obergeschoss. Christian lag in seinem Zimmer bäuchlings auf dem Bett. Jackett und Weste waren auf dem Boden verstreut. Frida blieb neben ihm stehen. «Warum?»

Ihr Bruder versuchte gar nicht erst zu leugnen. «Weil es gemein ist, dass Mutter so tut, als wäre mit Lou alles in Ordnung. Sie lügt jeden an!»

«Und deshalb darf man Ratten auf die Gäste des Hauses loslassen?»

Christian brummte etwas.

«Rede bitte verständlich.»

«Ich hab mich geärgert, und da ist mir eingefallen, dass Gerlinde auf dem Dachboden Fallen aufgestellt hat. Ich hab eine beim Schwanz genommen, weil ... Lou ist wegen Mutter tot.»

«Das stimmt doch gar nicht!»

Ihr Bruder drehte sich zur Wand.

«Warum hast du der Ratte den Schwanz angezündet?»

«Damit sie besser flitzt.»

Schockiert stellte Frida fest, dass ihrem Bruder jedes Mitgefühl oder Schuldbewusstsein abging. Sie riss sich zusammen. «Du gehst nachher zu Mutter und beichtest ihr die Sache.»

«Kann ich ja machen», brummte Christian nicht sonderlich beeindruckt. Natürlich, Mutter ließ ihm ja auch alles durchgehen. Sie wandte sich zur Tür.

«Frida?»

«Was?»

Er drehte sich wieder zu ihr um. «Ich will nicht, dass du böse auf mich bist.»

«Dann benimm dich besser!»

«Willst du ein Geheimnis wissen?»

Nein, wollte sie nicht. Sie wollte heute überhaupt nichts mehr von ihrem kleinen Bruder hören.

«In Wirklichkeit ist Lou gar nicht tot», sagte Christian. «Vorhin ist ein Brief von ihr gekommen.» Er stand auf und ging zu seiner Kommode, auf der ein geöffnetes Kuvert und ein Briefbogen lagen. Er reichte ihr den Brief. «Aber Mutter ist schuld, dass sie weggelaufen ist», sagte er böse.

12.

LOUISE

Lou tastete sich die steile, enge Stiege hinab. Aufpassen, die fünfte Stufe von oben war herausgebrochen! O Gott, sie hatte es schon wieder so eilig. Ihr Mantel stand offen, das Haar war mit drei Bürstenstrichen notdürftig gekämmt. Aufstehen war einfach nicht ihre Sache. Und an diesem Morgen hätte sie wohl komplett verschlafen, wenn Trude sie nicht aus dem Bett geworfen hätte.

«Heute Abend will ich die Miete haben», brüllte die Telefonistin ihr nach. Sie hatte Lou die kleine Dachkammer für die Nächte untervermietet. So machten es ja viele im Hamburger Gängeviertel. Wer nachts arbeitete, gab sein Bett tagsüber an Schlafgänger weiter und umgekehrt. Dafür zahlten die Untermieter die Hälfte der Gesamtmiete.

Lou trat ins Freie – und hielt die Luft an. Es stank wie die Pest! Gammelnder Müll, breitgetretene Pferdehaufen, Latrinenmief, der Qualm aus den nahen Fabrikschornsteinen ... In der Gosse dümpelte der Unrat, der aus den Fenstern geschüttet wurde. Kleine Scheißwürstchen zwischen schimmelndem Abfall. Warum die Leute nur alles so verkommen ließen ... Sogar sich selbst! Die Kleider der Frauen waren schmutzig und nachlässig geflickt, die Bärte der Männer wucherten in den Gesichtern. Wenigstens eine Schere könnte man doch zur Hand nehmen.

Lou umklammerte mit beiden Händen den Kragen ihres Mantels und versuchte gleichzeitig, keinem der knochigen Gäule ins Gehege zu kommen, die ihre Karren über das holprige Pflaster zogen. Rechts und links der Gasse wuchsen krumme Fachwerkhäuser in den Himmel. Wohnung hing hier an Wohnung, alles war in- und nebeneinandergeschachtelt, kaum Farbe zu entdecken, viele Fensterscheiben hatten die Bewohner durch Pappe ersetzt.

Und dann der Lärm: Streiten, Nölen, Lachen ... Jemand spielte auf einem Akkordeon, recht hübsch sogar, auch das gehörte in dieses Sodom aus Not und Verkommenheit. Immer wieder blitzten Momente heiterer Gelassenheit auf. Manchmal waren es Kinder, die miteinander spielten, manchmal verliebte Paare oder Mütter, die einen Säugling liebkosten. Und heute eben der Mann mit dem Akkordeon. Der Mensch kratzte sich seinen Happen Glück aus jedem Topf Elend.

Lou eilte die Gasse hinab und unter einem Torborgen hindurch, der sie in ein weiteres Häuserlabyrinth führte. Dann tat sich ein Spalt zwischen zwei Häusern auf, und die Turmuhr des Michels wurde sichtbar. Sie zeigte Viertel nach sieben an. So spät war sie dran! In wenigen Minuten würde ihr Dienst beginnen. Lou seufzte – und verbat sich sofort streng das Jammern. Allein dass sie lebte, war ein ja Glück.

Sie hatte sich nach dem traurigen Abschied von Matz in die Villa gestohlen, dort ein paar Kleider, Strümpfe und Wäsche in einen Koffer gestopft, das Geld genommen, das Großpapa ihr in den vergangenen Jahren zugesteckt hatte, und dann war sie quer durch die Nacht nach Norden gestiefelt, um über das Wattenmeer auf die Nachbarinsel Föhr zu gelangen. Wie leichtsinnig das gewesen war, hatte sie erst kapiert, als sie die Orientierung verlor und das Wasser zu steigen begann. Die Warnungen der Amrumer vor den tückischen Prielen waren ihr in den Sinn gekommen, und sie hatte entsetzliche Ängste ausgestanden, während sie sich über den nassen Untergrund quälte. Immer wieder hatte sie an die Aale denken müssen, die an den Wasserleichen fraßen. Aber das Schicksal war ihr gnädig gewesen: Sie hatte das Ufer erreicht. Bei Sonnenaufgang hatte sie die Fähre nach Bremerhaven genommen, und es war ihr gelungen, sich nach Hamburg durchzuschlagen.

Die ersten Nächte hatte sie in einer der entsetzlichen Pennen verbracht, diesen billigen Herbergen, in denen man auf dem nackten Boden schlafen musste, wo die Aborte keine Spülung besaßen und es nur ein einziges Waschbecken für die weiblichen Gäste gab.

Tagsüber war sie benommen durch die Straßen geirrt. So viele Menschen – und keiner, der einen ansah. Sie hatte ihre Flucht wohl ein Dutzend Mal bereut und war ebenso oft zum Bahnhof gegangen, um heimzufahren und vor ihrer Mutter zu Kreuze zu kriechen. Aber im Dunst der rauchenden Lokomotiven war dann doch immer wieder ihr Stolz durchgebrochen. Mutter hatte sie verkaufen wollen, das ließ sie sich nicht bieten. Eher wollte sie hier zugrunde gehen!

Am dritten oder vierten Abend war sie von einem jungen Zeitungsverkäufer angesprochen worden, er hatte kaum noch Zähne gehabt und aus dem Mund gerochen. Sie wollte rasch weitergehen, weil die meisten Männer ihr schmierige Angebote machten. Aber diesem stand das Mitleid im Gesicht, und er hatte ihr von der Arbeitsvermittlung am Hafen erzählt. Die wüssten, wo eine gebildete junge Dame unterkommen könne, meinte er. Und so hatte sie in der Waschanstalt am Schweinemarkt ein Bad genommen und sich im letzten sauberen Kleid auf den Weg in den Hafen gemacht.

Es war ihr auf Anhieb gelungen, einen Vorstellungstermin bei einer Assekuranz zu ergattern, die ein Bürofräulein suchte. Ein bisschen schwindeln musste sie dafür natürlich. Sie hatte ja noch nie gearbeitet. Aber Maschineschreiben konnte sie tatsächlich. Das hatte sie sich in dem Sommer beigebracht, als sie mit Hedi von der Kurverwaltung befreundet gewesen war. Sie hatte mit ihr einen Wettstreit begonnen. Wer schreibt schneller, wer vertippt sich seltener? Und diese Episode bewahrte sie nun davor, sich als Putzmädchen in einem Haushalt verdingen zu müssen oder gar Schlimmeres.

Lou erreichte die Wexstraße. Kurz blieb sie stehen, um wieder zu Atem zu kommen. Den Mantel ließ sie offen im Wind flattern, der Gewaltmarsch hatte sie ins Schwitzen gebracht. Hier, in der Nähe ihres Arbeitsplatzes, ging es nobler zu. Zwischen Kutschen, Karren und der Elektrischen fuhren Automobile, die Herren trugen feine Anzüge und elegante Hüte. Allerdings saßen auch hier wie überall in der Stadt verkrüppelte Kriegsinvaliden vor den Hauseingängen und bettelten und schämten sich dabei zu Tode. Einem, der vor einer Bäckerei kauerte, war das halbe

Gesicht weggeschossen worden. Seine Zähne lagen frei, er würde sicher bald sterben. Schaudernd wandte sie sich ab.

Sie passierte das Postamt, wo sie einen Brief an ihre Eltern aufgegeben hatte, nachdem ihr die Stelle sicher gewesen war. Etwas hatte sie das Gewissen ja doch gezwickt. Ob sie ihn schon erhalten hatten? Das Kästchen für den Absender hatte sie allerdings frei gelassen, sie wollte auf keinen Fall, dass man sie in Trudes ärmlichem Zimmer antraf. Aber vielleicht suchten sie ja auch gar nicht nach ihr? Ein bisschen weh tat der Gedanke schon …

Lou hatte die Assekuranz erreicht, ein respektables Gebäude mit drei Reihen hoher Fenster, hinter denen die Büroräume lagen. Ein neuer Anstrich hätte auch diesem Gebäude gutgetan, aber was scherte sie das. Hauptsache, der Lohn stimmte. Sie hatte einen Platz im Schreibzimmer ergattert, wo sie für 17,50 Mark wöchentlich vor einer *Continental Römisch zwei* saß und unter den Argusaugen des Schreibzimmervorstehers Wilhelm Jobst Dokumente vervielfältigte. Klackklackklack … Srrr … Klackklackklack … Srrr … Ziemlich langweilig, aber tausendmal besser, als sich von einem alten Mann im Bett begrapschen lassen zu müssen. Es schüttelte sie, wenn sie nur dran dachte.

Auch die Stelle im Büro sah sie allerdings nur als Sprungbrett an, denn sie sparte eisern, und sobald sie genügend Geld zusammengeknausert hatte, würde sie sich eine eigene Schreibmaschine kaufen und abends Korrespondenz in Heimarbeit erledigen, und irgendwann würde sie ihr eigenes Büro eröffnen. Das war ihre Zukunftsvision. Sie würde sich durchbeißen, genau wie Frida. Besser als Frida, die sich ihre Ausbildung zur Krankenschwester ja von Großpapa hatte bezahlen lassen.

Lou betrat den dunklen Flur mit der breiten Treppe und den schmucklosen Lampen an der Wand. Früher hatten die Frauen immer schon um zwanzig nach sieben antreten müssen, damit sie nicht den Männern begegneten, die hier ebenfalls arbeiteten. Was für eine prüde Welt das gewesen sein musste. Die Welt ihrer Mutter! Zum Glück hatte man nach dem Krieg, in dem die Frauen die Männer an den Fließbändern, den Schreibtischen und sogar im Bergbau ersetzen mussten, solche Regeln nicht mehr durchsetzen können. Nicht alles war schlechter geworden. Hastig nahm Lou die letzte Stufe.

«Zwei Minuten über der Zeit!»

Sie wäre vor Schreck fast über die eigenen Füße gestolpert. Wilhelm Jobst sprang aus einer Nische zwischen sie und die Tür, ein kleiner, dürrer Mann, ein Kerl wie ein Springteufel. Er hob das Handgelenk, schob mit übertriebenem Gestus die Manschette beiseite und blickte auf seine Uhr.

«Sie wissen hoffentlich, Fräulein Kirschbaum, dass Sie mit Ihrem Stuhl nicht verwachsen sind? Wir erhalten täglich Dutzende Anfragen von Frauen, die Ihre Arbeit ebenso gut und besser erledigen könnten. Und dabei zuverlässig sind. *Zuverlässig*, Fräulein Kirschbaum. Die erste deutsche Tugend, die Eigenschaft, die unser geschundenes Land jetzt nötiger braucht als jede andere.»

Er tat ein paar Schritte auf sie zu und kam ihr dabei so nahe, dass sie sich beinahe berührten. Lou wäre zurückgewichen, wenn hinter ihr nicht die Stufen begonnen hätten. Sie starrte in die in Tränensäcke eingebetteten Augen, knirschte mit den Zähnen – und gab sich zahm. «Es tut mir leid, Herr Jobst, soll nicht wieder vorkommen. Die Elektrische hatte leider einen kleinen Zusammenstoß mit einer Müll...»

«Sie fahren mit der Elektrischen, ja?»

Wusste er, dass sie log, oder nahm er es nur an? Sie war mutig: «Nur auf dem Hinweg. Zurück ist es ja angenehm, sich die Füße zu vertreten, nicht wahr, gerade bei dem schönen Wetter.»

Er schaffte es tatsächlich, ihr noch dichter auf die Pelle zu rücken. «Immer hübsch bei der Wahrheit bleiben, Fräulein Kirschbaum», zischte er. «Ich bin dem Herrn Direktor verantwortlich, dass hier alles akkurat läuft. Man baut auf mich. Schauen Sie besonders bei den Damen hin, hat man mich gebeten. Die Väter und Ehemänner waren zu lange im Krieg. Das macht die Weiber keck.» Er beugte sich vor und flüsterte in ihr Ohr, wobei sein Mund fast ihre Wange berührte: «Früher gab es Rohrstock und Peitsche für widerspenstige Weiber, das waren bessere Zeiten.»

Lou starrte in das grobporige, magere Gesicht ihres Vorgesetzten. Jobsts Mund- und Kinnpartie sah wie ein von Stecknadeln durchlöcherter Hautteppich aus. Ekelhaft, dachte sie, ekelhaft auch die feuchten lila Lippen. Zum Glück kam gerade in diesem Augenblick Herr Gerdes von der Buchhaltung die Treppe herauf und lenkte Jobst mit seinem Gruß ab. Sie schlüpfte erleichtert an den Männern vorbei ins Schreibzimmer.

Die Arbeit, die dort wartete, verhinderte jedes weitere Grübeln. Ein Stapel Dokumente war bereits neben der Schreibmaschine abgelegt worden. Sie schnappte sich einen Firmenbogen und Kohlepapier. Und dann: Klackklackklack ... Srrrr ... Klackklackklack ... Srrr ...

Jobst ließ sich an diesem Vormittag nicht mehr blicken.

«Willste mal?»

Sie hatten Pause und standen gemeinsam in dem trostlosen Hinterhof, der zu dem Bürogebäude gehörte. Einige ihrer Kolleginnen hatten Stullen hervorgekramt, andere sogen an Zigaretten – das rot glimmende Signal an die Mannsleute, dass Frauen sich in der neuen Republik nichts mehr vorschreiben ließen. Mutter würden die Augen aus dem Kopf fallen!, dachte Lou und verkniff sich ein Grinsen.

Sybille, die ihren Blick sah, reichte ihr den eigenen Glimmstängel. «Na, versuch's schon. Ist gut für die Nerven.» Lou tat einen Zug – und begann, entsetzlich zu husten. «Das ist nur am Anfang», tröstete Sybille sie lachend. «Bald wird dir das Ding wie ein Geschenk vom lieben Gott vorkommen, der dir ein paar Minuten im Paradies spendiert.»

Lou tat mutig einen weiteren Zug. Und das Paradies kam tatsächlich, wenn auch anders als erwartet. Ihre Kolleginnen, die sie bisher kaum kannte, traten näher, und plötzlich fand sie sich in einem Kreis wieder, in einer verschworenen Gemeinschaft, in der eine Art wortkarger Kumpanei herrschte, wie sie sie noch nie kennengelernt hatte. Lässig wie Männer pafften die Tippsen miteinander. Gott, war das nicht zum Küssen, wie Sybille mit ihren schlanken Fingern die Asche wegschnippte? Lou war ein bisschen übel, aber das war nichts gegen das Gefühl von Stärke, das sie plötzlich erfüllte. Das Gegenteil von der Hilflosigkeit, die ihr bei Jobsts Attacke die Luft zum Atmen genommen hatte.

«Schöner Tag heute», sagte sie und hätte sich nicht gewundert, wenn ihre Stimme zwei Oktaven tiefer geklungen hätte. Noch ein paar Rauchkringel, die zu den Dächern aufstiegen.

«Komm in Zukunft schon Viertel nach sieben zur Arbeit und warte draußen auf uns. Geh auch nicht mehr allein in den Feierabend», sagte eine der Raucherinnen, eine ältere Frau mit Augen, die dreinblickten, als hätte sie die ganze Welt gesehen und ließe sich von nichts mehr beeindrucken. «Der Jobst ist für seine zappligen Finger berüchtigt. Der guckt sich immer eine aus, der er zwischen die Beine kann. Und jetzt hat er dich auf dem Kieker. Verstanden?»

Lou nickte, angewidert und gleichzeitig berauscht von der derben, klaren Sprache. Schade, dass ein weiterer Hustenanfall sie daran hinderte, ebenso gelassen zu antworten.

Nach der Arbeit, als sie ihre Maschine abgedeckt hatte, hielt sie sich wie geraten an die anderen Frauen. Sie sah Jobst bei der Treppe lungern. Sein enttäuschtes Gesicht erfüllte sie mit Triumph. Der Tag hatte schlecht begonnen und endete in einem Sieg. Vielleicht hatte sie sich nie im Leben stärker gefühlt als in diesem Moment, in dem sie zwischen Sybille, Ruth, Elfriede und – den Namen der vierten Frau hatte sie vergessen – aus dem muffigen Flur ins Sonnenlicht trat.

Und nun?

Es war Viertel nach sieben. Trude würde es bestimmt nicht schätzen, wenn ihre Schlafgängerin jetzt schon auftauchte. Die Uhrzeiten waren streng festgelegt. Wahrscheinlich stand sie gerade vor dem Spiegel und zog sich an. Sie arbeitete von abends neun bis morgens sechs – aber sicher nicht als Telefonistin, wie sie behauptete. Lou nahm an, dass sie in dem anrüchigen Gewerbe tätig war, dem die Frauen beim Hauptbahnhof und in St. Pauli nachgingen. Man konnte ja sehen, was sie trug, wenn sie das Haus verließ. Ein weit ausgeschnittenes Kleid, aus dem die Brüste quollen, auffälligen Schmuck, grelle Schminke … Vor dem Weggehen stopfte sie immer noch ein paar hochhackige, silberne Schuhe in eine alte Ledertasche, und die benötigte sie garantiert auch nicht in einer Telefonzentrale.

Gähnend schlenderte Lou die Kaiser-Wilhelm-Straße hinauf. Sie starrte in Schaufenster, beobachtete die Droschken und die anderen Passanten, ließ sich gelegentlich ein Kompliment gefallen, ohne natürlich darauf zu reagieren, und bemühte sich, das Knurren ihres Magens zu überhören. Das Hochgefühl, das sie beim Verlassen der Assekuranz verspürt hatte, begann zu schwinden. Sie hatte nie hungern müssen, nicht einmal im Krieg. Was Mutter nicht kaufen konnte, hatte Rudolf mit seiner Flinte erjagt. Aber nun versuchte sie, mit zwei Stullen am Tag auszukommen – einer morgens und einer abends. Nur reichte das nicht. Ihr Hunger wurde immer bohrender.

Als sie in eine Seitengasse geriet, sah sie zwei Männer mit einem Pferdekarren Leichen abtransportieren, die wie Müll auf den Planken lagen. Und plötzlich war sie wieder da, die Angst. Wenn Jobst dafür sorgte, dass sie rausgeworfen wurde, würde sie dann ebenso enden? Vielleicht hatte Mutter ja doch nur das Beste für sie im Sinn gehabt, als sie sie mit Hellmut von Rathen verkuppeln wollte.

Dann kam ihr ein weiterer, noch deprimierender Gedanke. Hatte Mutter die Hospitalkinder inzwischen nach Hamburg zurückgeschickt? Hatte an ihrer Heirat mit von Rathen tatsächlich das Schicksal der Waisen gehangen? Das Waisenhaus lag östlich der Außenalster, aber sie hatte sich nie hingetraut. Was, wenn ihr Klaus und Wilma und die anderen wie kleine Skelette über den Weg gelaufen wären? Manchmal muss man Opfer bringen, hatte Mutter gesagt. Und das hatte sie ja verweigert.

Lou zog den Mantel an, den sie bisher über dem Arm getragen hatte, und kuschelte sich hinein. Sie versuchte, nicht mehr an die Kinder zu denken. Ob ihre Familie Matz wohl mitgeteilt hatte, wo sie abgeblieben war? Ihr tat immer noch das Herz weh, wenn sie daran dachte, wie er reagiert hatte, als sie ihm von Mutters Vorschlag erzählte. Dieses Maulaufsperren, dieses Zögern, als er merkte, dass es mit einem Schlag ernst für ihn wurde. Sie wusste, dass er sie mochte, und hatte es ja sogar für Liebe gehalten. Aber als er sie hätte packen und ihr auf der Stelle einen Ring an den Finger stecken müssen, da hatte ihm der Mumm gefehlt.

Oder gab es womöglich eine andere Frau? Eine aus dem Lehrerseminar, der er Briefe schrieb und die zu ihm nach Amrum ziehen wollte, sobald sie genügend Geld zusammengekratzt hatten? Vielleicht war das Mädchen aus der Villa für ihn ja nur ein Zeitvertreib gewesen. Konnte sein, dass er sogar Ressentiments gegen Menschen hegte, die ein paar Groschen mehr im Portemonnaie hatten. Manchmal kam er ihr mit seinen Reformideen vor wie ein Kommunist. Aber es war zwecklos zu grübeln. Matz musste raus aus ihrem Kopf, er hatte in ihrem Leben keinen Platz mehr.

Lous Laune war auf einem Tiefpunkt angelangt, als ihr plötzlich der pikante Geruch einer Suppe in die Nase stieg. Sofort meldete sich ihr Magen wieder. Sie entdeckte eine Schlange zerlumpter Menschen, die den Bürgersteig und den Torbogen auf der anderen Straßenseite belagerten. Als sie durchs Tor spähte, entdeckte sie einen Hof mit mehreren Tischen voller Blechkannen. Frauen mit Schürzen füllten Suppe aus den Kannen in Gefäße, die die Wartenden mitgebracht hatten. Einige der Anstehenden drehten beschämt die Gesichter weg, als wollten sie nicht erkannt werden, aber die meisten wirkten routiniert.

Wieder spürte Lou ihren schmerzenden Magen. Sie überquerte die Straße. Nur einmal schauen. Der Geruch quälte sie, das Wissen, sich zu einer Schar Bettler zu gesellen, ebenfalls. Und doch konnte sie nicht widerstehen. Noch ein paar Schritte … Man ließ sie gewähren, wohl, weil sie kein Geschirr bei sich trug, mit dem sie eine der begehrten Portionen hätte ergattern können. Einige der Hungerleider folgten ihr trotzdem mit argwöhnischen Blicken. Jemand sagte etwas, sie hörte den aggressiven Tonfall, war aber zu sehr auf die Suppenkannen fixiert, um sich etwas daraus zu machen. Wie festgeklebt stand sie vor dem Tisch, wurde bedrängt und beiseitegeschubst.

«Wir brauchen Hilfe. Möchten Sie mit zupacken?» Die Frau, die diese Worte gesagt hatte, tippte über den Tisch hinweg mit einem Kellenstiel auf Lous Arm und wiederholte die Frage. Lou huschte um den Tisch herum. Niemand hatte ihr etwas versprochen, aber sie gab sich auch mit der Hoffnung zufrieden, dass ein Teller Suppe für sie herausspringen könnte.

«Eine Kelle für die Männer, etwas weniger für Frauen, eine halbe für die Kinder, je nach Größe, machen Sie es nach Gefühl», murmelte die Frau, die sie angesprochen hatte. Sie sah anziehend aus, trotz einer Hasenscharte, die ihre Mundpartie entstellte. Es sind die Augen, dachte Lou. Sie lächelte damit, ohne dass sich sonst ein Muskel verzog. Auch Lou lächelte und füllte ihre Schöpfkelle.

«Nicht ganz so viel. Sonst reicht es nicht.»

Lou nickte. Es war schwer, die Enttäuschung in den Gesichtern zu ertragen, wenn sie die Gefäße oft kaum bis zur Hälfte befüllt zurückreichte. Sicher war diese Speisung für viele die einzige Mahlzeit des Tages. Schließlich war es vorbei, die Kannen waren geleert, die Reste in einige letzte Näpfe gegossen worden, die Bedauernswerten, die leer ausgegangen waren, schlurften mit eingezogenen Schultern zur Straße zurück.

«Ich bin Jenny Hopf.» Die Frau mit der Hasenscharte reichte ihr die Hand und zog sie damit gleichzeitig zu einer Tür, die ins Dunkle eines ärmlichen Zimmers führte. Der Raum glich einer Mischung aus Wohnstube und Büro. Das Mobiliar war schäbig: ein abgeschabter, dunkler Esstisch, an den Wänden zwei Sofas, deren Flicken von ihrem Alter kündigten, eine Stehlampe mit Troddeln und ein Emailleschild an der Wand, auf dem Sperlinge abgebildet waren, die gefüttert wurden.

Jenny bemerkte ihren Blick. «So nennt Frau Keyser die Obdachlosen: die Sperlinge Gottes. Sie ist die Leiterin unserer Organisation. Wir bieten Essen an und manchmal auch Kleidung. Helfen, wo es nötig ist, ist unser Motto.»

Lou nickte. Was sollte sie auch sagen? Sie quetschte sich an die Wand, um zwei Frauen Platz zu machen, die die Kannen aus dem Hof in einen kleinen Nachbarraum trugen. Auf einem alten, gemauerten Herd begann man tatsächlich, einen Topf mit etwas Suppe aufzuwärmen, die zurückgehalten worden war.

Jenny nötigte Lou zum Tisch, als die Teller gefüllt wurden. Es tat gut zu essen, es war wundervoll. *Nicht schlürfen, nicht schlingen, Kind.* Sie achtete auch jetzt auf ihre Manieren. Die anderen Frauen waren weniger zimperlich.

Jenny stieß sie an. «Eine von uns ist ausgeschieden. Ein älteres Fräulein, das es gut mit den Armen meinte, am Ende aber die tägliche Ration Elend nicht mehr aushalten konnte. Oder sie mochte unsere Suppe nicht.» Jenny blinzelte ihr zu, eine grauslig-schöne Grimasse, die Lou an die Tippsen-Runde im Hinterhof der Assekuranz erinnerte. «Und?»

«Was?»

«Willst du für sie einspringen?»

Lou warf einen Blick auf die Uhr, die über einem der Sofas hing. Es war halb neun. Die Speisung lag also genau in der Zeit zwischen ihrer Arbeit und dem Moment, in dem Trude das gemeinsame Zimmer verließ. «Sehr gern. Ich heiße übrigens Lou. Louise Kirschbaum.»

13.

FRIDA

Es war eine Qual, zu warten, bis Matz den Unterricht beendet hatte. Frida lugte durch das Fenster, sie sah ihn mit Kreide an die Tafel schreiben, die kleinsten Kinder kritzelten die Buchstaben auf Schiefertafeln nach, die größeren lasen in ihren Fibeln. Auch die drei Hospitalkinder, die im Moment gesund genug waren, um den Unterricht besuchen zu können.

Klaus entdeckte Frida. Nachdem er vorsichtig zur Tafel gelinst hatte – Matz hatte der Klasse gerade den Rücken zugewandt –, winkte er ihr zu. Sie winkte zurück. Und lief nervös den Weg hinauf und hinab. Gestern Abend hatte sie bei den Gästen ausharren müssen, bis diese gegangen waren. Als sie endlich vor Matz' Haustür gestanden hatte, war er unterwegs gewesen, vielleicht auch sinnlos betrunken, und heute Morgen musste sie erst das Wichtigste im Hospital erledigen. So konnte sie Matz die gute Nachricht erst jetzt überbringen.

Endlich ließ er die Kinder laufen. Sie rannten an Frida vorbei, und Matz, der ihnen folgte, zog sie hastig in seinen Garten.

«Sie lebt?», wiederholte er langsam Fridas Worte. Er fasste sich in die Haare, dann brach er in Tränen aus, gleichzeitig lachte er und schüttelte Frida an den Schultern.

Sie setzten sich auf die Bank, an der sich weiß blühendes Unkraut emporschlängelte, und sie gab ihm den Brief. Er las und kommentierte gleichzeitig.

Lou war also durchs Watt gelaufen ... «Wie leichtsinnig, was hätte ihr passieren können!» ... und dann nach Hamburg gefahren ... «Woher hatte sie denn das Geld für die Fahrkarte?» ..., und schließlich hatte sie auch noch eine Arbeitsstelle gefunden. Matz drehte das Kuvert auf der Suche nach dem Absender. «Wo genau wohnt sie denn jetzt?»

«Das hat sie uns wohl nicht verraten wollen.» Sie starrten einander an, und ihre Freude verrauchte. Hamburg war riesig. Wie sollte man dort einen Menschen finden, der nicht gefunden werden wollte?

Wieder fuhr sich Matz durch die Haare. «Ich muss hin, auf der Stelle. Ich nehme die Fähre.»

Aber das ging natürlich nicht. Die Kinder hatten noch keine Ferien. Wenn er aufhörte zu unterrichten, konnte man ihn bei der Schulbehörde verpetzen. Und wenn sich dort einer genügend aufregte, wäre es vorbei mit Matzens Reformpädagogik.

«Nein, *ich* werde fahren», sagte Frida. «Ich hab die Fahrkarte schon gelöst. Aber du musst mir versprechen, dass du ein Auge auf das Hospital hast!»

«Sag Lou, dass ich ein Idiot gewesen bin. Sag ihr, sie soll zurückkommen. Sag ihr bitte, alles wird gut, wenn sie nur zu mir zurückkommt.» Matz sah sehr blass aus.

Frida stieg an demselben Gleis aus dem Zug, an dem sie sich vor Wochen von Daniel Kröppke verabschiedet hatte.

Die Erinnerung daran versetzte ihr einen Stich, aber zu mehr Gefühl war sie vor lauter Erschöpfung nicht fähig. Ihr fielen die Prostituierten auf, die vor dem Bahnhof flanierten und Männer ansprachen. Einige schienen noch beinahe Kinder zu sein. Lou würde doch nicht so weit abgerutscht sein ... Die Vorstellung war entsetzlich, und Frida verbat sich das Grübeln, das sie sowieso nicht weiterbringen würde.

Stattdessen überlegte sie, ob sie die Zeit in Hamburg nutzen könnte, um auch etwas für das Seehospital zu tun. Niemand wusste, ob Mutter nicht doch bei nächster sich bietender Gelegenheit das Mehl streichen würde. Sie musste andere Gönner finden, die halfen. Möglichst viele, sodass die Belastung für den Einzelnen erträglich wäre. Zunächst dachte sie natürlich an ihre Kolleginnen, die Erikaschwestern, aber die wurden so schlecht bezahlt, dass sie sich kaum selbst über Wasser halten konnten.

Dann eher die Ärzte. Nicht die Studenten, sondern die praktizierenden, die nicht schlecht verdienten. James Tylor fiel ihr ein. Sie konnte sich nicht recht vorstellen, dass er helfen würde, er hatte seine Verachtung für das Hospital ja schon zum Ausdruck gebracht. Aber ihn konnte sie vielleicht noch einmal um Medikamente anbetteln.

Es ging schon auf den Abend zu, doch sie beschloss, den Schwung des Augenblicks zu nutzen, und fuhr zur Universität statt zum Krankenhaus. Sie hatte Glück – sie traf Tylor tatsächlich an. Nicht in seinem Büro, sondern im pathologisch-chemischen Labor im Keller der Universität, wohin der Pförtner sie wies. Er spülte, in einen weißen Kittel gekleidet, Kolben, Reagenzgläser und Rührstäbe aus. Als sie den Raum mit der niedrigen Decke und den großen, parallel aufgestellten Tischen betrat, hob er den Kopf. «Fräulein Kirschbaum. Schon zurück zum Studium?», fragte er überrascht.

«Nur auf einer Stippvisite.»

«Verbrennungen», sagte er und wies auf mehrere Kolben, in denen Flüssigkeiten schimmerten. «Gattefossé behandelt Brandwunden mit Lavendelöl. De Sandfort war mit einer Paraffin-Harz-Lösung erfolgreich. Beides sind interessante Ansätze, nur müsste man sie noch weiterentwickeln, weil sie in der Praxis ... Bitte nicht gähnen.»

Sie hatte gar nicht gegähnt, das Öl interessierte sie. Im Augenblick hatte sie dafür allerdings keinen Kopf. «Haben Sie einen Moment Zeit für mich?»

Wenig später saßen sie wieder in seinem Büro. Die Karikatur mit dem Tanz auf dem Vulkan war verschwunden und durch eine andere ersetzt worden. Vier Eingeborene, gekleidet wie Geistliche und Professoren, bestiegen ein Schiff. Einer von ihnen trug ein Schild mit der Aufschrift *Liebet eure Feinde* vor sich her. Unter der Zeichnung stand in Druckbuchstaben: *Eine afrikanische Negerdeputation macht aus Mitleid mit dem Unglück Deutscher den Vorschlag, in Europa das Christentum einzuführen.*

Das war frech.

Es war komisch. Frida kämpfte mit einem Lächeln.

«Nur raus damit. Wo drückt der Schuh? Die Medikamente?», fragte Tylor und beförderte sie damit schmerzlich in die Gegenwart zurück.

«Ja, sie gehen zur Neige.»

«Das war zu erwarten.»

Ihr sank das Herz, und gleichzeitig wurde sie wütend. Diese Überheblichkeit, dieses schmale Lächeln, mit dem der Engländer abwartete, wie geschickt oder ungeschickt sie sich beim Betteln anstellen würde. Sie erhob sich und ging zur Tür.

«O Gott, nein, tut mir leid, Fräulein Kirschbaum, ich wollte Ihnen nicht zu nahe treten. Ich fürchte nur ...», er suchte nach Worten, «... dass Sie in eine Tretmühle geraten sind. Und es scheint keinen Zeitpunkt zu geben, an dem Sie sie wieder verlassen könnten. Sie verschwenden Ihr Leben.»

«Und Sie ermüden mich mit Ihren Einwänden.» Frida griff nach der Klinke.

«Bitte bleiben Sie.» Er lehnte sich zurück und starrte sie an, bis sie zögernd wieder Platz nahm. Stumm schob er ihr einen Briefblock zu. «Schreiben Sie's auf. Schlagen die Medikamente wenigstens an?»

«Das interessiert Sie doch gar nicht.»

«Sie missverstehen mich. Jeder Mensch, der leidet, hat mein Mitgefühl. Aber für Ihr Hospital muss es doch andere Möglichkeiten geben.»

«Ja, die Englein vom Himmel.» Sie schrieb die Namen der Medikamente auf, die sie am schmerzlichsten entbehrte. «Ich bin Ihnen sehr dankbar.»

«Nein. Sie sind verbittert.»

«Hat die Apotheke Ephedrin vorrätig?»

«Und außerdem geht es Ihnen schlecht. Sie sollten die Ringe unter Ihren Augen sehen. Sagen Sie mir, wenn ich Ihnen sonst noch irgendwie ...»

«Ich weiß den Namen des Medikaments nicht. Ephedrin ...» Frida klopfte so heftig mit der Feder auf das Papier, dass sich ein Tintenklecks ausbreitete.

«Ephetonin.»

Sie schrieb und versuchte die Tränen wegzublinzeln, die ihr plötzlich in die Augen schossen.

«Tja, vielleicht irre ich mich auch. Vielleicht zählt am Ende tatsächlich nur der Einzelne.»

«Jetzt plötzlich?»

Tylor seufzte. «Ich bin müde, Fräulein Kirschbaum. Würden Sie mir die Freude machen, mich auf einen Kaffee zu begleiten?»

Er bezahlte die Medikamente fürs Hospital. Er war wichtig. Sie nickte also.

Tylor lud sie in die *Libelle* ein, ein kleines Kaffeehaus in der Nähe der Universität, das auf Marmorsäulen und Kristallleuchter verzichtete, dafür aber runde Tische mit Zeitungen und leise Musik vom Grammophon bot. Das war gut, mehr Trubel hätte Frida im Moment kaum ertragen. Der englische Arzt bugsierte sie in eine Ecke hinter einer hüfthohen Stützmauer, über der Efeu an dünnen Metallstangen rankte. Es gab dort nur das wenige Licht, das durch ein kleines Fenster fiel, und kaum neugierige Blicke. Sie setzte sich, registrierte den Staub auf der Scheibe, fuhr mechanisch mit dem Finger darüber und vergaß ihn sofort wieder.

Tylor bestellte Kaffee und, ohne sie zu fragen, auch zwei Teller mit Obstkuchen. «Ich habe Sie im vergangenen Winter beobachtet.» Er stockte, ihm fiel wohl auf, wie missverständlich seine Äußerung war. «Also ... Sie sind mir aufgefallen. Bei Ihrer Arbeit in den Pavillons. Ich habe Sie selten außer Fassung gesehen, wenn ich das sagen darf.» Er rührte in seinem Kaffee, obwohl er keinen Zucker hineingetan hatte. «Könnten Sie bitte aufhören, mich anzusehen, als wäre ich der Erzschurke in der Geschichte Ihres Lebens?»

«Das tu ich doch überhaupt nicht.»

«Aber ja, und ich bin so verflucht empfindlich.»

«Ich auch», schnappte sie. «Lassen Sie mich offen sein: Ich mag es nicht, wenn man in mir vor allem die treusorgende Schwester sieht. Ich studiere Medizin.»

«Natürlich, und ich habe das ebenfalls gemacht, aber dabei wohl versäumt, mir Wissen auf anderen Gebieten anzueignen. Ich kann offenbar keine Konversation führen, ohne ständig Minen in die Luft zu jagen. Danke, dass Sie lächeln. Ich wollte Sie auf keinen Fall verärgern.»

Und sie wollte nicht verärgert wirken. Der Mann hatte ihr geholfen, sie war ihm freiwillig hierhergefolgt, im Grunde war sie froh, dass jemand bereit war, sie abzulenken. Eine Dame am Tisch auf der anderen Seite der Stützmauer fragte den Ober nach der *Eleganten Welt*. Er bedauerte. Die Illustrierte sei von der *Libelle* nicht abonniert.

«Ich bin als Einzelkind aufgewachsen», sagte Tylor, während der Ober zum nächsten Tisch eilte. «Als Sohn des besten Chirurgen einer sehr kleinen Klinik. *Der beste* und *sehr klein* – das sind vielleicht die beiden Begriffe, mit denen sich mein Dilemma am besten erklären lässt. Der Sohn eines besten Menschen in welcher Disziplin auch immer zu sein ist schon schwierig genug. Aber wenn sich das Malheur in der Nussschale einer Kleinstadt ereignet ... Ich habe nie gelernt, wie man mit anderen Menschen ungezwungen redet, wie man einfach plaudert, meine ich.»

«Dr. Tylor ...»

«... und ich glaube auch nicht, dass ich's noch lernen werde. Ich wollte Ihnen einfach sagen, dass ich Sie schätze, dass ich sehe, wie erbarmungswürdig die Wochen auf der Insel Sie heruntergewirtschaftet haben, und dass ich Ihnen gern helfen würde. Dabei ist mir durchaus klar, dass Sie Herrn Doktor Kröppke über das Berufliche hinaus schätzen. Verstehen Sie meine Aufmerksamkeit also bitte nicht falsch. Ich will einfach ... behilflich sein.»

Der Ober brachte den Kuchen, und Frida war froh über die kurze Ablenkung. Als der Mann wieder gegangen war, sagte sie: «Danke für die Offenheit.»

«Geht es den kranken Kindern schlecht?»

«Nein.»

«Wie erfreulich.»

«Jedenfalls sind sie in einer besseren Verfassung als vorher, ohne die Medizin.»

«Aber?»

Aber ... aber ... Warum bohrte er so? Warum hatte sie sich überhaupt auf diesen Abend eingelassen?

«Fräulein Kirschbaum ...»

«Meine Schwester ist verschwunden, sie ist weggelaufen», platzte sie heraus. «So, nun wissen Sie es. Ich bin hier, um sie zu suchen, ich weiß, dass ich sie kaum finden werde, mir ist zum Heulen zumute, weil es ihr sicher schlechtgeht ... Nein, bitte, ich brauche kein Taschentuch ... oder doch ...»

Sie versenkte ihr Gesicht in dem gefalteten graukarierten Stoff und tupfte damit über ihre Augen. Und dann redete sie plötzlich, als spülte eine Sturmflut über die Deiche. Großpapas Tod, sein Testament, kein Geld mehr für das Hospital, Lou und Mutters Idee mit der Heirat ... «Ich hab nicht geglaubt, dass meine Schwester es überhaupt ernst nimmt. Sie ist außer sich vor Wut aus dem Haus gelaufen, aber ich dachte, sie kommt bald zurück. Nur ist sie ... seitdem ist sie verschwunden. Nicht spurlos, nein, sie hat uns einen Brief geschrieben. Darin steht, dass sie hier in Hamburg ist – wie auch immer sie das geschafft hat. Aber die Stadt ist ... so ... riesig ...»

«Oje.»

Frida, die eben noch gedacht hatte, sie könnte keinen Bissen des Apfelkuchens hinunterbekommen, wurde plötzlich von Heißhunger gepackt. Sie begann den Kuchen in sich hineinzustopfen, als wäre er ein Schmerzmittel. Das Grammophon spielte einen Schlager, leise, melancholisch. Ein mit Zucker getränktes Apfelstückchen hing ihr an den Zähnen. Sie versuchte es mit der Zunge zu entfernen, es funktionierte nicht. Tylor schob ihr wortlos auch seinen eigenen Kuchen zu.

«Nein danke, ich hätte Sie gar nicht belästigen dürfen. Ich muss gehen.»

«Der aussichtsreichste Ort für den Beginn Ihrer Suche scheint mir ein Polizeirevier zu sein», sagte er.

Darauf war sie noch gar nicht gekommen. Ihre Miene hellte sich auf. Obwohl ... Dort würde man doch nur etwas wissen, wenn Lou ein Unglück geschehen war?

«Ich habe morgen meinen freien Tag. Wenn Sie erlauben, werde ich Sie begleiten», sagte Tylor.

«Sind Sie sich sicher? Ich beanspruche Sie über Gebühr.»

«Ach je.» Er winkte dem Ober. «Haben Sie eigentlich schon die Briefe von Dr. Kröppke abgeholt?»

«Bitte?»

«Es liegen einige davon beim Pförtner in der Eppendorfer Klinik. Er hat mich nach Ihrer Adresse gefragt, um sie Ihnen nachzusenden. Leider wusste ich sie nicht.»

Frida nannte automatisch Insel, Ort und Straße. Daniel hatte sich also nicht abschrecken lassen, sondern ihr weiter geschrieben? Plötzlich entdeckte sie einen Funken Glück in all der Trübsal, in der sie zu ertrinken drohte. Aber sofort schämte sie sich dafür. Lou ging womöglich gerade durch die Hölle.

Auf ihrem Zimmer im Schwesternwohnheim las Frida Daniels Briefe. Er erkundigte sich nach ihrem Studium, aber vor allem schrieb er von seinen Kranken. Wie unterschiedlich sie auf Bayer 205 reagierten, wie innig er hoffte, wie verzweifelt er auf Rückfälle reagierte – und wie sehr er wünschte, sie wäre an seiner Seite. *Doch dann schäme ich mich wieder dieses Wunsches, denn es ist ja nicht auszuschließen, dass wir Ärzte uns ebenfalls infizieren. Hunderte Kranke leben in unserer bescheidenen Klinik. Wir atmen dieselbe Luft wie sie, trinken dasselbe Wasser ... Und natürlich schwirren überall diese verfluchten Fliegen. Nachts sind wir durch Moskitonetze geschützt, aber tagsüber sind wir wie vogelfrei. Vielleicht ist es ein Segen Gottes, dass Sie daheim in Sicherheit sind ...*

Sie faltete die Briefe zusammen und schrieb eine Antwort, von der sie hoffte, dass sie ihn ermutigen könnte. In einer der Schubladen lag ein altes Foto von ihr. Sie legte es dem Schreiben bei.

Die Davidwache lag mitten in St. Pauli beim Spielbudenplatz. «Warum gerade diese Wache?», fragte Frida Tylor.

«Wenn Ihre Schwester unter die Räder gekommen ist – und das sollte man ja als Erstes ausschließen –, dann würden sie hier am ehesten davon wissen.»

Unter die Räder gekommen: Das bezog sich sicher auf die Prostituierten, die ohne Scham auf den Bürgersteigen und vor den Kaschemmen ihre Dienste feilboten. Man erkannte sie an den schamlos kurzen Röcken, den freizügigen Dekolletés, der dicken Schminke, die manche wie Clowns wirken ließ, aber vor allem an der lasziven Art, mit der sie an den Hauswänden lehnten, rauchten und mit den männlichen Passanten scherzten.

Frida folgte Tylor in die Wache hinein. Der Mann, an den sie verwiesen wurden, saß telefonierend hinter einem verschrammten Schreibtisch, auf dessen Schreibfläche wie zur Warnung eine Pistole lag. Die Wände waren von schwarzen Schränken voller Schubladen bedeckt, auf eine Holzplatte waren Gesichter verdrossen blickender Gestalten genagelt, sicher Fahndungsfotos.

Der Beamte musterte sie mit einem kurzen Blick und wedelte mit der Hand, während er in den Hörer sprach: «Hab ich verstanden, Krüger, doch, durchaus. Aber Ihnen ist schon klar, dass Sie von denen mit großer Wahrscheinlichkeit angeschissen …? Nein … weiß ich … sag ich doch … Ach was! Bitte …?» Nach einigen Sekunden des Schweigens knallte er den Hörer auf die Gabel. Ein Kanarienvogel, der aus unerfindlichen Gründen in einem Käfig auf einem der Schubladenschränke stand, begann zu tirilieren. Der Mann erhob sich und deckte den Käfig mit einem Tuch ab. Danach wandte er sich um und erkundigte sich, was sie zu ihm führe.

Frida begann sich zu erklären, aber der Polizist blickte zu Tylor, als wäre es sinnlos, einer Frau zuzuhören. Zu jeder anderen Stunde hätte sie sich empört, aber nun verstummte sie und ließ den Arzt zusammenfassen, was sie ihm auf dem Weg noch einmal erläutert hatte.

«Mein Name ist Josef Turngarten», sagte der Mann, als er fertig war.

Ja, und?

Es stellte sich heraus, dass Turngarten ein Freund der Fotografie war, ähnlich wie Emily, nur dass er seine Bilder ausschließlich für die kriminalistische Arbeit verwendete. Er ging in ein Nebenzimmer und kehrte mit einem dicken, großformatigen Buch zurück.

«Die dummen Dinger geraten alle auf die gleiche Art in Schwierigkeiten: Sie suchen in Hamburg das große Glück, träumen von einer Stelle als Büromädel, wenn das nicht klappt, wollen sie als Hausmädchen unterkommen, und am Ende landen sie auf St. Pauli. Wobei … Hausmädchen und St. Pauli sind ja leider oft genug das Gleiche», erklärte er zynisch. «Nicht wenige bringen sich um – ich sag, wie es ist. Und dann fotografieren wir die Leichen, obwohl nicht oft Angehörige bei uns vorbeischauen. Da sind Sie eine Ausnahme. Schauen Sie die Bilder mal in Ruhe durch. Wann kann Ihre Schwester denn frühestens hier aufgekreuzt sein?»

Frida musste sich zwingen, die Fotos in Turngartens Album anzusehen. Es waren furchtbare Bilder. Eine junge Frau, fast noch ein Mädchen, hatte sich an einer Eisenstange in einem verlassenen Fabrikgebäude erhängt. Um sie waren nichts als Schmutz, verrostete Maschinen und Leere, was ihrem Tod etwas besonders Herzzerreißendes gab. Noch schlimmer war die Fotografie einer zerfetzten Selbstmörderin, die halb unter den Rädern einer Lokomotive steckte. Das Gesicht der Toten war heil geblieben – und wohl der Grund, warum man die arme Frau fotografiert hatte. Die von den Rädern abgetrennten Beine steckten in zerrissenen Strümpfen und ragten über eine Schiene wie zwei Finger.

Frida biss die Zähne zusammen und zwang sich, Bild für Bild anzublicken. Sie zitterte vor Erleichterung, als sie das Album zuklappen und den Kopf schütteln konnte.

«Und nun?», fragte Tylor. Inzwischen war sie heilfroh, dass er mitgekommen war.

«Besitzen Sie eine Fotografie der Verschwundenen?»

Frida zog die genähte Hülle aus ihrer Handtasche, in der sie ihre wenigen Familienfotos aufbewahrte, darunter zwei von Lou. Turngarten musterte das Bild, das sie ihm reichte, als wollte er sich ihr Gesicht einprägen. «Na, dann werden wir mal einen hübschen Steckbrief erstellen. Der wird vervielfältigt und an Orten ausgehängt, wo sich die junge Dame herumtreiben könnte. Mein Rat: Wenn Sie es sich leisten können, sollten sie auch noch ein Bild ins Abendblatt setzen lassen. Vielleicht wird es ja von jemandem gesehen, der Ihr Fräulein Schwester beherbergt oder angestellt hat.»

Er überprüfte noch, ob Lou sich bei der Hamburger Sittenpolizei hatte registrieren lassen, weil sie im Gewerbe gelandet war. Dem war nicht so. Turngarten machte ein bedauerndes Gesicht, als hielte er das für eine schlechte Nachricht.

Die folgenden Tage gerieten zu einem Albtraum. Frida inserierte, wie Turngarten ihr geraten hatte, in der Zeitung, anschließend pochte sie an die Türen im Hammerbrook, einem Proletarierviertel mit einem System aus rechtwinklig zueinander stehenden Straßen und Kanälen, die von hohen Mietskasernen gesäumt wurden. Es gab keinen Grund, warum sie gerade hier mit ihrer Suche begann – sie wollte einfach etwas tun. Vielleicht war das Glück ihr ja hold. Doch die wenigen Menschen, die ihr öffneten, zuckten mit den Schultern, und die Herumlungernden, denen sie das Bild ebenfalls zeigte, rissen derbe Späße.

Später lief sie durch das Gängeviertel, eine heruntergekommene Gegend, in der die Stadt vor kurzem damit begonnen hatte, die krummen Fachwerkhäuser abzureißen, um ein anständiges Wohnviertel hochzuziehen. Nur würde sich diese Wohnungen niemand mehr leisten können, der jetzt hier lebte. Ein wütender Müllwerker, der Mülltonnen in einen motorisierten Wagen entleerte, schimpfte mit ein paar herumlungernden Burschen, die ihm hinterherbrüllten, dass die Spartakisten bald die Revolution bringen würden. Sie warfen, wie um ihre Worte zu unterstreichen, eine der wenigen noch heilen Fensterscheiben ein. Im nächsten Moment ging alles in einem furchtbaren Lärm unter, weil hinter der Häuserzeile der Teil eines Hauses in sich zusammenkrachte. Staub verdunkelte den blauen Himmel, Frida eilte rasch weiter.

Ein Pfarrer, bei dem sie als Nächstes klopfte, versuchte sie zu trösten. Seine Nachbarin, deren Kinder der Cholera erlegen waren, reagierte auf ihre Frage, indem sie das Sterben ihrer Kleinen schilderte. Der Durchfall, die Krämpfe, die heiseren Stimmen, die kalten Arme ... «Ich hätte sie besser wärmen müssen. In Decken wickeln. Hatte ich aber nicht. Hätte ich stehlen müssen. Für seine Kinder darf man stehlen ...»

«Es hätte Ihren Kleinen wohl nicht geholfen», sagte Frida, aber die Frau hörte gar nicht zu, sie brabbelte noch, als Frida weiterging.

Abends besuchte Frida mit Tylor die Spielclubs in der Talstraße, sie gingen in Bars mit freizügigen Tänzerinnen und fragten sich durch heruntergekommene Kellerkneipen.

Nach einer furchtbaren Woche sah Frida schließlich ein, dass sie auf diese Weise keinen Erfolg haben würde, und änderte ihre Strategie. Sie versetzte sich in die Lage ihrer Schwester und suchte die Einrichtungen auf, bei denen eine hungernde junge Frau vielleicht um Hilfe bitten würde: öffentliche Speisehallen, Ambulanzen, Krankenhäuser. Sie ging auch zur Arbeitsvermittlung, wo man über das Foto aber nur müde lächelte. «Hier kommen Hunderte von Leuten vorbei, und zwar Tag für Tag. Ja, wenn Sie einen Namen hätten ...», murmelte die Frau in dem trostlosen Zimmerchen, dem nur das gerahmte Bild einer Palme aus Strohhalmen etwas Hoffnung verlieh.

«Den habe ich ja. Louise Kirschbaum.» Frida rechnete nicht mit einer Antwort und wandte sich bereits zum Gehen, obwohl die Frau noch in ihren Zettelkästen kramte. Und dann hatte sie wider Erwarten doch noch Erfolg.

«Das is ja'n Ding – die war tatsächlich hier», brummte die Frau.

14.

LOUISE

*E*s war fünf nach sieben. Sie war ganze *fünf* Minuten überfällig. Was für ein Verbrechen! Da wurden der armen Trude *fünf* Minuten der Zeit gestohlen, in der ihr das Zimmer zustand. Kein Wunder, dass sie die Fassung verlor und wie eine Irre tobte. «Raus hier!»

«Nun reg dich schon ab», schnappte Lou zurück. Sie schloss hastig die letzten Knöpfe. Jetzt noch der Gürtel ...

«Ich sagte: raus!» Trude drehte sich, es war nur eine kleine Bewegung, aber plötzlich fiel das Licht aus dem Dachfenster auf ihre rechte Gesichtshälfte. Sie hatte ein Veilchen. Ihr Auge war angeschwollen und blau unterlaufen. Donnerwetter, da hatte jemand zugelangt. «Genug gestarrt?», blaffte ihre Vermieterin sie gereizt an.

«Wer war das?»

«Geht dich einen feuchten Kehricht an!»

Jetzt, als Lou drauf achtete, fiel ihr auch auf, wie unbeholfen Trude sich bewegte. Und wie sorgfältig sie es vermied, den rechten Arm zu benutzen. Bestürzt fragte sie: «Hat dich einer von deinen ... also, einer der Männer ...»

«Scheißdreck, was redest du?», kreischte Trude. «Hau endlich ab. Weißt du was? Du brauchst gar nicht wiederzukommen! Der Vertrag ist aufgelöst, ich will das Zimmer für mich allein. Nimm deinen ganzen Dreck gleich mit!»

Sie öffnete mit der linken Hand ungelenk die Tür des Kleiderschranks, den sie sich teilten, und zog Lous Koffer heraus, dazu die beiden Kleider. Alles polterte zu Boden, der Koffer öffnete sich, und die Unterwäsche, die Lou gerade vorgestern erst mühsam überm Waschbrett geschrubbt und an der Leine im Zimmer getrocknet hatte, fiel auf den staubigen Dielenboden.

Lou öffnete den Mund – und schloss ihn wieder. Ruhe bewahren, jetzt nur kein Wort auf die Goldwaage legen. Sie brauchte das Zimmer ja. Aber da trat Trude auf ihre weiße Bluse. Es war kein Versehen, sie drehte ihren spitzen Absatz auf dem weißen Stoff, sodass sie ein Loch hineinriss. Lou fuhr ihr mit einem empörten Schrei in die Haare – und zuckte zurück, als Trude vor Schmerz aufbrüllte. Zitternd stopfte sie ihre Habseligkeiten in den Koffer und flüchtete unter Trudes Weinen und Fluchen ins Treppenhaus. Weg, nur weg von hier.

Sie polterte die Stufen hinab. Auf den ersten überwog noch die Wut wegen ihrer Bluse, im Erdgeschoss verspürte sie ein wenig Mitleid mit Trude, aber auf der Straße fand sie sich in der harten Realität wieder. Dass Trude von ihren Kunden und Zuhältern nicht mit Samthandschuhen angefasst wurde, war schrecklich, ging sie aber nichts an. Genauso wenig wie die Kriegsversehrten, die sich ohne Anlass schreiend auf den Pflastern wanden, oder die Frauen, die verschämt mit ihren Kindern bettelten und aussahen, als würden sie sich am liebsten von der nächsten Brücke stürzen. Sie musste an sich selbst denken. War das mit dem Rausschmiss wirklich ernst gemeint gewesen? Lous Blick fiel auf eine junge Frau, die mit einem Koffer vor einer Bäckerei stand und gierig auf ein Brot starrte. Trude konnte sich an jeder Ecke eine neue Schlafgängerin suchen, sie würde nicht einlenken.

Aber jetzt war erst mal anderes wichtig. Sie musste pünktlich zu ihrer Arbeitsstelle kommen. Jobst ließ sie zwar in Ruhe, seit er sie nicht mehr allein erwischen konnte, aber sie spürte die Blicke, mit denen er sie abtastete, wenn er vorn im Schreibzimmer saß, um seine Tippsen zu kontrollieren – als würde er sie in Gedanken ausziehen. Sicher wäre er begeistert, wenn sie zu spät käme. Und wenn schon nicht wegen des Grapschens, dann, um sie rauswerfen zu können.

Aber sie hatte Glück. Er saß schon auf seinem Stuhl, als sie ihren Arbeitsplatz erreichte. Lou fegte an ihm vorbei zu ihrem Tisch und sah, wie sein Blick voller Hoffnung zur Uhr wanderte. Doch der große Zeiger klickte erst auf die Sechs, als sie Platz genommen hatte, und damit war sie aus dem Schneider. Sie schob den Koffer unter ihren Tisch und spannte erhitzt das frische Papier in die Maschine.

Knapp zwölf Stunden später verließ sie, dieses Mal wieder im schützenden Tross ihrer Freundinnen, das Büro. Sie hatte ihnen in der Mittagspause erzählt, dass sie praktisch ohne Wohnung sei, und mitleidige Blicke geerntet. Helfen konnte ihr aber keine. Nach Kriegsende waren alle berufstätigen Frauen, die von ihren Ehemännern versorgt werden konnten, per Gesetz nach Hause geschickt worden, um den Kriegsheimkehrern Arbeitsmöglichkeiten zu verschaffen. Also saßen nur noch Witwen oder unverheiratete Blaustrümpfe im Tippsaal der Assekuranz. Die meisten teilten sich wie Lou als Schlafgängerinnen eine Wohnung mit anderen Frauen, auf die anderen warteten Kinder, die ihre winzigen Räume bis in den letzten Winkel füllten.

Müde schritt Lou den Bürgersteig entlang. In den letzten Wochen hatten sich bei ihr Zustände großer Euphorie, wenn sie wieder einmal etwas geschafft hatte, mit tiefer Erschöpfung abgewechselt. Doch die Stimmung, in der sie sich jetzt befand, ließ sich mit nichts vergleichen. Nicht einmal mit der Angst in der dreckigen Penne, wo nachts Männer durch die Schlafräume geschlichen waren. Damals hatte sie ja noch gehofft, dass sie einen Weg aus dem Elend finden würde. Und tatsächlich hatte sie eine Arbeit ergattert, sich ein Bett erkämpft, sie lachte mit Freundinnen, half sogar bei der Suppenspeisung anderen Menschen und musste nur noch selten hungrig schlafen gehen. Doch die Kraftanstrengung, um all das zu erreichen, war enorm gewesen. Und nun stand sie plötzlich wieder auf der Straße, und dieser Rückschlag ...

Nicht jammern, du hast immer noch deine Arbeit!, rief sie sich zur Ordnung.

Das stimmte. Trotzdem war ihr, als hätte jemand ihr Leben in schwarze Farbe getaucht. Eine Frau in modischen Kleidern mit einem Pudel auf dem Arm kam ihr entgegen. Vielleicht besaß die ein ungenutztes Zimmerchen, das sie vermieten könnte? Sie brauchte sie nur anzusprechen. Lou tat ein paar zögernde Schritte auf sie zu, dann stieg ihr die Schamröte ins Gesicht, sie fühlte sich wie eine Bettlerin. Die Pudelfrau ging vorüber, Gelegenheit verpasst.

Gab es vielleicht ein Amt, ähnlich wie die Arbeitsvermittlung, bei dem Vermieter freie Zimmer meldeten? Trude hatte sie damals vor der Penne aufgelesen, aber warum sollte es keine offizielle Stelle geben, die bei der Wohnungssuche half? Dem musste sie nachgehen.

Nur war sie gerade so furchtbar müde.

Ohne dass Lou bewusst einen Weg eingeschlagen hätte, tauchte plötzlich der Botanische Garten vor ihr auf. Sie durchschritt das große Tor, lief eine Weile planlos auf den breiten Wegen, dann sank sie auf eine Bank. Der Koffer fiel zu Boden, ihr fehlte die Kraft, ihn wieder aufzuheben und ordentlich neben sich abzustellen. Sie starrte auf einen künstlichen Teich, dessen Wasseroberfläche zwischen den Zweigen einer Trauerweide hervorblitzte, und bei dem Anblick packte sie plötzlich ein nagendes Heimweh, für das sie sich sofort verachtete. Heimweh wegen ein bisschen Wasser, das man auf Amrum verächtlich eine Pfütze genannt hätte?

Leute in schicken Anzügen und teuren Kleidern schlenderten an ihrer Bank vorbei, allerdings nur wenige. Wie spät mochte es sein? Dumm, wenn sie jetzt auch noch die Armenspeisung verpasste. Dort wartete die erste Mahlzeit des Tages auf sie. Lou blieb sitzen. Sie schaffte es einfach nicht auf die Füße.

Schließlich hob sie das Köfferchen, dessen Leder vom Matsch aus dem Watt fleckig war, auf ihren Schoß und öffnete es. Der Koffer war innen mit grauem Segeltuch ausgekleidet. Eine der Nähte hatte sie unten, wo es kaum auffiel, etwa in der Länge ihres kleinen Fingers aufgetrennt. Vorsichtig tastete sie in die Öffnung hinein: Hinter dem harten Futter befand sich eine alte Lohntüte, in der sie das Geld für ihre Schreibmaschine ansparte – bisher dreiunddreißig Mark und zwanzig Pfennige. Sie schätzte, dass sie etwa sechshundert Mark zusammenkratzen müsste, bis es reichte. Wegen der Inflation vielleicht noch mehr. Wo, verdammt, steckte sie nur, die Tüte ...

Ihre Finger begannen zu flattern ... Da war nichts zwischen dem Deckel und dem Tuch. Ohne sich um die Leute zu kümmern, die ihr im Vorbeigehen befremdete Blicke zuwarfen, räumte sie ihren Koffer aus. Die Wäsche glitt zwischen die Holzbretter und fiel zu Boden. Noch einmal fuhr sie unter das Segeltuch, obwohl inzwischen klar war, dass das Geld sich nicht mehr im Koffer befand.

«Alles in Ordnung, junge Dame?» Ein Polizist sprach sie an. Die Metallplakette auf seiner Pickelhaube glänzte in der Abendsonne.

Lou nickte und raffte ihre Sachen wieder in den Koffer, am schnellsten die Unterwäsche, die der Ordnungshüter besonders gründlich begutachtete. *Alles Dreckskerle, alles Lumpen, nimm dich in Acht, sonst geht's dir wie Trude.*

Wie Trude, der Diebin, dachte sie, als der Mann weiterging. Denn es stand ja außer Frage, wer ihr mühsam Zusammengespartes geklaut hatte. Sollte sie zurück ins Gängeviertel und sie zur Rede stellen? Aber wozu? Um sich anzuhören, wie sie alles abstritt? Dann würde ich zur Mörderin werden, dachte Lou. Ganz ohne Spaß. Sie würde Trude an die Kehle gehen. Dieser Gedanke kam mit einer Kälte, die ihr zu anderen Zeiten Angst eingejagt hätte. Trude den Hals zudrücken, anschließend die Geldtüte suchen. Vielleicht sogar noch Trudes Geld stehlen, das sicher ebenfalls irgendwo versteckt war. Sie würde das Haus durch die Hintertür verlassen, wenn es dunkel geworden war ...

Aufhören! Lou schlug sich mit dem Handballen gegen die Schläfe. Solche Gedanken durfte man nicht in den Kopf lassen. Das war der erste Schritt in die Hölle, in der der Bodensatz der Stadt hauste.

Sie klappte den Koffer zu und machte sich auf den Weg zur Armenspeisung.

Jenny stand hinter dem langen Tisch. Sie scherzte und lachte, ihre heruntergekommene Kundschaft lachte mit, und irgendwann stimmte auch Lou wieder ein. Ein alter Mann, dem sie mit der Kelle den Napf vollgeschöpft hatte, nannte sie einen Engel und küsste sie über die Tischplatte hinweg – ein dankbarer, augenzwinkernder Schmatz auf die Wange, der Lous Herz zusätzlich erleichterte.

«Und nun raus mit der Sprache – was ist los mit dir?», fragte Jenny, als sie später nebeneinander in dem dunklen Zimmerchen die Reste der Suppe löffelten. Sie hatte einen scharfen Blick für Leute mit Sorgen, das musste man ihr lassen. Leise erzählte Lou ihr von Trudes Blessuren und dem Rauswurf.

Jenny pustete, um die Suppe auf ihrem Löffel abzukühlen. «Die Prostituierten sind die Ärmsten, die im Meer der Armen schwimmen», sagte sie. «Die müssen schon totgeschlagen worden sein, damit sich die Gesellschaft für sie interessiert, und auch dann ist schnell Gras über ihr Leid gewachsen.»

«Sie tut mir gerade nur ein bisschen leid.»

Jenny lachte. Und dann sagte sie, als wäre es das Selbstverständlichste der Welt: «Bis du was Neues hast, schläfst du einfach bei mir.»

Jenny war erstaunlicherweise verheiratet, und zwar mit einem Herrenschneider, der sie wie eine Königin empfing und sich nicht das Geringste daraus machte, dass sie ohne Ankündigung einen Übernachtungsgast anschleppte. «Mach's dir gemütlich», sagte sie lachend, als sie Lous Koffer in ein Gästezimmer mit frischgewaschenem Bettzeug getragen hatte.

«Nur für diese Nacht», stotterte Lou, weil ihr klar war, dass sie ihre Gastgeber keinesfalls überstrapazieren durfte. Die Wohnung besaß zwar luxuriöse vier Zimmer, aber der Einrichtung war anzumerken, dass man sie sich vom Mund absparte. Einige Möbelstücke – der geblümte Ohrensessel und das Klavier mit den beiden Porzellanvasen – wirkten neu und hübsch, aber die Stühle und der runde Esstisch, die unter dem Fenster standen, waren mit Kratzern übersät und passten nicht zueinander.

«Wir geben das Geld lieber für etwas aus, das uns wirklich gefällt, und dafür sparen wir länger», erklärte Jenny, die Gedankenleserin. Und fügte gleich hinzu: «Du bleibst, bis du was Gutes gefunden hat, denk nur nicht, dass du uns zur Last fällst.» Ihr Mann, der Gustav hieß, lächelte, aber nicht ganz so überschwänglich wie die gute Jenny.

Den folgenden Samstagvormittag verbrachte Lou damit, Annoncen zu studieren. Sie suchte dieses Mal kein Schlafgängerbett, sondern ein echtes Zimmer, das war ihr wichtig nach der Pleite bei Trude. Am Nachmittag schaute sie bei den angegebenen Adressen vorbei. Sie würde natürlich mehr Geld ausgeben müssen, das war ihr klar. Aber wenn sie dafür ein Zimmer bewohnen durfte, das außer ihr niemand benutzte ... Komisch, dass solche Dinge immer erst wichtig wurden, wenn man sie nicht mehr besaß. Einen Moment lang, in dem in ihrem Kopf die Erinnerung an ihr Kinderzimmer in der Amrumer Villa aufblitzte, fragte sie sich, ob sie ihren nächsten Lohn nicht doch für eine Fahrkarte ausgeben sollte. Aber: fort mit den kleinmütigen Ideen. Sie wusste doch, was ihr dort blühte, erst recht, wenn sie als Geschlagene demütig zurückgekrochen käme. Es schüttelte sie immer noch, wenn sie an von Rathen dachte.

Sie fand ein möbliertes Zimmerchen, das von einer alten Dame angeboten wurde, die sie, aus welchen Gründen auch immer, sofort ins Herz schloss. Lou schlug ein. Am nächsten Ersten würde der möblierte Raum, in dem einmal die Enkeltochter der Vermieterin gewohnt hatte, frei sein.

Sonntagfrüh tischte Jenny Semmel, Margarine und Marmelade auf. Lou trug mit einem Tütchen Kaffeebohnen zur Mahlzeit bei. Und Gustav entpuppte sich als Mann mit einer Neigung zu Scherzen, die oft auf Kosten der Frauen gingen, was Jenny aber seltsamerweise nicht zu stören schien. Sie blieb wie immer gelassen.

«Kommst du heute Nachmittag mit ins Gefängnis?», fragte sie und lachte herzlich über die verblüffte Miene ihres Gastes.

«Meiner Jenny ist kein Ort zu finster und kein Geselle zu

gefährlich, um auf Rettungsaktion zu gehen», grinste Gustav und stimmte ins Lachen seiner Frau mit ein. Es kostete ihn ein wenig Mühe.

Die Hamburger Strafanstalt lag in Fuhlsbüttel. Keine Elektrische fuhr dorthin, sie mussten also auf Fahrräder steigen, von denen Jenny ein rostiges an Lou verleihen konnte. «Warum fährst du da raus? Machst du das öfter?», fragte Lou und versuchte, ihren Abscheu hinter geheuchelter Aufregung zu verbergen. Auch wenn sie klamm bei Kasse war: Ihr Herz sollte nicht weniger edel als das von Jenny sein.

«Weil viele Leute dort arme Würstchen sind.»

«Auch die, die Frauen wie Trude verbläuen?»

«Alle rutschten doch irgendwie in ihr Unglück hinein.»

Das fand Lou nobel gedacht, hielt es ansonsten aber für Blödsinn. Sie war zornig auf Trude gewesen, hatte ihr aber trotzdem keins übergezogen. Der Mensch entschied selbst, wer er sein wollte. Und wer das Böse umarmte, der hatte Fuhlsbüttel eben verdient.

Entsprechend zwiespältig war ihr zumute, als sie vor dem burgartigen, von zwei Seitengebäuden flankierten Tor, das den Zugang zum Gefängnis bildete, vom Rad stiegen. Hinter dem Gemäuer ragte ein Kirchturm mit einer weißen Turmuhr in die Höhe wie ein Signal, dass sich die Welt auch in den deutschen Gefängnissen in frommer Ordnung befand. Aber die hohe, mit Stacheldrahtrollen gekrönte Mauer karikierte den Eindruck, genau wie die Bäume auf der Außenseite der Mauer, die säuberlich so weit entfernt gepflanzt worden waren, dass sie nicht als Fluchthilfe dienen konnten.

Jenny sprach mit dem Wachmann, der in einem der Seitenflügel des Wachhauses die Besuchsscheine kontrollierte. Er schien sie zu kennen, trotzdem musste sie einen Ausweis zücken, der ihr das Recht bescheinigte, die Gefangenen zu besuchen. Lou erspähte den Schriftzug *Frauenwohl*. Viel wusste sie nicht von diesen Leuten, nur dass sie politisch tätig waren und für die Rechte von Frauen kämpften – und offenbar auch für die von Ganoven. Mit der Armenspeisung hatten sie aber wohl nichts zu tun.

Der Wachmann nannte Jenny eine kleine Amazone und scherzte mit ihr über gute Herzen, die man sich nicht zerbrechen lassen dürfe. Dann winkte er sie und Lou in einen Innenhof, wo sie bereits von einem Pfarrer erwartet wurden. Der scherzte nicht, sondern nannte seine Besucherinnen wahrhaft fromme Seelen und führte sie, begleitet von einem Wächter, zu einem der riesigen Blocks aus rotem Backstein, wo in mehreren Etagen hinter verdreckten, milchigen Gitterfenstern die Übeltäter hausten, deren sie sich an diesem schönen Sonntagnachmittag annehmen wollten.

Lou lief eine Gänsehaut über den Rücken, als sie die Gefängnishalle betrat, von der aus zerbrechlich wirkende Gittertreppen über sämtliche Etagen in offene Gänge führten, hinter denen wiederum die Zellen lagen. Sie hatte düstere Verliese voller Enge und Dreck erwartet, aber hier war alles einfach riesig und hell, die Fußböden schienen penibel geschrubbt. Nur fühlte man sich dadurch erst recht verloren. Sie bemühte sich um ein Lächeln, während der Pfarrer plauderte und so tat, als führe er sie durch sein gemütliches Pfarrhaus.

«Der Walters, Herrmann, ist gestorben, zwei Tage vor seiner Entlassung, das ist bitter. Seine Frau hat die Leiche selbst abgeholt. Saß er nun zu Recht oder zu Unrecht hier ein?», sinnierte der Gottesmann. «Ich weiß es nicht, meine Liebe. Tragisch ist es auf jeden Fall. Der kleinste Bub hat ihn gar nicht mehr kennengelernt.»

Lou stellte mit Verspätung fest, dass ihr Lächeln unpassend war. Sie ließ die Mundwinkel wieder sinken und versuchte sich in strenger Ausdruckslosigkeit. Besser kein Gefühl zeigen als ein falsches. Ein Blick in den untersten der Gänge ließ sie erkennen, dass die Zellen mit massiven, hellen Holztüren gesichert waren, an denen dicke Stahlriegel angebracht waren. In der Mitte der Türen befanden sich kleine Luken, und obwohl Lou nie zuvor in einem Gefängnis gewesen war, sah sie in Gedanken, wie die Öffnungen heruntergeklappt und Blechnäpfe hindurchgeschoben wurden. Wie konnte man so ein Leben ertragen? Schlugen die Eingesperrten mit dem Kopf gegen die Wände, wenn sie ihre Isolation nicht mehr aushielten?

Der Wächter führte sie in einen abseits gelegenen Raum, der in der Mitte durch ein deckenhohes Gitter geteilt wurde. An einem schmalen Tisch, der sich am gesamten Gitter entlangzog, saßen Besucher wie sie, die meisten davon Frauen in schäbigen Kleidern. Zum Glück mussten sie sich nicht zu ihnen setzen. Der Wächter brachte sie in einen Nebenraum.

Dort setzten sie sich an einen Tisch, auf dem eine Häkeldecke lag, was merkwürdig unpassend wirkte. Der Wärter verließ das Zimmer, und während sie warteten, stellte sich der Pfarrer Lou vor. Er hieß Busch und war schon alt, dreiundsiebzig. «Aber für jemanden, der Gott dient, gibt es keinen Ruhestand», meinte er lächelnd. Jenny fragte ihn nach jemandem namens Friedrich Kern, den sie für einen guten Menschen hielt und der im Krieg mehr Schlimmes erlebt hatte, als ein Mensch verkraften konnte, und vielleicht deshalb auf die schiefe Bahn geraten war.

«Gottes Wege sind wundersam, und oft stellt er unseren Glauben auf die Probe», entgegnete Pfarrer Busch, «aber er würde keines seiner Kinder über das Erträgliche hinaus versuchen, denn dann wäre er ja kein gerechter Gott.»

Lou hatte noch nie über Gottes Gerechtigkeit nachgedacht. Der Allmächtige war für sie so etwas wie eine Daunendecke in einer vergessenen Truhe. Immer vorhanden, gelegentlich wärmend, aber ohne Gefühle oder Eigenschaften. Auf Großpapas Beerdigung war er ihr kein einziges Mal in den Sinn gekommen, obwohl es doch nahegelegen hätte, sich für das Wesen zu interessieren, das Großpapas Seele in Empfang genommen hatte. Nun stellte sie sich ihn plötzlich als eine Person vor. Er ließ also niemanden über das Maß des Erträglichen leiden? Fand er, dass die Kinder im Uhlenhorster Waisenhaus dem Verhungern gewachsen sein müssten? Vielleicht gab er ihnen ja innere Kräfte, von denen Außenstehende nichts merkten. Vielleicht linderte er mit sanften Händen ihr Leid. Für die Kriegsversehrten, von denen es hieß, dass sie sich massenweise umbrachten, weil sie einfach den Schrecken nicht aus ihren Köpfen bekamen, hatte sie allerdings keine Erklärung.

Endlich kehrte der Wärter mit einem jungen Mann zurück, einem starräugigen Burschen in grauer Hose und einer bis zu den Hüften reichenden braunen Jacke. Nach einem Stoß in den Rücken griffen seine in Handschellen gefesselten Hände zur Mütze. Die Haare darunter waren geschoren und einige Millimeter weit nachgewachsen.

«Friedrich Kern», meldete der Wärter, sie hatten also den Mann vor sich, dessen Glauben Gott auf die Probe stellte. Der Pfarrer bat ihn, sich zu setzen, und der Wärter stellte sich breitbeinig vor die Tür, die Hand an der Pistole, als wäre er bereit, Kern niederzuschießen, sollte er auch nur falsch atmen. Alles war sehr unwirklich.

Jenny fragte den jungen Mann nach seiner Mutter.

Der Gefangene murmelte etwas.

«Freddy?»

Als der Mann den Kopf drehte, entdeckte Lou eine Narbe auf seiner Wange. Sie sah aus wie eine Kuhle mit gezackten Rändern. War dort eine Kugel hineingefahren? Und wenn ja, was mochte sie in seinem Kopf angerichtet haben?

«Ich habe vor einigen Tagen Ihre Frau Mutter aufgesucht, und sie sagte, dass sie Sie besuchen will. Hat sie es getan?», fragte Jenny.

Als der Pfarrer Freddy die Hand auf die geballten Fäuste legte, zuckte der zusammen und nickte. «Du hast ein schlimmes Verbrechen verübt, du hast einem Menschen das Leben genommen, es ist gut, dass du büßt», erklärte Busch.

Wieder nickte Freddy. Nach einer Pause, die Lou vorkam, als brodelte sie von Unausgesprochenem, nickte er nochmals, weil er nicht mitbekommen hatte, dass keine weitere Frage gestellt worden war.

«Dann bringen Sie mal den Nächsten», bat der Pfarrer.

Freddy folgte dem Wächter hinaus. Keine Bitte an Jenny, seiner Mutter Grüße auszurichten. Ein lebender Toter, so kam es Lou vor.

Die beiden Nächsten, die in den Raum geschoben wurden, waren Frauen. Die eine beschimpfte sie, die andere weinte um ihre Kinder. Trostlos, alles trostlos. Lou schwor sich, diesen schrecklichen Ort niemals wieder aufzusuchen. Wie hielt Jenny das nur aus?

Als Letzter wurde wieder ein Mann ins Zimmer gebracht. Er trug die gleiche Kleidung wie seine Vorgänger und zog wie sie die Mütze vom Kopf – trotzdem war etwas an ihm anders. Er nahm am Tisch nicht ordentlich auf der Stuhlkante Platz, sondern flegelte sich hin und streckte die Beine aus. Die Lachfältchen um seine Augen vertieften sich, als er den vorwurfsvollen Blick des Pfarrers bemerkte. Provozierend schlug er ein Bein übers andere und genoss die Situation.

«Fritz Hallodri», stellte er sich selbst vor, und Lou war so perplex, dass ihr erst mit Verspätung klarwurde, wie sonderbar sein Nachname war. Der sollte sicher genauso eine Provokation darstellen wie das Flegeln.

Natürlich ließ man ihm sein Benehmen nicht durchgehen. Der Wächter gab ihm einen nicht eben sanften Schlag auf den Hinterkopf. Der Hallodri lachte, und der Wächter schlug ihn ein zweites Mal. Warum wirkte die Szene nicht entwürdigend? Weil der Hallodri sich nichts draus macht, wenn man ihn piesackt, dachte Lou. Der ruht in sich selbst.

«Was kann ich für Sie tun, beste Jenny?» Sein Lächeln war so breit wie der Kniepsand.

«Frau Hopf», korrigierte Jenny ihn streng.

«Sie könnten das Feixen lassen und berichten, wie weit Sie mit dem Bibelstudium gekommen sind, Berger», sprang ihr der Pfarrer bei.

«Ich wollte ja, aber die schlechten Augen ...» Der Hallodri, der also in Wirklichkeit Berger hieß, hob lächelnd die Arme. Er tat erst gar nicht so, als meinte er es ernst.

«Dann hat's keinen Zweck, Ihnen helfen zu wollen», brummte Busch verärgert. «Raus mit ihm.»

Doch Jenny schüttelte den Kopf. Sie beugte sich vor. Mochte sie den Gefangenen? Das war nicht zu erkennen, ihre Hasenscharte machte es schwer, ihre Mimik zu entziffern. Der Hallodri zog die Beine ein, beugte sich ebenfalls vor, legte die Hände mitsamt den Handschellen auf die Tischplatte und schaute interessiert zurück.

«Ich war bei Ihrem Jungen.»

Und da gab es ihn, den kleinen Riss. Das Lächeln, das der Mann aufgesetzt hatte wie der Clown die rote Nase, gefror. Sein Blick wurde intensiv, man konnte es erkennen, obwohl sich die Lider keinen Millimeter bewegten.

«Es tut mir leid, dass ich erschütternde Nachrichten bringen muss», sagte Jenny nüchtern, «aber Ihre Frau ist fortgelaufen und hat den Jungen allein in der Wohnung zurückgelassen. Wie es aussieht, hat er sich von rohen Kartoffeln ernährt und Wein getrunken. Glücklicherweise wurde eine Nachbarin auf sein Weinen aufmerksam und hat ihn zu sich genommen, aber sie sah keine Möglichkeit, ihn durchzufüttern, und daher musste ich ihn in ein Waisenhaus bringen.»

Inzwischen hatte der Hallodri gar nichts Lebenslustiges mehr. Seine Lippen bewegten sich, aber es war kein Ton zu hören. *Waisenhaus* ... Formten sie dieses Wort? Wusste der Mann von den Zuständen dort? Hatte sich die Not der Kinder in Hamburg herumgesprochen? Wahrscheinlich nicht, vielleicht aber doch. Ihr grauste, als ihr aufging, was es für einen Menschen bedeuten musste, sein Kind im Elend zu wissen und nichts tun zu können, um ihm zu helfen. Da lief man wohl nicht mehr gegen die Wände, man versuchte sie mit bloßen Händen niederzureißen.

«Sie holen Karl da wieder raus», sagte der Gefangene zu Jenny. Aber da hatte er sich verhoben. Anweisungen gaben in diesem Gebäude nur Wächter. «Klappe halten», befahl der Uniformierte grob.

«Sie bringen ihn zur Seilerstraße 9. Dort lebt ein Mann namens Walther. Dem sagen Sie ...»

Der Wärter riss Berger auf die Füße, er war stark, einen halben Kopf größer als sein Gefangener und brutal. Es gelang ihm mühelos, den Hallodri gegen die Wand zu drücken. Aber zum Schweigen brachte er ihn damit nicht.

«... ich komm zu ihm, wenn ich hier raus bin. Und ich breche ihm sämtliche Rippen, wenn er meinen Sohn nicht ordentlich ...» Berger entfuhr ein Ächzen, als der Wächter seinen Kopf gegen die Wand knallte, er sprach aber trotzdem weiter: «Seilerstraße 9. Los, sagen Sie's! Wiederholen! Seiler ...»

«Nun beruhigen Sie sich doch», stotterte Jenny, zum ersten Mal außer Fassung, vielleicht, weil dem Hallodri Blut über das Gesicht lief. Er schrie auf, als ihm noch einmal die gleiche Behandlung widerfuhr. Die Tür wurde aufgerissen, zwei weitere Wärter stürzten herein und schleiften den Gefangenen hinaus.

Kurz war es still, dann erhob Pfarrer Busch sich mit einem Seufzer. «Ist das wahr mit dem Jungen?»

«Ich fürchte, ja», antwortete Jenny niedergeschlagen.

«Nun, bei allem Mitgefühl für das arme Kind: Ich halte es für einen Segen, dass es seinem Milieu entrissen wurde und sich nun in der Obhut ehrbarer Menschen befindet. Die Leute im Waisenhaus werden sich zweifellos um den Kleinen kümmern.»

Lou dachte wieder an das, was Frida über das Uhlenhorster Heim gesagt hatte. Mied der Pfarrer solche Orte? War er blind für die Todesnot? Sah er auch die Kinder nicht, die auf den Bürgersteigen die Passanten anbettelten? Der Pfarrer und sein Gott erschienen ihr ziemlich optimistisch, was das Wohlergehen der Schwächsten ihrer Schützlinge anging. Sie hoffte, dass Jenny etwas in dieser Richtung sagen würde, aber ihre Freundin fand keine Worte, sondern stand schweigend auf.

Seilerstraße 9. Die Adresse brannte sich in Lous Gedächtnis, während sie zum Gefängnisausgang gingen.

15.

MATZ

Keine Nachricht von Frida. Das bedeutete: Sie hatte ihre Schwester nicht gefunden. Oder: Sie hatte sie gefunden, aber Lou wollte nicht, dass er davon erfuhr. Oder: Sie hatte sie gefunden, aber Lou befand sich in einem solch schrecklichen Zustand, dass Frida unfähig war, ihm per Telefon davon zu berichten. Es gab so viele Szenarien. Matz durchdachte und verwarf sie alle, während er an den Schienen der Amrumbahn entlang nach Süddorf lief, zerrissen zwischen Hoffnung und Verzweiflung.

Es war die schönste Jahreszeit auf der Insel: Juli, warme Sommertage, viel Sonnenschein, der den Sand wärmte und zum Baden verlockte. Aber Matz konnte keine Stunde genießen, solange Lous Schicksal im Dunkeln lag. Warum war er in der verdammtesten seiner Nächte nicht vor ihr auf die Knie gegangen und hatte ihr die Ehe angetragen? Sie hätte ihn genommen, er war sich sicher. Die Stunden voller Glück in den Tagen davor hatte er sich doch nicht eingebildet. Wenn Frida sie fände ... Oder würde Lou ihm vorwerfen, dass er nicht selbst nach Hamburg gekommen war?

Aufhören!, gebot er dem zersetzenden Grübeln Einhalt. Besser, sich auf das Nächstliegende zu konzentrieren, nämlich, wie er den Ludewigs, einer der besonders wohlhabenden Amrumer Familien, einen Sack Kartoffeln aus den Rippen leiern konnte. Das Hospital, das ihm zunächst wie eine Bürde erschienen war, wurde allmählich zum Trost für ihn. Sobald er ein paar Stunden erübrigen konnte, fuhr er durch die Amrumer Dörfer und bettelte um Lebensmittel für das kleine Krankenhaus. Knut Ludewig hatte als Mitinhaber einer Hamburger Reederei Glück gehabt. Die Schifffahrt hatte ihn durch die Kriegs- und Nachkriegsjahre getragen. Da muss man doch ein Herz für ein paar Waisenkinder haben, würde Matz zu ihm sagen. Oder klang das wie ein Vorwurf?

Er schreckte auf, als plötzlich zwei Gestalten bei einer Düne in der Nähe des Leuchtturms auftauchten. Ein dicker Mann in Knickerbockern mit Hahnentrittmuster, einem eleganten hüftlangen Jackett und – völlig unpassend für die Dünen – Lackschuhen. Matz ging langsamer. Er kannte nur eine Person, die dermaßen affig ausstaffiert über die Insel stolzierte: Hellmut von Rathen. Und dem wollte er garantiert nicht begegnen. Wegen Onkel Boy, aber natürlich auch wegen Lou, die seinetwegen nach Hamburg verschwunden war. Er hasste ihn mit Inbrunst.

Wer war wohl die Frau, die mit einem Sonnenschirm steif wie ein Stock neben ihm spazierte? Da sie den Schirm schräg vors Gesicht hielt, erkannte er sie erst, als die beiden seitwärts in die Dünen abbogen. Entgeistert blieb er stehen. Das war doch Emily, verflucht!

Er konnte sehen, dass Lous Schwester lächelte. Dann waren die beiden seinen Blicken auch schon entschwunden. Matz atmete mehrere Male tief durch. Fassung bewahren. Wenn Emily mit von Rathen durch die Gegend spazierte, dann sicher mit Billigung ihrer Mutter. Da hatte er nichts dreinzureden. Er marschierte weiter bis zu Ludewigs Haus, an dem gerade von einem Sylter Fachmann das Reetdach gewechselt wurde. Dort half er ein paar Stunden mit, anschließend bat er um die Kartoffeln und bekam einen ganzen Sack in die Arme gedrückt.

Es war noch hell, trotz der vorgerückten Stunde, und so beschloss er, auf dem Rückweg noch einmal bei Onkel Boy vorbeizusehen. Dem würde er ein paar von den Kartoffeln spendieren und dabei so tun, als wäre ihm der Sack zu schwer geworden. Mit Boy musste man vorsichtig sein. Almosen verursachten ihm Bauchschmerzen. Er besaß den Stolz der alten Amrumer.

Aber Boys Hütte stand leer. Das Bettzeug im Alkoven war sauber aufgeschüttelt, der Tisch geschrubbt, die Stühle ordentlich untergeschoben, die blauen Kacheln mit den eingebrannten stolzen Seglern, die die Wand beim Herd zierten, blank gescheuert. Boy war keiner, der sich gehen ließ. Da der Stock, den er bei längeren Wegen brauchte, nicht im Holzeimer neben der Tür stand, nahm Matz an, dass er sich einen Spaziergang gönnte.

Also die Kartoffeln einfach auf den Tisch legen und wieder verschwinden? Nee, das hätte gönnerhaft ausgesehen. Bei Boy kam es auf jede Winzigkeit an. Wenn man's vergeigte, konnte der einem wochenlang grollen. Matz legte den Sack neben den Holzeimer und begab sich auf die Suche. Es war gar nicht so schwer, der Stock hatte sich in den sandigen Weg gebohrt und eine Spur in Richtung Wasser hinterlassen.

Matz hatte vermutet, dass sein Onkel Richtung Strand unterwegs sei, aber er war nicht bis zum Wasser gekommen, da hatte ihm wohl sein rheumatisches Knie dazwischengefunkt. Stattdessen war er zu der alten Vogelkoje abgebogen. Matz folgte dem inzwischen zu einem Trampelpfad verkommenen Weg. War ja nicht weit.

Er wollte gerade nach seinem Onkel rufen, als er plötzlich ein Geräusch vernahm. Alarmiert spitzte er die Ohren. Was er hörte, war schwer einzuordnen. Als ob da jemand wimmerte. War Boy womöglich gestürzt? Oder gebissen worden? Er wusste selbst nicht, warum ihm das mit dem Beißen in den Sinn kam. Wurde vom Wind auch ein kaum hörbares Knurren herübergeweht? Es gab ein Gerücht über einen schafsgroßen Hund, den einer der Badegäste auf der Insel zurückgelassen hatte und der verwildert war. Na, den sollte man nicht zusätzlich durch Gebrüll reizen.

Matz rannte los, er horchte auf weitere Geräusche, versuchte sich zu orientieren, konnte bald aber nur noch Möwenschreie hören.

Die Vogelkoje geriet in sein Blickfeld. Der Kojenteich blitzte im Abendlicht, zwischen dem wuchernden Gras floss eine der vier Pfeifen, deren Wasser wegen der Büsche, die sich darin spiegelten, grün aussah. Eine einsame Spießente mit braun-weiß geflecktem Federkleid schwamm unter den Netzen, aber keine Spur von Boy. Matz wollte gerade doch nach ihm rufen, als er plötzlich einen sonderbaren, pfeifenden Laut vernahm, gleich darauf ein kehliges Lachen und dann eine Stimme: «Na? Da zappelt es sich gut, du dürrer Knochen!»

Wieder Stille, dann dieselbe Stimme: «Los, kriech weiter.

Zack ... zack, nur nicht die lahme Ente markieren!» Den leisen Worten folgte erneut das pfeifende Geräusch, dann ein Schmerzensschrei.

Man glaubt so etwas ja nicht. Man setzt die Geräusche zusammen, aber dass sie wirklich bedeuten, was sie suggerieren ... Matz rannte los, um den Teich herum, er setzte mit einem Sprung über die erste Pfeife, hetzte an den Büschen entlang – und blieb verstört stehen.

Von Rathen kehrte ihm den Rücken zu, war aber an den Knickerbockern eindeutig zu erkennen. Der Mann stand über die Pfeife gebeugt. Und dort kauerte in kniehohem Wasser der alte Boy mit seinem schlohweißen, verstrubbelten Haar und dem zerschlissenen Hemd.

«Ein bisschen Eile, alter Mann, los, du hast noch ein Stück vor dir ...» Von Rathen hielt einen derben Stock in der Hand. Er holte aus und ließ ihn auf Boys Rücken sausen. Der machte einen demütigenden Satz voran.

Matz spurtete los. Er warf sich auf die verkommene Kreatur in den Knickerbockern, schlug mit Fäusten auf sie ein, umschloss mit den Händen ihren Hals.

Vielleicht hätte er den Fettsack umgebracht, wenn Boy es nicht geschafft hätte, wieder auf die Füße zu kommen. Wie Neptuns Gefangener, das Netz über sich, suchte er einen Weg aus der Pfeife heraus. «Lass ihn!», brüllte er ein ums andere Mal. Aber erst, als er es aufs Trockene geschafft hatte und sich von hinten an Matz' Rücken klammerte, konnte er ihn zur Besinnung bringen.

Von Rathen richtete sich auf. Er sah aus wie durch die Mangel gedreht. Das dickliche Gesicht schwoll an, Ober- und Unterlippe bluteten, und auch aus der Nase schoss die rote Suppe. Matz wollte erneut auf ihn los, aber dafür hätte er Boy zu Boden schubsen müssen – und das verbot sich ja von selbst.

«Gottverdammte Assel», keuchte der Däne, der seinen Handrücken gegen die Nase presste. «Ich mach dich kaputt. Ich vernichte euch beide – dich und deinen verfluchten Opa! Ich mach euch fertig.» Etwas in Matz' Gesicht war ihm allerdings eine Warnung. Er wich zurück und gab im nächsten Moment Fersengeld, ab durch die Büsche, wie ein Köter mit eingezogenem Schwanz.

Boy ließ Matz los. «Nun lass gut sein, mein Jung.» Er zitterte so arg, dass Matz ihn festhalten musste, damit er nicht stürzte.

«Was zur Hölle war das denn?»

Boy klammerte sich an seinen Arm und strebte weg vom Ort seiner Demütigung. Das war ihm am wichtigsten: nur weg von hier.

Sie kamen in sein kleines Haus zurück. Matz hätte seinen Onkel am liebsten in den Alkoven gepackt und in Decken und Daunen gewickelt, aber das wäre Boy bestimmt wie eine zweite Niederlage erschienen. Der alte Mann zog sich um – sein nackter, magerer Rücken wies rote Striemen auf, ein Anblick, der Matz die Glut in die Adern trieb. Dann holte er aus seinem Pfeifenbrett die längste Pfeife, setzte sich an den Tisch und ließ sich von Matz einen Pharisäer einschenken. Er bemühte sich, wie ein gestandener Mann zu handeln, der er ja auch war, trotz der Striemen und der aufgescheuerten Knie, trotz der zerrissenen Hose, die Matz kurz ausgespült hatte und nun mit den kleinen, unsichtbaren Stichen, die ihm von seinem Vater beigebracht worden waren, flickte.

«Ich glaub, heute Abend ging's ihm gar nicht um mich, sondern um dich», sagte Boy, als der Rum ihn wiederbelebt hatte.

«Wie meinst du das?»

Die Petroleumlampe flackerte. Boys Haus war nicht an den elektrischen Strom angeschlossen worden. Er hatte beim Löschen geholfen, damals, als Maria Stucks Haus in Flammen aufgegangen war und alle meinten, dass das Feuer von einem Kurzschluss ausgelöst worden sei. Da fehlte ihm das Vertrauen, als die Aktiengesellschaft aus Düsseldorf anklopfte, um zu erfahren, ob er ebenfalls eine Leitung zu seinem Haus gelegt haben wolle.

Boy paffte und trank, und während Matz Kartoffeln schälte, erzählte er, dass von Rathen ihn vor einiger Zeit angesprochen habe, als er in Wittdün die Eier der Brandenten verkaufen wollte, die er vormittags in den Kaninchenhöhlen in den Dünen gesammelt hatte.

«Er hat dich angequatscht?»

Boy nickte. Er hatte verständlicherweise keine Lust auf ein Gespräch gehabt, hatte sich abgewandt und war aus dem Laden gegangen, aber von Rathen war ihm gefolgt. Offenbar hatte der Mann sich umgehört und herausgefunden, dass Boy mit Matz Matzen verwandt war. «Er hält mich für deinen Großvater, der Klöötsack», sagte Boy. «Und da hat er mir zugeflüstert, ich soll dir ausrichten, dass du die Hände von den Kirschbaum-Mädels lassen sollst. Ich hab gesagt, er kann rumquaken, wie er will, das geht mir am Mors vorbei. Da ist er laut geworden und hat gebrüllt, er kann unsere ganze Familie zwischen zwei Fingern zerquetschen. Ich hab'n Witz gerissen, weiß nicht mehr, was genau, aber die Leute um uns rum ha'm gelacht, und das hat den Fienpiss noch mal gefuchst, aber wie!» Boy grinste und deutete auf eine Schranktür, hinter der Matz einen Kochtopf für die Kartoffeln fand. «Schon was gehört, von deinem Mädchen?»

«Du weißt das mit Lou?», fragte Matz, während er Wasser aus einer Kanne in den Topf goss und Salz hinzugab.

«Ging ja über die Insel wie'n Sturm. Das Kirschbaummädchen, das durchs Watt nach Föhr rüber ist, und der Lehrer, der seitdem Trübsal bläst.»

«Ihre Schwester sucht nach ihr.» Matz öffnete die Herdklappe, um nach dem Feuer zu sehen. «Die Hände von den Kirschbaummädels lassen», knurrte er. «Als wären die ein Stück Torte in der Auslage. Weißt du, worum es dem Drecksskerl in Wirklichkeit geht? Der will eine von den dreien heiraten, egal, welche, um an ihr Geld zu kommen. Die kriegen nämlich ihr Erbe ausgezahlt, wenn sie vor den Altar treten.»

«Hm. Es heißt, dass seine Inselbahn keinen großen Gewinn mehr abwirft, weiß nicht, ob was dran ist. Aber wenn's stimmt, dann kann man sich seinen Ärger vorstellen, wenn ihm jemand reinpfuscht.»

Matz nickte. «Er hat sich zuerst Lou ausgeguckt. Deshalb ist sie auch abgehauen. Aus reiner Panik. Vorher war sie noch bei mir und hat mir von der Heirat erzählt. Ich Dussel hab nur nicht schnell genug reagiert», gestand er.

«Ja, fix warste nie. Jedenfalls nicht im Praktischen. Da kommste nach deinem Vater.»

«Frida ist schon eine ganze Weile in Hamburg und sucht sie, aber sie meldet sich nicht. Die findet sie nicht. Boy, ich muss selbst rüber aufs Festland.»

Der Alte wiegte den Kopf. «Die Frida Kirschbaum hat Grips. Wart erst mal ab.» Als Matz den Kopf schüttelte, meinte er trocken: «Du findest also deine Lou und bringst sie zurück – und dann hast du deine Lehrerstelle verloren, und die Louise muss doch noch den Fettwanst heiraten, weil du ihr nichts bieten kannst. Du kennst doch die Arbeitslosenzahlen.»

Matz knirschte mit den Zähnen, während er den Deckel schräg über den Topf legte, weil das Wasser zu kochen begann.

Ihm wurde die Entscheidung abgenommen. Am nächsten Tag kehrte Frida auf die Insel zurück. Sie kam mitsamt Koffer als Erstes zu ihm, gerade als er oben in seinem Apfelbaum saß, um einen morschen Ast abzusägen. Die Sekunden, bis er zu ihr runter war, kamen ihm wie Ewigkeiten vor.

In seiner Wohnstube berichtete Frida ihm von dem Polizisten auf der Davidwache, von ihrer eigenen Suche und wie sie eine erste echte Spur gefunden hatte: die Adresse einer Assekuranz. «Es sah so gut aus, Matz. Ich bin hin und habe erfahren, dass Lou tatsächlich eine Weile dort gearbeitet hat. Ihr Vorgesetzter war sehr hilfsbereit. Er hat mich in sein Zimmer gebeten, mir dann allerdings erklärt, dass Lou die Firma verlassen hat. Er sagte sogar ...» Sie verstummte.

«Nun rück schon raus!»

«Mädchen rutschen in der Großstadt schnell ab, hat dieser Jobst gesagt. Lou scheint die Nächte wohl durchgefeiert zu haben und kam immer wieder zu spät zur Arbeit. Erst hat er sie abgemahnt, schließlich musste er sie entlassen.»

«Das glaub ich nicht.»

«Sicher war sie verzweifelt.»

«Ich glaube das nicht, Frida. Lou würde doch nichts so Abwegiges machen, die hat einen starken Willen.» Aber was, wenn ihr der in ihrem Elend verlorengegangen war? Sie war behütet und in Wohlstand aufgewachsen. Hamburg musste für sie wie ein Schritt mit nacktem Fuß in Glasscherben gewesen sein. «Was hat sie denn in der Assekuranz gemacht?»

«Getippt.»

«Sie kann Maschineschreiben?»

«Sieht so aus.»

Matz hielt es nicht mehr auf dem Stuhl. Er lief durch seine Stube, stieß sich den Kopf an einem Dachbalken, rieb sich fluchend die Stirn. «Wusste eine der anderen Tipperinnen etwas, das weiterhelfen könnte? Vielleicht hat Lou eine Freundin gefunden, der sie sich anvertraut hat. Man müsste …»

«Du stellst dir das falsch vor, Matz. Dieser Jobst hat gesagt, dass die Frauen untereinander keinen Kontakt pflegen. Sie erscheinen immer erst im letzten Moment an den Schreibmaschinen, und wenn die Arbeit vorbei ist, zerstreuen sie sich sofort in alle Winde. Die meisten haben Kinder, die auf sie warten.»

«Aber was machen wir denn dann?»

«Ich weiß es nicht. Die Stadt ist riesig. Die Polizei hat versprochen, dass sie uns benachrichtigt, wenn sie Lou ...»
Frida brach in Tränen aus, und Matz legte unbeholfen den Arm um ihre Schulter. Was tun? Was, verflucht, konnte er tun?

16.

LOUISE

*E*s darf niemals persönlich werden», hatte Jenny auf dem Heimweg zu Lou gesagt. «Wir gehen zu den Leuten ins Gefängnis, weil sie arme Teufel sind. Aber wir machen uns auf keinen Fall mit ihnen gemein. Hörst du? Wenn sie uns gegenübersitzen, tun sie friedlich, aber in ihrem Inneren ... Die Seilerstraße ist verbotenes Terrain!»

Ihr Ton war einschüchternd gewesen und machte Lou gleichzeitig klar, dass Jenny eben doch voreingenommen war, egal, wie nett sie sich den Gefangenen gegenüber gab. Für sie gab es die Anständigen und den Bodensatz. Und der Bodensatz war eben Dreck. Sie kannte ja auch nicht die Augenblicke der Selbstlosigkeit, die gerade in den Elendsvierteln oft völlig unvermutet aufblühten. Zupacken, wenn jemand unter seiner Last in die Knie ging, abgeben, wenn Kinder gierig auf die Stulle starrten – so etwas hatte sie garantiert nie kennengelernt.

Und genau deshalb ignorierte Lou ihre Warnung. Es war bedauerlich, dass ihre Freundin den Namen des Waisenhauses, in das sie den kleinen Karl gebracht hatte, nicht nennen wollte. Und doppelt bedauerlich, dass sie Lou nicht mehr mit ins Gefängnis nehmen wollte, weil ihr deren plötzliches Interesse verdächtig vorkam. Also musste Lou zu einem Täuschungsmanöver greifen.

Zunächst brauchte sie nur ein wenig zu flunkern. Sie täuschte bei Jenny eine Auftragsflut in der Assekuranz und deshalb längere Arbeitszeiten vor, sodass sie ein paar Tage nicht bei der Suppenausgabe helfen könne, und machte sich nach Feierabend auf den Weg in die Hamburger Waisenhäuser. Eine Liste davon hatte sie in einer von Jennys Schreibtischschubladen entdeckt.

Das erste Heim, in dem sie vorsprach, war natürlich das in Uhlenhorst, aber dort wimmelte sie schon der Pförtner ab. «Die Kinder dürfen nur von den Eltern besucht werden», erklärte er grob. Lou argwöhnte, dass er sie nicht ins Haus lassen wollte, um das langsame Verhungern der Pfleglinge zu verheimlichen.

Am folgenden Tag machte sie sich auf den Weg zum Paulinenstift in Altona. Dort würden nur jüdische Mädchen betreut, beschied man ihr. Im *St. Elisabeth* lebten Kinder beider Geschlechter, aber man ließ sie mit der gleichen Begründung wie in Uhlenhorst abblitzen: Zutritt nur für die Eltern, und auch nur dann, wenn sie sich vorher schriftlich anmeldeten.

Am Abend darauf half Lou Jenny wieder bei der Armenspeisung. Sie wollte ihre Freundin auf keinen Fall verärgern. Nicht nur, weil sie sie mochte und noch kurze Zeit bei ihr wohnen musste – Jenny war die Einzige, die ihr Zutritt zum Fuhlsbütteler Knast verschaffen könnte, falls es doch noch einmal wichtig werden sollte. Lou dachte an den Hallodri und stellte sich einen Moment vor, wie seine Augen zu strahlen begännen, wenn sie ihm sagte, dass sein Sohn bei seinem Freund Walther untergekommen sei.

Zwei Tage später, an ihrem freien Samstag, suchte sie die

restlichen Heime von der Liste auf. Im *St. Ansgari* bekam sie eine konkrete Antwort: Man betreue keinen Jungen namens Karl Berger. Ihre Hoffnungen waren kaum noch staubkorngroß, als sie das vorletzte Waisenheim mit dem sonderbaren Namen *Rauhes Haus* betrat, das weit draußen in Horn gelegen war.

«Sind Sie die Mutter?», fragte die Frau, in deren Zimmer sie gebeten wurde. Lou konnte sie auf Anhieb nicht leiden. Eine aufgedonnerte Fregatte, hätte man auf Amrum gesagt. Sie nickte und hoffte, dass sie dabei nicht knallrot anlief. Aber der Hallodri war krank vor Angst, und das arme Karlchen litt todsicher ebenfalls Höllenqualen. Was war schon eine Notlüge, gemessen an diesem Unglück?

«Wir bemühen uns, die Kinder und ihre Eltern wieder zusammenzuführen», erklärte die Frau und musterte Lou misstrauisch. Hieß das, dass sie Karl tatsächlich in ihrer Obhut hatte?

«Wie geht es meinem Jungen denn?»

Ein ärgerlicher Seufzer. Sicher wusste die Frau von den rohen Kartoffeln und dem Alkohol und dass die Mutter Karl wie einen Goldfisch in der Wohnung zurückgelassen hatte. «Kinder sind empfindliche Pflänzchen, man darf auf ihnen nicht rumtrampeln», zischte sie grob.

Lou nuschelte etwas.

«Sie in der einen Minute in die Arme schließen und in der nächsten von sich stoßen – das vertragen sie nicht. Daran gehen sie kaputt.»

«Hören Sie, so war das nicht. Das Karlchen ...»

«Sie wissen ja nicht mal, wo man Ihren Jungen untergebracht hat.»

«Wie bitte?»

«Hier ist er jedenfalls nicht. Und wenn, dann würde ich es mir zweimal überlegen, ob ich ihm einen Besuch von einer wie Ihnen zumuten würde», sagte die Frau und wies mit strenger Geste zur Tür.

O Gott, dachte Lou, als sie wieder im Freien stand, wo die Mittagshitze die Luft flimmern ließ. Davon weiß Jenny auch nichts – wie weh es tut, wenn man von jeder wohlfrisierten Hexe wie der letzte Dreck behandelt werden darf. Karls Mutter hätte den Kleinen nicht allein zurücklassen dürfen, das war suppenklar, aber eigentlich wusste doch keiner, was genau geschehen war. Ihr pochte das Blut in den Ohren, die Enttäuschung saß wie Blei in ihrem Magen. Doch schon, als sie in der Bruthitze der nächsten Elektrischen saß, kam ihr eine weitere Idee.

Eine Louise Kirschbaum gab so rasch nicht auf.

Dass Jenny krank wurde, war ein Glücksfall, den das Schicksal ihr einfach in den Schoß legte. Es handelte sich um eine Sommergrippe, die Arme schniefte und hustete und verkroch sich in ihr Bett, wo sie mit den Zähnen klapperte. Gustav machte sich auf den Weg zur nächsten Apotheke, und so konnte Lou, wenn auch mit rabenschwarzem Gewissen, in das winzige Arbeitszimmer huschen und Jennys Schreibtisch nach dem Besucherausweis für Fuhlsbüttel durchsuchen. Sie fand ihn auf Anhieb in der mittleren Schublade. *Verein Frauenwohl* stand auf der grauen, gestempelten Pappe. Glücklicherweise war der Ausweis allgemein gehalten, wahrscheinlich wurde er von Frau zu Frau weitergereicht, je nachdem, wer sich gerade zu den Gefängnisbesuchen bereitfand. Er erlaubte zweimal wöchentlich ein Gespräch mit höchstens sechs Insassen. Die Ausweisnummer auf der Vorderseite sollte wohl dem Gefängnispersonal die Kontrolle erleichtern.

«Kannst du mir einen Lappen nass machen, sodass ich ihn auf meine Stirn legen kann? Mein Kopf explodiert», rief Jenny mit schwacher Stimme.

Aber sicher doch. Gern.

Der Mann im Torhaus musterte Lou, als sie ihm den Ausweis vorlegte, aber nur flüchtig. Der Berechtigungsschein war echt, vielleicht erkannte er die Besucherin auch wieder, jedenfalls rief er einen der Wachmänner. «Der Herr Pfarrer ist aber wohl nicht informiert worden?»

«Dieses Mal war das leider nicht möglich, der Tausch kam zu plötzlich. Frau Hopf ist krank geworden, eine schlimme Grippe, das geht um, glaube ich. Jedenfalls hat sie mich gebeten, den armen Seelen vorübergehend an Ihrer Stelle Beistand zu leisten, und natürlich habe ich zugesagt. Man kann ja leider heutzutage ...»

Der Wachmann war kein Freund von Schwatz und Tratsch. Er wies einen Uniformierten an, sie in den Besucherraum zu führen. Lou jubilierte innerlich.

«Dieselben Insassen wie immer?», fragte der Wärter, als sie ihren Bestimmungsort erreicht hatten. Es war ein anderer als der Grobian vom letzten Mal. Sie nickte. Alles ging wie von selbst. Wäre sie frömmer gewesen, hätte sie Gottes Hand vermutet, so gratulierte sie sich bescheiden selbst.

Viel zu tun brauchte sie nicht. Sie hörte den Gefangenen vor allem zu. Den ersten kannte sie gar nicht, er erzählte von seinem Gemüsegarten. Freddy, der Mann mit dem zerschossenen Gesicht, blieb auch dieses Mal still, er brachte es nicht einmal mehr fertig zu nicken. Die Frau, die letztes Mal so furchtbar gegeifert hatte, gab sich an diesem Tag lammfromm, aber die kalten Augen zeugten davon, wie schwer die gespielte Freundlichkeit sie ankam. Die Hagere mit den Kindern hatte eine Sonderstrafe bekommen ...

Den Hallodri hatten sie wieder bis zum Schluss aufgespart. Lou sah zu ihrer Überraschung, dass er keine Handschellen mehr trug. Er bemerkte ihren Blick und meinte trocken: «Normalerweise mangelt's hier ja an Vertrauen. Aber manchmal hat man ein Pech, das sich am Ende als Glück erweist.»

Der Wächter grinste verstohlen. Doch weder er noch der Hallodri machten Anstalten, die seltsame Bemerkung zu erklären. Berger ließ sich auf den Stuhl plumpsen, und Lou erzählte von Jennys Erkältung. Ihr Gegenüber lächelte bedauernd. «Sie ist eine bemerkenswerte Frau. Richten Sie Ihr bitte meine Genesungswünsche aus.»

Lou hätte fast gelacht, so komisch klang die hochgestochene Floskel aus diesem Mund. Aber sie hatte nur wenig Zeit, sie musste loslegen. Jetzt war wieder Theaterspielen angesagt. «Ich habe übrigens Ihre Frau aufgesucht, die Susanne», begann sie vorsichtig.

Der Hallodri stand sofort unter Spannung. Sie konnte es spüren, als gäbe es zwischen ihnen eine unsichtbare Leitung. «Ah ja?»

«Sie bedauert die Sache mit dem kleinen Karl. Es tut ihr furchtbar leid, was ihm widerfahren ist. Sie lässt Ihnen ausrichten, dass sie zu viel getrunken hatte, und als sie einholen ging, hat sie jemanden beschimpft, der hat die Gendarmen gerufen, und da musste sie in eine Zelle.»

Gab es solche Zellen überhaupt? Und wurden Leute wegen Kleinigkeiten wie Pöbeleien eingesperrt? Sie hätte diese Details nicht erwähnen sollen. Der Wärter neben der Tür kannte sich sicher aus. Er verzog allerdings keine Miene. Nur der Hallodri nahm sie noch schärfer ins Visier. Sie spürte seine Fußspitze an ihrem Schuh, und es rieselte ihr heiß den Rücken hinunter.

«Sagen Sie *Susanne* – falls Sie sie noch mal aufsuchen sollten –, dass sie nächstes Mal besser auf den Kleinen aufpassen muss.»

Aha, er spielte also mit. Denn eine Susanne gab es ja gar nicht, sie hatte den Namen schlicht erfunden. Lou fühlte sich plötzlich wie Mata Hari. «Leider ist sie ... nun, ich habe gestern und vorgestern versucht, sie zu sprechen, aber sie ist wie vom Erdboden verschwunden.»

«Oh.»

Der Wächter gähnte herzhaft und kratzte sich hinten am Oberschenkel.

«Das ist ein Jammer, denn Ihr kleiner Sohn fühlt sich im Waisenhaus bestimmt einsam. Ich wäre ja selbst einmal hingegangen, aber die Häuser gestatten nur Vater oder Mutter einen Besuch. Der Junge ist im Uhlenhorster Heim untergebracht worden, nicht wahr?»

«Ich dachte, Frau Hopf hätte von *St. Elisabeth* gesprochen.»

«Oh, dann habe ich es mir falsch gemerkt. Aber wie gesagt: Ich kann ihn sowieso nicht besuchen. Die geben sich ganz amtlich bei den Besuchern: Name, Geburtsdatum, Heiratsdatum ... Muss man alles parat haben. Frau Hopf sagt, dass man eher die Mona Lisa aus dem Louvre stehlen kann als ein Kind aus einem Waisenhaus.» Lou lachte geziert und spähte gleichzeitig zu dem Wärter hinüber, der gerade aus dem Fenster starrte, obwohl durch den schmalen Spalt nichts als ein Baumwipfel zu sehen war, der sich sanft im Wind bog. Sie griff verstohlen in den Ärmel ihres Hängekleides, zog einen dünnen Bleistift und ein kleines Stück Papier heraus und schob beides über den Tisch.

Der Hallodri beugte sich vor, sodass er Stift und Papier zu sich heranziehen konnte. Hatte er verstanden, was sie von ihm wollte? Sie sah ihn kritzeln, und dass er keine Handschellen mehr trug, erwies sich dabei als unverhoffter Vorteil. Seine melodische Stimme füllte den Raum. «Vielleicht könnten Sie Susanne ausrichten, dass sich der Herr Gefängnisdirektor an das Gericht gewandt hat, mit der Bitte, für mich eine frühzeitige Entlassung auf Bewährung ins Auge zu fassen? Ich wäre froh, Gott weiß das, allein wegen Karl. Es klingt immer wie eine halbseidene Entschuldigung, aber es ist tatsächlich so, dass ich diese Sache mit der Börse ... Ach, ich will Sie nicht mit meiner Vergangenheit belästigen. Haben Sie sicher schon hundertmal gehört. Das Geld reichte nicht, Susanne wollte einkaufen ... Keinen Schnaps, sie ist eine gute Frau, auch wenn ihr manchmal der Gaul durchgeht. Sie wollte für Karlchen einen dicken Mantel kaufen, weil's frostig wurde. Und deshalb musste ich Geld ranschaffen. Das mit dem Mantel saß mir wie 'ne Zecke im Nacken.»

Er kritzelte Namen und Zahlen, während er redete.

«Ich bin Pianist, wissen Sie? Ich spiele in Bars, da kann man Geld mit verdienen, früher bin ich auch gut mit hingekommen. Aber für eine ganze Familie ist es zu wenig, das wurde mir nach und nach klar.»

Der Wärter hatte etwas im Hof entdeckt, er beugte sich vor und stierte hinaus.

Der Hallodri schob Stift und Papier wie mit einer zufälligen Bewegung zu Lou zurück.

«Und dann kam diese blöde Situation. Irgend so ein Angeber hat seine Geldbörse auf meinem Flügel abgelegt, weil er eins von unseren Mädels betatschen wollte. Emma war wütend, sie tanzt, aber sie lässt sich nicht anpacken, das ist ein Grundsatz von ihr. Sie hat ihm das gesagt, und da hat er ihr eine geknallt ... Und bei mir ist 'ne Sicherung durchgebrannt. Ich hab die Börse vom Flügel gewischt und sie mit dem Fuß unter einen Vorhang geschoben. Und ich tu gar nicht so, als hätte ich ihm damit nur sein Benehmen heimzahlen wollen. Natürlich wollte ich das Geld Susanne geben.»

«Herr Berger, ich verstehe Ihre Empörung, aber ein Diebstahl bleibt ein Diebstahl», erklärte Lou tugendhaft, zerknüllte dabei das Papier und schob es mitsamt dem Stift in ihren Ärmel zurück.

«Ist ja auch Schnee von gestern.» Wieder berührte der Hallodri sie wie zufällig mit dem Fuß, dieses Mal traf er ihre Wade. Er zwinkerte ihr verstohlen zu. «Ihre Freundin, Frau Hopf, kümmert sich so fürsorglich um mich. Vielleicht würde sie gern wissen, auf welche Weise ich vergangene Woche Glück gehabt habe.»

Nun bekam sie es also doch noch zu hören. Der Hallodri

drehte sich lächelnd zu dem Wärter um, und wieder hatte sie das merkwürdige Gefühl einer Kumpanei zwischen den beiden. «Darf ich's ihr erzählen, Herr Grosche?»

Der Mann zuckte mit den Schultern.

«Tja, wir haben hier einen unheimlichen Burschen einsitzen, der ständig durchdreht. Eigentlich ein armes Würstchen. Egon war auf See, sein Schiff ist untergegangen, er selbst hat nach elf Tagen in einem Rettungsboot überlebt, aber er hat keine Kontrolle mehr über sich. Er hat sich ein Messer organisiert, fragen Sie mich nicht, wie, und damit einen Wärter angegriffen. Ich stand in der Nähe ...» Berger zuckte mit den Achseln. «Klar, da schaut man nicht einfach zu. Nun heißt es, sie lassen mich wegen guter Führung vielleicht schon in ein paar Wochen wieder raus.»

«Das freut mich.» Es freute sie wirklich.

«Muss man natürlich erst mal sehen», schränkte er ein. «Am Ende entscheidet ein Gericht.»

Der Wärter hüstelte. «Besuchszeit ist vorbei, Berger. Tut mir leid, Quatschen ohne Ende ist nicht.»

Der Hallodri nickte. «Bitte, Frau ...»

«Louise Kirschbaum.»

«Sagen Sie Susanne, sie soll das Karlchen besuchen. Unbedingt. Sonst geht der ein. Ich weiß, was Waisenhäuser anrichten.» Seine Augen wurden feucht, er versuchte es zu verbergen, indem er sich zur Seite drehte. Sicher hatte er eigene böse Erinnerungen.

Lou nickte. Und dann war sie auch schon wieder mit ihren klappernden Schuhen auf dem Weg nach draußen. Als sie das Tor des Gefängnisses hinter sich zufallen hörte, hätte sie fast einen Jubelschrei ausgestoßen.

Sie hatte jetzt eine Mission, und sie ging sie couragiert an, wie beflügelt von dem Gefühl, dass das Leben wieder einen Sinn besaß. Ihr Plan war einfach: Sie würde diesen Walther aufsuchen, dem der Hallodri offenbar vertraute, und wenn das erledigt war, würde sie sich mit dem Namen, dem Geburtsdatum, dem Heiratsdatum und der Adresse von Susanne, die in Wirklichkeit Isabell hieß, zum St.-Elisabeth-Stift begeben. Dort würde sie sich als Karlchens Mutter ausgeben und ... Irgendwie würde sie den Jungen aus dem Heim schaffen. Sie würde ihn zu Walther bringen, wo der Hallodri ihn in die Arme schließen konnte, wenn er hoffentlich wirklich schon in ein paar Wochen seine Freiheit wiedererlangt hatte.

Ganz so rasch konnte sie die Sache allerdings nicht in Angriff nehmen. Jenny hustete immer noch und litt zudem an einer sonderbaren Muskelschwäche, die einfach nicht weichen wollte. Und da Gustav bedauerlicherweise gerade einen Sammelauftrag abzuarbeiten hatte – Anzüge für ein kleines Orchester, ein Geschenk des Himmels –, konnte er Jenny nicht beistehen. Also musste Lou sich in ihren wenigen freien Stunden um die Freundin kümmern. Erst am folgenden Sonntag, als Gustav seine Arbeit abgeschlossen hatte, konnte sie loslegen.

Zunächst einmal gab es eine Überraschung: In der Seilerstraße 9 befanden sich keine Wohnungen, sondern eine der zahllosen Winkelkneipen, die die Neustadt füllten. *Zum Finken* stand in bunten Buchstaben auf einem weiß gestrichenen Holzschild, das an zwei Ketten über der Tür baumelte.

Obwohl es erst Mittag war, drangen aus den geöffneten Fenstern Grammophonmusik, Gebrüll, Gelächter und der unvermeidliche Zigarren- und Zigarettenrauch. Die Kneipe war zwischen zwei heruntergekommene Häuser gezwängt, mit denen sie die Brandmauern teilte. Die Fenster waren schief, Unkraut wucherte in der Spalte zwischen Bürgersteig und Hauswand, auf dem Pflaster gammelte eine zertretene gelbe Rose.

Lou zögerte. *Wir machen uns nicht mit dem Gesindel gemein ... Die Seilerstraße ist verbotenes Terrain ...* Jennys Warnungen, die sie längst vergessen hatte, krochen ungebeten in ihr Bewusstsein zurück. Was wusste sie schon über diesen Fritz Berger? Womöglich hatte er sie dreist eingeseift mit seinem Gerede über die Geldbörse auf dem Flügel und den Wärter, dem er angeblich das Leben gerettet hatte. Andererseits: Dann hätte der Aufpasser am Fenster doch sicher protestiert. Ganz verkehrt konnte der Hallodri also nicht sein. Und sie wollte ja auch bloß seinem Jungen helfen.

Lou gab sich einen Ruck und öffnete die Tür des *Finken*. Zigarettenrauch hing wie Waschküchendunst über den runden Tischen und vernebelte den Raum. An der hinteren Wand wurde an einem Tresen Alkoholisches ausgeschenkt. Die Frauen, die die Getränke an die Tische brachten, trugen kurze Röcke und weitgeöffnete Blusen. Jemand sang falsch und laut zur Grammophonmusik, ein Glas zerschellte, ein Mann trat in die nassen Scherben und fluchte – der Lärm war unbeschreiblich.

Lou trat einer der Frauen in den Weg und fragte nach Walther. Sie wurde per Ellbogen beiseitegedrängt. Ein skatspielender Mann rief ihr etwas zu, seine Mitspieler grölten, sie war froh, nichts verstanden zu haben. Und dann kam eine rothaarige Frau auf sie zu, die besonders durch ihre Größe auffiel – sie überragte selbst die Männer um Kopfeslänge. Der Granatschmuck, den sie trug, wirkte teurer. Sie stellte Lou eine Frage, die aber in besonders lautem Gelächter unterging. Gereizt packte sie ihren Arm und lotste sie in einen Flur, wo der Lärm verebbte, als sie die Tür schloss. «Suchste Arbeit?» Ihr Blick glitt routiniert über Lous Körper.

«Ich muss mit Herrn Walther sprechen.»

«Ach ja? Und warum, bitte?»

«Es geht um einen kleinen Jungen, es ist eine Not...»

Die Frau brach in Gelächter aus. «Walther hat dir ein Kind angehängt? Vergiss es, Süße, mit Walthers Nachwuchs kannste den Michel füllen. Nur ist er leider nicht der Typ, der den Scheißern anschließend den Hintern ab... Wo willst du hin?»

Lou hatte sich an der Rothaarigen vorbeigedrängelt. Sie wollte den Flur hinunter, dahinter schienen ruhigere Räume zu liegen, vielleicht fand sie jemanden, der ihr weiterhelfen würde. Aber die Frau schnappte sich ihren Arm, mit Fingern wie aus Stahl. «Rausch ab und lass dich hier nie wieder blicken», zischte sie. «Wenn du kein Gör willst, dann lass das Höschen an.»

«Es geht doch gar nicht um mein eigenes Kind. Ich hab überhaupt keins!», brauste Lou auf. Der Gang erhielt sein Licht nur durch ein kleines Hoffenster, aber es kam ihr vor, als wäre das Gesicht der Rothaarigen vor Wut verzerrt. War sie vielleicht Walthers Freundin, die in der Besucherin eine Nebenbuhlerin vermutete? Na, dann konnte man ihr ja den Wind aus den Segeln nehmen. «Fritz Berger schickt mich her.»

«Der Fritz?» Tatsächlich, die Frau schien erleichtert. «Mensch, sag das doch gleich. Dann geht es wohl um Karl?»

«Ich muss wirklich selbst mit Herrn Walther ...»

«Der ist nicht da. Aber ich richte ihm aus, dass du hier warst. Kommt Fritz aus dem Knast? Wir haben so was läuten hören.»

Na, die bildete sich was ein! Wer selbst auf Auster machte, würde auch von ihr nichts erfahren. Jedenfalls nicht mehr als nötig. «Ich hole Karl in allernächster Zeit aus dem Waisenhaus und bringe ihn hierher», erklärte Lou steif. «Fritz Berger hat darum gebeten, dass Herr Walther sich um ihn kümmert, bis er wieder selbst Zeit für ihn hat.»

«Das geht in Ordnung, klar.»

Lou rang sich ein Lächeln ab. «Also schön, dann gehe ich jetzt.» Sie drängelte sich an dem Weib vorbei, ihr Kinn streifte dabei peinlicherweise den Busen der Frau, der sich sonderbar hart anfühlte. Dann stand sie wieder im Freien neben der zertretenen Rose.

Sie war entschlossen, keine weitere Minute zu verlieren. Mittlerweile war es kurz vor drei. Lou gab einige kostbare Groschen für die Elektrische aus und fuhr zum *St. Elisabeth*. Und als hätte sie mit dem Besuch im *Finken* einen Bann gebrochen, lief plötzlich alles glatt. Sie bedauerte beim Pförtner, keinen Ausweis bei sich zu tragen, nannte aber ihren Namen und auf Nachfrage ihr Geburtsdatum und die Adresse ... Und damit ließ man sie passieren.

Auch die Frau, die sie in den Waisenhausgarten führte, forschte nicht nach. Isabell Berger schien das Karlchen glücklicherweise nie besucht zu haben. In dem weitläufigen Garten tummelten sich etliche Dutzend Kinder, was Lou im ersten Moment erleichterte. So schlimm wie im Uhlenhorstheim schien es hier nicht zuzugehen. Aber dann merkte sie, dass viele der Jungen und Mädchen apathisch auf dem von der Sonnenglut bräunlichen Rasen saßen und dumpf vor sich hin starrten. Keine Kraft mehr, dachte sie. Die hungern ebenfalls.

Die Schwester wollte zurück ins Haus, und Lou packte der Schreck. Sie wusste ja gar nicht, wie Karl Berger aussah. «Oh nein», stieß sie hervor und humpelte ein paar Schritte. Stirnrunzelnd drehte die Frau sich wieder um. «Ich glaube, ich hab mir was verknackst.» Lou ließ sich mit schmerzverzerrter Miene auf ein Mäuerchen sinken. «Autsch!» Sie biss sich auf die Lippe. «Könnten Sie vielleicht so freundlich sein, meinen Sohn zu mir zu bringen?»

Kurz sah es aus, als wollte die Frau sie anblaffen, aber dann machte sie sich auf den Weg. Das Karlchen saß am Ende des Gartens auf einem behauenen Stein. Die Frau zog ihn auf die Füße und kam mit ihm zu Lou. O Gott, was, wenn der Junge jetzt nichts mit ihr zu tun haben wollte? Wenn er klarmachte, dass er sie gar nicht kannte? Auf keinen Fall würde er Mama zu ihr sagen.

Doch auch dieses Problem löste sich von selbst. Der Junge blieb stumm wie ein Sofakissen. Lou nahm ihn an der Hand. Er war ein hübsches Kerlchen mit einem weichen, lockigen Blondschopf und Sommersprossen. Sie schätzte ihn auf vier oder fünf Jahre. «Ich gehe mit ihm raus, ein bisschen spazieren, damit er mal was anderes sieht», erklärte sie der Schwester, die schon halb im Haus verschwunden war.

«In einer halben Stunde gibt es Abendbrot!»

Lou achtete darauf, weiterzuhumpeln, während sie mit Karlchen abzog. Stumm trotteten sie nebeneinander durch die Flure, am Pförtner vorbei und hinaus auf den Gehweg. Und nun?

Sie beugte sich zu dem Jungen hinab. «Hast du Hunger?»

Er blickte sie an, wenigstens das, sagte aber kein Wort. Dabei musste ihm doch der Magen knurren. Lou schlenderte mit ihm die Straße hinab, bis sie in eine belebtere Gegend kamen. Die Leute spähten in die Auslagen der Kaufhäuser. Eine Drogerie warb schamlos für Gummikondome. Der Junge zeigte nur einmal eine Regung. Als auf der Straße ein roter Maserati vorbeiknatterte, blickte er ihm mit glänzenden Augen nach.

«Kennst du den Walther?», fragte Lou. Sie war mittlerweile zu dem Schluss gekommen, dass Walther der Vorname von Hallodris Freund sein musste. «Karl?»

Der Junge starrte wieder geradeaus.

«Ich heiße Louise. Wenn du willst, kannst du Tante Lou zu mir sagen.»

Nichts.

Lou entdeckte an einer Ecke einen Schokoladenautomaten. War er bestückt? Es sah so aus. Hoffentlich war der Inhalt nicht in der Hitze geschmolzen. Sie kramte den letzten ihrer sauer verdienten Groschen aus dem Portemonnaie. «Willst du dir eine Rolle ziehen?» Sie hatte erwartet, dass Karl nicht wusste, was es mit dem rot lackierten Blechautomaten auf sich hatte, aber seine Eltern schienen großzügig gewesen zu sein. Als sie ihm den Groschen in die Hand drückte, steckte er ihn sofort in den Schlitz. Es polterte hinter der Blechwand, und als die Schokoladenrolle in den Schacht rutschte, sah sie reines Glück in seinen Augen.

Zweifelnd blickte er sie an. Lou nickte. Sie sah zu, wie er abbiss, die Schokolade hastig zerkaute, runterschluckte und gleich wieder zubiss. In kürzester Zeit war die Süßigkeit in seinem Magen. Am liebsten hätte sie noch eine weitere Rolle gekauft, aber leider war sie jetzt pleite. Also auf zu Walther, der dem Kleinen sicher etwas zu beißen geben würde.

Das Karlchen kannte den *Finken*. Und plötzlich konnte er auch sprechen. «Papa?» Über sein Gesicht ging ein hoffungsvolles Strahlen. Es fiel natürlich auf, dass er nicht nach seiner Mutter fragte, und allmählich bekam Lou einen richtigen Rochus auf das herzlose Weib, das sich um den kleinen Kerl offenbar einen Dreck geschert hatte. Wie hatte der Hallodri nur auf so ein Weibsstück hereinfallen können! Wahrscheinlich war sie hübsch. Ganz sicher. So waren sie doch, die Männer. Hübsch reichte. Karlchen wartete auf Antwort.

«Heute kannst du Papa leider nicht sehen», erklärte sie ihm. «Aber bald hast du ihn zurück. Und bis dahin kommst du erst mal zu Walther.»

Karlchen folgte ihr in die verrauchte Bude. Inzwischen ging es auf den Abend zu, die Klientel hatte sich aber kaum geändert. Raue Kerle, vor allem Seemänner und Hafenarbeiter, bevölkerten den Raum und machten den Frauen Avancen, wenn sie nicht stumpf in ihre Gläser starrten. Die große Rothaarige lehnte an der Bar und plauderte mit dem Mann, der das Bier zapfte. Lou zog den Jungen in ihre Richtung – und fühlte sich plötzlich stark und lebendig. Karl war gerettet! Ob sie dem Hallodri die gute Nachricht gleich morgen bringen sollte? Aber Jenny hatte heute früh gemeint, es gehe ihr schon besser. Vielleicht sollte sie ihre Freundin lieber überreden, sie noch einmal mitzunehmen, und dem Hallodri in einem stillen Moment zuzwinkern und dabei nicken, sodass er wusste, dass für sein Bengelchen gesorgt war. Eine gute Tat bekam ja umso mehr Glanz, je weniger Aufheben man darum machte.

Die Rothaarige hatte sie entdeckt, ihr Blick fiel auf den Jungen. «Na, da isser ja.» Nicht dass sie sich zu ihm hinabgebeugt oder gar mit ihm gesprochen hätte, dieses abgebrühte Biest. Sie ging ihnen voran in den langen, dunklen Flur. An seinem Ende pochte sie gegen eine Tür, ihr voluminöses Haar warf einen schwarzen Schatten auf die Wand. Karlchen zog an Lous Hand. «Ich muss mal», flüsterte er.

«Gleich.»

Das Herein klang freundlich und gut gelaunt. Die Rothaarige öffnete die Tür und trat zur Seite, um Lou und Karlchen Platz zu machen und gleichzeitig einem pickligen Kerl mit Strohhut den Weg freizugeben. Der Mann lächelte schüchtern und war auch schon verschwunden.

«Guten Tag, Herr ...» Lou fiel ein, dass sie vergessen hatte, die Rothaarige nach Walthers Nachnamen zu fragen. «... Walther», ergänzte sie lahm.

«Hallo, Karl.» Der Mann saß in einem Lehnstuhl, neben ihm stand ein Tisch mit einer Gin-Flasche und zwei Gläsern. Der Tisch wurde von Elefantenbeinen getragen, so, wie es aussah, von echten, ausgestopften Beinen. Donnerwetter. Hinter ihm leuchtete die Sonne durch ein buntes Glasfenster und warf rote und grüne Flecken auf sein Gesicht.

«Das ist die Frau, Walther», erklärte die Rothaarige überflüssigerweise.

Der Mann musterte Lou, und was er sah, schien ihm zu gefallen. «Erzählen Sie mal, wer sind Sie? Woher kennen Sie den Fritz, Fräulein ...?»

«Kirschbaum.»

«Fräulein Kirschbaum.» Walther nickte.

«Also, das war eher zufällig. Ich gehe manchmal nach Fuhlsbüttel, die Gefangenen besuchen.» Der Mief der Wohltätigkeit hing in der Luft. Lou biss sich auf die Zunge.

«Er kommt bald raus, habe ich gehört?»

«Sieht so aus.» Sollte sie jetzt rasch die Erklärung hinterherschieben, warum sie mit Karl ausgerechnet in den *Finken* gekommen war? Dass Fritz es ihr aufgetragen hatte? Sie tat es, mit einer Unbeholfenheit, über die sie sich ärgerte. Sogar der Name *Frauenwohl* rutschte ihr heraus. Plötzlich begann Walther breit zu lächeln, stand auf und umfasste ihre beiden Hände.

«Sie sind ein nettes Mädel, Fräulein Kirschbaum. Nicht jeder würde sich so für einen fremden kleinen Jungen einsetzen, noch dazu, wenn der Papa hinter Gittern sitzt. Wirklich bemerkenswert. Würden Sie dem Fritz von mir etwas ausrichten?»

Lou nickte.

Wann merkte sie, dass etwas nicht stimmte? Sie sah kein Glitzern in Walthers Augen. Seine Stimme hob sich weder, noch senkte sie sich, es mischte sich auch kein neuer Klang hinein. Die Rothaarige verharrte gleichgültig an ihrem Platz bei der Tür, und Karlchen hatte den Zeigefinger, den sie losgelassen hatte, als Walther nach ihren Händen griff, in die Nase gesteckt.

Wahrscheinlich merkte sie gar nichts, bis Walthers Knie sie zwischen die Beine traf, direkt in den Unterleib. Der Moment, in dem sie zu Boden sackte, atemlos vor Schmerz, unfähig, einen Laut von sich zu geben, dehnte sich, als hätte der liebe Gott den Finger auf die Zeiger der Uhr gedrückt. Walther beugte sich über sie, er grinste, sie sah, wie sich seine Lippen bewegten und ein Spucketropfen durch die Luft flog.

«Sag dem Drecksack, ich weiß von Pietro ...» Ein Tritt traf sie. «... ich weiß von seinem dreckigen Geschäft mit ...» Noch ein Tritt. Sie verstand nicht mehr, was der Mann sagte. «... Spektakel ...» Lou zog die Beine an und drehte sich zur Seite, um sich zu schützen. Kurz sah sie Karlchen, schreckensbleich. «... mir ins Geschäft zu pinkeln ...» Sie schloss die Augen und begann beim nächsten Tritt zu schreien.

Das Nächste, was sie bewusst wahrnahm, war, dass Karlchen neben ihr kauerte, die halbe Faust in den Mund gestopft, um daran zu nuckeln. Er stank nach Urin. Neben ihm stand ein Mülleimer, aus dem Abfall quoll. Sie lag in einem Hinterhof, und die Sonne schien schräg über eine Mauer, vor der ein schwarzer Vogel trippelte.

17.

CHRISTIAN

*A*meisen waren sonderbare Tiere. Sie sahen aus, als hätte man Kugeln auf eine Schnur gereiht und lange Beine und Fühler drangeklebt, und bewegten sich unablässig und in großer Hektik. Ihre Augen waren wie Stecknadelköpfe. Eigentliche verdienten solche Tiere gar keine Beachtung, fand Christian, aber sie machten erstaunliche Sachen. Alle liefen auf denselben Pfaden, als folgten sie unsichtbaren Straßen. Und wenn man diese Pfade mit irgendwelchen Hindernissen verengte, sodass immer nur eine Ameise auf einmal passieren konnte, wartete die Gruppe am anderen Ende, bis die durch war, bevor sie selbst jemanden aus ihrem Trupp losschickte. Immer abwechselnd also. Als hätten sie bei Gerlinde gutes Benehmen gepaukt. Auch in ihrem Bau, der sich im Schatten einiger Büsche bei dem alten Wikingerwall befand, herrschte eine Abfolge präziser, genau festgelegter Abläufe. Christian fragte sich, wie sie reagieren würden, wenn man ihn zerschlug.

Er sah sich nach einem Ast um, weil er diese aufregende Idee sofort in die Tat umsetzen wollte, aber in diesem Moment wehte der Wind ihm ein leises, vergnügtes Pfeifen zu. Seine Augen verengten sich. Er vergaß die Ameisen und rannte im Schutz der Büsche geduckt in Richtung Weg. Vorsichtig lugte er zwischen den Blättern hindurch.

Er wusste schon, was ihn erwartete. Er kannte ja die Art, wie Klaus Waisenbengel die alten Schlager pfiff. *Glücklich ist, wer vergisst, was doch nicht zu ändern ist ...* Na, der zwitscherte offenbar sein eigenes Leben.

Heute zog der Faulpelz im Matrosenanzug allein durch die Gegend. Er schien auf dem Weg nach Wittdün zu sein, denn er schlenkerte einen Beutel durch die Luft, während er an den Schienen der Inselbahn entlangtrottete. Sicher sollte er wieder Medikamente von der Post abholen. Frida kriegte jetzt regelmäßig kleine Pakete zugeschickt, von irgendjemandem aus Hamburg. Der Beutel kreiselte an Klaus' ausgestrecktem Arm. Wahrscheinlich hatte er einen Stein reingepackt, um ihm das nötige Gewicht zu verleihen. Kackassel! Christian trat hinter den Büschen hervor auf den Weg. Klaus, der noch ungefähr zwanzig Meter entfernt war, blieb wie angewurzelt stehen. Seine Lippen blieben gespitzt, aber er brachte keinen Ton mehr raus, der Feigling.

«Moin, Hosenschisser. Kommst du, um dir deine Abreibung abzuholen?» Christian grinste. Wenn Klaus allein war, konnte er ihn mühelos zusammenprügeln. Die Hospitalkinder waren ihm nur in der Horde überlegen. Er war neugierig, ob Klaus versuchen würde, an ihm vorbeizukommen. Auffordernd schüttelte er die Fäuste. Aber der Junge zog den Schwanz ein, rannte zu einer Mauer, schwang sich drüber, und weg war er. Christian verzog enttäuscht das Gesicht. Er hätte ihn gar zu gern verdroschen. Na, half nichts, Klaus war auf und davon, den kriegte er nicht mehr zu packen.

Er drehte sich einmal im Kreis, konnte sich aber nicht

entschließen, was er als Nächstes unternehmen wollte. Sein Interesse an den Ameisen war erloschen. Vater war heute Morgen auf Seehundjagd gegangen, das hätte ihm Spaß gemacht, aber er hatte ihn nicht mitnehmen wollen. Seit der Sache mit dem Fuchs war sein Vater komisch geworden. Vor ein paar Tagen hatte er ihn nach der Winchester gefragt. Christian hatte so getan, als hätte er keine Ahnung, wovon die Rede war. Dass er das Gewehr nach den Schüssen am Strand in seine Jacke gewickelt und in einem Kaninchenloch versteckt hatte, konnte er ja schlecht sagen.

Sein Vater hatte nachhaken wollen, das merkte man, vielleicht auch wegen der Patronen, die Christian sich aus einer der Schubladen im Herrenzimmer geholt hatte, aber zum Glück war in diesem Moment Mutter ins Zimmer gekommen. Sein Vater hatte die Vorwürfe runtergeschluckt, war aber anschließend allein zu den Sandbänken gegangen. Warum musste er eigentlich aus jeder Kleinigkeit ein Drama machen?

Christian beschloss, ebenfalls zum Strand zu gehen. Vielleicht traf er ihn ja dort. Er überquerte die Schienen und war vielleicht zehn Meter gelaufen, als etwas haarscharf an seinem Ohr vorbeisauste. Erschrocken fuhr er herum. Hatte der Scheißer aus dem Hospital etwa einen Stein nach ihm geworfen? Er meinte, hinter dem Mäuerchen, über das Klaus gesprungen war, eine Bewegung zu sehen, aber in diesem Moment ratterte die Inselbahn heran. Der Fahrer betätigte warnend die Glocke, und als sie vorüber war, hatte Klaus natürlich längst das Weite gesucht.

«Ich krieg dich, du Mistkerl», brüllte Christian hilflos. Seine Erbitterung wuchs. So sah es also aus, wenn man diesen elternlosen Kröten half. Schon klar, er hatte sie ein bisschen aufgezogen, als er zwischen den Dünen mit dem Gewehr rumgeballert hatte, aber er hatte niemanden verletzt, und zwar absichtlich. Wenn er nämlich jemanden hätte treffen wollen, hätte er das auch geschafft! Diese Sache mit dem Stein war dagegen etwas ganz anderes. Klaus hatte auf ihn gezielt, und er wäre um Haaresbreite gestorben. Das war ein Mordversuch gewesen! Kurz überlegte Christian, ob er die Flinte holen sollte, um Klaus' Rückkehr abzupassen und ihn ordentlich tanzen zu lassen. Aber wahrscheinlich würde die Zeit nicht ausreichen.

Verdrossen schlenderte er an der alten Vogelkoje vorbei. Von dort ging er runter zum Strand, danach Richtung Norden, weil er seinen Vater leider nicht fand. Er musste plötzlich an Frida denken. Es hatte ihn schwer getroffen, als sie vor Jahren nach Hamburg gegangen war. Mutter war streng und lachte selten, Vater kümmerte sich um seinen eigenen Kram, aber mit Frida hatte er Spaß gehabt. Sie war mit ihm Muscheln sammeln gegangen, und als er noch jünger gewesen war, hatte er sogar manchmal bei ihr im Bett schlafen dürfen.

Nun war sie zurückgekehrt, und er hatte sich darauf gefreut, dass sie wieder gemeinsam etwas unternehmen würden – und da belegten die Plagegeister aus dem Hospital sie mit Beschlag. Und er durfte hier einsam den Kniepsand durchpflügen. Christian verlor jetzt endgültig die Lust an seinem Ausflug und wandte sich wieder Richtung Straße.

Ganz in der Nähe ragte der rote Leuchtturm aus den Dünen. Sah aus wie ein angespitzter Bleistift. Oben in der Spitze befand sich das mit Petroleum betriebene Leuchtfeuer, das den Schiffen den Weg wies. Vor Jahren war Christian mal mit seinem Vater drin gewesen. Die Wendetreppe hatte hundertzweiundsiebzig Stufen, er hatte sie gezählt! Aber der gepriesene Blick von oben aufs Meer war eine Enttäuschung gewesen. Da sah man eben Wasser – und das kannte er doch bis zum Überdruss. Außerdem hatte er wegen seiner neuen Schuhe eine Blase gekriegt.

Christian kraxelte die Düne hinauf und wollte jenseits des Turms gerade wieder zur Straße runter, als er ein hellrosa Kleid im Wind flattern sah. Seine Miene hellte sich auf. Emily! Er mochte seine jüngste Schwester nicht so gern wie die anderen. Sie war ihm vom Alter her zwar am nächsten, aber sie hatten als Kinder viel gestritten. Das hing ihm nach. Im Gegensatz zu Frida und Lou stand sie aber wenigstens zur Verfügung. Also rief er und winkte ihr.

Emily änderte die Richtung und kam ihm entgegen. Die Tasche mit der Fotokamera schlenkerte an ihrer Schulter, sicher hatte sie wieder Aufnahmen gemacht. Das fand er verschroben, weil es so umständlich war, das Zeug zu entwickeln, und was hatte man denn nachher davon? Auf den Fotos sah man immer finster und wie erfroren aus. Aber egal. Er freute sich, dass sie ihn anlächelte, und erbot sich, ihr hölzernes Stativ zu tragen.

«Wohin denn?»

«Ist mir egal. Nach Hause?»

Seine Schwester hatte aber wohl auch keine Lust auf die Villa, in der seit Großpapas Tod immer so eine gedrückte Stimmung herrschte. Sie kehrten also zum Strand zurück und ließen sich bei den Dünen nieder. Christian legte das Stativ in den Sand, Emily tat es ihm mit ihrer Kameratasche nach, dann starrten sie aufs Meer hinaus. Er wartete, aber Emily blieb still, und so begann er selbst eine Unterhaltung: «Das mit Lou ist traurig, was?»

Emily drehte ihm das Gesicht zu. Sie hatte hübsche Augen, fast schwarz und ziemlich groß unter den schrägstehenden Augenbrauen. «Wie bitte?»

«Lou! Ich bin traurig, dass sie weg ist. Glaubst du, dass sie tot ist?»

Emily schüttelte den Kopf und starrte wieder über den Strand, wo das Wasser in den knöcheltiefen Seen glitzerte, die die letzte Sturmflut zurückgelassen hatte.

«Warum schreibt sie uns dann nicht mehr?»

Emily zuckte mit den Schultern. Na, das war ja eine tolle Unterhaltung.

«Ist das wahr? Musst du diesen Hellmut heiraten, jetzt, wo Lou weg ist?», wagte Christian sich vor.

Emily nickte.

«Magst du ihn?»

Obwohl Emily sich nicht rührte, kannte er die Antwort. Sie konnte den Mann nicht ausstehen. Er hatte ja oft genug beobachtet, wie sie zusammenzuckte, wenn er sie ansprach. «Sag doch einfach, dass du ihn nicht haben willst.»

«Aber das stimmt doch gar nicht.»

«Natürlich! Er ist alt und fett.»

«Er ist ein gütiger Mann. Du darfst nicht so über ihn reden.»

Christian fand seine Schwester sonderbar. Sie sprach, als würde sie Sätze aus einem Buch vorlesen, nicht, als kämen sie aus ihrem Kopf oder ihrem Herzen. «Ich kann ihn so lange ärgern, bis er abhaut.»

Emily begann zu lachen. Sie zog Christian an sich und wuschelte durch seine Haare. «Weißt du, Christian, das ist schon alles richtig so. Wir haben jetzt wenig Geld, und wenn das ausgegeben ist, stehen wir alle auf der Straße. Wir müssen an unsere Zukunft denken – und eben vernünftig sein.»

«Und deshalb heiratest du den alten Knacker?»

«Ja. Dann sind wir aus der größten Not heraus, und außerdem können wir das Hospital erhalten, bis die Hungerkrise vorbei ist und die Kinder wieder nach Hamburg zurückkehren. Mutter will anschließend daraus eine Art Kurhotel machen – nur gemütlicher. Die Gäste vom Festland mögen die alten Reetdachhäuser, sagt sie, sie finden sie romantisch. Ich könnte das Hotel dann leiten...»

«Ich dachte, du willst Fotografin werden.»

«Ja, das auch. Ich werde nach Hamburg gehen und dort ein Atelier eröffnen.»

Und wie wollte sie sich dann um die Gäste kümmern? Das hörte sich ganz schön wirr an. «Wenn du mit dem Dicken verheiratet bist, musst du dann nicht bei ihm leben?», wandte er ein.

«Ich kann ja auch bei Lou wohnen.»

«Du weißt doch gar nicht, wo sie steckt.»

«Ich finde sie schon. Du, ich werde Kinder fotografieren. Und zwar fröhliche Kinder. Ich bringe sie zum Lachen. Mit lustigen Puppen oder Witzen. Sie müssen lange genug lachen, bis ich die Kamera...»

Sie redete und redete, aber Christian hörte nicht mehr

zu. Er sah, dass Emilys Gürtel ein Loch enger geschnallt war und trotzdem nicht spannte. Sie aß im Moment nicht viel, das war ihm schon aufgefallen. Immer stocherte sie nur. Sogar beim Nachtisch, obwohl sie einen süßen Zahn hatte, wie Mutter das nannte. Manchmal saß sie auch stundenlang in einer Ecke und starrte vor sich hin. Plötzlich machte er sich Sorgen. «Du solltest den Hellmut doch nicht heiraten», fiel er ihr ins Wort.

Emily lachte schrill – und begann ohne Übergang zu weinen.

Erschrocken richtete Christian sich auf. «Was ist denn?», flüsterte er verstört. Er musste sein Ohr vor ihren Mund halten, um zu verstehen, was sie sagte. Es hatte etwas mit Hellmuts Fingern zu tun. Sie fand sie schmierig. Schmierig? Hä? Wusch der Dicke etwa seine Hände nicht? Aber deswegen musste man doch nicht heulen. Hilflos zog Christian den Kopf seiner Schwester auf seinen Schoß und streichelte ihr Haar, so, wie sie es vorhin bei ihm gemacht hatte, nur sanfter.

Während sie weinte, ging ihm allmählich auf, was das mit den schmierigen Fingern bedeuten könnte. Er war im vergangenen Jahr einmal mit zum Hualewjonken gegangen, dem Rumlungern am Strand, zu dem sich die jüngeren Amrumer gelegentlich trafen. Es hatte ihm dort nicht gefallen, weil die Jungen ihn spüren ließen, dass er nicht dazugehörte. Außerdem redeten sie meist über die Seefahrt. Aber er erinnerte sich, dass sie, als sie schon ein bisschen was getrunken hatten, aufs Fummeln zu sprechen gekommen waren. Sie meinten damit, dass sie Mädchen anfassten, wo es sich nicht gehörte.

Schmierige Finger!

Ihm stieg die Hitze ins Gesicht, als er begriff, worüber Emily Tränen vergoss. Der Streit, den er früher so oft mit ihr gehabt hatte, war vergessen. Er hatte sie lieb. Angespannt überlegte er, ob er ihr vielleicht die versteckte Winchester zeigen sollte. Er war durchaus bereit, sie zu verteidigen. Lou hat Mumm, Frida auch, aber um Emily muss man sich kümmern, dachte er. *Er* musste sich um sie kümmern.

Und das würde er auch tun!

18.

LOUISE

Es war dunkel in dem Treppenhaus, das Lou mit Karlchen an der Hand erklomm. Der Geruch von Bohnerwachs und Bratkartoffeln hing in der Luft. Hinter den grün gestrichenen Wohnungstüren hörte sie die Leute reden, die sich für die Nacht zurechtmachten. Hoffentlich war ihre neue Zimmerwirtin noch nicht schlafen gegangen. «Hilft nichts, wir müssen bis ganz nach oben», sagte sie.

Karlchen nickte. Wie tapfer der Kleine war. Er hatte neben ihr ausgeharrt, als Walther sie wie Müll in den Hof geschafft hatte, und seit sie wieder zu sich gekommen war, hatte er noch kein einziges Mal gejammert. Dabei war er bestimmt verängstigt und schob immer noch Kohldampf.

Die Witwe Hansen wohnte im fünften Stock. Lou drückte den bronzenen Klingelknopf. Jetzt kam ihr die Dunkelheit im Treppenhaus gelegen, denn so war der Junge, den sie hinter sich geschoben hatte, nahezu unsichtbar. Und das musste er auch bleiben, weil die Witwe ihnen andernfalls wohl die Tür vor der Nase zuschlagen würde. Sie hatte beim Überreichen des Mietvertrags nämlich extra betont: «Keine Kinder in der Wohnung!»

Endlich. Schritte, eine Kette rasselte. «Na, so was, ich dachte, Sie kommen gar nicht mehr», nörgelte die alte Frau, die ihnen öffnete. Sie trat beiseite, um ihre Mieterin einzulassen. Karlchen schwebte wie ein Beiboot neben Lou und verschmolz mit ihrem Rock, als wüsste er um ihre Situation. Lou drückte sich in dem engen, düsteren Flur an der Frau vorbei und schob den Jungen gleichzeitig auf ihre Zimmertür zu.

«Wenn Sie nicht im Voraus gezahlt hätten, hätte ich das Zimmer längst weitervermietet», mäkelte die Frau.

Lou murmelte etwas von der Krankheit einer Freundin, die sie hatte pflegen müssen. Es war die reine Wahrheit, warum klang sie nur so schäbig nach Ausrede? Die Spucke in ihrem Mund schmeckte nach Galle, und ihr ganzer Körper zitterte unter den Nachwehen von Walthers Schlägen. Gut, dass er nicht auch ihr Gesicht attackiert hatte, sie hoffte, dass sie einigermaßen passabel aussah. Gerade hatte sie das Ende des Flurs erreicht und wollte die Tür öffnen, da machte der Junge plötzlich den Mund auf: «Ich bin müde.» Der Satz hing wie eine Explosion im Raum.

«Wer ist das?», fragte die Alte mit unheilverkündender Stimme.

«Der Sohn meiner Freundin. Ich sag doch, sie ist krank geworden. Ein böser Husten und Fieber, geht vorüber, aber ich wollte den Kleinen diese Nacht nicht bei ihr lassen, damit sie die nötige Ruhe ...»

«Ich habe Ihnen gesagt, dass ich hier keine Kinder haben will. Hören Sie, das habe ich Ihnen ausdrücklich gesagt! Ich muss darauf bestehen ...»

Die Witwe brach in Tränen aus.

Und dann ging es drunter und drüber. Frau Hansen wankte in die Küche, wo eine kümmerliche Kerze kümmerliches Licht verbreitete. Sie stammelte unzusammenhängendes Zeug und beschwor Lou, es ihr nicht so schwerzumachen. Gleichzeitig beschmierte sie eine Brotscheibe mit süßer Marmelade und drückte sie dem Karlchen in die Hand. Während er futterte und gierig einen Becher Milch leerte, erfuhr Lou, dass ihre Vermieterin im Krieg ihren Mann verloren hatte und kurz darauf ihr einziges Enkelkind, beide an die spanische Grippe. Wie nah ihr der Tod dieses Mädchens gegangen war – es war erstickt, und sie hatte hilflos danebenstehen müssen – konnte man daran erkennen, dass ihr jedes von Karlchen verursachte Geräusch die Tränen in die Augen trieb. «Ich halt's nicht aus, der Junge kann hier nicht bleiben», flüsterte sie.

«Nur für diese Nacht?»

Karlchen hörte auf zu essen. Seine aufmerksamen Augen waren auf die fremde Frau gerichtet. Der Witwe brach es schier das Herz. «Diese Nacht, natürlich, aber morgen muss er wieder zu Ihrer Freundin. Vielleicht können Sie auch dort wohnen.»

So einigte man sich also. Lou versuchte die Schmerzen, die ihr jede Bewegung verursachte, zu verbergen. Nur keine weiteren Fragen provozieren. Die Frage nach ihrem Koffer ignorierte sie. Als sie mit Karlchen unter der schweren Decke des schmalen Bettes lag, hörte sie, wie die Witwe die Wohnung verließ.

Der Wecker, der neben dem Bett stand, schrillte nicht, aber Lou schlug trotzdem pünktlich um sechs Uhr am anderen Morgen die Augen auf. Wahrscheinlich war es das Rumoren in den Nachbarwohnungen. Wenn die Uhr, die gegenüber an der Wand hing, funktionierte, hatte sie noch anderthalb Stunden, um zur Assekuranz zu kommen, sonst war sie ihre Arbeit los. Jobst würde sich ein Fest daraus machen, sie rauszuschmeißen, wenn sie auch nur ein Minütchen zu spät antanzte.

Fieberhaft überlegte Lou, was sie mit ihrem kleinen Schützling machen sollte. Sie hatte ja fest auf Walther gesetzt. Das Einzige, was ihr einfiel, war, den Jungen zu Jenny zu bringen und an deren weiches Herz zu appellieren. Und später musste sie natürlich mit dem Hallodri sprechen, der sich in Walther so bitter getäuscht hatte. Vielleicht hatte er weitere Freunde, verlässlichere, angenehmere.

Aber jetzt erst einmal raus aus dem Bett. Zunächst sich selbst ankleiden, dann das Karlchen wecken.

Doch bereits an dieser Hürde scheiterte sie. Beim Aufsetzen verwandelte ihr Körper sich in eine Stichflamme aus Schmerzen – schlimmer noch als am Tag zuvor. Ihr wurde übel. Als sie zu dem Stuhl ging, auf dem sie Rock und Bluse abgelegt hatte, schoss ihr Galle in den Mund. Sie schaffte es gerade noch zu einer Blumenvase, die auf der Fensterbank stand. Dort würgte sie alles heraus, was sie im Magen hatte, und als nichts mehr kam, starrte sie mit zittrigen Knien auf die stinkende Brühe. Sie wischte sich mit der Hand über den Mund. In einer mit gelben Karos bemalten Kanne, die Frau Hansen in Erwartung ihrer Mieterin auf eine Kommode gestellt hatte, befand sich Wasser. Lou spülte ihren Mund aus und schleppte sich ins Bett zurück. Als sie den Kopf drehte, sah sie, dass Karl sie anstarrte.

Er hatte Hunger, natürlich. Und sie war dafür verantwortlich, dass er etwas zu essen bekam. *Sie* trug die Verantwortung. Das Wissen hing wie eine Last an ihr. Der Zeiger der Wanduhr rückte auf halb sieben vor. Unmöglich, Karlchen bei Jenny vorbeizubringen und trotzdem noch pünktlich in der Assekuranz zu erscheinen. Der schleimige Jobst würde sich ins Fäustchen lachen.

Jenny saß blass in ihrem schönen geblümten Ohrensessel, ein spitzengesäumtes Kissen im Rücken, eine Kanne Tee auf dem Tischchen neben sich. Sie schaute abwechselnd Lou und den kleinen Karl an.

«Er ist der Sohn von Fritz Berger?», wiederholte sie ungläubig.

«Die Witwe, bei der ich das Zimmer gemietet habe, hat uns die letzten drei Tage noch bei sich wohnen lassen, weil ich etwas mit dem Magen ...»

«Bist du krank?»

«Ist vorbei», sagte Lou, und das stimmte auch. Seit heute Morgen war die Übelkeit verschwunden. Sie konnte sich auch ohne allzu große Beschwerden wieder bewegen. «Aber ich habe keine Arbeit mehr.»

Vor dem Besuch bei Jenny war sie zur Assekuranz gegangen. Sie hatte betteln, die Abwesenheit mit ihrer Krankheit erklären wollen, aber mit einem Blick gesehen, dass Jobst nur darauf wartete, sie in den Boden zu rammen. Da hatte sie sich den Rest gespart. Seine hämischen Abschiedsworte hallten ihr immer noch in den Ohren: «Nicht so, Fräulein, Kirschbaum, nicht so!» Hatte er auch etwas über Leute gesagt, die ihn ihretwegen belästigt hatten? Wahrscheinlich hatte sie sich verhört. Es interessierte sie auch nicht. Sie hatte nur noch weggewollt, zum Karlchen, der fest versprochen hatte, auf der Bank neben der Assekuranz auf sie zu warten.

«Ich musste mein Zimmer räumen. Die Witwe hat uns vor die Tür gesetzt. Sie hält es nicht aus, ein Kind in der Wohnung zu haben.» Sollte sie noch die Erklärung dazu liefern? Von der toten Enkelin ihrer Vermieterin erzählen? Lou fehlte die Kraft dazu, obwohl sie damit vielleicht eine Chance vergab, Jenny milder zu stimmen.

«Wieso ist der Junge überhaupt bei dir?», fragte ihre Freundin mit unheilschwangerer Stimme.

«Nun, der Herr Berger hatte doch die Seilerstraße erwähnt, wo dieser Walther wohnt...»

«Bist du irre geworden?»

«Ich hab den Kleinen aus dem *St. Elisabeth*-Heim geholt. Aber Herr Walther schien mir ungeeignet, und da blieb mir ja nichts anderes übrig...»

Karlchen rutschte von seinem hohen Stuhl. Er kam zu Lou und packte wieder ihre Hand. Der Junge besaß einen sechsten Sinn für zwischenmenschliche Schwingungen, er spürte das Böse bereits im Anflug. In diesem Fall wirkte sich sein Instinkt zum Guten aus. Jenny seufzte, betete wohl in Gedanken das Vaterunser der Vernunft – aber ihr Mitleid siegte. «Dann müssen wir sehen, dass wir dein Zimmer wieder herrichten. Der Junge muss aber zurück ins Heim.»

«Ich werde zuerst mit Fritz Berger sprechen. Ich finde, *er* muss entscheiden, wo sein Sohn in Zukunft...»

«Lou!»

«Er ist schließlich sein Vater, und...»

Jennys Miene wurde wieder hart. «Fritz Berger ist nur eines: ein Verbrecher. Einer, der gediegen reden und den Leuten Honig ums Maul schmieren kann, aber das macht ihn nur umso gefährlicher. Ich hätte dich nie mit nach Fuhlsbüttel nehmen ...»

«Was hat er denn angestellt?»

Jenny blickte zu Karl und biss sich auf die Lippe. Schließlich sagte sie: «Wieso haben dir die Elisabeth-Schwestern den Jungen überhaupt mitgegeben?»

«Es fehlt an Essen, sie sind froh über jeden, den sie loswerden können», log Lou.

«Trotzdem bringst du ihn morgen zurück. Wir helfen unseren Nächsten durch die Armenspeisung, wir besuchen die Unglücklichen im Gefängnis, aber wir können uns keiner Einzelschicksale annehmen. Wenn wir damit anfangen, werfen wir am Ende alles hin, weil uns der Mut und die Kraft verlassen. Verstehst du das?»

Lou nickte wie betäubt.

«Sie werden sich im *St. Elisabeth* gut um den Jungen kümmern.» Jenny stockte. «Und du selbst wirst dir wohl eine neues Zimmer suchen müssen. Gustavs Tante will uns besuchen.»

«Oh.» War das ein Rauswurf? Das Ende ihrer Freundschaft? Wer nicht spurte, war unerwünscht? Lou wandte sich zur Tür.

«Warum hast du deine Arbeit denn verloren?»

«Zu wenig zu tun. Aber ich finde schon was Neues. Ich habe gute Referenzen mitbekommen», sagte sie kühl.

Jennys zweifelnde Blicke folgten ihr und dem Jungen aus dem Zimmer.

Es war der nächste Morgen. Gustav hatte sich bereits auf den Weg in seine Schneiderei gemacht, Jenny schlief noch, der Augenblick war günstig. Lou brauchte den Besucherausweis von *Frauenwohl*, den sie nach dem Besuch im Gefängnis in Jennys Schreibtisch zurückgelegt hatte, das war das Wichtigste. Sie hatte sich und das Karlchen gewaschen und angezogen. Jetzt hieß sie den Jungen vor Jennys Schlafzimmertür Wache schieben. «Gib mir Bescheid, wenn sich was rührt.» Er nickte so selbstverständlich, als hätte sie ihn gebeten, ihr bei Tisch die Soße zu reichen.

Lou huschte in das kleine Zimmer und zog die Schublade auf, in die sie den Ausweis zurückgelegt hatte. Er war nicht mehr dort. Nervös begann sie zu kramen. Jenny musste immer noch viel ruhen, sie war mit Sicherheit nicht im Gefängnis gewesen. Hatte sie die Zeit genutzt, in ihrem Schreibtisch Ordnung zu schaffen? Sie war ja so ein Unruhegeist. Auf der Schreibtischplatte, die bei Lous letztem Besuch im Arbeitszimmer mit Papieren übersät gewesen war, lag jedenfalls nur das Hamburger Abendblatt. Hastig öffnete Lou weitere Schubladen und eine der Türen.

Ein leiser Pfiff. Karlchen erschien in der Tür. Rasch schob Lou die Laden zu, schloss mit dem Knie die Schreibtischtür, schnappte sich die Zeitung und fuhr herum.

«Was machst du denn hier?» Jenny erschien im Türrahmen.

«Tut mir leid, ich wollte dich nicht stören, aber es drängt mich, mir die Stellenanzeigen und die Wohnungsannoncen anzuschauen.»

«Ach so. Ja, nimm die Zeitung mit in die Stube. Dann kannst du mir gleich vorlesen.» Jenny wuselte Karlchen geistesabwesend durch die Haare und ging weiter zur Toilette.

Ihre Suche fortzusetzen war Lou zu riskant. Mit schlechtem Gewissen setzte Lou für ihre Freundin Kaffeewasser auf und vertiefte sich in die Lektüre der Anzeigen. Es wurden zwei Tippsen gesucht und eine ausgebildete Sekretärin. Sie nahm nicht an, dass sie ohne Zeugnis große Chancen hatte, schnitt aber mit Jennys zierlicher Handarbeitsschere die Anzeigen heraus. Zimmer waren überhaupt nicht annonciert, doch ohne den Nachweis einer Arbeitsstelle würde sie sowieso keines kriegen.

Jenny wünschte ihr Glück, als sie sich nach dem Frühstück auf den Weg machte, um die Kanzleien und die Firma aufzusuchen, die nach Personal suchten. Es war gegen zehn, und die Stellen waren natürlich längst vergeben. Lou bedauerte das zwar, aber die Sehnsucht, dem Hallodri endlich die Sorge um sein Kind zu nehmen, verdrängte alles andere.

Karlchen hatte getreulich vor den Türen auf sie gewartet. Nun schob er wieder seine Hand in ihre. Lou hob ein Ticket auf, das ein Fahrgast beim Verlassen der Elektrischen fallen gelassen hatte, und schmuggelte sich gemeinsam mit dem Kind in die Bahn. Das Ticket würde ihr nichts nützen, wenn man sie kontrollierte, sie konnte nur hoffen, dass sie verschont blieb.

Da die Bahn nicht bis Fuhlsbüttel fuhr, mussten sie noch eine gute Strecke Wegs zu Fuß zurücklegen. Erstaunlicherweise schien Karlchen sich auszukennen. Als sie die Nähe des Gefängnisses erreichten, löste er sich von ihrer Hand und lief zielsicher bis zum Portal. Hatte ihn die Mutter, die ihn später treulos im Stich ließ, gelegentlich zu Besuchen mitgenommen? Spielte keine Rolle. Lou klopfte gegen das Fenster des Pförtners, setzte ihr liebenswürdigstes Lächeln auf und tat, als wäre man gut bekannt.

«Ich bin's schon wieder. Die Dame vom *Frauenwohl*. Wir haben die Erfahrung gemacht, dass es einige Insassen läutert, wenn man ihnen die Verantwortung für ihre Kinder vor Augen führt. Vielen rührt es das Herz, wenn sie ihre Kleinen sehen, und sie bemühen sich ...»

«Ausweis?»

«Aber natürlich.» Lou öffnete ihre Handtasche und tat, als würde sie das Dokument suchen. Als sie den Kopf wieder hob, setzte sie ihr betörendstes Lächeln auf. «Verflixt, ich fürchte ...»

«Ohne Ausweis kein Zutritt.» Der Mann war jung, er sah aus, als hätte er seinen Posten noch nicht lange inne. Sicher wollte er keine Fehler machen.

«Oh, wenn Sie vielleicht einfach den Herrn Pfarrer herbitten ...»

«Ist heute nicht im Haus.»

«Dann vielleicht ...»

«Ich bin nicht befugt, Anweisungen zu ignorieren.»

Karlchen begann zu weinen. Lou starrte ihn verblüfft an, ebenso der Gefängnispförtner.

«Ohne Ausweis oder Besuchserlaubnis darf ich einfach keinen reinlassen.»

Karlchen beendete sein Geheul so unvermittelt, als hätte er einen Knopf, den er gedrückt hatte, wieder losgelassen. Im selben Moment begannen die Glocken zu läuten. «Der

Herr Pfarrer ist also nicht vor Ort?», fragte Lou entrüstet. Der Pförtner schwieg betreten, sah aber nicht so aus, als wollte er nachgeben. Kein Zutritt ohne Besuchserlaubnis.

Wieder senkte sich die Müdigkeit auf Lou. Der Stacheldraht und die Mauern schienen sich aufzublasen, bis sie den Himmel verdunkelten. Sie griff nach Karlchens Hand und machte kehrt. Erst jetzt wurde ihr bewusst, wie tief die Sehnsucht nach einem Lächeln des Hallodris sie beherrschte. Nun, da es ausblieb, kehrten die Schmerzen von Walthers Prügeln zurück, sie hatte Mühe, die Füße voreinanderzusetzen.

Ein Mann überholte sie. Er warf ihnen einen gleichgültigen Blick zu, ging weiter – und blieb erneut stehen. «Nanu, ist das nicht die Dame von der Wohlfahrt?»

Was? Lou kannte den Kerl nicht, aber er redete zutraulich weiter: «Schon wieder zu Besuch bei den bösen Buben?» Er hob lachend die Hände, als sie ihn unfreundlich musterte. «Tut mir leid, Gnädigste, aber wenn man im Knast arbeitet, so wie ich, verliert man seine Illusionen. Man lernt die Burschen und Weiber nämlich auf eine Weise kennen … Ohne Waffe betritt keiner von uns eine Zelle. Aber ich geb zu, in dem Berger hab ich mich geirrt.»

Jetzt stand es ihr plötzlich wieder vor Augen. Der Mann war einer der Wärter, die den Hallodri in den kleinen Besuchsraum gebracht hatten. «Das hier ist Bergers Sohn», erklärte sie hastig. «Ich hatte gehofft, dass ein Treffen helfen könnte, den Herrn Berger an seine Verantwortung zu erinnern», betete sie nochmals ihr Sprüchlein herunter.

«Ach! Wissen Sie gar nicht, dass der Mann bereits entlassen wurde?» Der Wärter lachte über ihr verblüfftes

Gesicht. «Er hat einem meiner Kollegen das Leben gerettet, unter Einsatz von seinem eigenen, ja, das war so, muss man ihm zugestehen. Ein durchgedrehter Irrer hat ein Messer in die Hände bekommen, keiner weiß, wie, und Berger hat sich zwischen die beiden geworfen. Hat dabei einen ordentlichen Ratscher abgekriegt...»

Lou überlief es heiß.

«Klar, dass seinem Gesuch auf unser Zeugnis hin stattgegeben wurde. Schönen Tag noch.» Der Mann fasste sich an die Mütze und lief ihnen mit langen Schritten davon. An der nächsten Ecke bog er ab.

Lou schaute zum Karlchen, der Junge starrte zurück. «Wir haben Glück», sagte sie, «dein Vater ist wieder in Freiheit. Aber wir haben auch Pech. Wir wissen nämlich nicht, wo er jetzt stecken könnte.»

Sie standen erneut vor Walthers Haus. Nicht direkt davor, sondern etwa fünfzig Meter entfernt. Wenn Berger mit diesem Walther befreundet gewesen war, wohnte er vielleicht auch in dieser Gegend – das war Lous Überlegung. «Wohnst du hier in der Nähe?» Sie stellte die Frage sicher schon zum hundertsten Mal, aber Karl war noch klein. Sein Blick ging zum *Finken*, er hatte Angst, ihr furchtbares Erlebnis saß ihm bestimmt noch genauso in den Knochen wie ihr.

Lou scheute sich, Walthers Kaschemme zu betreten. Würde er sie umbringen, wenn er sie ein zweites Mal zwischen die Finger bekam? Auf jeden Fall hatte der Hallodri Walther Ärger gemacht. Was, wenn er nach der Entlassung geradewegs in den *Finken* gegangen war? Er schien ja arglos zu sein. Wenn der Mann ihm genauso übel oder noch übler mitgespielt hatte als ihr, war er dann womöglich bereits tot?

Es war dunkel geworden. An den Hauseingängen lehnten die Huren, die auf Freier warteten. Lou ging mit Karl zu einem Grüppchen hinüber, das aufgeräumter als die meisten wirkte. «Wo finde ich Fritz Berger?»

Erstaunlicherweise bekam sie eine Antwort. Eine Frau, der ein Lacktäschchen am Arm baumelte, fragte: «Ist er schon wieder draußen? Na, dann wird er dort sein, wo er immer ist: Im *Kladderadatsch*.»

Das *Kladderadatsch* war ein Etablissement im Zirkusweg, ganz in der Nähe, allerdings ein sehr viel edleres als Walthers Kneipe. Die Türbeschläge, auf die das Licht einer Gaslaterne fiel, bestanden aus Bronze, blendend weiße Gardinen hingen vor den Fenstern, dahinter meinte Lou rote Samttapeten zu erkennen.

Durch die offene Tür klang eine seltsam ekstatische Klaviermusik, es perlte und spritzte wie Wasser auf Stein, gute Laune in Tönen. Jazz. Mutter hatte die amerikanische Musik zu Hause natürlich nicht geduldet, aber im Kurhaus hatte gelegentlich ein Jazzorchester gespielt, einmal sogar mit einem echten kohlrabenschwarzen Amerikaner am Saxophon. Und dann fiel ihr plötzlich ein, dass der Hallodri sich als Pianisten bezeichnet hatte. Saß er womöglich dadrin vor den Tasten? Hatte ihre Suche ein Ende?

Karlchen riss sich los. Er rannte an einem muskelbepackten Mann vorbei, der am Eingang lehnte, und drückte mit beiden Händen die schwere Tür auf. Der Türsteher rief ihm ein Scherzwort nach, hielt ihn aber nicht auf und hatte auch nichts dagegen, dass Lou dem Jungen folgte.

Es war, als beträte sie eine andere Welt. Nichts erinnerte hier mehr an das Ärmliche, Begrenzte, das der Krieg über Deutschland gebracht hatte. Der Raum war groß und gerammelt voll. An der Decke hingen Kristalllüster, die ihr Licht auf runde Tische mit golden gravierten, im Artdéco-Stil gehaltenen Gläsern warfen. Die weiblichen Gäste trugen glitzernde, verrückte Kleider und waren allesamt geschminkt, die Lippen hatten sie sich verrucht mit dunklem Lippenstift bemalt. Bei einer sah es aus, als hingen Perlen unter den dicken, schwarzen Wimpern. Die Männer hatten sich ebenfalls in Schale geworfen. Frack oder zumindest ein Cutaway schienen Pflicht zu sein, dazu Fliegen, Westen und flotte, gestreifte Hosen. Mehrere Scheinwerfer beleuchteten eine leere Bühne, auf der papierene Rosenblüten lagen, als hätte dort gerade eine Vorführung stattgefunden.

Halb betäubt vom Lärm und den Parfümgerüchen, eingehüllt in die frechen Synkopen der Klaviermusik, ging Lou um die Tische. Sie drückte ihre Handtasche an sich, ihr war gar nicht bewusst, wie wenig sie in ihrem durchgeschwitzten Kleid, mit den einfallslos zurückgekämmten Locken, in dieses raffinierte Ambiente passte. Die Blicke der Gäste prallten an ihr ab, sie war wie in Trance und schreckte erst wieder auf, als Karlchen ihre Hand packte und zielsicher mit ihr auf den Flügel zusteuerte.

Lou blieb hinter dem Pianisten stehen. Sie blickte über seine schwarzseidenen Schultern hinweg auf das in goldene Lettern gefasste Wort *Steinweg* und sah seine langen, schmalen Finger über die Tasten zucken. Noch ein paar Akkorde, dann endete das Musikstück – und wurde mit stürmischem Applaus bedacht.

Der Spieler drehte sich um. Lou wurde bewusst, dass er sie die ganze Zeit in dem großen, silbern gerahmten Spiegel an der gegenüberliegenden Wand beobachtet haben musste, denn sein Gesicht war von einem breiten Lächeln erhellt. Der Hallodri erhob sich. Das Karlchen am Bein, von der Gesellschaft, die neugierig tuschelte, beäugt, verbeugte er sich vor Lou. Er legte eine Hand um Karlchens Kopf, die andere sanft unter ihr Kinn und flüsterte in ihr Ohr: «Es gibt sie wirklich, Donna Lou, es gibt die Liebe auf den ersten Blick.»

19.

FRIDA

Sieben Wochen waren verstrichen, seit Frida auf die Insel zurückgekehrt war. Wie zuvor verbrachte sie jede freie Stunde im Seehospital, aber etwas hatte sich während ihrer Abwesenheit verändert. Zuerst bemerkte sie, dass Hannah, die sich früher trotz ihres Alters mit erstaunlicher Energie und Körperkraft um die Kinder gekümmert hatte, plötzlich erschöpft wirkte. Sie fasste sich ins Kreuz und fing an, die kleinen Kinder zu ihren Stühlen und der Wickelkommode zu locken, um sie nicht tragen zu müssen. Grete war mit lahmen Ausreden schon zweimal nicht zum Kochen erschienen, und Jonny klagte missmutig über die mangelnde Hilfe der Kinder bei der Gartenarbeit. Die Stimmung war umgeschlagen. Was, wenn ihre Helfer hinwarfen, weil ihnen einfach alles über den Kopf wuchs?

Dazu kamen verschiedene gesundheitliche Probleme. Einigen Kinder ging es dank Tylors Medikamenten besser, aber Erikas unerklärliche Fieberschübe wollten nicht weichen, und Horsts Asthma hatte sich verschlimmert. Frida schaute jeden Morgen als Erstes in sein Zimmer, voller Angst, er könnte bei einem nächtlichen Anfall erstickt sein.

Noch mehr Sorgen bereitete ihr Anton. Er zeigte nach

einer infektiösen Erkrankung Lähmungserscheinungen, deren Ursache sie nicht kannte. Der Badearzt fand ebenfalls keine Erklärung, und sie vermisste schmerzlich die medizinische Bibliothek, die ihr in Hamburg zur Verfügung gestanden hätte. Es tat ihr weh, die Hoffnung in Antons Augen zu sehen, wenn sie seine Beine untersuchte. Sollte sie Tylor anrufen? Er besaß Erfahrung, er war klug ... Aber würde er ihr Behandlungsvorschläge machen, wenn er den Kranken nicht einmal gesehen hatte?

Sie war froh, als im Lauf des Tages Matz auftauchte und ohne langes Bitten mit zupackte. Die Kinder mochten ihn, und vor allem gehorchten sie ihm besser. Wenn er zum Tischdecken pfiff – er benutzte tatsächlich eine Trillerpfeife –, kamen die Jungen und Mädchen gerannt. Sie schluckten die Medizin, die er ihnen gab, sie ließen ihre Schürfwunden versorgen. Und zum Glück war er sich auch nicht zu fein, ihre Gesichter zu waschen und der kleinen Ida die tropfende Windel zu wechseln.

Aber seine gute Laune war nur vorgespielt. Das wurde Frida erschreckend deutlich, als sie abends die letzte Tür zu den Kinderzimmern schlossen und er sich auf einen Stuhl fallen ließ. Sein Lächeln war wie fortgewischt. Alles nur Fassade.

Matz war, sobald seine Ferien begonnen hatten, in Hamburg gewesen und hatte dort mehrere Tage lang nach Lou gesucht, aber genauso wenig eine Spur von ihr gefunden wie Frida. Mit der Hoffnung war seine Lebensfreude geschwunden. «Was machst du heute Abend?», fragte er, nachdem Grete und Jonny heimgegangen waren und Hannah sich auf ihr Bett gelegt hatte, in der Hoffnung, dass die Kinder rasch einschlafen würden.

«O Himmel, das hab ich fast vergessen: Mutter hat Gäste eingeladen.»

«Ich dachte, so was gehört sich in Trauerzeiten nicht.»

«Sie meint, dass Großpapa ja schon ein paar Monate tot ist und sowieso nur enge Freunde kommen werden.»

«Und dazu gehört natürlich auch wieder von Rathen.»

Frida antwortete auf die bittere Bemerkung nicht. Matz hatte ihr erzählt, was der Mann mit dem alten Boy angestellt hatte, und auch davon, dass er ihn gewarnt hatte, mit den Kirschbaummädchen Umgang zu pflegen. Es war so … abstoßend. Sie hatte es an ihre Mutter weitergegeben, aber die hatte sich einfach weggedreht. So etwas würde er doch nie tun, der liebe Hellmut … Womöglich habe sich der Dorfschullehrer in etwas hineingesteigert? Bestimmt habe er Schuldgefühle. Man wisse ja nicht, was er zu Lou gesagt habe, an dem schrecklichen Schicksalstag, an dem er besser der Familie Bescheid gegeben hätte, damit sie sich nicht …

«Ich geh dann nach Hause.»

«Ist gut», sagte sie. «Danke für die Hilfe.»

«Ist doch gar nichts», brummte er.

Frida hatte sich getäuscht. Als sie nach Hause kam, wimmelte es in der Halle von Leuten. Die Gäste von der letzten Feier, dem furchtbaren musikalischen Abend, waren gekommen, außerdem Jens Cornelius, der vor dem Krieg zahlreiche Hotels gepachtet hatte, der Vorsitzende des Bauernrats und seine Frau, der Verwalter der christlichen

Seehospize in Norddorf, ein Ehepaar, das sie nicht kannte ... und tatsächlich auch von Rathen.

Frida drückte die Haustür leise wieder ins Schloss und ging von hinten durch das Pflanzenzimmer ins Haus. Konnte sie Kopfschmerzen vorschützen? Sie *hatte* Kopfschmerzen, sie brauchte gar nicht zu flunkern. Mit zusammengebissenen Zähnen und dem Gefühl, sich lächerlich zu machen, wartete sie zwischen den üppig wuchernden Pflanzen, bis die Geräusche in der Halle verebbt waren. Vorsichtig öffnete sie die Tür, und als sie niemanden mehr entdeckte, schlich sie leise die Treppe hinauf. In ihrem Zimmer warf sie sich aufs Bett.

Aber natürlich ließ man ihr keine Ruhe. Emily steckte schon nach wenigen Minuten den Kopf ins Zimmer. «Du bist ja doch schon da. Mutter sagt, du sollst dich beeilen.»

«Ich komme gleich.»

«Es hilft nichts, solche Einladungen sind wichtig.»

... *sagt Mutter*, dachte Frida sarkastisch. «Emily?»

Ihre Schwester war fast schon wieder im Flur, nun drehte sie sich um.

«Du willst diesen von Rathen doch nicht wirklich heiraten?»

Ihre Schwester zuckte mit den Schultern. «Das Leben ist hart. Man kann nicht immer machen, wonach einem der Kopf steht.»

Auch das klang nach Mutter. «O doch, und ob man das kann!», platzte Frida heraus. «Du siehst doch – ich studiere Medizin.»

«Gerade deshalb kann ich uns jetzt nicht im Stich lassen. Einer muss doch dafür sorgen, dass alles weiterläuft.»

Hatte ihre Schwester das eben wirklich gesagt? «Emily ...»

«Entschuldige, das soll kein Vorwurf sein. Nur lässt sich das Hospital nicht einfach durchs Hoffen auf die Zukunft erhalten. Und ich muss auch selbst ...»

«... auf keinen Fall einen alten Mann heiraten! Lass dir das von Mutter nicht einreden. Es gibt immer Lösungen.»

«Meinst du?» Unten war die unvermeidliche Grammophon-Platte aufgelegt worden – ein Strauß-Walzer. Emily machte ein paar Tanzschritte, dann lachte sie. «Keine Sorge, Frida, ich tu nur das, was ich wirklich will.» Noch eine schwungvolle Drehung, bei der ihr Kleid um sie wirbelte, dann warf sie Frida einen Luftkuss zu und verschwand.

Das Tischgespräch verlief in den gewohnten Bahnen. Die Frauen redeten über das eingeschränkte Angebot in den wenigen Amrumer Geschäften und die Waghalsigkeit der neuen Mode, die Männer langweilten sich. Bis Anton Schau von den Norddorfer Hospizen auf die Abstimmung zu sprechen kam, die letztens stattgefunden hatte. Deutsch oder Dänisch. Die Amrumer hatten sich für Deutschland entschieden, und Fridas Stiefvater machte seiner Begeisterung über die Entscheidung der Inselbewohner Luft.

Aber von Rathen widersprach: «Wir müssen ans Geschäft denken, Rudolf. Dänemark würde uns die Badegäste liefern, die wir zum Überleben brauchen. Dort hat man noch Kohle – in Deutschland sind die Taschen leer. Nein, mein Lieber ...»

«Die Entscheidung, zu welchem Volk man gehört, sollte doch wohl vor allem eine Sache des Herzens sein», meinte Schau pikiert. «Sie stammen natürlich selbst aus Dänemark, aber Sie müssen verstehen ...»

Die Diskussion drohte heikel zu werden. Routiniert mischte sich Rosa ein und wechselte das Thema. «Ist etwas mit deiner Schulter nicht in Ordnung, lieber Hellmut? Du bewegst dich so vorsichtig.»

Von Rathen lachte. «Tja, in der Tat. Da tauchen endlich mal ein paar Badegäste auf, und dann ...» Er klopfte gegen seinen Oberarm. «Sie sind natürlich sofort auf Robbenjagd gegangen. Lauter alte Männer, weil die jungen im Krieg geblieben sind und die, die überlebten, anderes im Kopf haben. Die meisten dieser Greise sehen ohne Brille die Hand vor Augen nicht, und einer von ihnen muss mich mit einem Seehund verwechselt haben. Ist keine schlimme Sache, schon fast wieder verheilt, glücklicherweise.»

Fridas Blick fiel auf Christian. Ihr Bruder verstrich die Preiselbeeren, mit denen sein Bratenstück garniert war. Warum machte das Lächeln, das um seinen Mund spielte, sie so misstrauisch? Wegen der Szene mit den Hospitalkindern, die ihn beschuldigt hatten, auf sie geschossen zu haben? Aber da tat sie ihm ganz sicher unrecht, davon war sie überzeugt. Rasch senkte sie wieder den Blick auf ihr Essen.

Von Rathen redete immer noch, wie üblich einen Tick zu laut. «Auf jeden Fall müssen wir uns jetzt auf die Zukunft konzentrieren, und die wird nach der Abstimmung in Deutschland liegen. Das Land muss wieder auf die Beine kommen. Aber das wird es auch. Ich würde meinen Hut darauf verwetten, dass die Hotels in wenigen Jahren wieder ausgebucht sind.»

«Hoffentlich», murmelte Schau.

«Ich plane da etwas Besonderes. Das Seehospital, in dem jetzt noch die Hamburger Gören leben – daraus kann man ein kleines Juwel machen. Die Leute schwärmen nämlich für das Natürliche, Ursprüngliche, das ist die neue Entwicklung. Sie kommen hierher, weil sie Reetdächer und Fischerstuben sehen wollen, mit bemalten Kacheln und Netzen und dem ganzen Firlefanz. Man müsste natürlich renovieren und alles ein bisschen herrichten, aber –»

«Verzeihung, noch ist das Hospital ein Krankenhaus», unterbrach Frida ihn ärgerlich.

«Sicher, sicher. Es sind ja nur Zukunftsphantasien, verzeihen Sie.» Von Rathen lachte und wechselte einen Blick mit Rudolf. Emily mischte sich ins Gespräch und gab gelassen Anekdoten über die ersten Fotografen zum Besten. Sie erzählte von einem Mann namens Brady, der Präsident Lincoln fotografiert hatte, und obwohl sein Lincoln-Foto inzwischen jede Dollar-Note zierte, war er verarmt verstorben.

Frida hörte kaum zu, weil sie die Geschichte schon kannte, aber sie sah erleichtert, wie selbstbewusst ihre Schwester sich gab. Emily würde nie im Leben einer Heirat zustimmen, die sie nicht von Herzen begrüßte.

Als das Essen vorüber war, entschuldigte sich Frida mit dem Hinweis auf ihre Kopfschmerzen. Die Gäste wünschten ihr gute Besserung, und ihre Mutter lächelte –

sie hatte ihre Pflicht erfüllt. Als sie das Zimmer verließ, schlüpfte Christian mit ihr durch die Tür in die Halle. «Gerlinde hat Post aus Wittdün mitgebracht», raunte er ihr ins Ohr.

«Was für Post?»

Er blinzelte ihr zu, als wüsste er ein Geheimnis, dann war er auf und davon, hinaufgelaufen in sein Zimmer, wo es Spannenderes als langweilige Erwachsenengespräche gab.

Frida fand Gerlinde in der Küche, wo sie mit Eischnee eine Süßspeise anrührte. «Ach ja, der Brief liegt auf der Anrichte unter dem Spiegel.» Vorsichtig begann die alte Frau, Eischnee und Apfelstücke unter einen Pudding zu heben.

Fridas Herz begann zu jubilieren, als sie den Absender auf dem weißen Kuvert entdeckte. *Daniel Kröppke.* Ein weiterer Brief in so kurzer Zeit! Rasch eilte sie in ihr Zimmer und riss das Kuvert auf. Ihr Blick flog über die Zeilen.

Oh! Es gab Schwierigkeiten. Daniel schrieb, dass die britische Protektoratsverwaltung begann, ihm und seinem kleinen Krankenhaus Steine in den Weg zu legen. Und es kam noch schlimmer. Die Eingeborenen zeigten sich ebenfalls widerspenstig. Sie verstanden den Nutzen ihrer Behandlung nicht, hatten gar einen Aufstand versucht, nicht allein in seinem Krankenhaus, sondern landesweit. Einige schwarze Prediger – Frida hatte gar nicht gewusst, dass es so etwas gab – lehrten ihre Stammesgenossen nicht nur das Evangelium, sondern wiegelten sie mit dem Satz *Afrika gehört den Afrikanern* auf. «Unter diesen Umständen ist meine Arbeit hier unmöglich geworden. Ich komme bald nach Deutschland zurück. Darf ich mich dann bei Ihnen melden?», schrieb er.

Frida bedauerte sein Scheitern von Herzen. Die Schlafkrankheit betraf die Deutschen zwar nicht unmittelbar, sie war auf den afrikanischen Kontinent beschränkt, aber Forschungen wie die von Daniel brachten oft grundsätzliche Erkenntnisse, die zu medizinischen Umwälzungen führen konnten. Und natürlich hätte sie auch den Eingeborenen gewünscht, dass sie von ihrer Plage befreit würden, aber ...

Daniel kehrt zurück.

Ein Lächeln breitete sich auf ihrem Gesicht aus, und sie wäre am liebsten durchs Zimmer getanzt. Er kannte jetzt ihre Adresse und würde vielleicht nach Amrum kommen. Sein Brief war lang, drei Bögen hatte er von beiden Seiten beschrieben, obwohl er von tausend Problemen in Anspruch genommen war. Frida ließ sich auf ihre Matratze sinken und las ihn ein weiteres und ein drittes Mal – bis es klopfte.

Mutter, die ihr Benehmen tadeln wollte? Nein, Christian trat ins Zimmer. Er sah das aufgerissene Kuvert auf dem Boden liegen, nahm es in die Hand und schüttelte dann enttäuscht den Kopf. «Den meinte ich doch gar nicht!»

«Wieso? Gibt es noch einen zweiten Brief?»

«Ja, einen aus Hamburg.»

Frida packte ihn. «Etwa von Lou?»

Ihr Bruder schüttelte den Kopf. «Das hätte ich doch gesagt.»

«Und war der auch an mich adressiert? Nun red schon. Lass dir nicht alles aus der Nase ziehen.»

«Ich glaube, er war für Mutter. Den Absender konnte ich aber nicht lesen. Eigentlich sollte ich dir auch gar nichts davon erzählen.»

Frida sank das Herz. Hatte sich womöglich die Universität gemeldet? Gab es Schwierigkeiten? Hatte man sie doch noch rausgeworfen? Aber so ein Brief wäre doch an sie selbst adressiert gewesen, nicht an ihre Mutter. Sie kehrte in den Salon zurück, wo die Gäste inzwischen in den plüschigen Sesseln mit den breiten, ein wenig abgeschabten Lehnen Platz genommen hatten. Von Rathen schwadronierte über die Tücken seines kleinen Elektrizitätswerks, das er aus reiner Hilfsbereitschaft für die rückständigen Insulaner betrieb, die ihm sein Engagement aber natürlich nicht dankten. Ein teurer Dienst ohne Lohn! Anton Schau gähnte hinter vorgehaltener Hand.

Unauffällig trat Frida zu ihrer Mutter. «Christian sagt, wir haben Post aus Hamburg?»

Schau hatte seiner pummeligen Gattin etwas zugeflüstert, worauf sie in quietschendes Gelächter ausbrach. Er legte ihr erschrocken die Hand auf den Oberarm.

«*Ich* habe Post bekommen», wisperte Rosa mit gerunzelter Stirn.

«Von wem denn?»

«Liebling, jetzt ist wirklich nicht der richtige Augenblick ...»

«Von wem, Mutter?»

Rosa wandte sich zu ihrem Nachbarn und machte eine liebenswürdige Bemerkung, wohl in der Hoffnung, dass

Frida wieder abzöge. Als das nicht geschah, stand sie auf und führte sie in eine Ecke neben dem Kamin. «Der Brief ist von einer Verrückten. Einer Frau, die totalen Unsinn behauptet. Ich lehne es ab, darüber zu reden.»

«Was für Unsinn, Mutter?» Aus dem Augenwinkel sah Frida, dass von Rathen zu ihnen herüberstarrte.

«Nicht jetzt!»

Nun gut, ihre Mutter mochte unabkömmlich sein, aber es ging ja auch ohne sie. Frida stieg ins Obergeschoss und betrat den Raum, den Mutter ihren kleinen Salon nannte. Dort bewahrte sie Stickarbeiten, Blumenbücher und in einem altmodischen Sekretär ihre Post auf. Im Aufsatz des Möbels befand sich hinter der Glastür der Schlüssel zu den Schubladen, und Frida öffnete die oberste davon. Der Brief lag auf der anderen Post, ein schlichtes, weißes Kuvert, auf dem in akkurater, rundlicher Handschrift Adresse und Absender standen. Da es bereits geöffnet worden war, brauchte sie den Brief nur herauszuziehen.

Sie begann zu lesen, erst neugierig, dann ungläubig. Ihre Augen weiteten sich vor Entsetzen.

Das Warten auf das Ende der Geselligkeit wurde zur Folter. Frida horchte durch die offene Tür ihres Zimmers, bis das letzte Adieu verklungen war. Der anschließende Streit entbrannte in der Halle. Sie hielt ihrer Mutter wortlos das Kuvert entgegen.

Rosa wurde steif und kalt. «Du erdreistest dich, in meinen Sachen zu schnüffeln?»

«Wann wolltest du mir denn sagen, dass du weißt, wo Lou sich aufhält?», schnappte Frida.

«Deine Schwester ist tot.»

«Tot? Was redest du? Hier steht doch ...»

«Ich will dir etwas sagen, Frida, und ich sage es nur ein einziges Mal.» Mutter trat näher, in ihre Augen war ein Glitzern getreten, das die Kälte ihres Tonfalls noch unterstrich. «Deine Schwester Louise hat Schande über unsere Familie gebracht. Sie hat beschlossen, mit einem Verbrecher zusammenzuleben, sie hat sein Kind aus der Obhut des Staates entführt, sie hat ... ihre Erziehung und sämtliche Werte vergessen und sich erdreistet, einen Sack voller Schmutz über uns auszuschütten. Und das soll ich hinnehmen? Glaubst du denn, ihr Verhalten würde nicht auf uns zurückfallen, wenn es öffentlich würde? Nein, Frida, ich habe nur noch drei Kinder – dich, Emily und Christian. So wird es von nun an sein.» An ihrer Unterlippe hing ein Speicheltropfen, den sie vor Erregung nicht registrierte. «Gib mir den Brief.»

«Aber ... Mutter. Lou hat Schiffbruch erlitten, sie geht unter, sie könnte sterben.»

«Der Brief!» Rosa packte zu. Die Szene war so absurd wie furchtbar. Sie zerrten an dem Stück Papier, als wären es Lous Arme und Beine. Es war Rosa, die nachgeben musste, in ihren Fingern saß das Rheuma. Einen Moment war es totenstill. Frida blickte die Treppe hinauf, wo Christian und Emily mit bleichen Gesichtern auf der Galerie standen. Sie wollte etwas sagen, aber in diesem Moment kam Rudolf aus dem Salon, er hatte ihrem Streit wohl gelauscht.

Kühl und so laut, dass auch die beiden auf der Galerie ihn verstehen konnten, erklärte er: «Eure Mutter hat recht.

Louise hat das Ansehen unserer Familie besudelt. Ihr Name wird in diesen vier Wänden nie wieder genannt werden. Damit ihr es richtig versteht: Sollte jemals ein Wort von ihrem skandalösen Treiben an die Öffentlichkeit dringen, sind wir gesellschaftlich erledigt. Ihr Mädchen könntet nicht mehr heiraten, Christian wäre die Zukunft verbaut. Und das werde ich nicht dulden.»

Er griff mit einer blitzschnellen Bewegung nach dem Kuvert und hielt es, bevor Frida reagieren konnte, in eine der Kerzen auf der Kommode. Das Papier loderte auf, er ließ es auf die Fliesen fallen und trat die Flammen aus.

Frida pochte gegen Matz' Tür, dann schlug sie mit den Fäusten dagegen. Endlich öffnete er, in der Hand eine verdreckte Kaminschaufel aus Eisen, als wollte er sich verteidigen.

Sie drängte ihn ins Haus zurück, es war stockdunkel, aber das war ihr nur recht. Erst mit trockenem Mund, bald unter Tränen erzählte sie, was sie wusste: Ein Brief war gekommen, die Absenderin ihr unbekannt. Eine Jenny Hopf vom Verein *Frauenwohl*. Lou hatte über diese Frau offenbar die Bekanntschaft eines Verbrechers gemacht. «Leider war sie bald wie besessen von dem Mann», schreibt diese Frau Hopf. «Und nun ist sie verschwunden, gemeinsam mit dem Kind des Unholds.»

«Was soll das bedeuten?»

«Ich weiß es nicht.»

«Wo ist der Brief?»

Hatte sie das noch nicht erklärt? Frida erzählte von dem unfassbaren Vorgehen ihres Stiefvaters.

«Lieber Gott, wo sollen wir dann anfangen zu suchen?»
«Wir haben doch den Namen der Frau.»
«Jenny Hopf.»
«Den», sagte Frida, «und auch noch einen zweiten: Fritz Berger.»

20.

LOUISE

Ach, der Hallodri. Lou fischte seine Hose, gestreift, frech, mit modischen Hosenträgern daran, aus der schmalen Lücke zwischen dem Lotterbett und der Blumentapete. Gestern Nacht war keine Zeit gewesen, etwas zu falten und ordentlich auf den Stuhl zu legen, dazu waren sie viel zu beschäftigt gewesen. Ihre Bluse lag ebenfalls verdreht am Boden. Die musste aber in die Wäsche, sie roch nach Zigarettenqualm, und anders als Fritz konnte sie den Geruch an sich nicht ausstehen.

Während Lou die Kleidung aufhob und sortierte, fiel ihr Blick auf das Kopfende des Bettes. Ein Maler ohne Talent, aber mit einem Gespür für Witz hatte dort zwei sich räkelnde nackte Damen bei unanständigem Tun gemalt. Fritz' Ruhestätte war so ungezogen wie der Mann selbst, so frech wie das gesamte *Kladderadatsch*.

Mit einem Grinsen dachte sie an die vergangene Nacht. Fritz hatte sie nach dem Ende der Varietévorstellung über seine Schulter geworfen, sie trotz ihres Kreischens die Treppe hinaufgetragen und mit Schwung auf das rote Samtsofa unter dem Fenster geworfen. Sie hatten es – wie drückte Fritz sich aus? – miteinander getrieben, und die erzwungene Enge hatte Lous Lust noch gesteigert. Diese Kombination aus Gefangensein, bedrängt werden und dem hilflosen Sich-Hingeben hatte sie kirre gemacht, und der Hallodri hatte das natürlich gespürt. Er wusste genau, mit welchen Kniffen er sie in den glückseligen Wahnsinn treiben konnte. Es war schon seltsam: Siebzehn Jahre hatte sie von ihrer Mutter beigebracht bekommen, Haltung zu bewahren, und der Hallodri hatte es in einer einzigen Nacht geschafft, ihr zu zeigen, dass der Gipfel der Wonne darin lag, genau diese Haltung zu verlieren.

Mit breitem Lächeln im Gesicht faltete Lou die Hose und hängte sie in den Kleiderschrank. Unter dem Vorhang lugte eine grüne Federboa hervor, die sie am vergangenen Abend getragen hatte. Sie verstaute sie ebenfalls im Schrank. Fritz hatte ihr generös die linke Hälfte des riesigen Möbelstücks überlassen – und ihr Kleider gekauft, um sie zu füllen. Sie hatte protestiert, natürlich. «Du darfst für mich kein Geld ausgeben!» Aber ihr Koffer stand ja immer noch bei Jenny, zu der sie auf keinen Fall zurückkehren wollte, und Fritz hatte ihr auch gar nicht zugehört. «Du bist meine Königin, ich werde dich also wie eine Königin kleiden.»

Und das vielleicht Erstaunlichste an der Sache: Er hatte das Geld dafür besessen. Ohne auf Preise zu achten, hatte er sie in verschiedene Läden geführt und ihr glockenförmige, mit Volants verzierte Röcke, silbern bestickte Tuniken und elegante Velours-Jackenkleider mit Hüftgürteln gekauft. Für die Abende im Varieté hatte er ihr gewagte Träume aus Brokat und Seide besorgt, die kaum ihre Knie bedeckten und deren Dekolletés bis zur Taille reichten.

«Das ist zu viel!», hatte sie immer wieder protestiert und angedeutet, dass sie ihm das Geld zurückgeben würde, wenn sie erst wieder etwas verdiente, aber davon wollte der Hallodri nichts wissen. Sie hatte ihm das Karlchen gerettet, so etwas ließ sich mit nichts aufwiegen, er würde bis an sein Lebensende in ihrer Schuld stehen, hatte er gesagt. Und als sie merkte, dass er aus purer Freude am Schenken kaufte, ohne Hintergedanken, gab sie ihren Widerstand auf.

Lou trat in den Flur hinaus, der mit flauschigen, roten, schon ein wenig abgetretenen Teppichen ausgelegt war. Fritz bewohnte das Stockwerk über dem *Kladderadatsch*, eine riesige Wohnung mit sieben Räumen. Als sie ihn gefragt hatte, wieso man einem armen Pianisten eine so üppige Wohnung überließ, hatte er sich fast kaputtgelacht. «Der Laden gehört mir doch – und zwar mitsamt dem Varieté», hatte er gesagt. Sie hatte erst gedacht, er wolle sie auf den Arm nehmen, aber der Stolz in seinen Augen hatte ihr gezeigt, dass er die Wahrheit sagte. Wie sich herausstellte, hatte er tatsächlich einige Jahre als Pianist im *Kladderadatsch* sein Brot verdient, aber als sich eine günstige Gelegenheit bot, hatte er das Gebäude gekauft.

«Was für eine günstige Gelegenheit?»

«Pech in der Liebe und am selben Abend Glück im Spiel», erklärte er mit einem Augenzwinkern.

Ihr fielen die sprichwörtlichen Schuppen von den Augen: Deshalb also waren die Tänzerinnen und Musiker und all die anderen so respektvoll zu ihm. Deshalb blieben die Gäste bei ihm stehen und unterhielten sich mit ihm. Deshalb zeigte man solch wohlwollendes Interesse an der jungen Frau, die mit dem Karlchen ins *Kladderadatsch* geschneit war. Fritz war ein gemachter Mann.

«Aber wieso musstest du dann ins Gefängnis?»

«Na, wegen der Geldbörse, hab ich dir doch erzählt. Das ist wirklich so passiert. Der Dreckskerl war empfindlich genug, um Anzeige zu erstatten, und so zum Kotzen reich, dass sich der Richter stante pede auf seine Seite geschlagen hat. Manchmal geht es schnell, Lou.»

Ja, da hatte er wohl recht.

Lou ging hinunter in den Saal. Es war kurz vor zwölf, die Putzfrauen hatten längst das Chaos des vergangenen Abends beseitigt. Die Gläser in der Bar glänzten, der Boden, auf dem am Vorabend *White Ladys* und *Bee's Knees* verkleckert worden waren, war gewischt, die Tische neu eingedeckt, die Muschel, unter der eine Jazzband spielte, wenn Fritz keine Zeit für den Flügel hatte, ordentlich gefegt und die Blüten, die Nacht für Nacht auf die Bühne regneten, zusammengekehrt und in die Kiste zurückgelegt, in der sie für den nächsten Auftritt aufbewahrt wurden.

Sie schaute sich um und drehte sich im Kreis wie die Ballerina auf einer Spieluhr. In den ersten Tagen nach ihrer Ankunft hatte sie versucht, sich hier in den Räumen nützlich zu machen, etwas anders zu dekorieren oder so. Aber das hatte Fritz nicht zugelassen. «Du hast mir Karl zurückgebracht, glaub nicht, dass ich dir erlaube, hier den Rücken krumm zu machen.»

Leider fühlte sie sich dadurch ein bisschen überflüssig. Nur, durfte man über so was klagen? Konnte man das überhaupt, wenn man Hungermonate hinter sich hatte so wie sie? Und trotzdem spürte sie eine lästige Unruhe. Sie fuhr mit einer Hand über die Theke, auf der ein Fleck übersehen worden war, und entfernte ihn mit einem Wischlappen. War damit ihr Tagwerk erledigt? O Gott, ja, sie langweilte sich.

Mit einer lächerlichen Sehnsucht dachte sie an die Mädels in der Schreibstube, an ihren täglichen Kampf gegen den Stapel Papier, den sie abarbeiten mussten, die Zigarettenrunde im Hof ... Ihr fehlte offenbar das Temperament zum Nichtstun und Verwöhntwerden. Außerdem wurmte es sie, dass sie schon wieder von jemandem durchgefüttert wurde – egal, aus welchen Motiven. Sie war doch nach Hamburg gegangen, um auf eigenen Beinen zu stehen.

Kurz entschlossen kehrte sie in das Schlafzimmer zurück, holte ihre Tasche aus dem Schrank, zählte das Geld, das Fritz ihr Anfang der Woche in die Hand gedrückt hatte, und zog los, um eine Zeitung zu kaufen. Fritz würde sicher doppelten Respekt vor ihr haben, wenn er merkte, dass sie einen eigenen Kopf und ein eigenes Leben besaß.

Leider gab es nur wenige Stellenangebote, für Frauen noch weniger als für Männer. Nur nach einer Serviererin für ein Café war annonciert worden. Aber der Dienst sollte nachts stattfinden, weil der begehrte Tagesdienst bereits an Leute vergeben war, die seit Jahren dort arbeiteten. Na danke, Lou konnte sich nicht vorstellen, auch nur eine Nacht ohne Fritz zu verbringen. Und der wäre wohl auch nicht begeistert.

Als sie ins *Kladderadatsch* zurückkehrte, sah sie, dass Fritz mit einer der Sängerinnen eine Darbietung für den kommenden Abend probte. Sie setzte sich diskret in eine

Ecke und schaute den beiden zu. War sie eifersüchtig? Ganz zu Beginn hatte es ihr ein paarmal ins Herz gepiekt, wenn sie sah, wie eine der Frauen sich an Fritz ranschmiss, aber sie hatte bald spitzgekriegt, dass er keine Augen für sie hatte. Ihn interessierte nur eine einzige, nämlich Louise Kirschbaum.

Auch an dieser Sängerin mäkelte er die ganze Zeit herum. Es hagelte Vorwürfe: Sie sei zu schüchtern, zu kalt ... alle Augenblicke unterbrach er das Spiel, und je mehr er schimpfte, desto unsicherer wurde sie. Aber so war er eben, der Hallodri: Wenn es um Musik ging, konnte er keine halben Sachen ertragen. Da lag seine Leidenschaft. «Witz und gute Laune, ist das so schwer zu verstehen, Doro?»

Zaghaft begann die Sängerin von vorn: «*Da stand er eines Tags mit froher Miene / Dicht neben ihr, im Reden gar nicht faul. / Er fragt: Wie heißen Sie? Sie sprach: Pauline. / Das spricht sich gut ...*»

Der Hallodri knallte beide Fäuste auf die Tasten, und Doro verstummte erschrocken.

«Mädel, der Kerl tappt in sein Unglück. Das wird jeder unserer Zuhörer begreifen, von der ersten Zeile an. Aber damit der Text sie aus den Latschen haut, musst du Zunder geben! Mach dich lustig, stell dich über Paul und Pauline, zwinkere, du bist eine, die weiß, wie das Leben spielt ...» Er begann selbst zu singen und begleitete sich dabei mühelos: «*Da, welch Malheur, im Frühling ist's geschehen / warn sie beisammen bis nach Mitternacht. / Wo waren sie? Kein Mensch hat sie gesehen / nun frag ich Sie: Was ham die bloß gemacht?* Du sprichst unsere Zuschauer an, Doro, verstanden? Ihr unterhaltet euch und schäkert dabei.»

Die Grimasse, die Fritz schnitt, brachte Lou zum Lachen. Sie kannte den Schlager, er war einer der Renner der Varietéabende. Fritz hämmerte wieder in die Tasten, und ohne nachzudenken, stimmte sie mit ein: «*Er stand nach Tabak – sie stand nach Butter. / Jetzt ist er Vater, und sie ist Mutter. / Sie sagt ...*»

Doro starrte sie an. Dann ließ sie den Spickzettel, den sie immer noch brauchte, zu Boden flattern und stampfte erbost aus dem Raum. Verdutzt starrte Fritz ihr nach. Als er sich zu Lou umdrehte, lagen Respekt und zugleich etwas Abschätzendes auf seinem Gesicht. Seine Finger glitten erneut über die Tasten, er begann zu singen und nickte ihr zu. Lou stimmte ein: «*Er stand nach Tabak, sie stand nach Butter ...*»

Sie sangen – und es harmonierte. Das begriff Lou, obwohl sie nur einen Bruchteil so viel von Musik verstand wie der Hallodri. Ihre Stimmen glitzerten vor Witz und Erotik, sie waren das Klang gewordene Echo des Prickelns, mit dem sie die Nächte verbrachten.

«*... Sie sagt, jetzt hab ich aahalles, was man braucht. / Er aber seufzt ...*» – effektvolle Pause, die sie beide einlegten, als hätten sie's abgesprochen –, «*... ach, hätt ich nie geraucht.*»

Sie brachen in Gelächter aus. Fritz sprang auf, kam zu ihr und schwenkte sie herum. «Lou, der Otto Reutter weckt Tote auf. Den hat der liebe Gott erschaffen, um uns für den Krieg zu entschädigen! Und du kannst ihn singen. Du hast es in dir!» Er setzte sie ab, hielt sie an den ausgestreckten Armen von sich und starrte sie an, als müsste er sie noch einmal neu kennenlernen.

«Was ist?»

«Du machst es genau richtig, Mädel. Du bist eine von den wenigen, die im Weinen lachen können. Das ist eine Begabung, das ist das Talent, das Reutters Musik braucht. Los, nimm die Noten. Das Ganze noch mal von vorn.»

Lou konnte nicht vom Blatt singen, aber die Melodien hatte sie im Ohr. Sie trällerte, sie schauspielerte, sie ließ sich von Fritz' fabelhaftem Spiel und ihrer beider guten Laune mitreißen. Ihr war klar, dass er sie genau beobachtete. Manchmal sang er mit ihr im Duett, manchmal unterbrach er sie und erklärte, was sie anders machen müsse, um die Zuschauer zum Lachen zu bringen. «Das ist nämlich der Grund, warum sie zu uns kommen: Sie wollen lachen! Ein paar Stunden die Bilder vergessen, die ihre Köpfe verkleistern.»

Die Zeit flog dahin. Das Licht wurde schlechter, aber nicht, weil es auf den Abend zuging, sondern weil draußen Regenwolken aufzogen. Lou klappte das Notenheft zu. «Wo steckt denn unser Karlchen?»

«Keine Ahnung. Wong Lam ist bei ihm.» Wong war ein Junge aus dem Chinesenviertel, der für Fritz gelegentlich Besorgungen erledigte. Ein mandeläugiger Bursche mit ewig guter Laune, vielleicht vierzehn Jahre alt. Karlchen mochte ihn, und Lou war beruhigt. Oder fast beruhigt. Beklommen blickte sie zum Fenster. «Ich glaube, da draußen zieht ein Gewitter auf, vielleicht hat er Angst. Wir sollten ihn holen.»

«Warum?»

«Na, weil er sich fürchten könnte.»

Fritz lachte und unterdrückte ein Gähnen. «Mach,

was du denkst.» Er erhob sich und verschwand Richtung Treppe, sicher, weil er eine Runde schlafen wollte, bevor die Gäste kamen. Dann musste er ja wieder blitzwach sein.

Lou zog ihren alten Mantel über, schnappte sich einen Regenschirm und trat auf die Straße. Sofort blies ihr eine Windbö Regen ins Gesicht. Über ihr grollte der Donner, und ein gelber Zacken stach durch die Wolken. Der nächste Windstoß bog die Drähte ihres Schirms nach oben und riss ihn ihr aus der Hand. Sie ließ ihn fahren, was tat's. Mit hochgezogenen Schultern machte sie sich auf den Weg.

Die Straßen waren vom Unwetter wie leergefegt, sogar die Prostituierten hatten sich in ihre Wohnungen zurückgezogen. Nur ein Bettler lag in einer riesigen Dreckpfütze, als wäre es eine Matratze. Auf seinem Gesicht spiegelte sich ein Lächeln. Ein Stück Brot schwamm neben seiner Hand.

Lou bog um eine Häuserecke und erreichte die Schmuckstraße, die ins Chinesenviertel führte. Das Stadtbild wandelte sich. Chinesische Schriftzeichen und ins Deutsche übertragene chinesische Wörter lösten die deutschen Bezeichnungen ab. Neben einem Tabakgeschäft, über dessen Auslagen Lampions mit schwarzen chinesischen Schriftzeichen hingen, befand sich in einem heruntergekommenen Haus ein Heuerbüro für chinesische Seeleute, in dessen Obergeschoss hinter zerbrochenen Scheiben Vögel hausten. Sie wich einer Treppe aus, deren schiefgetretene Stufen in eine der Glücksspielhöllen führten, von denen der Hallodri ihr erzählt hatte. Wenn er nicht geflunkert hatte, waren die meisten Häuser im Chinesenviertel durch unterirdische Labyrinthe miteinander verbunden, in denen geschmuggelt wurde, was das Zeug hielt.

Endlich erreichte sie den kleinen Laden, in dem Wong mit seiner Familie lebte. Ein Glöckchen bimmelte, als sie die Tür öffnete. Hinter einer Ladentheke ragte ein Regal bis unter die Decke, kärglich mit chinesischen Gewürzen, Nudeln und Backwaren bestückt, die Frau Lam in ihrer Küche selbst zubereitete. Normalerweise drängten sich in diesem Raum die Kunden, aber wegen des Wetters war auch hier alles leer. Nur die Familie saß mit Karlchen in einem Hinterzimmer um einen runden Tisch herum.

Die Lams hatten ihre Mahlzeit schon beendet, schmutzige Teller und von Bierschaum bekleckerte Gläser standen auf dem Tisch. Man lachte und begrüßte sie, und Karlchen kam zu ihr gerannt, um sich in die Arme schließen zu lassen. Eine Welle heißer Liebe durchströmte Lou, als sie ihn küsste – intensiver, als sie es bei Christian je gespürt hatte. Aber der hatte ja auch nicht ihre Hand gehalten, als sie bewusstlos am Boden gelegen hatte.

Lou bedankte sich fürs Aufpassen, die Familie lächelte. Als sie zur Tür gehen wollte, fiel ihr auf, dass die Großmutter der Lams ein weißes Pulver, ähnlich wie Puderzucker, mit einem Löffelchen in Briefumschläge schüttete. Sicher Kokain. «Willst du?» Wongs Vater hatte ihren Blick aufgeschnappt, er deutete lächelnd auf den Teller, aus dem Oma Lam die Tüten füllte.

Teekse hießen die kleinen Briefchen. Zwei Mark das

Gramm, hatte sie einen der Besucher des *Kladderadatschs* zu seiner Begleiterin sagen hören. Das Zeug sollte gute Laune machen, ein Garant für einen unbeschwerten Abend sein. Der Hallodri verkaufte es selbst an seine Gäste. Vielleicht bezog er es sogar von den Lams? Kurz zögerte sie. Aber dann lehnte sie doch ab, als Vater Lam ihr ein Päckchen in die Manteltasche schieben wollte.

Für den Rückweg brauchten sie doppelt so lang wie für den Hinweg. Karlchen genoss den Regen und die Blitze wie ein Spektakel, das der Herrgott ihm zum Vergnügen aufführte. Er schrie und drehte sich im Wolkenbruch und zappelte immer noch vor Begeisterung, als das *Kladderadatsch* vor ihnen auftauchte. Lou, der inzwischen lausig kalt war, zog ihn über die Straße – und blieb abrupt stehen.

Es mochte inzwischen gegen sieben Uhr abends sein, normalerweise richteten die Inhaber der Bars und Nachtlokale jetzt ihre Räume her. Türen und Fenster standen zum Lüften offen, es wurde gerufen, gequatscht und Grammophonmusik aufgelegt, und die Damen des leichten Gewerbes bequemten sich auf die Bürgersteige. Heute war es natürlich anders. Niemand rechnete bei diesem Sauwetter mit Kunden, an einer Bar waren sogar die Fensterläden vorgelegt. Nur das *Kladderadatsch* war hell erleuchtet. Warum? War Fritz nicht klar, dass sich heute kein Publikum einfinden würde?

Sie öffnete die Tür, durch die man in den Bühnensaal kam – und blieb erschrocken stehen. Männer mit Pickelhauben und Uniformen eilten durch den Raum und brüllten mit schneidenden Stimmen Befehle ... Eine Razzia. Lou hatte schon oft von diesen brutalen Durchsuchungen gehört, selbst aber noch nie eine erlebt. Was wollten die von Fritz? Was suchten sie hier im Varieté?

Wie betäubt lief sie zur Treppe, wurde jedoch schon nach wenigen Schritten aufgehalten. Sie musste Karl loslassen, und man durchwühlte ihre Taschen. Einer der Polizisten fasste sie am Kinn und starrte in ihr Gesicht. «Kenne ich dich?» Ihr Versuch zu protestieren wurde niedergebrüllt. Was für ein Glück, dass sie Lams Briefchen ausgeschlagen hatte! Fritz kam ihr entgegen, auf den Lippen ein dünnes Lächeln. Er zog sie zur Seite, sie lehnten sich nebeneinander an eine Tischkante und beobachteten das Treiben. Karlchen umschlang das Bein seines Vaters, als suchte er Schutz.

«Was wollen die hier?»

«Ärger machen», murmelte Fritz. «Ich war im Gefängnis, das ist, als hättest du einen Stempel auf der Stirn.»

«Aber du hast doch diesem Wärter ...»

«Ist denen egal.»

«Können sie dir was?»

«Ganz sicher nicht.»

Er hatte recht, nach einer knappen Stunde, in der einiges zu Bruch ging – Fritz registrierte es mit unbewegter Miene –, zogen die Polizisten verärgert wieder ab. «Passiert dir so was öfter?», fragte Lou, als die Tür hinter einem in Zivil gekleideten Beamten, der das Haus als Letzter verließ, zugeklappt war.

«Gelegentlich.» Fritz zuckte mit den Schultern und konnte schon wieder lächeln. «Vater Staat vermiest mit seiner drögen Wohlanständigkeit den Menschen die Laune. Ich mache sie, wenigstens für einen Abend, froh. Wem von uns wird der liebe Gott beim Jüngsten Gericht wohl auf die Schulter klopfen?»

Er schwenkte seinen Jungen durch die Luft, trug ihn hinauf ins Kinderzimmer und zeigte ihm einen Bären, den er für ihn gekauft hatte. In dem kleinen Raum herrschte das gleiche Chaos wie im Rest des Hauses, kein Regal, keinen Schrank hatten die Polizisten verschont. Karl sammelte seine restlichen Stofftiere zusammen, und Fritz und Lou kümmerten sich um die Metallflugzeuge, Autos und Kreisel und um das Dampfmaschinenmodell, mit dem Karlchen noch nichts anfangen konnte. Dann bauten sie das Prunkstück der Spielzeuglandschaft wieder auf, eine Eisenbahn, deren Schienen den gesamten Fußboden bedeckten. Karlchen ließ Lok und Anhänger über die Schienen kurven. Die Stofftiere hatte er vorher wie eine Wachmannschaft im Halbkreis um sich verteilt.

«Der ist beschäftigt. Los, komm!», flüsterte Fritz und zwinkerte Lou zu.

Er meinte allerdings nicht das, was Lou vermutete, sondern zog sie wieder hinunter ins Varieté. Ungerührt schob er mit den Füßen zerbrochene Scherben beiseite und knipste die Scheinwerfer an. Lou stellte sich in den Lichtkegel, als würde sie tatsächlich auftreten, und sie probten erneut, dieses Mal fast die ganze Nacht. Nur einmal kam Karl herunter und wollte zu Bett gebracht werden. Als er in den Kissen lag, zog Lou eines der verruchten Kleider über, die Fritz ihr geschenkt hatte. Sie sang das Tabak-Butter-

Lied, und weil sie so müde war, ließ sie alle Prüderie hinter sich und bewegte sich so wie in dem Lotterbett, wenn der Hallodri sie glücklich machte.

«Du wirst sie zum Rasen bringen», murmelte Fritz mehr zu sich selbst als an sie gerichtet.

Am Ende dieser herrlichen, erschöpfenden Probe ließ sie die Lust aneinander erst ins Schlafzimmer und dann ins Elysium taumeln. Nach der Vereinigung lagen sie schwer atmend Körper an Körper. Was für ein sonderbares, beglückendes neues Leben sie lebten ...

Und doch, es gab eine Frage, die Lou seit Tagen quälte, seitdem sie hier war. Und obwohl der Zeitpunkt so ungeeignet wie nur möglich war, sprach sie sie aus: «Was ist mit deiner Frau? Wo ist Bella?»

Fritz drehte sich zu ihr um. Er starrte sie eine ganze Weile an, dann sagte er leise: «Die Polizei hat mir vor ein paar Tagen einen Brief geschickt, dass man sie aus dem Hafenbecken beim Versmann-Kai gezogen hat.»

«Was?»

«Die Leute verfluchen die Drogen, Lou, aber der wahre Teufel ist der Alkohol. Bella war ihm verfallen. Ich hab's anfangs gar nicht gemerkt, sie konnte es überspielen. Vielleicht wollt ich auch nichts davon wissen. Ich spreche mich nicht von Schuld frei. Später hab ich die Flaschen versteckt. Aber als ich im Knast war, konnte ich ja nicht mehr auf sie aufpassen. Bei der Polizei haben sie mir gesagt, dass ein paar Zeugen sie sturzbetrunken über den Kai haben taumeln sehen, immer dicht am Hafenbecken. Eine Frau hat noch versucht, sie aufzuhalten, aber Bella hat sie zurückgestoßen. Und dann war sie auch schon im Wasser. Das ist eine Brühe, Lou, wenn du da mal drin bist ... Keine Chance, jemanden rauszufischen.»

«Lieber Himmel.»

«Halte dich zurück mit Alkohol, Lou.»

Sie schwor es ihm, und das fiel ihr leicht. Sie machte sich ja wenig aus dem Zeug. Und wenn es anders gewesen wäre, hätte sie ebenfalls geschworen.

«Ich habe Bella geliebt, Lou, sonst hätte ich sie nicht geheiratet, aber das war nichts gegen das, was ich für dich empfinde. Du bist mein Leben. Mit dir sind Licht und Sonnenschein zu mir gekommen, wie ich es nicht für möglich gehalten hätte. Verlass mich bitte nie.»

Er meinte es ehrlich, sie spürte es und begann vor Glück zu glühen. «Wollen wir heiraten?»

Einen Moment herrschte verblüffte Stille. Dann ließ Fritz sich zurück aufs Kissen fallen und lachte. «Und sonntags in die Kirche gehen und abends mit Strickzeug und Pfeife die Inflation beseufzen und auf den Versailler Vertrag schimpfen?»

Lou stimmte in sein Gelächter ein. Er hatte natürlich recht. Glücklich schmiegte sie sich an ihn. Nach kurzem Zögern stellte sie auch noch die zweite Frage, die ihr auf dem Herzen lastete: «Was hast du eigentlich mit diesem Walther zu tun?»

«Er ist Bellas Bruder. Ich konnte ihn nie ausstehen, aber ich dachte, er hätte zumindest so viel Anstand, sich um seinen eigenen Neffen ... Ach was, denk nicht mehr an ihn. Er kann dir nichts mehr tun.»

«Warum?»

«Weil ich jetzt auf dich aufpasse.» Fritz schloss sie wieder in die Arme. Draußen pfiff immer noch der Sturm um die Hausecken. Seine Hand wanderte zu ihrer Scham und blieb dort liegen. «Noch zwei, drei Proben, Schätzchen, dann kannst du auftreten. Du wirst das *Kladderadatsch* zum Kochen bringen.»

21.
FRIDA

Sechs Tage. Sechs Tage mussten sie warten, ehe sie nach Hamburg reisen konnten! Erst hielt ein Sturm, der sich über Norddeutschland festgesetzt hatte, sie auf Amrum zurück, dann der Schaden, den er an der Landungsbrücke angerichtet hatte. Mehrere Pfeiler waren unter der Wucht der Wellen eingeknickt, die Brücke hing wie ein geborstener Ast ins Meer.

Als an einem der letzten Augusttage der Schaden endlich repariert war, nahmen Frida und Matz, der glücklicherweise noch ein paar Tage Ferien hatte, gemeinsam mit einigen ungeduldigen Badegästen den nächsten Salondampfer. Am Spätnachmittag bestiegen sie den Zug nach Hamburg und erreichten in der Nacht den Hauptbahnhof. Jennys Adresse konnte sie an diesem Tag natürlich nicht mehr herausfinden. Sie suchten für Matz ein Hotel in der Nähe, und Frida kam wieder in ihrem Zimmer im Erikahaus unter.

Und wälzte sich in den Kissen, grübelnd, wo sie am nächsten Tag mit der Suche nach Lou beginnen könnten. Adressbücher? Telefonbücher? Musste ein Verein wie *Frauenwohl* nicht ein Telefon haben? Oder fehlte einer Wohltätigkeitsorganisation dafür das Geld?

Die Antwort bekam sie am nächsten Morgen, als sie die Mutter Oberin aufsuchte, um sie um die entsprechenden Bücher zu bitten. Glücklicherweise saß die Frau mit der steifen, weißen Haube bereits an ihrem Schreibtisch. Wie sich herausstellte, brauchte Frida das Telefonbuch gar nicht. Das Krankenhaus musste Patientinnen, die über die Fürsorge eingeliefert worden waren, nach der Genesung ja irgendwohin verweisen. «Das *Frauenwohl* hat seinen Sitz in der Paulstraße, Ecke Rosenstraße, ein gelbes Haus mit einem kleinen Vorgarten, es ist kaum zu verfehlen. Worum geht es denn, wenn ich fragen darf?»

Frida wollte sich mit einem Murmeln um die Antwort drücken, aber die Oberin ließ sich nicht abspeisen, dazu hatte sie zu lange über die Schwestern der Eppendorfer Klinik geherrscht. Also gab Frida ihr einen kurzen, abgeschwächten Bericht. Louise, die sich nach Hamburg aufgemacht hatte, um in der Stadt ihr Glück zu suchen, und dabei womöglich in Schwierigkeiten geraten war.

«Hopf», murmelte die Oberin. «Ich kenne Frau Hopf. Selbstverständlich, wer nicht? Sie hat dem *Frauenwohl* einige Jahre lang vorgestanden, sich dann aber zurückgezogen und nur noch ... Ich weiß gar nicht, was sie jetzt treibt. Wenn sie Ihnen geschrieben hat, dann hat das jedenfalls Gewicht. Suchen Sie sie auf, Frida, suchen Sie sie unbedingt auf.»

Jenny Hopf empfing Frida und Matz in einer gemütlich eingerichteten Wohnung, deren Stube von Mittagslicht durchflutet wurde. Sie sah blass aus, regelrecht verhärmt, und hustete gelegentlich. Aber was auch immer ihr fehlte – ihre Energie hatte sie nicht eingebüßt.

«Fritz Berger ist ein Blender, einer, der schöntut und Frauen, die dafür empfänglich sind, mit seinem aalglatten Gerede einwickelt», erklärte sie nüchtern, als sie gemeinsam am Esstisch saßen. «Ich habe Lou vor ihm gewarnt. Gleich nach dem ersten Gefängnisbesuch, denn mir ist natürlich aufgefallen, wie fasziniert sie ihn angestarrt hat. Du darfst ihn niemals wiedertreffen, hab ich zu ihr gesagt.» Die Hasenscharte, die die eigentlich hübsche Frau verunstaltete, bewegte sich, als wäre sie das äußere Zeichen für die innere Erregung. «Ich habe sie nur ein einziges Mal mit ins Gefängnis genommen, aber das hat gereicht, um sie ... zu infizieren, wenn Sie mir den harten Ausdruck verzeihen.»

Matz versuchte zu protestieren. «Verzeihung, aber ich kenne Louise, sie ist nicht dumm, sie würde merken, wenn man sie verkohlen will. Und gerade bei einem Verbrecher ist man doch ...»

«Sie merkt es eben nicht!», unterbrach Jenny ihn ungeduldig. «Ich habe sie als anständige junge Frau kennengelernt und angenommen, dass sie unverschuldet in Not geraten ist – und vermutlich war es ja auch so. Viel erzählt hat sie nicht.» Ihr war anzumerken, dass sie inzwischen auch in Bezug auf Lous Vergangenheit misstrauisch geworden war. «Um es deutlich auszusprechen: Nach dem Besuch im Gefängnis – und ich mache mir Vorwürfe, dass ich sie diesem Milieu überhaupt ausgesetzt habe, das muss ich mir ankreiden! – war sie wie verwandelt. Ich weiß, dass sie mindestens ein weiteres Mal dort gewesen ist, und zwar mit einem Ausweis, den sie mir aus dem Sekretär gestohlen haben muss. Und dann auch noch die Sache mit dem Kind! Ich hab zu ihr gesagt: Du bringst den Jungen auf der Stelle nach *St. Elisabeth* zurück, aber natürlich hat sie es nicht getan. Das Waisenhaus hat nur deshalb von einer Anzeige abgesehen ...» Sie errötete.

Weil man froh ist, einen Esser weniger durchfüttern zu müssen, dachte Frida und fühlte sich so beschämt wie ihr Gegenüber.

«Und wo kann sie jetzt stecken?», fragte Matz bang.

«Ich nehme an, bei diesem Fritz Berger. Irgendwie muss sie herausgefunden haben, wo er wohnt. Er ist nämlich aus der Haft entlassen worden. Auch das habe ich erst vor kurzem erfahren, und ich befürchte das Schlimmste. Deshalb habe ich Ihnen ja auch geschrieben.»

«Wo wohnt dieser Mann?», fragte Frida.

Das konnte Jenny Hopf ihnen leider nicht sagen.

Matz brannte, er wollte los, etwas unternehmen, er hielt es einfach nicht aus, abzuwarten. Als Frida zögerte, verabschiedete er sich für den Rest des Tages und zog von dannen. Um sich in den verrufenen Vierteln der Stadt umzuhorchen? Nun, da würde er keinen Erfolg haben, das hatte sie ja selbst schon bis zur Erschöpfung versucht, als sie das letzte Mal in der Stadt gewesen war. Frida kehrte also ins Erikahaus zurück, um nachzudenken und einen Plan zu entwickeln.

Sollte sie sich vielleicht noch einmal an die Polizei wenden? Das wäre doch das Nächstliegende. Wenn jemand etwas über diesen Fritz Berger wusste, dann dieser ... Wie hieß der Polizist noch gleich? Der nächste Gedanke kam zwangsläufig: Würde James Tylor sie noch einmal begleiten? Ihm würde der Inspektor eher zuhören als ihr selbst, das hatte sich ja schon beim letzten Mal gezeigt.

Leider hielt der Arzt gerade einen Vortrag vor Kollegen und anderen Interessierten, wie ihr der Universitätspförtner verriet. Ein Blick auf das schwarze Veranstaltungsbrett im Universitätsgebäude zeigte den Raum an. Zimmer 27. Frida stieg die Treppen hinauf bis fast unters Dach, öffnete leise die Tür, schlüpfte hinein und setzte sich auf eine der niedrigen Fensterbänke.

Tylor sprach mit ruhiger, tiefer Stimme von Degenerationserscheinungen nach Hirnrindenverletzungen: von Wortblindheit, der Unfähigkeit, Gegenstände mit Hilfe des Tastsinns zu erkennen, und syphilitischer Paraplegie – ein Ausdruck, den sie noch nicht kannte. Alles, was er sagte, war klar und überlegt. Er hob selten die Stimme und sprach die Einwände gegen bestimmte Behandlungsmethoden, die er favorisierte, selbst aus. Es tat gut, ihm zuzuhören.

Und gleichzeitig überkam sie wieder der Schmerz des Verlusts. Wie oft würde sie wohl noch einer Vorlesung lauschen können? Sie hatte einige der Hospitalkinder, denen es schon etwas besser ging, auf Insulanerfamilien verteilt – ihre Strategie, einmal gehen zu können, ohne die Kleinen nach Hamburg zurückschicken zu müssen –, aber die meisten würden noch längere Zeit ärztliche Behandlung und intensive Pflege brauchen. Und die Chance, dass die Universität ihren Urlaub verlängerte, war gering. Man war ihr ja schon so weit entgegenkommen.

Frida schreckte auf, als sich die Hörer des Vortrags von den Klappstühlen erhoben. Die Leute strebten an ihr vorbei zur Tür, sie trat einen Schritt zur Seite – und wurde im nächsten Moment stürmisch umarmt. Annemie. Sie hatte sie hinter ihrem breitschultrigen Kommilitonen gar nicht gesehen. Ihre Freundin schwang sie im Kreis, machte ihr Vorwürfe, weil sie so wenig von sich hatte hören lassen, und lud sie mit demselben Satz ein, sie zu begleiten ... Wohin auch immer. Hauptsache, man konnte sich aussprechen. Ein Lächeln trat auf Annemies Gesicht. «Du weißt, dass Daniel Kröppke nach Deutschland zurückgekehrt ist?»

«Nein! Er ist schon wieder hier?»

Annemie lachte über ihre aufgeregte Frage. «Jedenfalls steht am schwarzen Brett, dass er in ein paar Tagen einen Vortrag hält. Über die Schlafkrankheit, an der er geforscht hat, du weißt schon. Aber erst einmal gehörst du mir. Du, wir haben uns seit hundert Jahren nicht gesehen! Was ist denn?»

Frida zog ihre Freundin zwischen einige leere Mantelständer und klärte sie leise über Lous Verschwinden auf. Wieder erzählte sie nur das Nötigste, doch obwohl sie sich zurückhielt, schien plötzlich zwischen ihr und Annemie mit dem tadellosen Elternhaus etwas wie Fremdheit aufzusteigen. *Meine Schwester hat sich wahrscheinlich mit einem entlassenen Sträfling eingelassen* – so etwas konnte man ja auch kaum sagen, ohne vor Scham im Boden zu versinken.

Annemie zog ein mitleidiges Gesicht und sagte ein paar tröstende Worte. Louise würde sich schon wieder einfinden ... Wahrscheinlich sei alles gar nicht so schlimm ... Die meisten Dinge lösten sich am Ende zum Guten auf ... Sie erblickte einen Bekannten und winkte ihm. Der Mann, ein gutgekleideter Student mit breiten Schultern und Segelohren, blieb stehen. Ein Freund, von dem Frida noch nichts wusste?

«Du musst mir unbedingt Bescheid sagen, wenn du etwas herausfindest.» Annemies Blick hing immer noch an dem jungen Mann, der ihr jetzt ungeniert zuzwinkerte.

«Nun lauf schon», sagte Frida.

Annemie lächelte, ein bisschen verlegen, dann war sie auch schon davon.

Im selben Moment trat James Tylor durch die Tür. Er schloss den Vorlesungsraum ab, lächelte kurz und wies mit einer Hand zum Treppenhaus.

In seinem Arbeitszimmer hing schon wieder eine neue Karikatur. Ein Dirigent stand vor Choristen, die die Namen verschiedener Staaten auf dem Rücken trugen: Japan, England, Frankreich, Italien, USA ... Sie sangen gemeinsam von einem riesigen Notenblatt ein Lied namens *Everlasting peace*. In ihren Hosentaschen steckten übergroße Pistolen, auf deren Griffen ihre eigentlichen Anliegen standen: *British fleet* bei den Engländern, *Pacific Control* bei den Japanern ... Frida konnte damit nichts anfangen. Sie hatte sich wenig mit Politik beschäftigt, die ihr vorkam wie eine Dampfwalze, die über die Völker hinwegrollte. Dann sich lieber auf die Arbeit in der Klinik konzentrieren, wo man wenigstens ein bisschen nützlich sein konnte.

«Erzählen Sie», sagte Tylor, als sie Platz genommen hatten. Und als Frida zögerte, setzte er nach: «Immer noch nichts Neues von Ihrer Schwester?»

«Doch, aber nichts Gutes.» Wieder erzählte Frida von dem Brief und dann von ihrem Besuch bei Jenny Hopf. «Ich habe mir überlegt, dass ich bei der Polizei am ehesten etwas über diesen Fritz Berger erfahren müsste.»

«Wahrscheinlich. Und dann?»

«Werde ich ihn aufsuchen.»

«O Gott.»

Sie fühlte ihre Gesichtsmuskeln steif werden. «Natürlich nicht Berger, sondern meine Schwester. Bitte, schauen Sie nicht so. Sie kennen Lou nicht, Sie haben eine völlig falsche Vorstellung von ihr. Ich weiß nicht, was meine Schwester zu diesem Verbrecher getrieben hat, aber wenn ich mit ihr sprechen könnte ... nur ein paar Minuten ... Sie ist nicht verrückt. Sie würde mit mir mitkommen. Natürlich würde sie das tun. Wahrscheinlich hat sie nur Angst ... oder schämt sich ... oder ... Ich *weiß* es doch nicht. Bitte sagen Sie etwas.»

Tylor schob umständlich einige Papierbögen zusammen. «Also gut. In einer halben Stunde muss ich im Operationssaal stehen, und das wird bis in die Nacht dauern. Ich möchte Sie bitten, sich bis morgen früh zu gedulden, damit ich Sie begleiten kann. Wäre das möglich?»

«Ich bin nicht allein. Ein alter Freund der Familie ist bei mir.»

Und warum war sie dann zu ihm gekommen? Warum war sie nicht unverzüglich mit diesem Freund zur Wache gegangen? Die Frage stand in seinem Gesicht. «Bitte warten Sie auf mich.» Er streckte seine Hand über den Schreibtisch.

Verblüfft starrte Frida sie an.

«Na los, Ihr Ehrenwort.»

Sie lachte und ergriff die Hand.

Der Inspektor hieß Turngarten. Als Frida am nächsten Tag mit Matz und Tylor die Davidwache betrat, fiel ihr der Name wieder ein. Zu seinem Kanarienvogel hatte sich ein zweiter gesellt, aber beide schliefen, die Köpfe waren im Gefieder verschwunden.

Turngarten erinnerte sich ebenfalls an sie. «Wir konnten Ihr Fräulein Schwester leider nicht auftreiben», verkündete er mit ehrlichem Bedauern. «Wir haben über zwanzig Steckbriefe geklebt, an allen wichtigen Stellen in der Stadt – aber die Dinger werden fast sofort wieder abgerissen. Sogar, wenn sie die Leute gar nichts angehen. Als wäre es ein Sport. Herr Tylor, nicht wahr? Und wer sind Sie?»

Matz nannte seinen Namen, und Frida, die Turngartens aufflackerndes Interesse bemerkte, flunkerte, er sei ein Verwandter. Nur nichts sagen, was einen Schatten auf Lous Leumund werfen könnte.

«Tja, traurige Geschichte. Ich würde mich gern noch länger mit Ihnen unterhalten, nur habe ich es leider furchtbar eilig. Die Kommunisten! Überall Randale. Ernst Thälmanns Meute ... Dieser Mann betreibt keine Politik, das ist Aufwiegelung, Rebellion ...» Turngarten war bereits auf dem Weg zur Tür.

«Wir haben Grund zu der Annahme, dass Louise bei

einem Mann namens Fritz Berger untergekommen ist», hielt Matz ihn auf.

«Berger! Ach ...»

Turngartens Absicht, sich den Kommunisten zu widmen, wich einem scharfen Interesse. «Fritz Berger aus dem *Kladderadatsch*?» Er warf einen raschen Blick in den Flur – dann schloss er die Tür und kehrte hinter den Schreibtisch zurück. «Erzählen Sie mal.»

Frida gab ihr Wissen ein weiteres Mal zum Besten.

«Das sind keine guten Neuigkeiten.»

«Wie meinen Sie das?»

Frida hatte die Frage gestellt, aber für die Antwort wandte der Inspektor sich wie beim letzten Mal an Tylor. «Dieser Berger ist ein richtig schlimmer Bursche, wenn ich das so geradeheraus sagen darf. Der hat seine Finger überall mit drin. Drogenhandel, Bordelle, Diebstahl, Erpressung ... Aber es ist schwer, ihn zu erwischen. Der hat es faustdick hinter den Ohren. Wir haben ihn letztes Jahr festsetzen können, weil er mit Steuern betrogen hat – eigentlich lächerlich, wir wollten ihm ganz andere Sachen nachweisen. Aber die Drecksarbeit erledigt er ja nie selbst. Er hat vier Jahre bekommen, und gut drei davon müsste er noch absitzen. Leider haben sie ihn frühzeitig rausgelassen.» Turngarten lachte freudlos. «Wegen guter Führung! Verstehen Sie? Ich hätte am liebsten in die Tischkante gebissen, als ich das gehört hab. In Fuhlsbüttel erzählen sie die Geschichte so: Jemand hat einen der Gefängniswärter angegriffen, Berger hat sich dazwischengeworfen und dem Mann praktisch das Leben gerettet. Ist natürlich alles Blödsinn.»

«Was, glauben Sie, hat sich wirklich abgespielt?», wollte Tylor wissen.

«Entweder ist die Sache komplett erfunden, und Berger hat die Wärter – also das angebliche Opfer und den Zeugen – geschmiert, damit sie für ihn aussagen. Oder er hat den Mann, der den Angriff mit dem Messer zu verantworten hat, vorher unter Druck gesetzt, dass er ihm die Möglichkeit für die selbstlose Tat verschafft. Berger ist brutal.»

Matz hatte ein bisschen an Farbe verloren. «Wo können wir den Mann finden?»

«Schlagen Sie sich das aus dem Kopf. Wäre viel zu gefährlich.»

«Ich will die Adresse haben.»

«Hören Sie, junger Mann, ich verstehe, dass Ihnen die Sache mit Ihrer ...»

«Cousine», sagte Frida.

«... schwer zu schaffen macht, nur ...» Turngarten zögerte, als hätte er Bedenken, ihnen noch mehr anzuvertrauen. «Kann ich mich auf Ihre Diskretion verlassen?»

«Selbstverständlich.»

«Sie haben das alles nicht von mir, verstanden? Aber ich sag Ihnen was: Fritz Berger war verheiratet. Mit einem Hamburger Mädel namens Isabell, ehemals Krüger. Die war früher ein appetitliches Ding. Hat leider nach der Hochzeit angefangen zu saufen. Als ich gehört habe, dass Berger aus dem Gefängnis entlassen werden soll, hab ich sie aufgesucht, in der Hoffnung, dass sie mir irgendwas erzählt, damit der Mann hinter Gittern bleiben muss. Zwischen den beiden hatte es nämlich schon lange geknirscht. Außerdem hatte sie wohl den gemeinsamen kleinen Sohn im Suff alleingelassen und eine scheiß Angst vor ihrem Mann, der davon erfahren hat. Tatsächlich wollte sie auspacken. Aber erst morgen, hab ich zu ihr gesagt, weil sie zu viel intus hatte, und ich wollte nicht, dass sie alles durcheinanderbringt. Außerdem sollte sie auf die Wache kommen, damit ich Zeugen habe. Leider ...» Turngarten machte eine dramatische Pause.

«Ja?», hakte Tylor bereitwillig nach.

«Man hat sie tags drauf am Versmann-Kai aus dem Wasser gezogen. Ertrunken.» Es folgte eine weitere effektvolle Pause, ehe er fortfuhr: «Also: Entweder ist Bella aus Angst ins Wasser gesprungen, oder einer von Bergers Leuten hat mitbekommen, dass sie plaudern will, und sie mundtot gemacht. Diese Drecksäcke parieren nämlich schon, bevor der Chef die Befehle erteilt, die haben alle eine scheiß Angst vor Berger.»

Matz war inzwischen weiß wie das Tuch über den Vogelkäfigen.

«Die junge Dame, die wir suchen, ist noch nicht volljährig», sagte Frida. «Es wird doch sicher möglich sein, sie mit ein paar Polizisten ...»

«Ja, natürlich, genau das ist der richtige Weg, nur ...» Turngarten wiegte den Kopf. «Ich muss mich erst mal um die Kommunisten kümmern. Hab ich ja schon gesagt. Da ist was am Hochkochen, eine große Sache, wichtiger als ein privates Schicksal, und den Zunder haben sie hier in meinem Viertel gelegt. Geben Sie mir ein paar Tage ...»

«*Kladderadatsch* – meinen Sie das Varieté im Zirkusweg?», fragte Tylor.

«Genau. Es gehört Berger. Auch so eine krumme

Geschichte. Der frühere Besitzer ... ach was, ist egal. Sie gehen auf keinen Fall ohne polizeiliche Begleitung hin!»

Matz sprang auf, es war klar, dass er sich nicht an das Verbot halten würde. Er wollte zur Tür, aber Turngarten, der schneller war, als seine korpulente Statur erahnen ließ, stellte sich ihm in den Weg. «Hören Sie zu, Mann. Diese Bella hatte einen Bruder, Walther Krüger. Kein angenehmer Mensch, niemand, um den es schade wäre. Hatte viele Feinde. Aber trotzdem seltsam: Berger war noch keine zwei Tage aus dem Gefängnis, da haben wir den Mann mit halb weggeschossenem Gesicht aus der Müllhalde am *Teichweg* gezogen.»

«Verstehe ich nicht», sagte Tylor.

Turngarten drehte sich zu ihm um. «Ich sag doch: Die Hintergründe kenne ich selbst nicht. Vielleicht wurde Krüger von einem Konkurrenten umgebracht. Aber wenn ich einen Tipp abgeben müsste, würde ich sagen, dass Berger ihn erledigt hat. Ich hab versucht, Krügers Liebchen auszuhorchen. Das Weib weiß auch was, aber sie rückt damit nicht raus. Das ist nämlich die Wirkung, die Berger auf andere Menschen hat.»

«Aber ...», begehrte Matz auf.

«Versuchen Sie, Ihre Cousine abzufangen, wenn sie Bergers Haus mal allein verlässt, und dann verschwinden Sie mit ihr schleunigst aus der Stadt. Das wäre das Einzige, was ich Ihnen guten Gewissens raten könnte. Oder warten Sie eben ab, bis ich die Kommunisten im Schach habe.»

Turngarten hielt ihnen die Tür auf. Unten beim Pförtner wurde er bereits ungeduldig von einer Art Sturmtrupp erwartet.

Sie saßen auf Korbstühlen im Außenbereich eines Kaffeehauses im Zirkusweg. Grüngelbe Markisen boten Sonnenschutz, auf dem runden Tischchen dampfte der Kaffee – man hätte sich wohlfühlen können, wäre die Angst nicht gewesen.

Das Haus schräg gegenüber sah völlig anders aus, als Frida es sich vorgestellt hatte. Kein heruntergekommenes Etablissement, sondern ein respektables, dreistöckiges Gebäude, das eher an ein Hotel als an ein Varieté erinnerte. Über dem Eingang stand in bogenförmig angeordneten, buntlackierten Metallbuchstaben der Name *Kladderadatsch*. Unter dem Wort zerplatzten ebenso bunte Wassertropfen auf einem dicken, schwarzen Strich. Das Ganze wirkte fröhlich, sogar sympathisch. Fridas Sorge um ihre Schwester ließ ein wenig nach. Matz dagegen schien noch bitterer zu werden. Der arme Tylor, der versuchte, ihn in ein Gespräch zu verwickeln, redete in den Wind.

Sie bestellten einen dritten und einen vierten Kaffee und starrten weiter über die Straße, obwohl sie sich bemühten, genau das zu vermeiden. Das *Kladderadatsch* war geschlossen, weil das Leben an Orten wie diesem erst am Abend begann. Frida fragte sich, woher Tylor das Varieté wohl kannte. Die Antwort drängte sich auf: Weil er es frequentierte. Sie wusste von einer ehemaligen Patientin, die von ihrem Mann mit Syphilis angesteckt worden war, dass in solchen Häusern oft auch Bordelle betrieben wurden. Suchte Tylor das *Kladderadatsch* aus diesem Grund auf? Er war unverheiratet, undenkbar war es also nicht. Aber es stand ihr nicht zu, darüber zu urteilen.

«Wo sind Sie mit Ihren Gedanken?»

Frida errötete. «Bei Hirnrindenverletzungen. Ihre Vorlesung. Ich ... ach, nicht wichtig. Dr. Kröppke ist wieder da», sagte sie, weil ihr nichts Besseres einfiel.

«Ich weiß, ich habe ihn getroffen.»

«Und?»

«Nun ja, er ist wieder zurück.»

«Mögen Sie ihn nicht?»

«Merkt man das?» Er lächelte. «Kann schon sein.» Vielleicht wollte er noch mehr sagen, aber in diesem Moment sprang Matz auf. Er hastete zwischen Spaziergängern und Fuhrwerken hindurch auf das *Kladderadatsch* zu und rüttelte an der Tür.

«Du lieber Himmel, schnappt er jetzt über?», fragte Tylor.

Matz blickte zu ihnen herüber, und Tylor goss Frida Kaffee nach, während der junge Lehrer entmutigt an ihren Tisch zurückkehrte. «Ich glaube, dass Lou gegen ihren Willen in dem Haus festgehalten wird», knirschte er.

«Leider haben wir keine Armee, mit der wir es stürmen könnten. Wir können nur hoffen, dass Louise irgendwann an die frische Luft geht – oder wir müssen eben auf den Inspektor warten.» Tylor gähnte, sicher war er nach der durchwachten Nacht müde. Frida ja auch.

Als der Wirt des Kaffeehauses an einem Nebentisch abkassierte, sprang Matz auf und sprach ihn an: «Entschuldigung, vielleicht können Sie mir ja helfen. Ich warte auf den Besitzer des Varietés da drüben. Fritz Berger. Kennen Sie ihn? Er ist ja fast ein Nachbar. Könnten Sie mir beschreiben...?»

«Nee, kann ich nicht.»

«Aber hören Sie ...»

Der Wirt schob ihn unwirsch beiseite und schlängelte sich zwischen den Tischen ins Haus zurück. Tylor erwischte Matz, der ihm folgen wollte, am Ärmel. «Ungeschickt», brummte er. «Was, wenn der Nachbar den Nachbarn warnt?»

Matz wurde kleinlaut und ließ sich wieder auf den Stuhl plumpsen. Sein Kaffee war kalt geworden, er schüttete ihn in wenigen, großen Schlucken in sich hinein. Dann drehte er seinen Stuhl um, als könnte das *Kladderadatsch* ihm in einem unachtsamen Moment entschlüpfen.

«Was haben Sie denn gegen Dr. Kröppke einzuwenden?», fragte Frida Tylor.

«Ich muss mich entschuldigen. Es steht mir nicht zu ...»

«Ist es etwas Berufliches?»

«Auch.» Ihm war das Gespräch sichtlich unangenehm.

«Hat es etwas mit der Klinik zu tun?»

«Eher mit Afrika.»

«Oh! Ich wusste gar nicht ... Sind Sie ebenfalls dort gewesen? Ich meine ...?»

In diesem Moment sprang Matz auf. Gegenüber hatte sich die Tür geöffnet. Er flitzte über die Straße, konnte gerade noch einem Auto ausweichen, das sich den Weg zwischen Fußgängern bahnte, und stand vor einem modisch gekleideten Mann Mitte dreißig, der mit einem kleinen Jungen an der Hand ins Freie getreten war.

«Er denkt nicht nach», murmelte Tylor resigniert. «Nein, bleiben Sie sitzen. Wenn man unsere Gesichter kennt, lässt man uns das Haus garantiert niemals betreten.»

Natürlich hatte er recht. Frida starrte auf die beiden

Männer. Matz fuchtelte sich in Rage, der Fremde – glattrasiertes Gesicht, Hosenträger und eine rote Fliege zum weißen Hemd – hörte ihm kühl zu. Seine linke Hand steckte in der Hosentasche, mit der rechten hielt er die Hand des Jungen. Eine unangenehme Situation, aber keine gefährliche, so schätzte Frida es ein.

Bis der Mann den Jungen losließ und seine Faust in Matz' Gesicht donnerte. Einfach so. Er sagte nichts, er hatte keine Kampfposition eingenommen – er schlug hart zu, das war es. Matz ging zu Boden, der Mann packte wieder die Hand des Jungen und verließ, ohne sich um die Blicke der Umstehenden zu kümmern, den Schauplatz der Auseinandersetzung.

Tylor und Frida eilten über die Straße und halfen Matz auf die Beine. Er blutete nicht nur aus der Nase, sondern auch aus dem Mund, und hielt sich mit beiden Händen den Magen, obwohl er dort, soweit Frida es mitbekommen hatte, gar nicht getroffen worden war.

«Wir brauchen ein Taxi. Und dann: ab in die Klinik», ordnete Tylor an.

22.
CHRISTIAN

Es war ein schrecklicher Tag. Das fing schon morgens an. Gerlinde weckte ihn, obwohl sie genau wusste, dass noch Ferien waren. Alte Hexe! Die konnte es einfach nicht aushalten, wenn nicht jeder nach ihrer Nase tanzte. Da hatte sie sogar Mutter unter ihrer Fuchtel.

Christian trödelte extra und tat, als ob er das Schlagen des Essensgongs nicht hörte. Als Gerlinde kam, um ihn zu holen, versteckte er sich in der Nische zwischen Kleiderschrank und Gardine, und als er dann doch nach unten ging – er hatte schließlich Hunger –, tat er so, als wäre die alte Kinderfrau gar nicht bei ihm gewesen, damit sie Ärger kriegte. Aber Mutter nahm ihm das nicht ab. Mir glaubt ja nie jemand, dachte Christian gekränkt.

Seine Laune hellte sich auf, als sein Vater erklärte, dass er auf Fasane gehen wolle. «Ich komme mit!» Doch der Funke wurde sofort wieder ausgetreten. «Nicht, bevor mein Gewehr wieder im Waffenschrank steht», beschied ihm Vater und machte dabei ein Gesicht wie Weltuntergang.

Das Gewehr! Christian hatte es fast schon wieder vergessen. Als er so wütend auf diesen Hellmut gewesen war – den er inzwischen mit Vornamen anreden musste! –, hatte er es holen und ihn niederschießen wollen. Einfach so.

Peng! Ein Mensch ist nicht schwerer zu töten als ein Tier, hatte sein Lehrer in der Wittdüner Schule einmal erklärt, den Schülern zur Warnung, und es stimmte ja auch. Jedes Lebewesen bestand aus Haut, Fleisch und Knochen. Aber erst hatte er keine Möglichkeit gefunden, heimlich zu verschwinden, weil Mutter ihn auf langweilige Besuche mitgenommen hatte, und später hatte Emily ihn angeschnauzt, weil er an ihrer Kamera herumgeschraubt hatte. Und da hatte er die Lust verloren.

Sein Vater verließ nach dem Frühstück das Haus, tatsächlich, ohne ihn mitzunehmen. Um dem Ganzen die Krone aufzusetzen, schickte Mutter ihn auch noch los, aus Wittdün die Post abzuholen. Wahrscheinlich war wieder eines dieser Medikamenten-Pakete aus Hamburg angekommen. Er kapierte nicht, warum sie plötzlich so versessen darauf war, den Kindern im Hospital was Gutes zu tun. Das machte sie nämlich. Als täten sie ihr auf einmal leid. Andererseits redete sie aber ständig von der Pension, in die sie das Hospital verwandeln wollte. Die Erwachsenen waren verrückt!

Mürrisch machte Christian sich auf den Weg.

Zum Glück lag kein Paket in dem Regal der kleinen Inselpost, das Schiff hatte nur einen Brief für Mutter gebracht, und außerdem war ein Telegramm eingetrudelt. Den Brief mochte Christian nicht öffnen, er war zu fest verklebt, aber das Telegramm steckte in einem unverschlossenen Kuvert, und auf dem Rückweg machte er sich daran, es zu lesen.

Es stammte von Frida. Sie schrieb, dass sie Lou noch nicht gefunden habe und in Hamburg bleiben müsse, es könne ein wenig dauern. Na so was! Christian brannte vor

Neugierde. Wenn Frida nicht heimkommen wollte, musste sie wenigstens eine Spur entdeckt haben. Sonst würde ihr Bleiben doch keinen Sinn ergeben. Wo Lou wohl stecken mochte? Er wunderte sich auch über Matz, denn eigentlich begann in der folgenden Woche die Schule, und da musste er doch wieder an der Tafel stehen. Oder wollte Frida allein in Hamburg bleiben? Na, da würde Mutter in die Luft gehen. Erst verlangte Frida, dass die Hospitalkinder auf Amrum blieben, und dann überließ sie sie einfach anderen Leuten. Außerdem hatte Mutter doch deutlich gesagt, dass sie Lou nicht mehr zu Hause aufnehmen würde.

Christian verspürte bei der Erinnerung an die Szene in der Halle einen kleinen, nagenden Schmerz, der sich nach Angst anfühlte, obwohl es dafür keinen Grund gab. Im Gegensatz zu Lou hatte er ja nichts richtig Schlimmes angestellt. Aber er fand es falsch, wenn Eltern aufhörten, ihre Kinder liebzuhaben.

Vater musste der Jagd heute rasch überdrüssig geworden sein, denn seine Stiefel standen vor dem Seiteneingang, der ins Pflanzenzimmer führte, als Christian heimkehrte.

Er suchte nach seiner Mutter. Sie schimpfte in der Küche mit der Köchin, weil das Fleisch bei der Dienstagseinladung zäh gewesen war. Die Frau brach in Tränen aus, und Mutter wies sie mit schneidender Stimme zurecht. Na, da mischte er sich lieber nicht ein. Christian legte Brief und Telegramm auf die Kommode in der Halle und ging in sein Zimmer hinauf. Bald wurde ihm aber langweilig, und er machte sich wieder auf den Weg nach draußen. Und nun?

Er beschloss, das verflixte Gewehr zu holen und es seinem Vater zurückzugeben. Der würde ihm zwar nicht glauben, wenn er behauptete, dass er es zufällig gefunden habe, aber dann würde er nachgeben, und vielleicht würde es doch noch was werden mit der gemeinsamen Jagd.

Das Gewehr war trotz der Jacke, in die Christian es gewickelt hatte, voller Sand, aber was zunächst wie ein Ärgernis aussah, schätzte er bald als Vorteil ein. Sein Vater würde ihm seine Geschichte vielleicht eher abnehmen, wenn das Ding verdreckt war. Oder würde er sich darüber aufregen? Alles kompliziert. Christian beschloss, die Flinte zu reinigen, bevor er sie zurückgab. Als er das Haus betrat, ging er also unverzüglich ins Herrenzimmer, holte sich Läppchen und Öl und machte sich an die Arbeit. Doch bald wurde er durch Stimmen aus dem Obergeschoss aufgestört. Vater und Mutter redeten miteinander. Das interessierte ihn natürlich. Wenn sich die beiden allein glaubten, hörte man oft richtig spannende Sachen.

Leise legte er das Gewehr beiseite und schlich die Treppe hinauf. Seine Aufregung stieg, als er merkte, dass die Eltern stritten. Er versteckte sich hinter einer klobigen Standuhr – man konnte ja nie wissen, ob nicht plötzlich einer in den Flur trat – und spitzte die Ohren. Im ersten Moment verstand er wenig, die beiden hatten ihre Stimmen wieder gesenkt. Dann fiel ein Satz über Schäden an der Villa, die dringend repariert werden müssten. Wie enttäuschend langweilig. Christian wollte schon zur Winchester zurückrennen, als er seine Mutter das Wort Telegramm sagen hörte. Der Rest des Satzes war wieder unverständlich, dafür die laute Antwort seines Vaters überdeutlich: «Frida lässt das nicht zu. Sie wird uns einen Strich durch die Rechnung machen. Deine Tochter ist stur, Rosa, unfassbar stur!»

«Als wüsste ich das nicht.»

Hui, der Tonfall, in dem Mutter antwortete, klemmte Christian das Herz ab. So viel ... Überdruss und Wut. Kurz zögerte er, dann schlich er zur Zimmertür. Durch den Türspalt erblickte er einen Spiegel, in dem die Gestalt seines Vaters zu erkennen war. Er sog aufgebracht an seiner Pfeife, während er Mutter zuhörte.

«Emily ist *meine* Tochter, und das werde ich Frida auch deutlich sagen. Sie hat sich da nicht einzumischen. Außerdem hat sie keine Ahnung, was gut für ein junges Mädchen ist. Sie ist doch selbst kaum erwachsen. Ich werde auf keinen Fall ...»

«Herrgott, merkst du gar nicht, wie Emily sich Frida zum Vorbild nimmt? Plötzlich ist sie ständig am Sticheln, wenn Hellmut uns besucht. Das fällt dem Mann doch auf. Treib ihr die Widerspenstigkeit aus, sage ich!»

«Das haben die Mädchen von ihrem Vater geerbt», erklärte Mutter bitter. «Und ihr Großvater hat sie darin bestärkt. Du siehst ja: Frida und ihr entsetzliches Studium ... Von Lou will ich gar nicht reden ...» Ihre Stimme wurde plötzlich weicher, als hätte jemand Seife ins Wasser gegossen. «Hör zu, mein Lieber. In dem Telegramm von heute steht, dass Frida noch eine Weile fort sein wird. Ich werde die Zeit nutzen und Emily eindringlich klarmachen, wie viel für unsere Familie auf dem Spiel steht. Dann wird sie schon parieren. Nur muss die Hochzeit vor Fridas Rückkehr stattfinden, sonst wiegelt sie sie wieder auf.»

Vater brummte skeptisch. «Wie willst du diese Eile denn plausibel machen? Ich meine, gesellschaftlich.»

«Ich werde mit Hellmut reden. Wir werden verbreiten, dass er wegen seiner Geschäfte nach Dänemark zurückmuss. Das Paar ist verliebt, der Mann gezwungen, längere Zeit in Kopenhagen zu verbringen, und Emily verzichtet auf die große Hochzeit, um bei ihm bleiben zu können. Dass sie keinen Prunk mag, ist ja bekannt.»

Christian war sprachlos. Er wusste, dass seine Mutter sich Dinge zurechtbog. Das ist kein Lügen, sondern Höflichkeit, hatte sie ihm mal erklärt. Aber was er gerade gehört hatte … Ihm stand wieder das Bild seiner weinenden Schwester vor Augen, nachdem der Dicke an ihr rumgegrapscht hatte, und mit der Erinnerung kehrte die Wut zurück. Wie konnte Mutter nur … Er richtete sich auf – und wurde im selben Moment am Ohr gepackt.

«Na so was! Schickt sich das etwa? Der Lauscher an der Wand hört seine eigene Schand.»

Gerlinde. Die Hexe konnte so leise flitzen wie eine Schnake! Schon war Vater im Flur und hatte ihn an den Schultern. Christian wollte schwindeln, dass er gerade erst die Treppe raufgekommen sei, weil er das Gewehr wiedergefunden habe, aber dann schlug seine Stimmung um – Vaters Zorn weckte seinen Starrsinn. Sollte der doch schimpfen. Er und Mutter wollten Frida ausschalten, damit der fette Hellmut nach Herzenslust die arme Emily begrapschen konnte.

«Warte.» Mutter, die Vater gefolgt war, drängte sie beide ins Schlafzimmer und schloss die Tür. «Was hast du da draußen gemacht, Junge?»

«Ich wollte Vater sagen, dass die Winchester wieder da ist», log er.

«Und hast du auch ein bisschen gelauscht?»

«Wieso denn? Erwachsenengespräche sind doch langweilig.»

Er konnte es nicht fassen. Mutter glaubte ihm. Krampfhaft unterdrückte er ein Grinsen.

23.

FRIDA

Matz hatte die Nase gebrochen und außerdem einen Tritt in den Magen bekommen. Organe waren vermutlich nicht beschädigt, aber er litt unter teuflischen Schmerzen. Tylor hatte ihn selbst untersucht, denn Fridas Hilfe hatte Matz nicht gewollt – dazu standen sie einander zu nahe. Außerdem war sie eine Frau, es wäre ihm peinlich gewesen.

Frida wartete am nächsten Tag im Speiseraum des Klinikums auf Tylors Mittagspause, um Neues zu erfahren. Er kam zu ihrem Tisch und bestellte sich ein Stück Fleisch mit Bratkartoffeln. «Sie auch?»

Frida schüttelte den Kopf.

«Kein Grund zur Sorge, die Nase ist gerichtet, die Schmerzen haben nachgelassen, neue sind nicht aufgetreten. Haben Sie gesehen, wie Ihr Freund das Knie in den Magen gekriegt hat? Haben Sie das mitbekommen?»

Frida schüttelte den Kopf.

«Ich auch nicht. Dieser Berger ist offenbar ein Routinier, was Prügeln angeht.» Tylor winkte einem Kollegen zu, der quer durch den Raum zurückgrüßte. «Verzeihung, darf ich eine schwierige Frage stellen?»

«Nur zu.» Frida hatte wirklich nichts mehr zu verbergen.

«Halten Sie es für möglich, dass Ihre Schwester freiwillig bei diesem Abschaum lebt? Dass man sie möglicherweise gar nicht dazu bewegen könnte, das Haus zu verlassen?»

«Nein, aber nein, das ist ...» Frida verstummte. Die Wahrheit tat weh: Sie wusste es nicht. Lou, ihre jüngere Schwester mit der guten Laune und dem weichen Herzen, hatte rein gar nichts zu tun mit der Lou, die sich in einen brutalen Schläger verliebt hatte und nun mit ihm in Schande in seinem verrufenen Tanzlokal hauste. Ihr war plötzlich, als suchte sie nach einer Fremden, die sie nicht einmal besonders mochte.

Am Vortag, als Tylor sich um Matz gekümmert hatte, war sie bei der Polizei gewesen, um den Vorfall zu melden und um Hilfe zu betteln. Aber Turngarten war leider immer noch mit seinen Kommunisten beschäftigt. «Noch ein paar Tage Geduld», hatte er sie vertröstet. Tage, in denen alles Mögliche passieren konnte. Es war zum Verzweifeln.

«Woher kennen Sie dieses Varieté überhaupt?», fragte sie Tylor.

«Ich gehe da manchmal hin. Gute Musik. Berger spielt selbst, er kann das», erklärte Tylor gleichmütig.

«Loben Sie ihn gerade?»

Tylor zuckte mit den Achseln. «Ein Schwein mag grunzen, kann aber trotzdem für ein leckeres Steak herhalten.» Er hielt inne und errötete. «Verzeihung, tut mir leid. Das war geschmacklos.» Er schnitt sein Fleisch, es wirkte gezwungen, obwohl es doch gar nicht weiter schlimm war, was er gesagt hatte. Was war er überhaupt für ein Mann? Verstohlen blickte Frida ihn an. Er liebte freche Karikaturen und zwielichtige Vergnügungsstätten, und wenn eine Situation schwierig wurde, handelte er ... so emotionslos wie andere beim Schachspiel. Man musste nur dran denken, wie er reagiert hatte, als Matz zusammengeschlagen wurde. Einfach die Situation eingeschätzt und die nötigen Maßnahmen getroffen. Andererseits: War nicht gerade das die Eigenschaft, die einen guten Arzt auszeichnete? Ein kühler Kopf? Tylor schickte den Waisenkindern Medikamente, obwohl ihm das nichts einbrachte. Freundlichkeit und Hilfsbereitschaft waren also auch Teil seines Charakters. Er ist ein Chamäleon, dachte sie. Gefiel ihr das? Zumindest war er kein Langweiler. Und er war auch ehrlich, das schätzte sie.

«Wird im *Kladderadatsch* auch ein Bordell betrieben?»

Tylor steckte einen Bissen Fleisch in den Mund, kaute und schluckte. «Kann ich nicht sagen. Ich habe immer nur in dem Saal gesessen, in dem getanzt und Musik gemacht wird. Offiziell ist Zuhälterei verboten. Aber ich weiß, dass es Kaschemmen gibt, in denen Nackttänze gezeigt werden und die Zuschauer anschließend die Schlafzimmer aufsuchen.» Er nahm einen Schluck Wein. «Es ist jedenfalls nicht unwahrscheinlich, dass das *Kladderadatsch* dazugehört – und wenn es die Dienste der Damen nicht in der Lokalität selbst anbietet, dann wahrscheinlich irgendwo in der Nähe. Lotsen nennt man die Leute, die die Gäste dorthin führen. Das ist ein eigenes Geschäft.»

In dem er sich offenbar auskannte. Fridas Stimmung schlug um. Plötzlich sehnte sie sich danach, Kröppke zu treffen. Er war so sauber und von Grund auf anständig. Ein Mann, der schnurgerade dem Takt seines Herzens folgte, und das nicht nur in Liebesangelegenheiten. Dass er sich der Bekämpfung der afrikanischen Seuche gewidmet hatte, sagte ja ebenfalls eine Menge über ihn aus. Es machte sie plötzlich kribblig zu wissen, dass er in derselben Stadt lebte, vielleicht nur eine Fahrt mit der Elektrischen entfernt, und sie keine Zeit fand, die Adresse herauszufinden und ihn aufzusuchen.

«Wir brauchen Turngartens Hilfe – und müssen uns deshalb noch ein wenig gedulden», brach Tylor in ihre Gedanken ein.

Frida nickte. Er hatte recht.

«Leider ist Berger durch den Zusammenstoß mit Matz gewarnt. Wir können nur hoffen, dass er Ihre Schwester ...» Er verstummte, und es blieb Frida überlassen, sich den Rest des Satzes zu denken. Sie brauchte ein paar Sekunden. Bergers Skrupellosigkeit. Das Schicksal von Bella und Walther. Ihr wurde erst jetzt bewusst, dass sie Lou womöglich in Gefahr gebracht hatten.

Diese Sorge war es, die sie nach dem Treffen mit Tylor wieder in das Kaffeehaus gegenüber dem *Kladderadatsch* trieb. Sie entdeckte, dass neben der Tür jetzt ein muskulöser Mann stand. Er schien die Straße und das Kaffeehaus im Blick zu behalten. Hatte Berger einen Wachposten aufgestellt, der dafür sorgen sollte, dass niemand Lou zu nahe kam? Oder dass sie selbst nicht hinauskonnte? Andererseits hätte man einen Aufpasser doch sicher vor ihre Zimmertür gestellt. Falls sie überhaupt in dem Haus wohnte. Falls sie überhaupt – Lou wurde die Kehle eng – noch lebte.

Der Nachmittag war heiß und schwül, und Frida wischte sich mit dem Spitzentaschentuch ihrer Mutter den Schweiß von der Stirn. Sie musste etwas unternehmen. Unmöglich, zu warten, bis Turngarten die Kommunisten zur Raison gebracht hatte. Berger hatte sie gestern nicht bemerkt. Was, wenn sie das Varieté einfach heute Abend als neugierige Besucherin aufsuchte und nach Spuren ihrer Schwester Ausschau hielt? Sie sah sich in Gedanken durch dunkle Flure schleichen und in stille Räume spähen. Dann dachte sie wieder an Bella und Walther.

Nach zwei verlorenen Stunden kehrte sie schließlich ins Erikahaus zurück. Sie trat durch die Eingangstür – und der Pförtner wedelte ihr mit einem Papier entgegen.

Es war ein Brief, eigentlich nur ein Zettel, eilig aus einem Notizbuch gerissen und in einen Umschlag gesteckt. Sie las ihn in ihrem Zimmer.

Was ist nur los, Frida, liebste Frida? Ich weiß, dass Sie in der Stadt sind, die Oberin hat es mir bestätigt, einige der Schwestern auch ... Und ich sterbe vor Sehnsucht, Sie zu sehen. Ich leide. Und tadle mich auf der Stelle, Sie mit meinen Gefühlen zu belästigen, als besäßen sie irgendeine Bedeutung. Sie haben es ja viel schwerer. Ich habe von der jungen Dame, die gemeinsam mit Ihnen studiert – Annemie? –, gehört, dass Sie nach Ihrer Schwester suchen. Wie tragisch. Wie schwer muss Ihnen der Kummer auf der Seele liegen. Kann ich helfen? Bitte suchen Sie mich auf. Ich wohne gerade bei meiner Tante. Kein guter Ort, sich zu treffen, sie ist ein Besen. Aber

wenn Sie es einrichten können, kommen Sie zu einem meiner Vorträge. Ich lege eine Liste bei.
Von Herzen und immer der Ihre. Daniel.

Der Hörsaal, der größte, den die Universität aufzubieten hatte, war bis auf den letzten Platz gefüllt. Viele der Ärzte und Studenten kamen aus fachlichem Interesse, aber einige sicher auch aus Sensationsgier, schätzte Frida. Ein Arzt, der in Afrika unter den Wilden gelebt hatte ... da sah man ja die Kannibalen um den Kessel kauern.

Daniel stand neben Professor Schneider und unterhielt sich mit ihm, einem braungebrannten Mann in lockerer Kleidung – Hosen mit Bügelfalten, weißes Hemd und rote Weste, aber ohne Sakko, dafür ein Strohhut, den er mit Schwung auf einer Fensterbank ablegte. Frida drückte sich verstohlen auf einen Platz hinter einem großgewachsenen Mann, der sie verdeckte. Als ihre Augen über die Reihen glitten, entdeckte sie zu ihrer Überraschung Tylor, der weiter vorn Platz genommen hatte. Hatte er nicht gesagt, dass er Kröppke nicht leiden könne? Sie konnte nur das Profil seines Gesichts sehen. Es schien seltsam maskenhaft.

Aber da schritt Daniel schon zum Pult und öffnete eine Mappe, und Frida vergaß Tylor. Daniel begann mit seinem Vortrag. Die Ankunft in Malawi, die Überraschung, weil alles grünte und blühte, bei durchaus erträglichen Temperaturen. Kurz hatte er sich wie im Urlaub gewähnt, doch dann kam er in das Lager, das er für seine Forschung ausgewählt hatte. «Stellen Sie sich einen Ableger der Hölle vor: Schmutz, Elend, hässliche Baracken ... Das Urlaubsgefühl war jedenfalls sofort perdu.»

Die Zuhörer lachten. Er hob die Hand. «Aber es ging mir ja auch um die Wissenschaft. Und jetzt hätte ich gern Ihre volle Aufmerksamkeit.» Er warf Frida ein kaum merkliches Lächeln zu, als er zu einem schmalen Tisch beim Fenster ging. Er hatte sie also entdeckt. Ein Lächeln schlich sich auch in ihre Augen. Sie beobachtete, wie er eine durch zwei Holzleisten verstärkte Papierrolle holte. Er zog sie auseinander und hängte sie an einen Haken über der Tafel. Ein gezeichnetes Insekt wurde sichtbar, geflügelt, mit riesigen Augen und einem Rüssel, der sich wie eine Borste aus dem Maul schob. «Das ist sie, die berüchtigte Tsetsefliege, die nach Ansicht der Forschung als Überträger der Schlafkrankheit gilt.»

Der unterhaltsame Teil der Vorlesung war beendet. Daniel wurde zum kühlen Wissenschaftler, er erklärte und schrieb gleichzeitig die Symptome der Schlafkrankheit neben das Bild auf die Tafel: «Zwei bis vier Wochen nach dem Stich bildet sich ein furunkelartiger Primäraffekt. Im Sekundarstadium dringt der Erreger in Blut- und Lymphbahnen ein und ruft Fieber, Milz- und Lymphknotenschwellungen hervor.»

Fast alle Anwesenden machten sich Notizen oder kopierten die Zeichnung der Fliege.

«Im dritten Stadium befindet sich der Erreger im Zentralnervensystem und erzeugt dort die typischen Symptome: Hirnhautentzündungen, oft aggressive Veränderungen der Wesensart des Kranken, Schlafsucht und Schlaflosigkeit. Nach Monaten, aber manchmal auch erst nach Jahren, führt die Krankheit zum Tod.»

Nach diesem Satz herrschte zunächst einmal Stille.

«Und was haben Sie unternommen, um den Menschen zu helfen?» Das war Tylor. Er hatte als einer der wenigen den Stift ruhen lassen. Seine Stimme klang angespannt.

Daniel fixierte ihn, bevor er antwortete: «Dr. Tylor – Sie sind also auch hier, was für eine Überraschung. Nun, ich habe die Forschung dort wieder aufgenommen, wo unser großes Vorbild Robert Koch sie leider beenden musste – nämlich in dem Lager in Afrika. Nur auf einer ganz anderen Basis. Robert Koch setzte seine Hoffnung bekanntlich auf Atoxyl, ein Arsenpräparat ...»

«... das unwirksam war und die Patienten reihenweise umbrachte», fiel Tylor ihm ins Wort.

«Wie wir heute wissen. Und daher musste ich die Behandlung natürlich ändern. Ich habe ...»

«... mit Bayer 205 experimentiert?»

«Wollen *Sie* den Vortrag weiterführen, verehrter Herr Kollege?»

«Herzlich gern.» Tylor tat, als wäre der Vorschlag ernst gemeint. Er erhob sich und drehte sich zu den anderen Zuhörern um. «Das Pharmazieunternehmen Bayer, meine Damen und Herren, hat kürzlich ein Mittel entwickelt, mit dem es hofft, parasitäre Krankheiten bekämpfen zu können. Leider ist das Mittel hochgradig toxisch für die Zellen und löst entsprechende Nebenwirkungen bei den Patienten aus. Deshalb war es unmöglich, es hier in Europa an Menschen zu erproben.»

«Und es wäre auch wenig sinnvoll gewesen, denn die Parasiten, gegen die es helfen soll, kommen vor allem in Afrika vor!», blaffte Daniel.

«Das ist richtig», sagte Tylor.

Daniel wollte seinen Vortrag, verblüfft über das rasche Einlenken, fortsetzen, aber Tylor schnitt ihm erneut das Wort ab: «Eines konnten Sie von Koch aber doch übernehmen – nämlich seine brillante Idee, *Concentration Camps* einzurichten: Lager, in denen Erkrankte, in der Regel gegen ihre Willen, eingepfercht werden, in denen Substanzen an ihnen erprobt werden, in denen man sie beobachtet, während sie die verschiedenen Stadien der Krankheit durchlaufen, und in denen man sogar gesunde Männer und Frauen infiziert ...»

«Die Leute wurden gut versorgt, weitaus besser, als es in ihren Urwalddörfern möglich gewesen wäre!»

«... um die Krankheit kontrollierter studieren ...»

«Ich bin aus Barmherzigkeit auf diesen zurückgebliebenen Kontinent gegangen. Ich ging, um zu helfen!», donnerte Daniel. Die Zuhörer hatten die Hände mit den Stiften sinken lassen und starrten die beiden Ärzte erschrocken an.

«Und Sie mussten die Patienten in Ketten legen, weil diese das Übermaß an Barmherzigkeit nicht länger ertragen konnten? Sie haben mit unterschiedlichen Dosierungen experimentiert, Blutuntersuchungen mehrmals am Tag vorgenommen. Jeder Tod war ein Erkenntnisgewinn. Manche der armen Leute versuchten zu fliehen, andere, sich umzubringen. Es gab sogar Aufstände, die natürlich misslingen mussten, bei dem erbärmlichen Gesundheitszustand der Kranken.»

«Herrgott, es handelte sich um Neger!», brüllte Daniel kreidebleich.

«Der Herrgott, wenn Sie denn unseren Schöpfer in die

Sache hineinziehen wollen, würde wohl sagen: Es handelte sich um Menschen.» Tylor brüllte nicht, er sprach sogar besonders leise. Nur sein hüpfender Kehlkopf verriet seine Erregung. «Es handelt sich tatsächlich um Menschen, Kröppke – und Ihr angebliches Werk der Barmherzigkeit bestand darin, dass Sie einem deutschen Pharmazie-Unternehmen zu einem Riesengeschäft verhelfen wollten. Die europäischen Firmen, die in Afrika tätig sind, wollen Profite sehen und können es sich nicht leisten, Arbeiter an Seuchen zu verlieren. Darum dreht sich alles. Das ist der Punkt.»

«Verlassen Sie augenblicklich meine Vorlesung!», schrie Daniel, immer noch bleich. Er brauchte sich nicht weiter zu echauffieren. Tylor hatte gesagt, was zu sagen er gekommen war, und verließ den Raum. Einen Moment lang war es totenstill. Dann trat Schneider neben Daniel und stammelte eine Entschuldigung: «Bitte, kein Wort mehr, Sie können ja nichts dafür.» Daniel hatte seine Fassung wiedergewonnen. Kalt stellte er fest: «Hysterie ist offenbar kein Zustand, der sich auf die Damenwelt beschränkt.» Er nahm seinen Vortrag wieder auf.

24.

CHRISTIAN

*E*s war ein Tag wie auf einer Postkarte. Der Himmel fast durchsichtig, die Sonne gleißend, das Wasser träge von der Hitze. Auf der Kurhausterrasse in Wittdün herrschte ein Trubel, wie Christian ihn lange nicht erlebt hatte. Es waren im August doch noch Gäste angereist, Leute, die es wegen der Hitze auf dem Festland nicht mehr ausgehalten hatten, und die Insulaner hatten die Gelegenheit ergriffen und für sich und ihre herbeigesehnten Besucher ein Sommerfest veranstaltet. Werbung, hatte Vater das genannt.

Damit das Fest das Urtümliche bekam, auf das Hellmut ständig pochte, waren auch Fischer und andere einfache Leute geladen worden. Sie vergnügten sich am Strand neben dem Anlegesteg, wo sie Decken ausgebreitet hatten. Bunte Wimpel, an Stangen befestigt, flatterten im Wind. Aber die einfachen Leute amüsierten sich in deutlichem Abstand von der Gesellschaft auf der Terrasse. Wirklich gleich war man nämlich nie, das hatte Christian inzwischen kapiert. Die Inselbewohner dienten den Hotelbesitzern als Kulisse so wie das Meer und der mehr als einen Kilometer breite Strand.

Er hatte sich in eine Ecke der Terrasse verkrümelt, fischte lustlos Himbeeren aus einer Schale und beobachtete seine Familie, die an einem der weiß gedeckten Tische inmitten der Kurgäste und Inselwichtigen saß und an Kristallgläsern nippte. Verdrossen linste er zu Hellmut, auf den er inzwischen einen richtigen Hass hatte. Der Mann saß wie ein fetter Pinguin zwischen seiner Mutter und Emily, und wahrscheinlich erzählte er einen Witz, denn er prustete beim letzten Satz so laut los, dass sich die halbe Gesellschaft nach ihm umdrehte. Mannomann, musste Mutter das peinlich sein. Aber sie ließ sich nichts anmerken. Im Gegenteil, sie zwitscherte auf ihn ein, und wenn man beobachtete, wie sie ihre Hand auf seinen Arm legte, konnte einem schlecht werden.

Neben der weitgeöffneten Terrassentür hatte sich eine Kapelle postiert, die nun zu spielen begann. Wieder brandete Hellmuts Gelächter auf und übertönte eine leise Passage. Na, das hätte er sich mal erlauben sollen! Aber Mutter lächelte nur erheitert, und Emily stocherte in dem Tortenstück, das auf ihrem Teller lag.

Christian sah, wie Mutter aufstand, sich vom Buffet ein Stück Kirschkuchen holte und Emily auf dem Rückweg zu ihrem Platz etwas zuflüsterte. Eine Ermahnung? Wahrscheinlich. Nur hörte Emily ihr nicht zu. Sie starrte reglos auf die Tischplatte und blickte erst auf, als Hellmut seine schwere, behaarte Hand auf ihren Unterarm fallen ließ. Ruckartig zog sie den Arm zurück und verschränkte die Hände auf ihrem Schoß. Hellmut lachte, als hätte sie damit einen besonders guten Witz gemacht, aber Christian sah, dass er sich ärgerte. Wenige Sekunden später stand er auf und ging zu dem Eisengeländer, hinter dem es zum Kniepsandweg hinabging. Verdrossen starrte er aufs Meer hinaus.

Einige Leute begannen zu tanzen, und Mutter schimpfte mit Emily – leise, beharrlich lächelnd. Sie schien sie überreden zu können, denn Christian sah seine Schwester aufstehen und zu Hellmut hinübergehen, der sich gekränkt abwandte.

Vielleicht hatte sie ihn so sehr verärgert, dass er sie nicht mehr haben wollte? Die Vorstellung stimmte Christian froh, und er beobachtete die beiden weiter. Aber sie standen nur da, ohne sich zu rühren, als wären sie mit ihren Gefühlen versteinert.

Als sich rein gar nichts tat, machte er sich auf den Weg zum Anlegesteg, in dessen Nähe die Inselkinder auf einem Rasenstück spielten. Im Grunde war es blöd, dass er sich zu ihnen gesellte – er war ja schon halb erwachsen, aber ihm war ein bisschen Spaß wichtiger als der gute Eindruck. Sie spielten Fußball, dieses Rempel-Spiel, bei dem man einen Ball in ein Tor trat, ohne dass man die Hände benutzen durfte. Auf der Insel wurde es erst seit diesem Sommer gespielt, seit die deutsche Nationalmannschaft in Zürich gegen die Schweiz angetreten war. Die Zeitungen hatten darüber berichtet und die Regeln erklärt. Zwar hatte die deutsche Elf das Spiel verloren, aber die Begeisterung hielt an.

Christian stürzte sich ins Getümmel. Er merkte bald, dass er nicht willkommen war, aber er schoss einfach, und weil er das Tor traf, teilte man ihn doch in eine der Mannschaften ein. Es machte ihm einen Mordsspaß, den Ball über den Rasen zu bolzen und die Mitspieler beiseitezurammen. Einige Jungs aus seiner Mannschaft fingen an, ihm zuzujubeln. Seinetwegen hätte es ewig so weitergehen können. Bedauerlicherweise rannten die anderen irgendwann weg, weil ihre Mütter sie mit Kuchen lockten, und da stand er wieder allein da.

Mürrisch kehrte Christian auf die Terrasse zurück. Seine Eltern saßen inzwischen bei Schau, dem Mann von den Norddorfer Hospizen, und taten, als wären sie beeindruckt von dem, was er ihnen vortrug. Sie tranken aus den affigen Gläsern mit den langen Stielen, aber Mutter blickte sich immer wieder um. Nach Emily? Seine Schwester und Hellmut waren verschwunden. Schade, dachte Christian, er hätte sonst versuchen können, Emily runter zum Wasser zu locken. Sie wäre ihm dankbar gewesen, weil er sie vor Hellmut gerettet hatte, und er hätte sie nassgespritzt.

Aber sie war fort, und so ging er allein zum Strand. Ein paar Minuten lief er durch den heißen Kniepsand und langweilte sich. Dann kam ihm eine neue Idee. Sein waffenverrückter Vater hatte die Winchester, die er ihm zurückgebracht hatte, einkassiert und weggeschlossen, aber Christian wusste, dass er letztens eine in einer grün lackierten Holzschachtel verpackte Pistole geliefert bekommen hatte, eine 9 mm Luger. «Seit der Krieg zu Ende ist, kann man solche Schätze günstig erstehen», hatte er gesagt. Er hatte sie nicht sofort im Waffenschrank verstauen wollen, sondern sie dekorativ auf die Kommode im Herrenzimmer gelegt, direkt neben seine Pfeifensammlung, damit er sich immer daran freuen konnte. Na, wenn das keine Einladung war!

«Ich geh schon mal heim», brüllte Christian in Richtung seiner Eltern, obwohl er wusste, dass seine Worte im Möwengeschrei untergingen.

Kurz vor der Villa fiel ihm ein, dass wegen des Fests niemand vom Personal zu Hause war und er deshalb womöglich gar nicht hineinkäme. Also aufgeben und zurück nach Wittdün? Auf keinen Fall. Er hatte auch keine Lust mehr auf einen weiteren Marsch. Aber das Glück war ihm hold – die Tür vom Pflanzenzimmer stand nachlässigerweise offen, er konnte sich die Pistole holen. Das war ein tolles Ding! Sie sah ein bisschen wie ein Vogel aus – die Scharniere wie Augen, der Lauf wie ein besonders spitzer Schnabel. Ihr Knauf war gerieffelt, und sie lag gut in der Hand. Christian suchte nach den Patronen, aber die Schublade war abgeschlossen. Der Alte und sein ewiges Misstrauen. Aber er wusste ja, wo Vater seine Schüssel aufbewahrte. Wenig später hatte er die Waffe durchgeladen. Und nun? Draußen im Garten nach Vögeln ballern? Die Gelegenheit war perfekt. Keine Menschenseele vor Ort, und die Vögel, die von Mutter gefüttert wurden, waren so zahm, dass sie ihn wahrscheinlich dicht herankommen ließen.

Er kehrte also in bester Laune ins Freie zurück. Doch auf dem Weg zur Hausecke hörte er plötzlich ein Geräusch. Christian blieb stehen, er lauschte, und seine gute Laune verflog. War das nicht Hellmut, der da lachte? Na klar, dieses schmierige Wiehern war so einzigartig ... Hierhin waren die beiden also verschwunden. So ein Mist! Christian war klar, dass er die Waffe nun wieder zurückbringen musste, wenn er keinen Ärger haben wollte. Oder er musste damit woandershin, zum Steenodder Strand vielleicht. Bloß bestand da immer die Gefahr, auf Menschen zu treffen. Schon wieder hatte man ihm die Suppe versalzen!

Er war jetzt auch auf Emily schlecht zu sprechen, die Hellmut nun anscheinend doch unterhaltsam fand. Zumindest hatte sie klein beigegeben, die Heulsuse. Genervt wollte er kehrtmachen, als das Männerlachen abbrach. In die Stille drang ein anderes Geräusch, viel leiser, kaum vernehmbar: ein Wimmern.

Schockiert wagte Christian die letzten Schritte bis zur Hausecke und lugte in den Garten. Im hinteren Teil stand die Schaukel. Was Christian dort sah, machte seinen Mund rau wie eine Reibbürste.

Hellmut hatte Emily genötigt, sich auf das Schaukelbrett zu setzen. Er stand hinter ihr und gab ihr Anschwung, aber immer, wenn sie zu ihm zurückpendelte, legte er seine Hände um ihre Brüste. Das war kein Versehen, er hielt die Brüste fest und knetete sie, und Emily hing kreidebleich in der Luft und weinte. Sie wäre wohl zu Boden gerutscht, wenn Hellmut sie nicht so eisern umklammert hätte. Schließlich ließ er sie mit einem prustenden Lachen wieder los.

Christian schluckte. War das Hellmuts Rache, weil Emily in blamiert hatte? Oder war der Mann einfach von Natur aus so ein Widerling? Ihm kribbelte die Haut vor Wut. Er hob wie von selbst die Pistole und legte an. Leider schwang Emily gerade zu ihrem Peiniger zurück. Und dann wieder vor. Und war immer im Weg. Sie musste runter von der Schaukel. «Spring ab», schrie Christian.

Emily musste ihn gehört haben. Sie glitt tatsächlich vom Brett, aus einiger Höhe, und stürzte auf den Rasen. Christian trat aus seiner Deckung. Die Pistole an seinem ausgestreckten Arm zitterte. Emily war aufs Gesicht gefallen.

Als sie es hob, war es dreckverschmiert. Sie starrte ihn fassungslos an. Da schoss er.

Anschließend war es totenstill im Garten. Emily rappelte sich auf die Knie. Ihr weißes Kleid war fleckig vom Gras, ihre Augen riesig. Das waren die von Hellmut auch. Er stand immer noch hinter der Schaukel, Christian hatte danebengeschossen. Plötzlich bekam Christian eine Mordsangst. Hellmut kam mit zusammengekniffenen Schweinsäuglein auf ihn zu, er wich zurück. Aber der Mann wollte gar nicht zu ihm. Er packte Emily am Arm und riss sie zu sich hoch. «Hast du das gesehen?»

Sie schwieg, was sollte sie auch sagen?

«Dein Bruder hat versucht, mich zu erschießen.» Hellmuts kalte Stimme füllte den Garten mit dem spätsommerlichen Licht, das sich wie ein warmer Nebel auf die Pflanzen gelegt hatte. «Er ist ein Attentäter, ein glückloser Möchtegern-Mörder. Einer, der hinter Gitter gehört.»

Emily hing immer noch in Hellmuts Griff. Sie hielt sich das Handgelenk, hatte sich wohl weh getan.

«Also», sagte Hellmut leise, «haben wir eine neue Situation. Ich werde dich heiraten, Emily. Das steht sowieso fest, ich habe es mit deinen Eltern besprochen. Aber von nun an wirst du parieren. Du wirst zärtlich sein, du wirst den Leuten zeigen, wie verliebt du in deinen Ehemann bist, du wirst aufhören, dich wie eine störrische Gans zu benehmen. Haben wir uns verstanden?» Er zwang Emily zu nicken, indem er in ihre Haare griff und ihren Kopf bewegte.

«Die Heirat findet nächste Woche statt. Keine überflüssige Warterei mehr. Und solltest du dagegen ein Widerwort wagen, ist dein Bruder dran. Ich sorge dafür, dass er ins Zuchthaus wandert. Und zwar für immer oder wenigstens für die nächsten zwanzig Jahre.»

Hellmut ließ Emily los. Bevor er ging, nahm er Christian die Luger aus der Hand und steckte sie ein.

Christian starrte Emily an, bis sie unsicheren Schritts zur Veranda ging.

25.

FRIDA

Frida hätte Matz beinahe verpasst. Seine Lippe war aufgerissen, und er ging vornübergebeugt, als sie ihm auf dem Bürgersteig vor dem Krankenhaus begegnete.

«Nanu, ist da jemand auf der Flucht?»

«Ach was», knurrte er sie an. Er war wütend, er war besorgt, er war gekränkt. Die karierte Mütze, die Frida vor dem *Kladderadatsch* aufgelesen hatte, hing ihm schief auf den ungekämmten Haaren. Frida hakte sich bei ihm unter, weil sie seiner Standfestigkeit noch nicht traute. Er hätte wenigstens einen weiteren Tag in der Klinik bleiben sollen. Aber davon wollte er nichts hören, und sie war viel zu nervös, um die Fragen, die sie stellen wollte, mit nutzlosen Anweisungen zu garnieren. «Was genau habt ihr miteinander gesprochen, du und Berger?»

«Ich habe den Scheißer einen Verbrecher geheißen, einen dreckigen Lumpen, eine Sau ...»

«Ja, aber was er hat gesagt?»

«Gar nichts. Nur ein paar Worte. Lass die Finger von ihr, in diese Richtung.»

«Du gehst aber nicht noch einmal hin?», vergewisserte Frida sich besorgt.

«Kann ich nicht. Siehst du doch. Ich leg mich im Hotel ins Bett.»

«Ja, das ist gut. Wir warten auf Turngarten und seine Gendarmen.»

Als Minuten später die Elektrische die Haltestelle anfuhr, half Frida Matz in die Bahn, und nachdem sie wieder ausgestiegen waren, überzeugte sie sich, dass er tatsächlich in sein Hotel ging. Dann kehrte sie ins Erikahaus zurück.

Mittlerweile war es Abend geworden. Die Hitze hing immer noch in den Straßen, aber in Fridas Zimmer war es angenehm kühl.

Der Pförtner hatte sie dieses Mal nicht mit einem Brief von Daniel in der Hand aufgehalten, kein Wunder. Sie war kurz nach Tylors stürmischem Abgang ebenfalls aus der Vorlesung gegangen, und Daniel nahm ihr das sicher übel. Aber sie hatte ihn nicht mehr sprechen mögen, ihn schon gar nicht wegen Tylors Vorwürfen befragen. Wie sollte sie auch beurteilen, was dort geschehen war? Hätte Daniel wirklich Menschen Gewalt angetan, um seine Studien voranzutreiben? Würde Tylor lügen, um diesen Eindruck zu erwecken?

Müde öffnete Frida ihren Kleiderschrank. Es gab wenig Auswahl, und sie zog gleichgültig eines der Kleider über. Es war rot und elegant und besaß einen etwas tieferen Ausschnitt, wirkte allerdings keinesfalls verrucht. Trotzdem würde sie mit ein bisschen Glück im *Kladderadatsch* damit nicht auffallen. Sie stellte sich vor den Spiegel. Doch statt sich selbst zu mustern, sah sie plötzlich ihren Großvater.

Er hatte ihr einmal von einer Reise nach Deutsch-Südwestafrika erzählt. Die Eingeborenen hatten damals einen

Aufstand gewagt. Großpapa hatte in einer Seefahrer-Spelunke zugehört, wie man über das richtige Vorgehen gegen sie stritt. Einige seiner Landsleute hatten verhandeln wollen, aber der Kommandeur der Schutztruppe hatte auf das Militär gesetzt. Und so war es zu einer Schlacht gekommen.

«Wir lagen zwei Monate in der Lüderitzbucht fest, weil wegen des Aufstands die zugesagten Kisten mit Viehhäuten und Straußenfedern nicht angeliefert worden waren. Ich war deshalb noch vor Ort, als die Kämpfe vorüber waren, und habe die Soldaten prahlen hören, wie sie die Kämpfer und ihre Familien, auch die Kinder, in einem wasserlosen Gebiet zusammengetrieben und sie von Wasserstelle zu Wasserstelle gehetzt haben, bis sie alle verdurstet waren.»

So viel Niedertracht. Und Daniel sollte im gleichen Geist gehandelt haben? Gefühllos und grausam?

Es klopfte. O nein, nicht auch noch Besuch! Hatte eine der Krankenschwestern sie gesehen und wollte auf einen Schwatz ins Zimmer? Das Klopfen wurde energischer. Dann wurde die Tür einfach geöffnet. Sie hatte vergessen, den Schlüssel umzudrehen.

«Es tut mir furchtbar leid, Sie zu stören», sagte James Tylor und trat ein.

Als er aus dem Vorlesungsraum gestürmt war, hatte er sie entdeckt, und sein Blick war kurz an ihr hängen geblieben. *Die verliebte Studentin lauscht dem angebeteten Arzt?* Er hatte betroffen ausgesehen, vielleicht wütend, sie hatte seinen Gesichtsausdruck nicht deuten können. Entsprechend peinlich war nun das Wiedersehen.

«Es ist mir ... äußerst unangenehm, dass Sie Zeugin des hässlichen Zusammenstoßes waren», murmelte er, wartete auf eine Erwiderung, die ihr nicht einfiel, und fuhr fort: «Ich bin hier, um mir das Foto Ihrer Schwester auszuleihen.»

«Lous Foto?» Frida brauchte einen Moment, um zu begreifen. «Wollen Sie etwa ins *Kladderadatsch*?»

«Und Sie?» Er musterte ihr Kleid, das nicht nach einem gemütlichen Abend auf dem Zimmer aussah. Sie schwieg, und Tylor seufzte. «Um es also kurz zu machen: Es liegt mir im Magen, dass Berger jetzt weiß, dass sich jemand um Ihre Schwester sorgt. Ich habe das Gefühl, man sollte etwas unternehmen.»

«Das ist gefährlich, denken Sie an Matz.»

«Ich nehme eine Pistole mit. Ich hab noch eine aus meiner Afrikazeit.»

Und da war es nun doch wieder, das Wort Afrika. «Sie sind also ebenfalls dort gewesen?»

Tylor nickte.

«Was haben Sie dort gemacht?»

«Dasselbe wie Kröppke – geforscht.»

«Aber? Da Sie so zornig sind?»

«Bitte nicht jetzt», sagte er. «Kann ich das Foto haben?»

Sie holte es aus Ihrer Tasche, hielt es aber fest. «Warum sind Sie so wütend auf ihn?»

«Es ist wirklich kein guter Zeitpunkt.»

Frida zögerte. Dann steckte sie das Foto in ihre Tasche zurück und schlüpfte in ihre hochhackigen Schuhe.

Der Zirkusweg lag im Glanz der Gaslaternen und gelben Fenster, als gäbe es ein Fest zu feiern, als würde sich nach dem grauen Tag endlich wieder die gute Laune ins Freie wagen. Die Restaurants und Tanzlokale waren erleuchtet, aus den offenen Türen tönte Musik. Nur die Droschken, die auf den Bürgersteigen parkten, störten das glamouröse Bild ein wenig. Viele waren verschrammt und verbeult – sie sahen aus, als hätten sie es genau wie ihre Besitzer mit letzter Kraft aus den Schützengräben geschafft.

Tylor, der Frida seinen Arm bot, führte sie um eine Litfasssäule mit Kinoplakaten und Firmenwerbung herum, und vor ihnen tauchte der Eingang des Varietés auf. «Nun gilt's», flüsterte er.

Der Türsteher vom Nachmittag hielt immer noch Wache. Er musterte sie – und ließ sie passieren, weil sie offenbar ins Schema der üblichen Kundschaft passten.

Unschlüssig blieben sie am Saaleingang stehen, wurden aber umgehend von einer jungen Frau unter die Fittiche genommen. «Einen diskreten Tisch», bat Tylor. Sie wurden zu einer Ecke geführt, von der aus man die Bühne sehen konnte, die aber selbst durch einen Paravent abgeschirmt wurde. Angespannt nahm Frida Platz. Der Stuhl, auf dem sie saß, war gepolstert, und doch drückte die Lehne sich wie eine Faust in ihren Rücken.

Eine Salonkapelle neben der Bühne spielte amerikanische Musik, aber Frida war zu unruhig, um sich darauf einzulassen. Verstohlen blickte sie sich um. Sie sah betrunkene Gäste, die den Serviermädchen die Arme um die Hüften legten und die Münder spitzten, um einen Kuss zu ergattern. Ihre Begleiterinnen schien es nicht zu stören.

Hier war man frei, auch vom Benimm-Korsett des Kaiserreichs, das Europa in Blut und Feuer getaucht hatte. Es wurde geraucht, und in dem Qualm hing ein Geruch, den sie nicht kannte, aber mit Drogen in Verbindung brachte. Eine Frau ließ sich ein Döschen geben, für das sie einige Scheine hinblätterte und das sie anschließend in ihrer Handtasche verstaute.

«Pardon ...»

Frida lehnte sich zurück, und ein Ober stellte Getränke auf ihrem Tisch ab, die vermutlich Tylor bestellt hatte, sie hatte es nicht mitbekommen. Die Kapelle spielte einen Tusch, und ein Dutzend Mädchen betraten die Bühne. Sie trugen Federbüsche auf dem Kopf, die an einer Art Badekappe befestigt waren, Büstenhalter und knappe Wickelröcke, die kaum die Oberschenkel erreichten und an denen lange Kordeln baumelten. Sonst trugen sie nichts. Skandalös, hätte Mutter gesagt. Skandalös, fand auch Frida und dachte an die vielen Mädchen, die in den letzten Jahren mit Syphilis in die Eppendorfer Klinik eingeliefert worden waren. Die Blicke der Männer, die ungeniert die weiblichen Körper abtasteten, waren ihr zuwider. Tylor kam also wegen der Musik hierher? Sie brachte es nicht über sich, ihn anzusehen.

Die Musik änderte sich, sie wurde rhythmischer, und die Mädchen stellten sich in einer Reihe auf und begannen zu tanzen. Sie hoben die Beine so hoch, dass man ihre Unterhosen sehen konnte, die Gäste johlten und klatschten. «Ja», sagte Frida leise, «ich verstehe, dass der Kunstgenuss in diesem Haus Sie lockt. Nehmen Sie auch Kokain?»

Sie hatte keine Antwort erwartet, aber Tylor nickte.

«Früher, ja. Nur sind die Nebenwirkungen leider hässlich: Pulsrasen, Hitzewallungen, verbunden mit Schüttelfrost ... Am Ende hab ich Affen über meine Zimmerdecke turnen sehen. Da habe ich aufgehört.»

«Warum haben Sie überhaupt angefangen?»

Tylor beugte sich vor, er spähte an dem Paravent vorbei, als wäre ihm etwas aufgefallen, dann zog er den Kopf wieder zurück. Das Tanzorchester verstummte, und es wurde geklatscht. Plötzlich stieg Klaviermusik zu den Kronleuchtern auf. «Berger», sagte er.

Frida sah sich den Mann am Flügel genauer an. Er war etwa so alt wie Tylor, besaß scharfe, nicht unsympathische Züge mit hohen Wangenknochen und trug seine kurzen Haare streng gescheitelt. Auf jeden Fall war er ein brillanter Techniker auf den Tasten und ein Mann mit außergewöhnlichem musikalischem Gespür. Es fiel ihr auf, nahm sie aber nicht für ihn ein. Der Mann hatte Lou in dieses Milieu der billigen Vergnügungen gezerrt, das in ihr den Drang weckte, sich zu verhüllen und die Hände zu waschen.

«Frankreich, der Krieg», sagte Tylor. «Kokain kursierte unter den Soldaten wie Kaugummi. Probater Versuch, über dem Gemetzel nicht den Verstand zu verlieren. Ich hab allerdings erst nach Kriegsende damit begonnen. Dabei hatte ich gedacht, mit dem Waffenstillstand wäre alles vorbei. Aber bei mir ging es da erst richtig los. Die Gräben, der Lärm, das Gas, die Masken, die Panzer ... Im Traum ist man wehrlos, da kann man nichts mehr kontrollieren.»

«Seltsam ...»

«Was denn?»

«Dass Sie die Deutschen nicht hassen. Warum sind Sie hierhergekommen?»

«Wegen Karl Artelt.» Er lächelte über ihr verblüfftes Gesicht. «Haben Sie gar nichts von ihm gehört? Dabei ging es durch alle Zeitungen. Die deutsche Flottenführung hatte gegen Ende des Kriegs beschlossen, die Kieler Flotte in eine letzte Schlacht zu schicken. Aber die Matrosen haben sich geweigert. Das ist Sterben für nichts, haben sie gesagt. Viele wurden verhaftet, man drohte ihnen mit Hinrichtung. Oberheizer Karl Artelt hat seine Kameraden versammelt, die Inhaftierten befreit und die öffentlichen Gebäude in Kiel besetzt. Am Ende gab die Regierung nach. Ich habe die Berichterstattung damals mit brennendem Interesse verfolgt. Ein Funke Verstand in unserem Irrenhaus namens Erde – ich hatte damit nicht mehr gerechnet. Ich habe ihn besucht, und danach bin ich einfach in Norddeutschland geblieben.»

Frenetisches Klatschen löste die Klaviermusik ab, und Tylor verstummte. Sie blickten beide zu Berger hinüber, der aufstand und sich formvollendet und selbstbewusst verbeugte. Der kleine Junge, der ihn schon vor zwei Tagen begleitet hatte, kam angelaufen, und Berger schwenkte ihn durch die Luft, wofür er Lachen und weiteren Applaus erntete. Die Atmosphäre, eben noch schwül und aufgeladen, wirkte plötzlich beinahe familiär. Berger kehrte zu seinem Flügel zurück, und der Junge verschwand wieder im Publikum. Einige der Tänzerinnen gingen von Tisch zu Tisch und setzten sich Gästen auf den Schoß, eine maskenhaft geschminkte Frau zupfte einem beleibten Herrn neckisch die Krawatte auf.

«O Gott», sagte Tylor.

«Was?»

Er blickte in einen Winkel der Bühne, den sie nicht einsehen konnte. Aber das war auch nicht nötig. Berger änderte sein Spiel, alle Blicke richteten sich nach vorn. Louise war auf die Bretter getreten.

Doch in was für einem Aufzug! Sie trug ein Tournürenkleid wie aus dem Schrank ihrer Großmutter, nur hässlicher, und eine Haube, die sie so sittsam aussehen ließ, dass es in dieser Umgebung frivol wirkte. Unter der Haube lugten, zu Zöpfen geflochten, zwischen Bändern und Schlaufen die dunklen Haare hervor. Lous Bewegungen allerdings konterkarierten den spießbürgerlichen Aufzug. Sie waren auf schwer zu beschreibende Art aufreizend.

Berger begann wieder zu klimpern, über den Tischen ging das Licht aus, dafür stand Lou plötzlich im gelben Kegel eines Scheinwerfers. Stockend, gekünstelt schüchtern, begann sie zu singen. Die ersten Zeilen bekam Frida nicht mit, sie war noch zu gebannt von dem sonderbaren Aufzug, doch dann horchte sie.

«... *Es atmet klamm das Publikum, / es gäb was drum, es gäb was drum – / erhöre nur sein Flehen: / Das Publikum will sehen ...*»

Was sang sie denn da? Lous Stimme, eben noch weich, wurde nun lauter, sie übertrieb in den Betonungen, zog einen Bogen, in den sich Lachen und zwinkernde Ironie mischten: «*Zieh dich aus, Petronella, zieh dich aus! / Denn du darfst nicht ennuyant sein, / und nur so wirst du bekannt sein – / Und es jubelt voller Lust das ganze Haus: / Zieh dich aus, Petronella ...*»

Frida spürte Tylors Hand auf ihrer eigenen. Sie merkte, dass sie zitterte. Lou drehte sich unter dem Gejohle der Leute und warf mit einem geübten Wurf die Haube von sich.

«... *je nackter deine Schultern sind, / je mehr sagt man: Das kleid se! / Es aalt sich wohlig das Parkett: / Wie ist das nett, wie ist das nett!*» Lou kicherte und verschluckte sich an ihrem eigenen Lachen. Berger fing den kleinen Fauxpas musikalisch auf. Dann löste sie einige Schnüre, und wie von Zauberhand fiel die Tournüre von ihrem Hintern. Sie drehte sich langsam, kehrte dem Publikum den Rücken zu, und die Gäste grölten, weil sie statt des erwarteten Rockstoffes einen breiten Spalt erblickten, der Lous Unterhose freigab.

«... *Das Hemd kann sie vergessen, / das sind doch Kunstinteressen! / Zieh dich aus, Petronella ...*»

Frida wollte zur Bühne. Sie musste das beenden. Diese Demütigung, diese ... grauenhafte Entwürdigung ... Aber Tylor erwischte sie am Handgelenk. «Noch nicht jetzt. Wir müssen mit ihr reden, wenn sie allein ist», zischte er.

«... *Was in alter Zeit nur ein Einziger sah, / ja, das solln jetzt alle sehen ...*» Lou begann ihr Mieder aufzuknöpfen, lasziv schob sie Knöpfe durch Knopflöcher.

Plötzlich stürmte aus dem Halbdunkel der Tische ein Mann nach vorn, er warf einen Stuhl um, löste ärgerliche Proteste aus, erklomm die Bühne ... Matz! Seine Haare waren verwuschelt, die gebrochene Nase leuchtete rot im Scheinwerferlicht, sein schlechtsitzender Anzug ließ ihn aussehen wie das männliche Gegenstück zu dem Trampel, den Lou eben noch dargestellt hatte. «Lass das, Lou», schrie er. «Komm, zieh dir das über ...» Er drängte ihr seinen Mantel auf.

Einen Moment war die Halbnackte wie erstarrt. Dann stieß sie ihn von sich. Weil er keine Gegenwehr erwartet hatte, landete er auf dem Hosenboden. Gelächter brandete auf. Viele schienen Matz für einen Teil des Programms zu halten. Unverdrossen wie ein Kind kam er wieder auf die Füße. «Komm nach Hause, Lou, wir heiraten. Wir werden Kinder haben ...»

Gelächter im Publikum. «Zeig erst mal, ob du welche machen kannst», brüllte jemand zur Bühne hinauf.

Lou schleuderte ihm seinen Mantel entgegen. «Verschwinde», sagte sie ruhig, aber so laut, dass die meisten im Saal es hören konnten.

«Nicht ohne dich, Lou. Ich liebe dich, das musst du doch ...»

Lou unterbrach ihn, dieses Mal aber zu leise, als dass Frida etwas hätte verstehen können.

«Ich konnte doch nicht ahnen ...», protestierte Matz.

Plötzlich meldete das Klavier sich wieder, eine Melodie ertönte, wenige Takte, die wie ein Echo klangen: *Zieh dich aus, Petronella ...*

Lou begann zu lächeln und hob die Arme, als wollte sie tanzen.

Matz, dem alle Farbe aus dem Gesicht gewichen war, blieb noch kurz vor ihr stehen und starrte sie an, dann stolperte er davon.

... Zieh dich aus, Petronella ...

Frida riss sich von Tylor los und hastete zur Bühne. Ihre Schwester musste sie trotz des blendenden Scheinwerferlichts erkennen, jedenfalls floh sie in den Seitenaufgang, den die Akteure beim Auftritt benutzten. Berger brach sein Spiel ab, kurz herrschte Stille, dann setzte plötzlich die Kapelle ein. Frida tastete sich durch das Dämmerlicht hinter dem Vorhang und entdeckte Lou, die vor einigen gestapelten Stühlen auf sie wartete. Ihr Mieder klaffte, darunter war sie nackt. Frida packte sie hart an den Armen. «Was machst du denn hier? Verflucht, Lou!»

Ihre Schwester lachte schrill auf. «Was wohl? Siehst du's nicht? Ich lebe!»

«Aber das ist ... Lou, du bist doch keine ...»

«Was? Hure? Stimmt. Ich bin keine Hure. Ich hab mich nämlich geweigert, mich für das Spießerleben meiner Familie an ein ordinäres Schwein verhökern zu lassen. Nicht mit mir, Frida! Ich bin gerade noch davongekommen. Und nun lebe ich für mich und für Menschen, denen wirklich etwas an mir liegt. Ich hab einen Mann gefunden und ein Kind dazu. Wünschst du mir nicht Glück? Oder bist du neidisch? Ich hab nämlich alles, wonach du dich sehnst!»

Frida schüttelte wie betäubt den Kopf. Sie senkte die Stimme. «Du hörst mir jetzt zu, Lou. Die Frau, mit der Fritz Berger verheiratet war, ist ertrunken. Niemand kennt die genauen Umstände, aber man vermutet Mord. Und ihrem Bruder hat man das Gesicht weggeschossen. Die Polizei sagt ...»

Kurz hatte es ausgesehen, als hätte Lou ihr zugehört, als wäre ein verstörter Ausdruck über ihr Gesicht gehuscht, aber bei dem Wort «Polizei» verzog sie höhnisch das Gesicht. «Mit *denen* hast du dich also zusammengetan. Natürlich, war ja zu erwarten. Soll ich dir was sagen? Das zwischen Fritz und den Bullen ist *persönlich*. Die sind neidisch, die wollen ihm das Geschäft verderben und schneien alle paar Wochen hier herein, um das Publikum zu vergraulen. Ihr Spießbürger könnt es einfach nicht ertragen, wenn jemand auf andere Weise glücklich ist, als der Knigge es vorschreibt. Ihr kriegt Nervenzusammenbrüche, wenn eine Frau einen Mann aus purer Liebe umarmt. Mitgift – allein das Wort! Es hat mit *Gift* zu tun – hörst du das nicht? *Mit Gift!* Es ist widerlich, Frida, und das Schlimmste: Ihr merkt es nicht einmal!»

Sie riss sich los, dann war sie fort.

26.

EMILY

September. Der Monat, mit dem der Herbst beginnt. Ich liebe die *ber*-Monate, hatte Großpapa immer gesagt, September, Oktober ... Da ist es still, da kommt man zur Ruhe. Emily hatte das lange nicht verstanden und gedacht, dass er von Bären spräche. Aber er meinte natürlich die friedliche Herbstzeit.

Sie beschloss, sein Grab zu besuchen. Wind war aufgekommen und kühlte die Insel. Sie sah zu den Bäumen auf, in deren Kronen sich die Blätter bewegten, und über die Felder, auf denen sich im Wind die Gerste wiegte, und dachte, was für ein schönes Bild das sei. Sie *dachte* es, aber *empfinden* konnte sie es nicht. Ihr fehlte die Kraft für Gefühle, schon eine ganze Weile. Es war ein sonderbarer Zustand. Als wären Kopf und Herz mit Beton ausgegossen worden.

Langsam lief sie über den Feldweg Richtung Nebel. Der Gang strengte sie an, als säße auch in ihren Gliedern Beton, und bald bereute sie, sich überhaupt auf den Weg gemacht zu haben. Aber sie brachte auch nicht die Energie auf, ihr Vorhaben abzublasen.

Ihre Gedanken wanderten zu Christian. Der arme Junge. Seit der furchtbaren Szene im Garten, als Hellmut sich so ... benommen hatte, war ihr Bruder wie ausgewechselt. Er hatte ihr helfen wollen, aber nicht gewusst, dass Menschen wie Hellmut immer ihren Willen bekamen, dass man sich gegen sie einfach nicht zur Wehr setzen konnte. Die Drohung, als Mörder angeklagt zu werden, war ihm sichtbar aufs Gemüt geschlagen. Er kam kaum noch aus seinem Zimmer, und wenn, dann sprach er nicht. Er sah niemandem mehr ins Auge, auch ihr nicht. Gerade ihr nicht.

Emily erreichte das Dorf und bog in die kleine Straße zum Friedhof ein. Großvaters Grab hatte immer noch keinen Stein bekommen. «Man muss damit warten, bis die Erde sich gesetzt hat, das dauert ein paar Monate», hatte ihr Stiefvater letztens bei Tisch gesagt. Emily hatte das nicht verstanden. Ging es um die Erde selbst, also darum, dass sie noch zu locker war, oder um den Sarg? Wie lange brauchte Holz wohl, um zu verrotten? Und wenn es passiert war – klatschte es dann mitsamt der Erde auf Großpapa? Oder war er zu diesem Zeitpunkt ebenfalls schon vermodert, sodass nur noch Erde auf Erde zu liegen kam, mit ein paar Knochen dazwischen?

Emily hatte auf den letzten Metern zum Grab ein paar Blumen vom Wegrand gepflückt, die legte sie nun auf die staubige Erde. Ob Großpapa noch existierte? Wenn der Pfarrer recht hatte, lag er gar nicht mehr hier, sondern schwebte über ihr und behielt sie im Blick, weil die Liebe angeblich ewig dauerte. Aber sie glaubte so wenig daran, dass sie nicht einmal einen Blick zum Himmel riskierte. Warum erzählte man solche Märchen wohl von Generation zu Generation weiter? Weil man sonst den Tod nicht ertrug?

«Frida kommt wahrscheinlich bald zurück», erzählte sie dem grauen Grab trotzdem, für den Fall, dass sie sich irrte. «Sie sagt, sie hat Lou gefunden. Also: Mutter behauptet, dass sie es gesagt hat. Die beiden haben telefoniert. Ich selbst habe gar nicht mit ihr gesprochen.»

Ein Vogel tirilierte. Er hob sich aus dem sattgrünen Spätsommerlaub und flog davon.

«Und ich selbst werde heiraten.» Der Satz klemmte in ihrer Kehle. Mühsam tat sie einen Atemzug. «Wenn es dich wirklich noch gibt, Großpapa, kannst du mir dann nicht ein Zeichen geben, damit ich weiß, was ich tun soll?» Sie schlang die Arme um sich und verharrte still, während die Sonne sich allmählich auf die Reetdächer jenseits der Friedhofshecke legte.

Großpapa gab kein Zeichen. Sein Grab sah aus, als hätte es eine Decke aus Stahl. Ihr Schicksal war besiegelt. Christian hatte auf Hellmut geschossen. Sie hatte ihn nicht darum gebeten, aber er hatte es ihretwegen getan. Sie konnte ihr eigenes Glück nicht mit dem Ruin seines jungen Lebens erkaufen.

«'nen schönen Abend, Emily.»

Eine der Fischerfrauen aus dem Dorf, Traudel Nielsen, kam den Weg herauf und hob lächelnd die Hand. Emily lächelte zurück.

«Ich habe ein paar Herbstastern dabei. Willst du eine davon auf das Grab deines Großvaters pflanzen? Er war ein guter Mensch, ein echter Amrumer. Von der Sorte gibt's heute nicht mehr viele.» Traudel hielt ihr den Korb mit den Pflanzen hin. «Such dir eine aus.»

Emily schüttelte den Kopf, dankte und eilte davon. Sie

musste nach Hause. Das Hochzeitskleid von Mutter war in aller Eile von Gerlinde umgenäht worden. Aber der rechte Abnäher am Busen hatte nicht richtig gesessen, da mussten sie noch mal ran.

In drei Tagen würde sie heiraten.

27.

FRIDA

Sie gingen vom *Kladderadatsch* sofort weiter zur Davidwache. Frida und Tylor waren nur zu zweit, Matz hatten sie nicht mehr finden können. Tylor klopfte, und Turngarten brüllte: «Keine Zeit!» Sie öffneten die Tür trotzdem. In seinem Büro fand gerade eine Sitzung statt. Zehn oder zwölf Männer saßen im Kreis und starrten betreten gegen die Wände. Vielleicht hing es mit den Kommunisten zusammen, derer sie immer noch nicht habhaft geworden waren.

Frida sprudelte drauflos. Ihre Schwester im *Kladderadatsch*, der Auftritt ... Tylor unterbrach sie. Er brachte das Wesentliche knapp auf den Punkt. Frauen präsentierten sich in dem Varieté halb nackt den Gästen, es wurden Drogen verkauft, und wahrscheinlich wurde im Keller ein Bordell betrieben.

Keiner der Polizisten war beeindruckt. «Wir wissen, wie es dort zugeht», sagte einer. Frida verlegte sich aufs Betteln. Louise sei jung und impulsiv, aber ein herzensguter Mensch ...

«Natürlich, und wir werden uns auch darum kümmern, aber jetzt geht es nun mal gerade nicht!» Turngarten riss die Tür auf und warf sie gereizt hinaus.

Niedergeschlagen standen sie vor der Wache auf der

Straße. Tylor hielt sich die Hand. Sein Handrücken blutete – eine Schürfwunde, die er sich zugezogen hatte, als der Türsteher sie aus dem *Kladderadatsch* geworfen hatte. Fridas Schrammen saßen auf ihrer Seele. Leise sagte sie: «Lou behauptet, dass sie glücklich ist.»

«Das glauben Sie doch selbst nicht.»

Es tröstete sie, dass er widersprach. Langsam setzten sie sich in Bewegung. Der arme Matz. Er würde doch hoffentlich nichts Dummes anstellen? Sie hätten lieber nach ihm suchen sollen, anstatt zur Wache zu gehen. Aber das waren müßige Gedanken.

Die letzte Elektrische, die zum Erikahaus fuhr, war bereits davon, und Tylor brachte sie zu Fuß nach Hause. «Ihre Schwester kann jederzeit telegraphieren oder anrufen. Und diese Jenny ist ja auch noch da», sagte er, als sie sich vor der Klinik von ihm verabschiedete. Es war ein Trost, der wenig taugte, das wussten sie beide.

Langsam stieg Frida die Treppe im Erikahaus hinauf. Und was nun weiter? Sollte sie morgen nach Amrum zurückkehren? Aber was, wenn das Gespräch hinter der Bühne doch noch etwas auslöste, mit ein paar Stunden Verspätung? Die Hürde, ihre ältere Schwester aufzusuchen, wäre für Lou sicher kleiner, als die Mutter anzurufen und ihr einzugestehen, unter welchen Umständen sie lebte.

Sie brauchte in dieser Nacht lange, bis sie in den Schlaf fand.

Am nächsten Morgen beschloss sie, doch noch zu bleiben, wenigstens ein paar Tage. Nachmittags holte Tylor sie direkt nach der Arbeit im Schwesternheim ab, und sie gingen in ein Eckcafé in der Nähe. Noch einmal zerpflückten sie alles, was sie über Fritz Berger und sein Verhältnis zu Lou wussten, aber es kam nichts dabei heraus. Sie waren machtlos. Tylor seufzte und lenkte das Gespräch schließlich auf das Inselhospital. «Wem gehört es überhaupt?»

«Das Gebäude selbst? Unserer Familie. Also, mir und meinen Schwestern.» Frida erzählte von Großpapas Wunsch, seinem Sohn mit dem Haus ein Denkmal zu errichten. «Erst wollte meine Mutter die Kinder fortschicken, aber Lous Verschwinden ... Ich glaube, es hat ihr ein schlechtes Gewissen gemacht.» Das allerdings gerade im Schwinden ist, dachte Frida müde. Die Zukunft sah düster aus. Was, wenn Rudolfs Wunsch, die Kinder loszuwerden, doch wieder die Oberhand gewann?

«Im Moment besteht das Problem also lediglich darin, den Kindern Essen, Medikamente und Personal zu finanzieren?»

«Stienke, Jonny und Hannah arbeiten für drei Mahlzeiten am Tag und Hannah für zusätzlich eine freie Unterkunft in einem der Dachzimmer, die gar kein Lohn ist, weil ja sowieso jemand nachts bei den Kindern bleiben muss.»

«Dann müsste man zu den laufenden Kosten also nur noch einen Arzt für gelegentliche Besuche bezahlen? Das sollte doch zu bewerkstelligen sein.»

Frida starrte bedrückt auf den fleckigen Tisch, auf dem der Kaffee kalt wurde. Sie sah das Mitgefühl in Tylors Gesicht, und plötzlich war es ihr peinlich, wie tief sie ihn in ihre Probleme hineinzog.

Tylor bestellte Kaffee, und sie nutzte die Pause, um das Thema zu wechseln. «Und Sie? Wie war das in Afrika?»

Er schob eine kleine Vase mit Blumen zur Seite und starrte auf die welkenden Herbstastern. «Ist die Szene im Hörsaal sehr peinlich gewesen?»

«Na, ja...»

«Ich hatte mich mit Kröppke schon im Frühjahr gestritten, als er mir erzählte, woran er geforscht hat und dass er weitermachen will.»

«Aber Sie haben früher doch ebenfalls geforscht.»

Der Arzt raffte sich zu einer Erklärung auf. Er hatte in der *London School of Tropical Medicine* studiert. Als man ihn fragte, ob er in Afrika direkt an Erkrankten lernen wolle, war er begeistert gewesen. «Wir hofften, nachweisen zu können, dass afrikanisches Hochwild als Reservoir des Erregers der Schlafkrankheit beim Menschen dient, das war unser Forschungsprojekt.»

«Und Sie sind auf ähnliche Weise wie Kröppke vorgegangen?»

Tylor verzog das Gesicht zu einem gequälten Lächeln. «Wissen Sie, wie so etwas funktioniert? Wir wollten heilen, ja, aber vor allem wollten wir lernen, wie diese verfluchte Krankheit funktioniert. Und dann stehst du plötzlich in einem Spannungsfeld zwischen deiner Neugierde und dem Hippokratischen Eid. Die Neugierde ist stark, Frida. Also musst du einen Trick benutzen: Du entmenschlichst deine Patienten, du machst sie zu... Im Fall der Afrikaner zu einer Art höherem Tier. Sie können reden, sie können auf merkwürdige Art fühlen und denken, aber sie stehen doch außerhalb der menschlichen Gemeinschaft. Plötzlich bricht eine Barriere. Und du kannst Dinge tun, die du vorher niemals für möglich gehalten hättest.» Er schüttelte den Kopf.

«Was genau ...»

«Nein! Lassen Sie es gut sein.» Er winkte dem Ober, der aber mit der Kasse beschäftigt war und ihn nicht bemerkte.

«Sie haben Ihre Meinung geändert. Warum?»

Der Arzt zögerte, er wollte nicht reden. Oder doch? Nervös trommelte er mit der Fußspitze auf dem Dielenboden. «Es war der Mann mit der Nummer 17. Er hatte das Früh- und das Sekundärstadium der Krankheit bereits überschritten und befand sich am Beginn des Tertiärstadiums: Schlafsucht, die mit Phasen von Schlaflosigkeit wechselte. Die Parasiten hatten sein Gehirn erreicht, Heilung war unmöglich. Die Leute lebten in Baracken, viele waren angekettet, aber die, die uns harmlos vorkamen, wurden zu Arbeiten herangezogen. Nummer 17 hatte sich von irgendwoher einen Sack besorgt und aus der Küche, in der er Spülarbeiten erledigte, ein Messer gestohlen. Er schnitzte. Ziegen, Schafe, Esel, einen Löwen ... Alles kam in den Sack hinein, den Reisesack, wie er ihn nannte. Die Figuren waren für seinen Enkel bestimmt. Er wollte sie mitnehmen, wenn er wieder gesund wäre. Dem Enkel fehlte offenbar ein Fuß, ein Geburtsfehler. Wer nicht mit echten Ziegen auf die Weide gehen konnte, der sollte zumindest auf seiner Matte mit Holzziegen spielen können, fand Nummer 17. Er hat mir das erklärt, ein Viehhirte mit einem sonnigen Verständnis vom Leben. Ich habe ihm gesagt, dass er den Enkel vermutlich nicht wiedersehen wird. Er hat zu weinen begonnen.»

Tylors Gesicht wirkte wie gefroren. «Von da an hat es nicht mehr funktioniert. Verstehen Sie? Ich habe versucht, weiterzumachen wie bisher. Aber dann hab ich die Holzfiguren im Abfall gefunden ... der Sack lag wieder in der Küche ... einem verzweifelten Großvater spritzt du keine schädlichen Substanzen.»

Später, als das Lokal schloss und sie in den Abend hinaustraten und sich verabschiedeten, murmelte Tylor: «Der andere Grund für meinen Streit mit Kröppke war, dass ich es hasse, Sie mit ihm zusammen zu sehen.» Im nächsten Moment war er verschwunden.

Frida hatte nicht erwartet, dass sie Daniel Kröppke in diesen Tagen noch einmal begegnen würde. Doch am folgenden Vormittag traf sie ihn zufällig auf dem Weg zu einem der Krankenpavillons. Überrascht blieb sie stehen. Er kam auf sie zu. Verärgert? O ja, er war kein Mensch, der seine Gefühle verbergen konnte.

«Ich habe Sie nach meinem Vortrag nicht mehr finden können, Frida, wie bedauerlich.»

Was sollte sie sagen? «Ich ...»

«Da Sie den Raum so rasch nach Dr. Tylor verlassen haben: Konnte er Sie von seiner Sicht der Dinge überzeugen?»

«Zumindest kommt sie mir bedenkenswert vor», meinte sie errötend.

«Bedenkenswert ... Sentimentales Getue! Die Eingeborenen konnten von Glück sagen, dass sie überhaupt irgendeine Art von Behandlung erhielten. Die stehen den Tieren nämlich entschieden näher als der menschlichen Rasse, glauben Sie mir, ich konnte sie studieren. Und wenn Sie mir nicht vertrauen: Gehen Sie mal in einen dieser

Zoos, in denen sie gerade ausgestellt werden – ich glaube, in Hagenbeck werden sie auch gehalten. Dann sehen Sie, was ich meine. Aber es ist offenbar leicht, Ihnen etwas vorzumachen. Besonders ...»

«Daniel ...»

«Ich habe schon läuten hören, dass man Sie und Tylor öfter zusammensieht. Ein bisschen Ehrlichkeit hätte mich gefreut.» Er tippte an seine Hutkante und ging weiter.

Sie spürte kein Bedauern.

Das Wochenende verbrachte sie im Erikahaus. Sie bat den Pförtner, ihr Bescheid zu geben, sollte ihre Schwester auftauchen, aber die ließ sich nicht blicken. In Wirklichkeit hatte Frida auch nicht damit gerechnet. Lous Reaktion war zu eindeutig gewesen.

Niedergedrückt ging sie am Montagmorgen zur Universitätsleitung. Zumindest hier gab es gute Nachrichten. Man war bereit, ihren Urlaub wegen des Inselhospitals zu verlängern. «Manches lernt der Mensch am besten durch Zupacken, und die Heilerfolge mittels Seeluft und Reizklima sind ja kaum erforscht. Notieren Sie, junge Dame, was Ihnen auffällt! Aber nächstes Jahr müssen Sie wieder hier sein, dann ist die Schonzeit vorbei, und Sie müssen sich entscheiden, was Sie wollen», meinte der weißhaarige Leiter der medizinischen Fakultät.

Die Stelle im Klinikum allerdings konnte man ihr nicht weiter freihalten. «Es gibt zu viele Bewerberinnen um Ihren Posten, und wir brauchen jede Hand», erklärte die Oberin mit Bedauern. Gut, da musste sie später weitersehen. Frida kehrte ins Erikahaus zurück, um ihr Zimmer zu räumen. Traurig schaute sie sich noch einmal um: Der leere Schrank mit den offen stehenden Türen, der Tisch, am dem sie so viele Stunden gearbeitet hatte – es war ein Abschied, der ihr das Herz abdrückte.

Aber ihre Stimmung hob sich wieder, als sie Tylor den Flur heraufkommen sah. Der Engländer nahm ihr die beiden Koffer ab und erklärte: «Ich habe eine Woche Urlaub genommen, um mir die Hospitalkinder einmal selbst anzusehen. Dann fällt es mir leichter, die richtigen Medikamente zu verschreiben. Es macht Ihnen doch hoffentlich nichts aus?»

28.

MATZ

Matz war am Samstag nach Amrum zurückgekehrt – gleich nach dem Abend von Lous verstörendem Auftritt. Er hatte die erste Eisenbahn genommen und die letzte Inselfähre erwischt, die gegen Abend mit dröhnenden Motoren und stinkenden Rauchfahnen am Steg anlegte. Langsam schritt er mit seinem Koffer über die Bretter. Zum ersten Mal in seinem Leben fühlte es sich nicht wie ein Heimkommen an, sondern wie ein Stranden in der Fremde. Die Abendsonne glich einem welken Rosenblatt, das Wasser war grau, die Wellenbrecher angenagt und die Schaumkronen schmutzig.

Er ging einer Gruppe Schüler, die am Strand spielten, aus dem Weg und war froh, als er sich in seinem Haus verkriechen konnte. Lou wollte ihn nicht mehr, das musste er schlucken. Er hatte sie im Stich gelassen, als sie nachts an seine Tür geklopft hatte. Obwohl er wie vor den Kopf geschlagen gewesen war, hätte er ihr nachgehen müssen, sie suchen, die Familie alarmieren ... Nur war er leider genau der Inseltrottel, den sie in ihm sah.

Als er am folgenden Morgen erwachte, hatte er kaum eine Stunde geschlafen. Die ganze Nacht hatte ihm das gottverfluchte Lied in den Ohren getönt: *Zieh dich aus, Petronella* ... Er hatte Lous entblößtes Hinterteil durch die dünne Wäsche schimmern sehen – das Bild hatte sich in sein Gedächtnis gebrannt. Wenn er nicht die Bühne erklommen hätte, was wäre als Nächstes drangekommen? Der Busen? Und als Übernächstes? Und am Ende? Er verabscheute Lous Handeln, und er hasste sich selbst.

Den Sonntag verbrachte er im Bett, warum sollte er auch aufstehen?

Hätte Lou sich in Hamburg von ihm gewünscht, dass er sie über die Schulter warf und schnurstracks nach Hause trug? Hatte er sie ein zweites Mal enttäuscht? Sollte er sich mit der nächsten Fähre auf den Weg machen und nachholen, was er versäumt hatte? Leider würde er morgen wieder in der Schule erscheinen müssen. Der Gedanke war noch nicht zu Ende gedacht, da verachtete Matz sich schon dafür. Die Welt würde nicht untergehen, wenn ein paar Tage auf Amrum der Unterricht ausfiele, aber Lou würde in dem Milieu, in dem sie jetzt lebte, draufgehen. So viel stand fest.

Und fest stand außerdem, dass er sich etwas vormachte. Er war Lou gleichgültig. Wenn er erneut bei ihr auftauchte, würde sie ihm keine andere Antwort geben als an dem Abend auf der Bühne.

Schließlich schlief er am späten Vormittag doch noch ein. Und als er wieder erwachte, wurde ihm mit einem Schlag bewusst, dass ihm schon wieder etwas entgangen war: Er hatte noch keine Sekunde überlegt, was Frida getan haben mochte, nachdem er aus dem *Kladderadatsch* gestürmt war. Hatte sie geschafft, was ihm selbst nicht gelungen war? Hatte sie Lou ins Gebet genommen? Sie gezwungen, mit ihr nach Amrum zurückzukehren?

Matz stolperte ins Freie und stand im abendlich gefärbten Garten zwischen den angriffslustigen Mücken. Frida hätte ihn benachrichtigt, wenn sie mit Lou auf der Insel wäre. Sie war keine, die einen zappeln ließ. Und sie wusste ja, dass er litt wie ein Hund. Aber vielleicht hatte Lou ihr verboten, ihm Bescheid zu geben? Um ihn zu prüfen? Um zu sehen ...

Schluss mit der Grübelei! Endlich handeln! Matz kehrte ins Haus zurück, wusch sich von Kopf bis Fuß, zog saubere Sachen an und machte sich auf den Weg zur Villa der Kirschbaums.

Bis zum Dorfrand ging er einigermaßen gesittet, aber als er die Häuser hinter sich gelassen hatte, begann er zu rennen. Er nahm den kürzesten Weg, den an der Küste entlang. Der Wind hatte zugelegt, er blies ihm ordentlich ins Gesicht, und Matz hörte die Wellen schmatzen. Die Kühe, die landeinwärts auf den kargen Wiesen grasten, wandten ihm die Köpfe zu. Kurz vor Steenodde überquerte er einen Acker und erklomm einen der grasbewachsenen Hügel, von denen die Leute behaupteten, dass es alte Wikingergräber seien. Das Dorf lag vor ihm, an seinem Rand die Kirschbaumvilla mit der hohen Hecke, die in der Nacht aussah wie eine Festungsmauer. Keuchend, mit Seitenstichen und schmerzendem Herzklopfen, suchte er nach dem Törchen in der Hecke. Er wollte nicht über die Straße gehen und vorn klingeln, sondern lieber durch den Garten schleichen und Kiesel an Fridas Fenster werfen wie ein verliebter Simpel.

Er fand das Törchen auch, kaum sichtbar in der Nacht,

und wollte es schon öffnen, als er plötzlich ein klägliches Heulen vernahm. Matz kannte sich aus, das war das Rotzjammern aus einer Jungenkehle. Aber darauf hatte er jetzt wirklich keine Lust. Er wollte weiter – und blieb trotzdem stehen. Einmal Lehrer, immer Lehrer. Widerstrebend folgte er dem Geräusch, das ihn zu einer Weide führte, zu einem der Unterstände, in denen die Amrumer Schafe Schutz vor Wind und Wetter suchten. Auch heute drängten sie sich in dem offenen Verschlag, sie rochen wohl, dass es ungemütlich zu werden drohte.

Als Matz näher kam und rief, erhob sich eine schmächtige Gestalt aus der Herde. Der Junge war trotz der Dunkelheit deutlich an der Art zu erkennen, wie er übertrieben steif im Wind stand. Christian Kirschbaum. Er war verstummt, aber als Matz ihn erreichte, ging das Geheul von neuem los.

Matz fasste ihn an den Schultern und schüttelte ihn. «Was ist los?»

«Emily …»

«Was? Nun rede schon.»

«Sie hat …»

Matz ließ die Schultern los. Er fuhr sich in die Haare. Dunkel war es sowieso schon, aber plötzlich schien es, als hätte die Nacht einen weiteren Schalter ausgeknipst. «Was ist mir ihr?», fragte er mit belegter Stimme.

«Sie ist tot.»

Das war Unsinn. Matz hob das Kinn des Jungen an und zwang ihn, ihm ins Gesicht zu blicken.

«Sie hängt im Garten.»

«Nein», sagte Matz.

Christian begann zu stammeln. Es war unmöglich, in seinen Worten einen Sinn zu finden. *Hellmut ... Emily ... unglücklich ... Grapschen ... Pistole ...* Rotz und Wasser liefen über das schmale Jungengesicht. Matz ließ ihn stehen und rannte los, erst zur Hecke und dann, als er das Tor verschlossen fand, am Gesträuch entlang zum Haupttor der Villa. Aus einem offenen Fenster drangen Stimmen in den Garten, panisch klangen sie nicht. Er stieß das Eisentor auf, zögerte aber zu klingeln und Christian womöglich in Schwierigkeiten zu bringen. Es konnte ja sein, dass der Junge ... ja, was? Matz rannte ums Haus. Und da sah er sie.

Emily hing vom Querbalken einer alten Kinderschaukel an einem der Seile, an denen das Schaukelbrett befestigt gewesen war, das nun neben ihrer Wade baumelte. Unter ihren Füßen lag ein umgestoßener Holzstuhl. Einen Moment stand Matz da, als hätte man ihn in den Boden gerammt. Dann begann er zu brüllen. Er stürzte zu ihr und versuchte, den schlaffen Körper anzuheben, für den Fall, dass noch Leben in ihm steckte. Emily war schwer, und es dauerte eine halbe Ewigkeit, bis sich im Haus etwas rührte.

Schließlich hörte er in seinem Rücken Emilys Stiefvater brüllen. Rosa schrie in wahnsinnigem Schmerz. Andere Stimmen kamen dazu. Matz' Arme schmerzten, und er war froh, als Rudolf von Möhring endlich mit einer Leiter kam. Er lehnte sie an den Querbalken der Schaukel, kletterte hinauf und durchschnitt das Seil, sodass Matz mit Emily zu Boden stürzte. Ihr Körper lag schlaff auf ihm, sie war tot, er brauchte keinen Arzt, um das zu wissen.

Rudolf zog die Leiche von ihm herab und drehte sie auf den Rücken, die Haushälterin kam mit einer Decke aus dem Haus. Rosa schrie immer noch, und die Haushälterin lief endlich zum Telefon, um einen Arzt zu rufen.

Schwerfällig kam Matz auf die Füße.

Irgendwelche Nachbarn waren im Garten aufgetaucht. Sie packten die Decke mit dem armen toten Mädchen und trugen es ins Haus. Er blieb allein auf dem Rasen zurück. Da oben baumelte der Seilstummel, an dem Emily gehangen hatte. Christians unzusammenhängendes Gestammel ... Von Rathen hatte das arme Mädchen begrapscht ... Hatte er das richtig verstanden? Hatte der Junge das wirklich gesagt? Ihm wurde flau vor Ekel und vor Hass. Die eine Schwester, die das gierige Industriellen-Schwein heiraten wollte, war in die Fänge eines sittenlosen Bordellbetreibers geraten, die andere tot.

Er warf einen Blick zum Haus. Frida war offenbar noch nicht zurückgekehrt, und auf seine Anwesenheit würde ihre Familie sicher verzichten können, es gab ja nichts mehr zu helfen. Er machte sich also erneut auf den Weg, dieses Mal in die entgegengesetzte Richtung.

Nach Norddorf war es ein ganzes Stück Weg. Matz brauchte fast eine Stunde, bis er Amrums nördlichstes Dorf erreichte. Während er lief, drehten sich die ganze Zeit Bilder in seinem Kopf: Lou halb nackt auf der Bühne, Emily an der Schaukel ... Onkel Boy bei der Vogelkoje. Der Hass lief mit ihm, als hätte er sich bei ihm untergehakt. Das Haus des Mörders befand sich am Ende der Hauptstraße, gegenüber vom Hüttmann-Hotel. Die beiden Häuser waren nur durch ein Rasenstück voneinander getrennt.

Trotz der vorgerückten Stunde brannte hinter einem der Fenster an der Vorderfront noch Licht. Saß von Rathen über Papieren? Lag dort sein Schlafzimmer? Würde er gleich wissen.

Die Eingangspforte war unverschlossen, auf Amrum vertraute man den Nachbarn ja. Auch die Haustür ließ sich aufdrücken. Matz trat in einen stockdunklen Flur. Kurz wurde er misstrauisch. Erwartete das Schwein ihn womöglich? Aber warum sollte er? Er konnte von Emilys Tod noch gar nichts wissen, es sei denn, Rudolf hätte ihn angerufen, aber das war unwahrscheinlich.

Matz tastete sich an einer Garderobe entlang. Seine Wut wurde von einer Art nervöser Vorsicht gedämpft. Leise erklomm er eine Treppe. Das Haus war innen kleiner und enger, als er vermutet hatte. Er hatte den obersten Treppenabsatz fast erreicht, als er ein Geräusch zu hören meinte und innehielt. War etwas zu Boden gefallen? Dann vernahm er Stimmen. Von Rathen hatte Besuch.

Plötzlich überkam Matz Ernüchterung. Was machte er hier eigentlich? Er hatte nicht weitergedacht, nichts geplant. Auf welche Weise könnte er Rache üben, ohne selbst zum Verbrecher zu werden? Sollte er also umkehren? Und das Schwein dort packen, wo es ihm richtig weh tat, nämlich, indem er ihn gesellschaftlich erledigte? Genau, er könnte dafür sorgen, dass jeder Mensch auf Amrum ... ach was, jeder bis nach Dänemark erfuhr ...

Ein Schuss zerriss die Stille.

Sekundenlang war Matz wie betäubt, als hätte es ihn selbst getroffen. Dann nahm er die letzten Stufen. Der Flur, der das Obergeschoss in der Mitte teilte und an einem

Fenster zum Garten endete, war leer, aber aus einem der seitlichen Zimmer drang das Licht, das Matz bereits auf der Straße gesehen hatte.

Er lief darauf zu. Durch den Türspalt wurde ein tieffloriger, grüner Teppich sichtbar, darauf ein eleganter Schuh, wie von Rathen sie trug, und ein Hosenbein. Matz brauchte Kraft, um die Tür aufzudrücken, weil der Körper sie versperrte.

Christian stand am Fenster, vor seinen Füßen lag eine Waffe. Er starrte wie hypnotisiert auf die Blutspritzer, die den Teppich besudelten. Nein, er starrte auf den Kopf des Mannes, der dort lag. Von Rathens Gesicht war zerschossen, Augen und Nase eine einzige klaffende Wunde. Matz merkte, wie ihm Brechreiz in die Kehle stieg. Aber er konnte nicht darauf achten, denn vor dem Fenster wurden Stimmen laut. Sicher Nachbarn, die den Schuss gehört hatten.

Und nun?

Matz handelte, als hätte er nie etwas anderes getan, als Verbrechen zu vertuschen. Er zog ein Spitzendeckchen hervor, das auf einem Tisch unter einem hölzernen Seehund lag, nahm damit die Pistole auf, wischte die Fingerabdrücke ab und drückte sie von Rathen in die schlaffe Hand. Das Tuch stopfte er in seine Hosentasche. Würde die Polizei glauben, dass der Mann sich selbst umgebracht hatte? Und zwar, indem er die Waffe auf das eigene Gesicht richtete? Würde jemand etwas derart Schreckliches überhaupt fertigbringen?

Christian stand immer noch am selben Fleck. Matz zog ihn aus dem Zimmer, die Treppen hinab und durch eine

Tür nach hinten in den Garten. Keine Zeit zum Abwägen. Christian hatte, fassungslos über Emilys Tod, zur Waffe gegriffen. Wenn ich eine bei mir getragen und den Kerl vor dem Lauf gehabt hätte, hätte ich es vielleicht auch getan, dachte Matz. Aber Lou durfte nicht an einem Tag gleich zwei ihrer Geschwister verlieren.

Der Garten besaß einen Durchgang zu einem längeren Spazierweg hinab zum Strand. Matz zerrte Christian mit sich über einen Bohlenweg.

«Ich wollte das nicht.»

«Weiß ich doch.»

Christian stammelte weiter, aber Matz konnte nichts verstehen, und im Grunde war ihm auch alles gleich. Der Wind, aus dem jetzt doch ein Sturm geworden war, wirbelte ihnen Sand ins Gesicht, während sie sich durch die Dünen nach Nebel zurückkämpften. Ihre Augen tränten. Als sie im Schulhaus angekommen waren, drückte Matz Christian auf einen Stuhl und kochte Kaffee, und nachdem der Junge sich einigermaßen gesammelt hatte, erklärte er ihm, wie ihre Geschichte lauten würde: Christian war wegen Emily völlig aus der Fassung gewesen und hatte sich von Matz, dem Lehrer, Trost versprochen. Sie hatten die ganze Nacht miteinander geredet.

Matz fühlte sich am nächsten Tag wie ein Briefkasten, in den von allen Seiten Nachrichten geschoben wurden. Ernst Peters, der seine Tochter mit der Kutsche zur Schule brachte, weil sie sich im Sommer die Kniescheibe gebrochen hatte, berichtete von Emilys Tod und dass der Badearzt die ganze Nacht am Bett der gebrochenen Mutter zugebracht habe. Der Nebeler Schuster machte am Gartenzaun halt, um zu erzählen, dass der reiche Däne aus Norddorf bestialisch ermordet worden sei. Musste man den Mörder unter den Kurgästen suchen? Alles andere wäre doch Unfug, die Amrumer waren keine Mörder. Er zog enttäuscht weiter, als Matz keine Begeisterung fürs Spekulieren aufbrachte.

Der alte Ricklefs, der lange gegen die Elektrifizierung der Insel gekämpft hatte, raunte Matz über den Gartenzaun zu, dass es vor gar nicht langer Zeit einen schlimmen Streit zwischen dem Dänen und einer der Banken gegeben habe, von der der Mann damals das Elektrizitätswerk und die Bahn gekauft hatte. Da konnte man sich den Rest doch zusammenreimen. Festland-Spekulanten, das waren doch Leute, die auch vor einem gekauften Mord nicht zurückschreckten.

In dem kleinen Dorfladen, in dem Matz wenig später, krank vor Gier nach weiteren Nachrichten, drei Würste erstand, stellte man endlich einen Zusammenhang zwischen den beiden Todesfällen her.

«Ist doch klar», sagte Grete, die den Laden seit dem Tod ihres Mannes führte, «Emily Kirschbaum wollte diesen Dänen mit seinem hochnäsigen Getue nicht heiraten und hat sich deshalb umgebracht, und als der davon erfahren hat, hat er vor Kummer zur Pistole gegriffen. Mit der Liebe ist es doch so: Wo der eine nichts spürt, raubt es dem anderen den Verstand. Und dann kommt es zu solchen Geschichten.»

«Da könntest du recht haben», murmelte Matz. Sah man ja an ihm selbst.

«Gut, dass Frida zurückkommt. Wie ich gehört habe, ist sie schon auf dem Weg nach Amrum.»

Frida war mit der letzten Fähre gekommen und hatte einen Engländer mitgebracht – Matz hörte es von Ebbe Rörden, als er abends im Lustigen Seehund saß. Er ging sofort nach Hause, aber es dauerte fast bis Mitternacht, ehe die beiden an seine Tür klopften.

Matz ließ sie in sein Wohnzimmer, sie sanken auf die Stühle, nippten an dem Wein, den er ihnen nervös servierte, und dann begann Frida zu sprechen. Zunächst von Emily, natürlich. Sie lag auf ihrem Bett und sah so winzig aus. Frida redete, als tröpfelte Wasser aus einem Hahn, sie machte Pausen, in denen sie Tränen aus den Augen wischte, die sofort nachflossen, und wiederholte sich in einem fort: «Ich hätte ihr sagen müssen, dass ich ihr im Zweifelsfall eine Lehrstelle im Krankenhaus verschaffen könnte ...»

«Lass gut sein», murmelte Matz schließlich.

«Warum hab ich nicht länger mit ihr geredet? Warum bin ich nicht in sie gedrungen?»

Die Petroleumlampe verbreitete einen unangenehmen Geruch. An der Tür scharrte es, und Matz ließ die Katze ein, die ihm die Ratten und Mäuse wegfing. Sie beäugte den Besuch und verkroch sich in dem ausgepolsterten alten Holzkorb.

«Das Mädchen wird am Freitag beerdigt», berichtete Tylor.

Vorsichtig fragte Matz nach Christian. Der hatte sich in seinem Zimmer eingeschlossen. Frida hatte nur durch die

Tür mit ihm sprechen können, aber morgen würde sie es erneut versuchen. «Er hat wirres Zeug über von Rathen geredet.»

«Was denn?»

«Ich hab kaum ein Wort verstehen können. Aber ich bin froh, dass ihr beide in der Zeit, als der Mann gestorben ist, zusammen wart.»

«Na besten Dank», brummte Matz, als ihm aufging, was sie mit ihrer Bemerkung andeutete. «Ich habe doch überhaupt keine Waffe. Aber leid tut's mir um den Dreckskerl nicht.»

Frida lächelte müde. «Es wird ihn wohl kaum jemand vermissen.»

«Das will ich stark annehmen.» Und endlich traute Matz sich auch, nach Lou zu fragen.

Sofort wurde Frida wieder steif. «Sie tut, als gefielen ihr diese abscheulichen Auftritte. Als hätte sie in diesem widerlichen Haus das Leben ihrer Träume gefunden. Sie hat mich überhaupt nicht zu Wort kommen lassen.» Wieder kamen Tränen, Tylor legte ungeschickt eine Hand auf ihren Rücken. «Das ist nicht mehr die Lou, die wir kennen», flüsterte Frida erstickt.

«Doch», murmelte Matz. «Nur ist sie verblendet. Sie hat sich eine Geschichte zurechtgelegt, die gut klingt, und jetzt kämpft sie für diese Geschichte. Mut und Kraft hatte sie ja schon immer.»

Es hatte zu regnen begonnen. Tropfen pladderten gegen die geschlossenen Fensterläden, und die Kerzen auf dem Holzofen flackerten, wenn ein Luftzug es durch die Ritzen schaffte. Die Katze maunzte im Schlaf. Matz holte eine zweite Weinflasche, aber die Gläser seiner Gäste waren noch halb voll. War er der Einzige, der trank?

«Mir geht etwas durch den Kopf», sagte Tylor.

«Was denn?» Matz schenkte den beiden nach und füllte auch sein eigenes Glas.

«Es ist mir als Außenstehendem ein bisschen peinlich ...»

«Bitte seien Sie nicht umständlich», bat Frida müde.

«... weil es um Finanzielles geht.»

«Oh.»

Jetzt nahm der Engländer doch einen kräftigen Schluck. «Haben Sie das Testament Ihres Großvaters eigentlich mit eigenen Augen gesehen?»

«Bitte?»

Matz brauchte, genau wie Frida, einen Moment, um zu begreifen. Also ... Donnerwetter! Der traute sich ja was. Anzudeuten, dass Frida und ihre Schwestern von den eigenen Eltern übers Ohr gehauen worden sein könnten! Er erwartete, dass Frida dem Mann über den Mund fahren würde, aber sie starrte ihn nur schockiert an. Matz versetzte dem dämlichen Arzt einen Tritt gegens Schienbein, und Tylor starrte verlegen auf den Tisch. «Tut mir leid. Ich stamme aus einer wohlhabenden Familie, und nach dem Ableben meiner Eltern ... Es haben sich einige scheußliche Szenen abgespielt. Und Ihr Stiefvater schien mir auffallend gut gelaunt ...»

«Nein, das kam Ihnen nur so vor.»

Tylor verstummte endgültig, aber in Matz' Kopf ratterte es dafür umso schneller. Er glaubte nicht, dass Rosa ihre Töchter betrügen würde. Aber Rudolf von Möhring? Der

Mann war bis auf die Villa, die seiner Frau gehörte, praktisch mittellos und ohne Einkommen. Wenn er sich seine Stellung als Vormund nur ausgedacht hatte und wenn das, was er über die Höhe des Vermögens gesagt hatte, gar nicht stimmte, wenn das Vermögen vielleicht viel größer war ...

«Selbstverständlich habe ich das Testament gesehen. Wir haben es alle gelesen, nachdem Mutter es endlich gefunden hatte.»

«Und war die Handschrift, in der es aufgesetzt wurde, mit Sicherheit die Ihres Großvaters?»

Frida starrte den Engländer immer noch an. «Ich weiß es nicht, ich habe nicht sonderlich darauf geachtet.» Sie stand auf und ging zum Fenster. Während die Uhr klackte, fuhr sie mit dem Finger über den Ritz zwischen den beiden Fensterläden. Schließlich drehte sie sich um. «Sie denken, dass mein Stiefvater mich und meine Schwestern betrogen hat?»

Tylor schwieg betreten.

«Nie im Leben. Das ist ... unmöglich.»

29.

LOUISE

Sie würde heiraten. Gott, war sie selig. Fritz hatte das Aufgebot bestellt, und sie mussten nicht einmal die vorgesehene Zeit warten, weil er einige Geldscheine über den Tisch geschoben hatte. So war er ja, der Fritz: Für ihn galten nur die eigenen Gesetze.

Er hatte Dutzende Freunde eingeladen, außerdem die Angestellten und Musiker aus dem *Kladderadatsch* und Männer und Frauen, mit denen er anderweitig zusammenarbeitete. Sogar einen Polizisten, den er schon seit Ewigkeiten schmierte, wie er ihr lachend erklärte. Aber der würde sich wohl drücken. Er hatte nicht übel Lust, auf seinem Erscheinen zu bestehen. Den Mann sich winden zu sehen würde ihm einen Mordsspaß bereiten. «Nein», hatte sie gesagt, «nicht bei meiner Hochzeit», und er hatte reumütig nachgegeben.

Nachdenklich betrachtete Lou sich im Spiegel. Ihr Hochzeitskleid war ein Traum. Nichts Altmodisch-Steifes. Der Rock war nur knöchellang, mit Flattersaum, die Ärmel bis zum Ellbogen transparent. Zu den Händen hin liefen sie in Spitzen aus und waren damit undurchsichtig. Letzteres war leider nötig, weil ihr angeknackster Handgelenksknöchel einbandagiert war. Fritz bedauerte das sehr – sowohl die Bandagen, die sie darin hinderten, in all ihrer Schönheit zu glänzen, wie er es nannte, als auch den Bruch selbst. Daran war er nämlich nicht ganz unschuldig.

Sie hatten nach Matz' ärgerlichem Auftritt miteinander gestritten, und ohne diesen Streit wäre Lou nicht ausgeglitten und … Ach was, alles halb so schlimm. Der Knöchel würde in wenigen Wochen verheilt sein. Sie setzte einen Glockenhut auf den Bubikopf, den sie sich hatte schneiden lassen. Nimm was mit Schleier, hatte Fritz gemeint, das sei doch ein besonderer Clou, angesichts ihrer hüllenlosen Auftritte, aber auch das hatte sie nicht gewollt. Wenn sie später ihre Hochzeitsbilder betrachtete, wollte sie etwas sehen, das sie mit ungetrübter Freude erfüllte.

Karlchen kam ins Zimmer gerannt. Lachend öffnete Lou ihre Arme. Herumschwenken konnte sie ihn im Moment ja leider nicht, da musste sie warten, aber sie drückte ihn an sich und atmete seinen süßen Kinderduft ein. Sie liebte dieses kleine, zerbrechliche Wesen, das Lachen auf seinem Gesicht, die ungeschickten Küsse … Und Karl liebte sie mit Leidenschaft zurück. Sein Schweigen war Vergangenheit. Er schnatterte munter drauflos wie ein normales Kind. Lou hier, Lou da. Sie und sein Vater schienen für ihn wie eine Burg zu sein, in der er zu seinem normalen Verhalten zurückfand, weil er sich nicht mehr fürchten musste.

Lou zog den Jungen zu dem kleinen Schreibtisch, der seit neuestem in ihrem Zimmer stand. In *ihrem Zimmer*! Sie besaß nämlich inzwischen einen Raum, der ihr allein gehörte. Fritz hatte ihn kurz nach dem schrecklichen

Abend, als Frida und Matz sie so blamiert hatten, eingerichtet, wohl, weil ihm der Streit und alles so leidtat. Lou wurde immer noch ganz schwummerig, wenn sie daran dachte, wie Matz und gleich darauf Frida die Bühne gestürmt hatten ... Diese Bloßstellung vor den Gästen, die für Lou doch fast so etwas wie Freunde geworden waren. Dazu kam noch der Schaden fürs Geschäft. Darauf hatte erst Fritz sie hinweisen müssen, dass auch ein realer Schaden entstanden war. Die Leute wollten keine Familientragödien sehen, sondern Spaß haben, lachen. *Lachen!*, hatte er geschrien.

Etwas klemmte in Lous Herzen, wenn sie an den Amrumer Lehrer dachte. Matz war immer noch der Wirrkopf von früher. Einfach aufzutauchen. Was hatte er sich denn gedacht? Dass sie für ein paar gestotterte Sätze ihr Leben umkrempeln würde? Warum war er nicht tagsüber gekommen, um in Ruhe mit ihr zu reden? Warum setzte er sie diesem Skandal aus?

Sie verscheuchte sein Bild aus ihrem Kopf und kramte ein Malbuch für Karlchen hervor. Auf den letzten freien Seiten hatte sie einige Buchstaben vorgeschrieben, und die zeichnete er gern nach, das tat er noch lieber, als die Bilder auszumalen. Ihren Namen konnte er schon freihändig schreiben, seinen Namen und den von Fritz auch.

Während Karlchen sich mit den Stiften vergnügte, kehrte Lou zum Spiegel zurück. Die Hochzeit sollte in zwei Wochen stattfinden. Freitags das Standesamt, samstags die Trauung in St. Petri, danach die Feier im *Kladderadatsch*. Fritz hatte ihr in der bittersüßen Versöhnungsnacht, die auf Matz' und Fridas Auftauchen folgte, erklärt, dass er höllisch eifersüchtig sei und es wohl bleiben würde, bis sie seinen Namen trüge und richtig mit allem Tamtam zu ihm gehöre – deshalb die Eile. Er habe schon immer zur Eifersucht geneigt, hatte er ihr gebeichtet. Die Gäste, die ihr Luftküsse zuwarfen, zählten nicht, das war Geschäft. Aber als Matz, der ja aus ihrem alten Leben stammte, plötzlich auf die Bühne getreten war ... Hui, da waren mit ihm die Pferde durchgegangen. Dann hatte er ihr den Antrag gemacht. Und nun trug sie das Kleid, das er ihr gestern als Riesenüberraschung mitgebracht hatte.

Sie schaute zu dem Stapel Tischkarten, die auf ihrem Schreibtisch lagen. Hundertachtundzwanzig Gäste, sie hatte nachgezählt! Was sie aber am meisten rührte: Fritz hatte sogar ihre Familie einladen wollen – nicht direkt zur Feier, da wären sie wohl fehl am Platz, aber am Tag danach. Und das, obwohl Frida sie beide so bloßgestellt hatte. Da schimmerte wieder seine alte Großherzigkeit durch – Fritz war rasch auf der Palme und genauso schnell wieder runter. Die Frage war nur, ob sie selbst ihre Eltern und Geschwister sehen wollte. Mutter und Rudolf nicht, gestand sie sich zögernd ein. Ihre Geschwister wären ihr dagegen willkommen. Wenn man heiratete, sollte man sein Glück doch mit den Menschen teilen, die einem nahestanden.

Lou zog einen Umschlag hervor, den sie hinter dem Spiegel versteckt hatte. Die Einladungskarte für Amrum, die sie zurückgehalten hatte, als die anderen zur Post gebracht wurden. Und wenn sie doch einfach die komplette Familie einlud? Fritz hatte nicht das *Kladderadatsch*, sondern ein gediegenes Gartenlokal etwas außerhalb vorgeschlagen, das konnte ihre Eltern doch kaum brüskieren. Andererseits käme die Einladung wohl ohnehin schon zu spät. Die Gäste müssten ja auch Vorbereitungen treffen. Unschlüssig schob sie den Umschlag hinter den Spiegel zurück.

30.

FRIDA

Tylor blieb auf Amrum. Matz hatte ihn bei sich aufgenommen, gleich in der ersten Nacht, denn es war in Mutters Universum unmöglich, einen Fremden zur Übernachtung in ein Trauerhaus einzuladen. Was die beiden Männer taten oder miteinander besprachen, wusste Frida nicht, sie dachte auch kaum darüber nach, denn sie brauchte all ihre Kräfte, um die Mahlzeiten im Haus ihrer Eltern zu überstehen und Rosas Fragen nach ihrer Meinung zur Grabstätte, zum Blumenschmuck und zur Speisenauswahl für den Leichenschmaus zu beantworten.

Nur ein einziges Mal schaffte sie es noch, zu Emily ins Zimmer zu gehen. Ihre Schwester lag auf dem Bett, kalt, noch schmaler als sonst. Wie oft mochte sie hier vor Verzweiflung geweint haben? Hatte sie sehnlich auf die Rückkehr der Schwester gewartet? Versucht, sie zu erreichen? Mit Bangen auf ihren Kalender geschaut, auf dem die Hochzeit in winziger Krakelschrift wie ein nebensächlicher Termin eingetragen war?

Frida wandte sich ab und ging wieder hinaus. In ihrem eigenen Zimmer flossen Tränen der Wut über ihre Eltern, die so herzlos hatten durchsetzen wollen, was ihnen als ihr gutes Recht erschien. Ob Tylor womöglich sogar richtig mit dem lag, was er über das Testament gesagt hatte? Könnte Rudolf es tatsächlich gefälscht haben, um einen Teil von Großvaters Vermögen an sich zu raffen?

Frida verscheuchte den Gedanken.

Sie überlegte stattdessen, ob Emily sich nicht auch aus einem ganz anderen Grund das Leben genommen haben könnte. Die Hochzeit drängte sich als Anlass auf, aber was wusste sie schon? Sie ging zu Christian, der in seinem Zimmer auf dem Bett lag und an die Decke starrte. Vielleicht hatte sie ihm etwas anvertraut. Frida setzte sich auf seine Bettkante und fragte ihn, ob Emily Sorgen gehabt habe.

«Nur, dass sie den Fetten nicht heiraten wollte», erwiderte er einsilbig.

«Hat sie dir das gesagt?»

Ihr Bruder nickte, und Frida musste schlucken. «Und wie geht es dir, Brüderchen?», fragte sie vorsichtig.

«Gut.» Bevor sie nachhaken konnte, stand er auf. «Ich hab Vater versprochen, ihm zu helfen», sagte er und ging aus dem Raum.

Emilys Beerdigung fand am Freitagabend statt. Die Leute hatten Fridas Schwester, die mit ihrem komischen Fotoapparat ständig über die Insel gestreift war, gemocht. Halb Amrum strömte auf den Friedhof, die Wege waren bis zu den Hecken gefüllt. Matz spielte die Orgel und dirigierte von der Orgelbank aus seinen Chor, der auch später am offenen Grab sang. Sein Gesicht war voller Bitterkeit, und als sein kleiner Trupp von der Gnade Gottes sang, schien er zu versteinern. Aber er blieb bis zum Ende und warf einige Grasnelken, die zwischen den Dünen wuchsen und Emily immer so gut gefallen hatten, in die offene Grube. Christian schob seine Hand in die von Frida und sagte kein einziges Wort.

Der Leichenschmaus, der im Kurhaus stattfand, zog sich so quälend hin, wie Frida befürchtet hatte. Sie wurde von Menschen angesprochen, die sie kaum noch kannte, und antwortete mechanisch, sagte aber wohl oft das Falsche, denn die Menschen strichen ihr mitfühlend über die Wange.

Schließlich trat Tylor zu ihr. «Ich weiß, es ist der falsche Moment, davon zu sprechen, aber ich würde mich gern mit Ihnen im Hospital treffen.»

«Morgen früh.»

Er nahm ihren Arm und führte sie ein Stück zur Seite in eine Ecke, in der eine große Topfpflanze stand. «Es tut mir leid, dass Sie diesen Tag erleben müssen. Es tut mir von Herzen leid.»

«Jeder bekommt das Fegefeuer, das er verdient», erwiderte Frida bitter.

«Verzeihen Sie, wenn ich widerspreche. Fräulein Kirschbaum ... oder darf ich Frida sagen? Sie würden mir damit eine große Freude machen.»

Frida nickte benommen.

«Nach meiner Meinung ist es ein Fehler, sich vorzuwerfen, dass man eine Entwicklung nicht vorausgesehen hat. Selbst wenn sie so tragisch verlief. Man muss auch an sich selbst Gerechtigkeit üben können, Frida. Bürde dir nicht zu viel auf.»

Sie machte sich am nächsten Morgen noch vor dem Frühstück auf den Weg. Hannah nahm sie herzlich in Empfang und vergoss ein paar Tränen, war aber bald schon wieder in der Küche. Auch hier wollte ja gegessen werden. Die Kinder umringten Frida. Horst hustete stärker als gewöhnlich, das fiel ihr als Erstes auf. Es kam sogar ein wenig Blut. Frida zog ihn ins Krankenzimmer, und schon war auch sie wieder im alten Trott und dafür im Grunde dankbar.

Tylor kam zwei Stunden später. Er ließ sich die Krankenakten geben, setzte sich an einen Tisch und begann sie zu studieren. Verstohlen schaute sie zu ihm hinüber, während sie die Medikamente abmaß. Er war ruhig, er las konzentriert, er wirkte wie die personifizierte Verlässlichkeit. Und war doch ein Aufrührer.

«Frida?»

«Ja?»

Sie errötete. Hatte er ihr Stieren bemerkt? Aber James bat nur darum, die Kinder untersuchen zu dürfen. Sie holte die Kleinen der Reihe nach herein. Jedes Kind wurde abgehorcht, betastet und befragt. Sogar Blut nahm er ab, was von lautem Gebrüll begleitet wurde, das er stoisch ertrug. Horsts blutige Spucke hielt er für eine harmlose Folge gereizter Schleimhäute, die Bleichsucht der Zwillinge führte er, genau wie Frida, auf Eisenmangel zurück. Noch mehr Fisch, viele Lebergerichte, ordnete er an, möglichst für alle Patienten. Klaus bescheinigte er eine blendende Gesundheit.

«Muss ich jetzt zurück nach Hamburg?», fragte der Junge erschrocken.

«Ausgeschlossen – du fängst schließlich den Fisch, den wir brauchen», erwiderte Frida rasch. Er grinste erleichtert.

Als James Erika untersuchte, fiel ein Schatten auf sein Gesicht. Das Mädchen litt immer noch unter Fieberschüben, außerdem fiel ihr inzwischen das Haar aus – ein neues Symptom. Tylor untersuchte sie gründlich, am Ende tastete er ihre Scheide ab. Das Mädchen weinte vor Scham und wäre davongelaufen, wenn Frida sie nicht auf dem Schoß gehalten hätte. «Hier ist eine Geschwulst. Schmerzt sie?», fragte James.

Erika schüttelte an Fridas Brust den Kopf.

«Möglicherweise ist es Syphilis.»

Du lieber Himmel. Aber er hatte recht. Syphilis würde sämtliche Symptome erklären. Dass sie nicht selbst darauf gekommen war! Sie hatte sich von Erikas zartem Alter täuschen lassen.

«Geh ich tot?», wisperte das Mädchen kaum hörbar.

«Ach was, dagegen gibt's ein Mittel», flüsterte Frida zurück. «Arsenolglycin?», fragte sie, nachdem die Kleine den Raum verlassen hatte.

«Salvarsan», schlug James vor.

«Bei einem Kind? Meine Güte, wie mag die Kleine sich angesteckt haben?»

«Darüber will ich lieber nicht nachdenken. Mistkerle gibt es überall, auch und gerade, wo sich Kinder aufhalten», murmelte Tylor düster. «Wie es scheint, ist die Krankheit noch nicht im Spätstadium. Wir müssen telegraphieren. Du hast recht: Salvarsan ist zu aggressiv. Aber es gibt inzwischen ein abgeschwächtes Mittel:

Neosalvarsan. Weniger Nebenwirkungen, allerdings auch weniger Wirkung. Ich würde es in diesem Fall trotzdem vorziehen.»

«Danke», sagte Frida.

«Wofür?» Er schrieb seine Diagnose auf Erikas Krankenblatt und hatte seine Frage schon wieder vergessen.

Mutter war überrascht gewesen, als ihr zugetragen wurde, dass der englische Arzt immer noch auf der Insel weilte. Sie bat Frida, ihn trotz ihrer Trauer am folgenden Tag, einem Sonntag, zum Abendessen einzuladen. «Es gibt nur eine Kleinigkeit. Ein paar Hors d'œuvres, ich denke an Eier mit Lachs...»

Versucht sie mich als Nächste zu verschachern? Der Gedanke schoss wie ein vergifteter Pfeil durch Fridas Kopf. Sie verbot ihn sich – und wurde ihn doch nicht wieder los. Wie fremd Mutter ihr geworden war, noch fremder als früher schon. Was verbarg sich nur hinter dieser Gefühllosigkeit? Rosa hatte Emily an einer Schaukel hängen sehen und wusste, dass Lou in den Fängen eines Verbrechers zappelte. Wie konnte sie hier am Tisch sitzen und über Eier mit Lachs nachdenken? Oder war ihre Herzlosigkeit gar nicht echt? Machte sie anderen und sogar sich selbst etwas vor? Ihr Blick hing an Rudolf, als hänge von seiner Zustimmung zu den Eiern ihr Leben ab.

Er nickte – und Mutter rief nach Gerlinde, um die Einzelheiten zu besprechen. Frida verließ das Zimmer, zu erschöpft, um sich zu erregen, zu abgestoßen, um ihrer Mutter weiter zuzuhören.

James nahm die Einladung an. Am nächsten Tag begleitete er Frida nach der Arbeit im Hospital zu ihrem Elternhaus. Er überreichte Blumen, und da er tadellose Umgangsformen besaß, die auf eine sorgfältige Erziehung schließen ließen, schloss Rosa ihn rasch ins Herz. Was für ein trauriger Witz, nach seinen Spekulationen über das gefälschte Testament.

Auch Rudolf zeigte sich umgänglich. Er hätte den Gast – schon bald nannte er ihn *den lieben James* – gern zur Jagd eingeladen, doch Tylor erklärte, dass sein Interesse und seine Zeit dem Hospital gehörten.

«Es wäre im Moment ja auch gar nicht passend», erklärte Rosa, deren Stimme plötzlich belegt klang.

«Bitte? Ach so, natürlich.» Rudolf wandte sich wieder dem Essen zu und begann ungerührt einen Vortrag über Vogelkojen, die er verurteilte, weil sie keine echte Jagd darstellten – die Jagd Auge in Auge sozusagen, die Jagd eines wahren Mannes. Er verlor sich in der Erinnerung an Jagdausflüge, und Frida entdeckte zum ersten Mal echte Missbilligung im Blick ihrer Mutter. Vielleicht war es gar Schmerz.

Der Abend war anstrengend, und sie waren wohl alle froh, als James sich verabschiedete.

Am folgenden Tag lud er Frida nach der Arbeit zu einem Spaziergang am Strand ein. «Ich bin Engländer, Wasser ist mein zweites Element», meinte er lächelnd, als sie ihn vor der Ödnis der grauen Nordsee warnte.

«Und ich bin Amrumerin – und kann das Meer trotzdem nicht leiden.»

Aber vielleicht irrte sie sich. Als der Gürtel aus Steinen vor ihr auftauchte, der sich am Ufer entlangzog, die glitzernden Pfützen, die kleinen bunten Boote, kam es ihr vor, als würde ihr das Atmen plötzlich leichter. Vielleicht war es ja gar nicht das Wasser gewesen, das sie nach jedem Besuch aus Amrum hatte fliehen lassen, sondern nur das kalte Elternhaus?

Sie erreichten einen auf Holzpfeilern ruhenden Bootssteg, setzten sich an seinem Ende nieder, zogen die Schuhe aus und ließen die Füße ins Wasser baumeln. Es war kein schöner Tag, aber es regnete auch nicht. Die Melancholie des ausklingenden Sommers lag über der Insel. James fischte ein paar Kiesel aus seiner Hosentasche und ließ sie über die Wellen springen. War er an einem Gewässer aufgewachsen? Wo sonst lernte man diese Fertigkeit? Sie fragte ihn danach.

«Ein Haus in der Nähe von Scarborough. Ein bisschen einsam gelegen, dafür mit einem Fischteich, der ausreichend Wasser zum Paddeln bot. Das Meer habe ich erst gesehen, als ich schon fast erwachsen war. Leider. Ich mochte, wie es in den Horizont floss. Keine Grenzen, keine Enge ...» Er wurde plötzlich verlegen. «Lass uns über etwas anderes reden.»

«Worüber denn?»

«Über das Hospital.»

Frida kniff die Augen zusammen und starrte zu dem blassgrauen Horizont, für den James eine so seltsame Neigung besaß.

«Ich würde es gern kaufen.»

«Was?» Überrascht hob sie den Kopf.

«Ja, ich habe mir die Sache in den letzten Tagen durch den Kopf gehen lassen. Welche Möglichkeiten wir haben. Das Personal könnte durch Insulaner aufgestockt werden – Hannah schafft das nicht mehr lange allein. Ich denke auch an eine ausgebildete Krankenschwester vom Festland. Und letztens habe ich mich mit dem Badearzt unterhalten – er würde sich über weitere Patienten freuen, wenn man ihm die Besuche bezahlt. Alles ließe sich kurzfristig arrangieren.»

«Aber das ... wäre ja wunderbar.»

«Meine Idee ist, dass man weitere Kinder aus Hamburg hierherbringen könnte, auch Lungenkranke und Patienten mit Hautproblemen. Die Seeluft scheint ihnen zu helfen, es wäre interessant herauszufinden, warum. Eine Studie, Frida, sauber dokumentiert.»

«Willst du hierherziehen?»

«Um Himmels willen. Ich hoffe auf junge, neugierige Ärzte, die erste Forschungen anstellen wollen und mir berichten könnten. Aber ich würde das Projekt leiten wollen, ja.»

«Es wird teuer.»

«Ich habe Geld.»

Frida musste lachen. So einfach sollte es plötzlich sein? «Mein Stiefvater müsste allerdings zustimmen, er verwaltet ja Lous und mein Vermögen.»

«Ich denke schon, dass man ihn überreden könnte. Was mir zu schaffen macht, ist der Gedanke, dass du dich mir deswegen verpflichtet fühlen könntest», meinte er augenzwinkernd. «Ich verabscheue Dankbarkeit und suche verzweifelt nach einem Schlupfloch.»

«Und du hast es gefunden. Ich garantiere dir Undankbarkeit.»

James nahm ihre Hand und küsste sie. Es war kühl geworden. Er zog seine Jacke aus und legte sie über ihre Schultern. Es fühlte sich gut und richtig an.

Er sprach noch an diesem Abend mit ihren Eltern, und Rudolf holte sofort Unterlagen aus dem Herrenzimmer: Grundrisse und Kaufgebote, die es anscheinend schon früher für das alte Haus gegeben hatte. Tylors Angebot musste zufriedenstellend sein, denn am Ende der Rechnerei stimmte Rudolf einem Verkauf zu.

Mutter knetete ihre Finger. Sie wirkte wie eine Schauspielerin, die über dem Sturm der Ereignisse plötzlich den Text vergessen hat.

Frida sah sie um Worte ringen, ihre Blicke glitten von der Tochter zu dem Mann, den sie nach Vaters Tod geheiratet hatte. Schließlich fragte sie gekünstelt beiläufig, was der liebe James denn mit dem Haus vorhabe. Der gezwungen schalkhafte Blick, den sie Frida zuwarf, ließ keinen Zweifel daran, welche Antwort sie sich erhoffte.

«Das Haus bleibt, was es ist: ein Hospital», erklärte James knapp.

«Oh, mein Lieber – was ... welch ein Glück für die armen Seelen, die dort behandelt werden.»

Sie heuchelte so schlecht. «Kann ich das Testament noch einmal sehen?», entfuhr es Frida.

Die Luft schien sich plötzlich zu Blei zu verdichten. Ihre Mutter starrte sie an, sie öffnete den Mund ... Doch sie kam zu keiner Antwort mehr.

Ein Luftzug blähte die Vorhänge. Christian hatte die Tür geöffnet, und alle Köpfe wandten sich ihm zu.

«Da ist jemand, der Vater sprechen will. Einer von der Festlandpolizei», sagte er und wurde im selben Moment von zwei Männern in dunklen, steifen Anzügen beiseitegeschoben.

31.

CHRISTIAN

Christian war natürlich sofort klar gewesen, weshalb die Polizisten kamen: wegen Grapscher Hellmut und seines gewaltsamen Todes. Nachdem er die beiden angekündigt hatte, schlüpfte er ebenfalls in den Salon, in der Hoffnung, diskret im Raum bleiben zu können. Schließlich musste er wissen, was sie wollten. Hatten die ihn auf dem Kieker? Hatte Matz ihn doch noch verraten?

Vater begrüßte die Männer steif, und Christian drückte sich neben die große Palme, wo er tatsächlich sofort vergessen wurde. Der größere der Polizisten legte die Pistole, mit der Christian Hellmut erschossen hatte, zwischen Mutters kostbares Geschirr auf den Tisch. Dass sie den Mann nicht zurechtwies, zeigte, wie nervös sie war. Mit einer Mischung aus Faszination und Angst stierte Christian auf die Waffe. Er hörte den Polizisten reden: Man habe diese Pistole gefunden und auf der linken Seite des Griffs zwei Initialen entdeckt: R und M.

Rudolf von Möhring.

Plötzlich wünschte Christian, er wäre doch draußen geblieben, am besten fortgerannt und … irgendwo untergetaucht. Sein Vater starrte auf die Waffe. Er erkannte sie natürlich wieder, dafür hätte er die Buchstaben gar nicht gebraucht. Was würde er sich zusammenreimen? Würde er glauben, dass sein eigener Sohn ein Mörder war, und ihn an die Polizei verraten? Käme er sonst vielleicht selbst ins Gefängnis?

«In der Tat, meine Waffe, wie sonderbar. Wo haben ...»

«Ist das nicht die Pistole, die du Hellmut geschenkt hast?», unterbrach ihn Mutter.

Christian starrte sie an. Ihm wurden die Augen feucht, als er begriff, worauf sie hinauswollte. Sie stand ihm bei, sie wollte ihn retten. Auf Mutter war Verlass! Ihm wurde heiß vor Liebe und Erleichterung, und gleichzeitig nahm es ihm die Luft zu sehen, wie gekonnt seine Eltern logen. Mannomann ...

«Du lieber Himmel, hat er sich etwa *damit* ... Darf ich mal?» Vater nahm die Pistole auf. «Er hat sich mit *dieser* Waffe umgebracht? Und ich wollte ihm eine Freude machen, als ich sie ihm schenkte. Er hat sie bewundert, ist ja auch ein feines Ding. Und da er meine Stieftochter heiraten wollte ...»

Mutter tupfte sich mit einem der Spitzentaschentücher, die sie immer sauber gefaltet im Ärmel trug, über die Augen und rief mit brechender Stimme nach Gerlinde. Die Alte brachte Gläser mit heißem Punsch, die sie auf dem Tisch abstellte, und Mutter entschuldigte sich, dass sie den Männern noch keinen Platz angeboten hatte. Aufgeregt flatterte sie durchs Zimmer. Wirrwarr, Wirrwarr ...

Nur Frida blieb ruhig. Christian merkte, dass sie ihn beobachtete, ihr machte man so leicht nichts vor. Er richtete den Blick rasch wieder auf seine Mutter.

«Meine Tochter war ein zartes Kind», flüsterte Rosa, immer noch mit dem Taschentuch die Augen tupfend.

«Ich muss gestehen, sie neigte sogar zu Hysterie und monatelang andauernder Schwermut, aus der man sie kaum befreien konnte. Mir war klar ... Uns *allen* war klar, dass sie einen starken Charakter an ihrer Seite brauchte, einen Mann, der ihr Halt und Ruhe geben konnte. Wir waren so dankbar, als wir merkten, wie sich zwischen ihr und Herrn von Rathen zarte Bande entwickelten.»

Wieder glitt Christians Blick zu Frida. Er hatte eine teuflische Angst, dass sie gleich in die Luft gehen könnte. Mutter schwindelte ja das Blaue vom Himmel runter. Emily war glücklich gewesen, bis sie gehört hatte, dass sie Hellmut heiraten musste. Frida würde Mutter diese Lüge *niemals* durchgehen lassen. Obwohl, sie wusste nicht ganz so viel wie er selbst – sie hatte Hellmut nicht grapschen sehen.

«Es kommt nicht oft vor, dass ein reifer Mann sich in ein junges Ding verliebt», flüsterte Mutter. «Aber Hellmut hatte wohl in Emily trotz ihrer Jugend eine Seelenverwandte gefunden ...»

Frida stand auf. Ohne ein Wort der Entschuldigung verließ sie den Raum. Christian schielte zu dem Mann, den sie mitgebracht hatte, diesem Ausländer. Er schien zu überlegen, ob er ihr folgen solle, blieb dann aber sitzen, obwohl das unhöflich war, schließlich ging es um eine Familienangelegenheit.

«Verzeihen Sie meiner Tochter. Wir sind alle furchtbar verstört», sagte Mutter.

Die Polizisten lächelten verständnisvoll. Sie wechselten einen Blick miteinander – und plötzlich sprachen sie von der Überfahrt und dass sie wohl erst morgen wieder aufs Festland gelangen könnten. Die Pistole würden sie nach der Untersuchung mit der Post nach Amrum zurückschicken.

Und das war es gewesen? So leicht ließen die sich einwickeln?

Christian jubelte innerlich, aber dann bemerkte er die mühsam unterdrückte Wut seines Vaters. Natürlich, der wusste ja, dass er Hellmut die Waffe gar nicht geschenkt hatte. Herrje, ob er nachher zum Gürtel greifen würde? Damit hatte er nämlich gedroht, für den Fall, dass Christian noch einmal ohne Erlaubnis eine Waffe mopsen würde. Vielleicht sollte er doch besser verduften, und zwar zusammen mit den Polizisten. Und erst wiederkommen, wenn sich die dicke Luft verzogen hatte.

Doch dann ging Christian plötzlich auf, dass sein Vater ihm gar nichts anhaben konnte. Weil er nämlich etwas wusste. Eine Sache, von der Vater garantiert nicht wollte, dass sie bekannt würde.

32.

LOUISE

Die Hochzeit war so schön gewesen. Spätsommerblumen auf weiß eingedeckten Tischen, kunstvolle Girlanden an den Wänden, perlender Champagner, rosa schimmernde Garnelen auf Silberplatten. Zum Essen gab es exquisite Speisen wie Steinbutt in Hummersoße, Gänseleberpastete und Malagatrauben ... Und überall erklang Gelächter. Fritz saß am Flügel, sie selbst sang, die Mädels tanzten, die Gäste waren ausgelassen und inhalierten das Pulver aus den Teeksen, die Fritz aus dem Chinesenviertel hatte kommen lassen.

Gegen Morgen hatte Fritz sie unter dem Beifall der Gäste die Treppe hinaufgetragen. Am lautesten hatten die Leute gejohlt, als Fritz eine Bemerkung über die ängstliche Braut vor der Hochzeitsnacht machte. *Wird meine Petronella etwa schüchtern?* Das war ein Riesengag. Auch die Tränen, die Lou sich abgerungen hatte oder die ihr vielleicht auch einfach so aus den Augen gekullert waren.

Die Nacht war pures Glück gewesen, genau wie der Vormittag, den sie im Bett verbrachten, während eines der Mädels den kleinen Karl beschäftigte. Am Mittag ging Fritz ins Bad und begann zu drängeln, dass sie sich anziehen müssten.

«Warum denn?», gähnte Lou, schwer von Glück und

beseelt und erschöpft von der Leidenschaft der vergangenen Stunden.

«Na, deine Familie.»

Zu perplex, um zu antworten, sah sie ihn wieder in den Raum treten. Er hatte seine gute Hose angezogen, dieselbe wie gestern, weil es bei ihnen wohl doch ein bisschen klemmte mit dem Geld. Die Hosenträger hingen an seinen schmalen Hüften, seine Muskeln, auf die er so stolz war, drückten gegen das Hemd. Er starrte sie an – und dann begriff er, auch ohne, dass sie etwas sagte.

Er war fassungslos. Hatte er ihr nicht gesagt, dass er ihre Familie am Tag nach der Feier treffen wollte? Hatte er nicht Plätze für sie reserviert? Essen bestellt? Was, zur Hölle, hatte sie mit der Einladungskarte gemacht? Sie aus beschissener, hysterischer Empfindlichkeit einfach weggeschmissen?

Nein, das hatte sie nicht getan. Sie hatte sie schließlich doch noch zur Post gebracht und ihre Mutter, den Stiefvater, Emily, Frida und Christian nach Hamburg ins Hotel Reichshof gebeten. Das Kuvert musste die Insel spätestens vor einer Woche erreicht haben. Damit war nicht viel Zeit geblieben, wenn man an die Regeln der Schicklichkeit dachte, aber genügend, um sich einzukleiden, Hotelzimmer zu mieten und die übrigen Vorbereitungen zu treffen, die in so einer Situation erforderlich waren. Doch sie hatten eben nicht reagiert. Sie schämten sich für sie, ihre Eltern und Geschwister hatten sie aus ihrem Leben gestrichen.

Das musste doch auch Fritz klar sein. Warum machte er so ein Drama daraus? Einen Moment dachte sie, er würde sie schlagen. Aber das tat er nicht. Stattdessen zog er seine Hose wieder aus und sprang zu ihr ins Bett zurück. Er packte ihre Arme und drückte sie aufs Kissen. Ihr Handgelenk muckte auf, aber was tat's? Sie würden sich erneut lieben. Alles vergeben und vergessen, wie so oft.

Doch was er dann machte ...

Sie hatte nie gewusst, dass Liebe weh tun könnte. Sie hätte es nie für möglich gehalten, dass Fritz ihr absichtlich Schmerzen zufügen würde, berechnend, während er sie beobachtete und mit halbgeöffnetem Mund darauf hinarbeitete, dass sie schrie. Lou schloss die Augen vor seinem hasszerfurchten Gesicht ... sie biss sich auf die Lippen ... sie dachte an die Wellen auf Amrum, wenn sie bei Sturm gegen die Wellenbrecher schlugen und sie überstiegen und alles rein und sauber hinterließen, wenn sie wieder ins Meer zurückschwappten ... Danach ist alles rein, alles wieder gut, dachte sie. Nur stimmte das nicht. Nach dem Sturm blieben Tang und Dreck und manchmal tote Seeleute zurück, denen die Aale die Augen rausgefressen hatten.

Endlich ließ Fritz von ihr ab. Er zog sich an und stürmte aus dem Zimmer.

Lou vergrub sich in den Kissen.

Fritz war immer noch fort, als sie Stunden später, mit Seife und kaltem Wasser geschrubbt, bis ihr ganzer Körper brannte, aus dem Zimmer kam. Er blieb auch am nächsten Tag und am übernächsten verschwunden. Das *Kladderadatsch* war geschlossen. Sie entnahm den Andeutungen der Mädels, dass er seine Zeit mit Greta verbrachte, einer jungen Frau, die aus Dresden nach Hamburg gekommen war und mit ihrem lockigen roten Haar die Männer verrückt machte. Lou war froh darüber. Sie war durcheinander ... sie wollte fort ... aber nein, sie wollte Fritz zurückerobern ... sie wollte sich umbringen ... sie wollte ihm versichern, dass sie es nicht böse gemeint hatte mit der Karte für die Eltern ... sie hasste ihn ...

Er kehrte drei Tage später zurück. Es war kurz vor neun, die Kirchenglocken läuteten. Lou schlug ihm ins Gesicht, und er nahm ihre Hände und stammelte Entschuldigungen. Die Anspannung, der Champagner ...

«Und darum ... das?», kreischte sie ihn an.

«Wir haben Geldsorgen.»

«Du tust mir weh, weil du ...?»

«Hör mir zu, bitte! Es klingt so schäbig, ich weiß, ich bring's kaum über die Lippen. Aber: ja, das Geld! Ich hab mir was geliehen, weil ich wollte, dass du die Hochzeit erhältst, die dir gebührt. Du solltest dich nicht für mich schämen müssen. Ich wollte nicht ...»

«Bist du wahnsinnig?»

«... dass wir in irgendeinem Drecksloch ... Du bist meine Königin, es musste doch ein großes Fest werden! Nur konnten wir es uns nicht leisten. Deshalb habe ich gehofft, dass deine Eltern kommen würden. Das ist doch so üblich: Die Eltern zahlen die Feier. Bestimmt hätten sie, wenn sie mich erst kennengelernt hätten ...»

Lou schüttelte wie betäubt den Kopf.

«Inzwischen ist mir klar, wie dumm ich war. Sie verachten uns. Sie hätten auf uns gespuckt, selbst wenn sie gekommen wären. Aber das ist nicht weiter schlimm. Wir werden eben hart arbeiten müssen. Allein wegen Karlchen müssen wir uns zusammenreißen. Wenn wir zusammenhalten, Lou ...» Er schaute sie bang an.

«Aber das *Kladderadatsch* ...»

«Es ist anders, als es aussieht.»

«Gehört es dir überhaupt?»

«Natürlich. Nur ist es beliehen, und die Zinsen und Raten müssen zurückgezahlt werden. Lou, ich habe den Kredit von Leuten ...» Er schüttelte den Kopf. «Nein, da halte ich dich raus. Das Einzige, was du wissen musst ...»

«Wie viel?»

Er zögerte. «Fünfundfünfzigtausend.»

«Aber ... das können wir nie zurückzahlen.»

«Doch, nur ist es im Moment ein bisschen knapp. Wir müssen dieses Jahr überbrücken, vielleicht noch das nächste. Allerdings wird uns das nur gelingen ... Lou, wir brauchen dein Erbe.»

Da endlich begriff sie. Was hatte der Fritz doch für ein akkurates Gedächtnis. Sie hatte ihm die Sache mit dem Testament nur einmal erzählt, ein paar Sätze, kurz nach ihrem Einzug ins Kladderadatsch – mehr als Witz gedacht denn als ernsthaft gemeinte Information. Sie würde doch von ihrer Familie kein Geld annehmen, nachdem man sie beinahe an diesen von Rathen verkauft hatte. Und Fritz mit seinem Stolz schon gar nicht, hatte sie gedacht. Aber da hatte sie sich offenbar geirrt.

«Hör auf zu lachen», sagte er. «Wir beide sind verheiratet. Ich bin dein Ehemann und werde dafür sorgen, dass man uns nicht übers Ohr haut.»

Zwei Wochen vergingen, ohne dass Lou noch viel von der Geldgeschichte gehört hätte. Wollte sie auch gar nicht. Die Vorstellung, wie ihre Familie reagieren würde, wenn Fritz ihnen über seinen Anwalt – er wollte tatsächlich einen Anwalt einschalten! – seine Forderungen mitteilte, drehte ihr den Magen um. Da wurde aus der Schlampe, die nackt vor fremden Leuten tanzte, auch noch die habgierige Schlampe, die sich nicht schämte, die Familie, über die sie Schande gebracht hatte, um Geld anzubetteln.

Aber das war nur ihre zweitgrößte Sorge. Viel mehr beschäftigte sie die Tatsache, dass ihr seit mehreren Tagen ständig übel war. Erst hatte sie es auf die Aufregung geschoben, doch inzwischen war sie beinahe sicher, dass sie schwanger war. Sie wurde Mutter. Ausgerechnet jetzt!

Draußen im Flur begann es zu rumoren. Karlchen kam aus dem Kinderzimmer. Sie wartete, bis er ins Zimmer stürmte. Mit einem breiten Lachen kletterte er zu ihr aufs Bett und umarmte sie, und gleich ging es ihr ein wenig besser. Karlchen war zur Sonne ihres Lebens geworden. Wenn er sie lachen sah, lachte er, wenn ihr die Tränen kamen, weinte er mit. Sie waren eine Symbiose eingegangen. Ungeschickt drückte er seine Wange an ihren Bauch. Er war runder im Gesicht geworden, das weißblonde Haar schmiegte sich an den Kopf wie ein silberner Flaum. «Ich höre Fritzchen», flüsterte er und streichelte über ihren Magen, obwohl sich da noch gar nichts wölbte und ganz sicher nichts zu hören war.

«Oder du hörst Klein-Louise, das wissen wir ja noch gar nicht.»

Karlchen schmiegte sich an sie. «Das Baby ist klein.»

«Es wird noch wachsen.»

«Später spiele ich mit ihr», sagte Karl. Ihr fiel auf, wie bereitwillig er das Geschlecht des erwarteten Kindes änderte. Lou kraulte den weichen Nacken und blickte zur Uhr, die neben dem Spiegel hing. Noch sechs Stunden bis zu ihrem ersten Auftritt nach der *Hochzeit*.

Fritz hatte die verrückte Idee, sie auch während der Schwangerschaft im *Kladderadatsch* auftreten zu lassen. «Gerade dann, wenn man den Bauch sieht», hatte er gesagt. «Spürst du das nicht? Den Witz? Du singst das Tabak-Butter-Lied ...» Er begann zu trällern: «*Drei Monat' drauf – ich kann es nicht verhehlen – sprach sie zu ihm: Du ahnst nicht, wie mir's geht ...* Die Leute werden am Boden liegen, wenn du beim Singen den Bauch enthüllst. Das ist der Knaller, Lou. Die Leute stürmen uns die Bude, wenn sie von dieser Nummer hören.»

Lou spürte bei der Erinnerung ihre Zunge pelzig werden.

«Ich habe Durst», quengelte Karl, als hätte sich ihr eigenes Gefühl auf ihn übertragen.

Sie ließ ihn aus dem Wasserglas trinken, das auf dem Nachttisch neben ihrem Bett stand, und überlegte, ob sie wieder einmal bei Jenny vorbeischauen sollte. Die hatte einen so klaren Kopf. Mit Jenny konnte man über alles reden. Andererseits hatte sie sie damals vor Fritz gewarnt – und Lou hatte sie zum Dank angelogen. Nein, da genierte sie sich doch zu sehr. Ob Frida wieder zurück in Hamburg war? Es war Mitte Oktober. Bestimmt hatte sie ihr Studium wieder aufgenommen. Frida handelte doch immer nach dem Kopf. Deshalb ging bei ihr auch nichts schief.

Also vielleicht beim Erikahaus anklopfen? Die Adresse hatte sie ja.

«Vorlesen?» Karlchen reichte ihr das Märchenbuch vom Nachttisch, und Lou verdrängte die schweren Gedanken.

An diesem Abend wurde es nichts mit dem Auftritt. Lou hatte sich folgsam umgezogen – denk an das Geld, mein Goldschatz! –, aber dann musste sie zum Lokus flitzen, weil ihr wieder übel wurde, und danach wollte sie nur noch ins Bett. Sie hörte Fritz unter ihren Füßen spielen, der Arme gab sein Bestes. Sicher war er wütend, weil sie ihre Nummer schwänzte. Als er später hochkam, war er tatsächlich schlecht gelaunt.

«Sie kommen deinetwegen, Lou. Du hast was an dir, du reißt sie mit. Du schaffst es, sie ihre Angst vergessen zu lassen.» Er musterte sie, als wollte er mit seinem Blick das Geheimnis ihrer Faszination lüften. Nur gab es keines. Die Kerle stierten einfach gern nackte Weiber an, und ihre Begleiterinnen fanden ihren Genuss darin, so zu tun, als mache ihnen das nichts aus. Lou drehte sich auf die Seite.

«Ich sag, du musst da runter!»

«Um den Leuten was vorzukotzen? Ich kann nicht singen, Fritz, ich...»

«Dann fahr rüber nach Amrum. Mach deinen Eltern Dampf wegen des Geldes.»

«Nie im Leben!» Sie konnte Fritz' Gesicht nicht sehen, weil sie ihm ja den Rücken zuwandte, aber ihr Herz pochte. Die Hochzeitsnacht war noch lange nicht vergessen. Doch sie tat ihm unrecht. Seine Stimme wurde weich, als er sich zu ihr auf die Bettkante setzte.

«Ich versteh dich, Liebes. Es ist eine schwierige Lage.» Er streichelte über ihren Rücken. «Weißt du was? Der Abend draußen ist lau. Was denkst du – wollen wir einfach mal alles vergessen und spazieren gehen? Ans Wasser, wo die Walfische pusten?»

Lou erhob sich mit einem schwerfälligen Lächeln.

Sie schlenderten hinüber in die Altstadt und bogen dann südlich Richtung Norderelbe ab, wo sich die Häuser an Kanälen entlangzogen, in die ein freundlicher Mond breite Lichtstreifen warf. Boote und Lastenkähne duckten sich gegen die Mauern, Eisenbrücken querten die Wasserläufe. Es war ein stilles, wenn auch nicht besonders prächtiges Ambiente. Sie trafen anfangs noch auf Menschen: verliebte Pärchen und junge Männer mit eingezogenen Schultern, die Richtung Hauptbahnhof oder St. Pauli strebten, wo sich viele private Kupplerquartiere befanden. Und natürlich lungerten überall Bettler herum, die sich hier ihre Schlafnischen suchten. Aber niemand sprach sie an.

Je tiefer sie in das Gewirr aus Wasserstraßen eindrangen, desto stiller wurde es. Überall öffneten sich plötzlich Fleete und kleine Häfen, an deren Kaikanten Lagerhäuser aufragten, oft auch schäbige, baufällige Schuppen. Ein Venedig des Nordens, ohne die Pracht der italienischen Lagunenstadt, aber doch mit einem gewissen Charme.

«Hier bin ich aufgewachsen», sagte Fritz, und sie drückte seine Hand.

Ein hässliches rundes Gebäude tauchte vor ihnen auf, das von einer Art Gitter umgeben und von niedrigen, langen Hallen flankiert war. «Das ist die Gasanstalt. Von hier kriegen wir unser Licht», erklärte Fritz, der die Gegend offenbar wie seine Westentasche kannte. Er nahm ihre Hand, und während Lou kaum ein Wort sagte, redete er umso mehr. Er versicherte sie in ernsten, liebevollen Worten seiner Liebe und sprach von Karlchen und dem zweiten Kind, das sie haben würden und das mit ihrem Jungen zusammen aufwachsen würde. «Du bist eine prima Frau, Lou. Gar nicht zu vergleichen mit Bella. Die hatte einfach nicht dein Format. Da war keine Tiefe, nur Lippenstift und glatte Haut. Was machst du für ein Gesicht? Bist du etwa eifersüchtig?»

Lou schüttelte den Kopf, was gelogen war. Sie hatte wiederkehrende Albträume: Bella tauchte wie eine Meerjungfrau aus dem Kanal auf, in dem sie ertrunken war, und zog Karl und Fritz in die grünen Wellen hinab. Manchmal schrien die beiden vor Angst, aber manchmal folgten sie ihr auch glücksstrahlend.

«Hast du auch nicht nötig. Ich sag ja: Du hast Klasse. Dir merkt man die gute Erziehung an.»

Lou lächelte gezwungen. Sie hatten das Gaswerk fast erreicht. Kurz davor bog Fritz ab und zog sie über eine weitere Brücke auf einen schäbigen Kai, neben dem Eisenbahnschienen verliefen. Ein schmutziger Güterwaggon stand auf einer der Schienen, ein Krahn ragte wie ein Galgen über das schwarze Wasser hinaus. Hier war es ihr aber nun endgültig zu trostlos.

«Lass uns heimgehen, ich bin müde.»

Fritz blieb stehen. Er drehte sich zu ihr um und nahm ihre Hände – und war plötzlich wieder beim Geld. «Wir müssen vernünftig sein, Lou, wir brauchen dein Erbe.

Ohne dieses Geld sind wir verloren. Und es steht dir ja zu. Begreifst du nicht, dass deine Leute dich über den Tisch ziehen wollen? Die erheben sich moralisch über dich, weil sie sich einbilden, dass sie mit ihrem gezierten Handkussgetue was Besseres wären. Die denken, einer wie dir könnten sie das Erbe vorenthalten, weil es doch sowieso nur dieser Abschaum kriegen würde, den du geheiratet hast. Erinnerst du dich noch, wie deine Schwester mich angeschaut hat? Ich wette, die pinkelt sich immer noch vor Entrüstung in die ...»

«Lass Frida in Ruhe!», schnappte Lou.

«Süße, warum kapierst du das nicht? Deine Leute sind gerade dabei, dich mordsmäßig über den Tisch zu ziehen. Weil sie nämlich zählen können. Was du dir nicht nimmst, kriegen sie. So einfach ist ...»

«Ich will nach Hause!»

Fritz ließ sie los. Er ging zu dem Güterwagen, ließ sich auf eines der Trittbretter sinken und stützte das Gesicht in die Hände. Das Bild ging ihr zu Herzen. Plötzlich war er wieder die einsame, schmale Gestalt aus dem Gefängnis. Nicht einmal eine Wasserratte, die über seinen Schuh sauste, brachte ihn dazu, sich zu rühren. Er hatte von Menschen geredet, die ihm feindlich gesonnen waren. Was mochte passiert sein, während sie sich im Bett gewälzt und so getan hatte, als wäre ein bisschen Übelkeit der Weltuntergang? Wurde er bedroht? Hatte er vielleicht gerade bei ihr um sein Leben gebettelt?

Unsicher ging Lou zu ihm und setzte sich neben ihm auf das Trittbrett. Das Gitter presste sich in ihren Hintern. Ohne die Hände vom Gesicht zu nehmen, begann

Fritz Zahlen aufzulisten. Es war wie im Beichtstuhl. Er legte offen, wie viele Schulden er außer denen, von denen sie bereits wusste, noch hatte, und bei welchen Personen. Sie kam kaum mit. Der faulige Geruch des Hafenwassers kroch in ihre Nase.

«Ich kenne einen Anwalt, er ist ein linker Hund, einer, der sich durchbeißt, auch gegen feine Scheißer. Wir gehen morgen zu ihm. Du schreibst einen Brief an deine Familie, er fährt mitsamt deiner Heiratsurkunde rüber und legt ihnen die Daumenschrauben ...»

«Bitte, lass uns gehen», sagte Lou. Ihr Mitleid war über seinem Wortschwall wieder einer ärgerlichen Erschöpfung gewichen. Das Erbe würde ihnen kaum aus der Patsche helfen, Großpapa war ja nicht reich gewesen. Sie wollte sich gerade erheben, als Fritz sie plötzlich hochriss und mit sich an den schwarzen Rand des Hafenbeckens zerrte. Nur ein schmales Mäuerchen, das kaum bis zu ihrer Wade reichte, trennte sie vom Wasser. Er legte ihr seine Hand in den Nacken und zwang sie, den Kopf vorzubeugen.

«Weißt du, dass das hier die Stelle ist, an der Bella sich umgebracht hat?», raunte er. «Hier ist sie rein ins Wasser. Und als sie sie mit Stangen rausgefischt haben ... Ich war ja selbst nicht dabei, aber ein Freund hat's mir erzählt: War ein scheußlicher Anblick. Hier gibt es Schiffsverkehr, und Schiffsschrauben richten Leichen übel zu. Das sieht aus wie Hackfleisch.»

Lou begann zu würgen. Ein Schwall ergoss sich aus ihrem Magen, zum Teil landete er im Wasser, der Rest tropfte auf ihre Brust. Fritz murmelte etwas Beruhigendes und zog sie trotz der stinkenden Kleidung an sich. «Keine

Angst, Mädchen. Bella war ein dreckiges Aas. Die hat Karlchen im Stich gelassen und ihr Schicksal verdient. Vergiss sie einfach. Wir beide, du und ich, halten zusammen und werden für Karlchen und unser neues Kind sorgen, und zwar, indem wir zum Anwalt gehen und uns holen, was uns zusteht.»

Es war spät, als sie wieder in den Zirkusweg einbogen. Nirgendwo brannte noch Licht, auch im *Kladderadatsch* war alles dunkel. Fritz schloss auf und bat sie mit einer ausholenden Handbewegung hinein. «Heute Nacht schläfst du aber bei mir, ja?»

Lou nickte, ging durch den Raum und ließ sich auf die Bühnenkante niedersinken. Der Mond war ihr nachgekrochen, er tauchte den Raum in ein milchiges Licht. Fritz wartete auf sie, dann stieg er allein die Treppe hinauf. Vielleicht bildete er sich ein, dass sie nachkäme. Als er fort war, wandte Lou sich zur Bar, griff in das verspiegelte Likörregal und goss sich einen Cointreau ein. Sie leerte das Glas, nahm die Flasche und setzte sich an einen der Tische, wo sie in großen Schlucken weitertrank. Der Likör ging rascher ins Blut, als sie erwartet hatte. Ihr Herzschlag wurde ruhiger, der Ring um ihre Brust lockerte sich, und ihre Hände hörten auf zu zittern. Sie starrte auf die Bühne, die von einem hellen Fleck erleuchtet wurde, als hätte der Mond die Funktion des Scheinwerfers übernommen. *Zieh dich aus, Petronella ...*

Auf dem Tisch, halb verborgen unter einer Serviette, lag etwas: ein Umschlag. Lou zog ihn hervor: Es war einer der Teekse, den wohl jemand vergessen hatte. Ungeschickt öffnete sie das Kuvert. Das Pulver war noch drin. Sie wusste, wie man Kokain inhaliert. Hatte sie ja oft genug gesehen, während sie oben auf der Bühne stand und das Publikum beobachtete. Sie holte sich einen Strohhalm aus der Bar und sog das Pulver in ihr Nasenloch.

33.

FRIDA

*W*ie konnten sich die Dinge so rasch zum Guten wenden? Sie ändern sich, wenn Geld ihnen auf die Sprünge hilft, dachte Frida. Und James' Geld war reichlich geflossen. Das Hospital hatte nun in fast jedem Zimmer einen Ofen. Niemand musste mehr frieren, obwohl der Winter in diesem Jahr früh Einzug gehalten hatte. James hatte ihnen auch warmes, frisches Bettzeug geschickt. Er hatte geholfen, dass sie einen Wintervorrat an Getreide und Schmalz anlegen konnten. Die Apotheke hielt die Medikamente vorrätig, die die einzelnen Kinder benötigten. Einen Telefonanschluss hatte er ebenfalls legen lassen.

Aber am wichtigsten: Er hatte ihnen tatsächlich einen eigenen Arzt besorgt. Theo Karlwein hatte gerade erst sein Examen an der Hamburger Uni bestanden, es fehlte ihm an Erfahrung, und da sein Studium durch den Krieg unterbrochen worden war, hatte er auch einiges vergessen. Aber er löcherte den Badearzt mit Fragen und ließ sich auch von Frauen – sprich von Frida – etwas sagen, war also trotz allem ein echter Gewinn.

«Wie lange werden Sie bleiben?», hatte Frida ihn vor zwei Wochen gefragt, als sie gemeinsam Tannenzweige in Vasen gesteckt hatten, um das Hospital adventlich zu schmücken.

«Ich mag Inseln.» Er hatte ihr zugezwinkert, um anzudeuten, was ihn besonders am Inselleben interessierte, nämlich die junge Göntje Clement, die auffällig häufig ins Haus kam, um ein bisschen mit anzupacken, wie sie es nannte. Die Liebe ist ein tauglicher Klebstoff, vielleicht der beste, hatte Frida gedacht. Göntje besaß eine große, herzliche Familie auf Amrum, die sie bestimmt nicht gern verlassen würde. Theo dagegen hatte seine Eltern und den einzigen Bruder im Krieg verloren.

Frida saß im Büro und notierte auf den Patientenbögen, die James hatte drucken lassen, die neuesten Entwicklungen. Die häufigeren Leberportionen zeigten Wirkung, die regelmäßigen Medikamentengaben ebenfalls, und auch die Tatsache, dass die Kinder sich sicherer fühlten, weil niemand mehr vom Verkauf des Hospitals sprach, trug wohl zu ihrer Genesung bei. In der Vorwoche hatte James ihnen vier neue Patienten zugewiesen, von denen er sich weitere Erkenntnisse erhoffte, was den Einfluss des Seeklimas auf Atemwegs- und Hauterkrankungen anging.

Alles lief also gut.

Eigentlich.

Frida hob den Blick von ihrem Blatt und starrte zum Fenster hinaus. Obwohl sie ihr Elternhaus von hier aus nicht sehen konnte, stand es ihr trotzdem vor Augen. Sie war vor zwei Monaten, nachdem die Polizei in die Villa gekommen war, ausgezogen, noch in derselben Stunde. Mutters Lügen über die angebliche Liebe zwischen Emily und von Rathen hatten ihr buchstäblich den Atem geraubt. Sie hatte nach Luft ringend ihre Kleider in den alten Koffer gestopft und ihn ins Freie geschleppt. Auf dem Weg zum Hospital hatte James sie eingeholt, ihr den Koffer in eines der Dachzimmerchen getragen und ihr geholfen, als sie planlos begann, ein paar Möbel umherzuschieben.

Seit diesem Tag hatte sie die Villa nicht mehr betreten. Die Fragen, die ihr der entsetzliche Abend beschert hatte, waren ihr allerdings gefolgt. War es Christian gewesen, der Hellmut von Rathen erschossen hatte? Hatten die Eltern für ihn gelogen? Die Blicke, die ihr Stiefvater mit ihrem Bruder wechselte, waren in ihr Gedächtnis eingebrannt. Hatten ihre Eltern sie und ihre Schwestern außerdem um einen Teil ihres Erbes betrogen? Zumindest davon war Frida inzwischen überzeugt. Mutter hatte ihr das Testament immer noch nicht erneut vorgelegt, sie hatte also die Handschrift nicht mit der von Großpapas Briefen vergleichen können. Mutter hatte sie auch kein einziges Mal im Hospital besucht. Schlechtes Gewissen? Sollte sie etwas unternehmen? Aber sie konnte doch nicht gegen die eigenen Eltern prozessieren. Um dann womöglich auch noch zu hören, dass mit dem Testament alles seine Richtigkeit hatte.

Das Telefon schrillte. Frida nahm den Hörer ab, und die Telefonistin verband sie. Ihr Herz klopfte schneller, als sie James' Stimme hörte.

Er hatte die Insel am Tag nach dem Eklat in der Villa verlassen, um den Kauf des Hospitals unter Dach und Fach zu bringen und natürlich auch, weil er wieder arbeiten musste. In den zwei Monaten, die seitdem vergangen waren, hatten sie nur telefonieren können. Er fehlte ihr. Und telefonieren war etwas anderes, als von Angesicht zu Angesicht miteinander zu reden. Frida litt an ihrem Zweifel, wie er inzwischen über sie denken mochte. Verachtete er ihre Familie? Hatte seine Zuneigung zu ihr dadurch gelitten? Inzwischen hatte er ja Zeit gehabt, über alles nachzudenken.

«... war ich noch einmal bei der Davidwache.»

Sie horchte auf. «Hast du etwas über Lou gehört?» Sie musste die zweite Hand zu Hilfe nehmen, um den Hörer still halten zu können.

«Leider. Dieser Turngarten hat das *Kladderadatsch* in letzter Zeit bevorzugt überwacht. Louise scheint in einem schlechten Zustand zu sein. Wie es aussieht, hat sie Fritz Berger geheiratet ...»

«Wie bitte?»

«Und außerdem schnupft sie inzwischen Kokain, glaubt Turngarten. Angeblich ist sie auch schwanger.»

Frida schluckte.

«Tut mir leid, das kommt jetzt alles sehr geballt.»

«Nein, ich muss es ja wissen.»

«Ich wollte den Inspektor überzeugen, deine Schwester festzunehmen, damit wir die Möglichkeit haben ...»

«Auf keinen Fall, es würde sie nur in ihrem Starrsinn bestärken.»

«Er sieht ohnehin keine rechtliche Möglichkeit dazu, es sei denn, man würde sie wegen einer Straftat gegen die Sittlichkeit ...»

«Sie ist wirklich schwanger? Ist das gewiss?»

«Ich weiß nur, was Turngarten vermutet.»

«O Gott ...» Frida stand auf, aber das Kabel hinderte sie daran, mehr als zwei Schritte zu tun.

«Ich habe ein paarmal versucht, deine Schwester vor

dem Haus abzufangen, vergeblich. Sie scheint kaum noch auszugehen.»

«Ich komme mit dem nächsten Schiff.»

«Ja, das habe ich mir gedacht. Und mir erlaubt, ein Hotelzimmer für dich zu reservieren.»

Frida brachte ihren Koffer ins *Esplanade*, wo James sie, viel zu teuer, untergebracht hatte, aber ihr fehlte die Ruhe, ihn auszupacken. Stattdessen hinterließ sie eine Nachricht für James und lief sofort weiter zum Zirkusweg. Und nun? Sie schritt die Straße auf und ab, ängstlich, dass sie auffallen würde. Als eines der Fenster des *Kladderadatsch* geöffnet wurde, betrat sie hastig einen Laden, in dem Unterwäsche verkauft wurde. Sie verließ ihn aber sofort wieder, als eine Verkäuferin aus einem Nebenraum trat, und kam sich wie eine Spionin in einem drittklassigen Roman vor.

Schließlich setzte sie sich in das Kaffeehaus, in dem sie bereits vor Monaten mit James und Matz gewartet hatte. Das Personal beobachtete sie und tuschelte, sicher fiel sie wegen ihrer Nervosität auf. Man warf ihr spöttische Blicke zu – eine sitzengelassene Liebschaft, kam ja oft genug vor in diesen Zeiten, in denen so viele Männer auf dem Schlachtfeld geblieben waren. Frida trank den viel zu bitteren Kaffee und starrte zur Tür des Varietés, aber niemand verließ das Gebäude. Wahrscheinlich schliefen die Leute bis in den Nachmittag hinein, weil sie nachts arbeiten mussten.

Die Unruhe trieb sie wieder auf die Straße hinaus. Sie mischte sich unter die Wartenden an einer Haltestelle, um weniger aufzufallen. Gegenüber, vor einer Disconto-Bank, wälzte sich ein Mann auf dem Pflaster. Seine Locken waren jugendlich schwarz, aber das Gesicht faltig wie das eines alten Mannes. Ein Kokainschnupfer? Sie war einmal Zeugin gewesen, wie eine kokainbenebelte Frau ins Klinikum eingeliefert worden war, gut gekleidet, aufgekratzt, sodass die Krankenschwestern ihr Lachen kaum unterdrücken konnten. Das Lachen verging ihnen, als die Patientin sich die Kleider vom Leib zu reißen und unaussprechliche Dinge an sich vorzunehmen begann. Noch während man sie zu bändigen suchte, kreischte sie von Riesenquallen, die sich an ihren Brüsten festsaugten. Sie waren gezwungen gewesen, sie ans Bett zu fesseln, wo sie in einen Weinkrampf ...

Frida schrie auf, als jemand plötzlich die Hand auf ihren Arm legte. Die Leute drehten sich um.

«Tut mir leid», murmelte James Tylor und zog sie ein Stück beiseite. «Es hat leider gedauert. Ich war noch bei Turngarten.» Er bot ihr den Arm, sodass sie sich einhaken konnte, und als sie die Wärme seines Körpers spürte, war sie einen Moment lang einfach nur glücklich. Aber dann ging ihr Blick wieder zum *Kladderadatsch*, und der kurze, leichte Moment war vorbei. In der Zeitspanne, in der sie abgelenkt gewesen war, hatte jemand einige Gardinen beiseitegezogen. So schnell übersah man etwas.

«Und?»

«Tja, der Inspektor hat es endlich geschafft, diese Zeugin aufzutreiben, die möglicherweise etwas von dem Mord an Walther ...»

«An wem?», fragte Frida nervös.

James erinnerte sie: «Turngarten hatte bei einem ihrer

früheren Gespräche die Vermutung geäußert, dass Fritz Berger seinen ehemaligen Schwager umgebracht haben könnte, und er nahm an, dass die Freundin des Toten ...»

«Worauf willst du hinaus?»

«Die Frau ziert sich noch, aber Turngarten hofft, dass er Fritz Berger wegen der Sache festnageln kann.»

«Er wird ihn also festnehmen?»

«Tja ...»

«Also nein. Oh, James, wir kommen so nicht weiter. Wir müssen ... Was ist?»

Der Arzt hatte sie in einen Kinoeingang gedrängt, und sie drehte hektisch den Kopf.

«Dort drüben, bei der Haltestelle», sagte er leise.

Jetzt entdeckte Frida Fritz Berger ebenfalls, und zwar genau an der Stelle, wo sie vor einer knappen Minute selbst noch gestanden hatte. Er hatte es eilig, blickte ständig auf die Uhr. Die Elektrische näherte sich, und er stieg mit den anderen Wartenden ein. Die Bahn bimmelte und fuhr an ihnen vorbei.

Und plötzlich war es mit der Zerrissenheit, die Frida eben noch gelähmt hatte, vorbei. Ihre Schwester Lou war einem Verbrecher in die Fänge geraten. Sie hatte ihn geheiratet, war womöglich von ihm schwanger, sie schnupfte Kokain. Und was davon freiwillig geschehen war oder geschah, konnte man nur vermuten. Vielleicht sehnte sie sich nach Hilfe und betete darum, dass jemand kam. Ein Zögern wäre ein Verrat an der Liebe, die sie über Jahre hinweg verbunden hatte.

Bevor James sie aufhalten konnte, war sie schon bei der Tür des *Kladderadatsch* und stieß sie auf. Der Bühnenraum war leer, auch sonst war keine Menschenseele zu sehen. Sie stieg, nein, sie rannte die Treppe ins Obergeschoss hinauf, wo sie die privaten Räume vermutete.

«Sehr unvernünftig», murmelte James, der ihr mit langen Schritten folgte. Die Flure in der oberen Etage sahen mit ihren Teppichen und den großflächigen Gemälden nobel aus, aber wo Licht durch die Fenster fiel, bemerkte man dünngetretene Stellen auf dem Perser, und von den Leuchtern an den Wänden blätterte die bronzene Farbe. Staubflusen und blinde Scheiben zeigten, dass selten sauber gemacht wurde. Ein verlotterndes Haus, sobald man den Bühnenraum hinter sich ließ.

Frida riss die Türen auf. Sie sah schlafende Frauen, halbnackte junge Frauen, die mürrisch vor Spiegeln saßen und ihre Augen mit dunkler Tusche umrandeten, einen jungen Mann, der, ebenfalls fast nackt, Turnübungen machte, eine füllige Frau, die Tiegel mit Schminke füllte ... Man nahm von ihr Notiz, schien aber nicht sonderlich interessiert. Vielleicht hielt man sie für eine neue Tänzerin.

«Hier ist sie», tönte James Stimme vom Ende des Ganges. Frida rannte die wenigen Schritte zu ihm hin und drängte an ihm vorbei ins Zimmer. Der Raum war in hübschen, hellen Farben gehalten, die etwas von Lous alter Leichtigkeit ausstrahlten. An Lou selbst war allerdings gar nichts hübsch. Sie lag auf einem Ehebett, nur mit einer Unterhose bekleidet, die einen verräterischen gelben Fleck aufwies. Die Lippen standen offen, Speichel rann ihr aus dem Mundwinkel. Frida drehten sich Herz und Magen um. Entschlossen eilte sie zu einem Schrank, riss die Türen auf und zerrte das nächstbeste Kleid und einen Mantel heraus.

«Was machen Sie denn da?», tönte nun doch eine argwöhnische Frauenstimme aus dem Flur.

«Ich bin Arzt, Herr Berger hat mich kommen lassen», sagte James, schob die Frau – es war die mit den Tiegeln – in den Flur zurück und schloss die Tür. Er half Frida, die hilflose Lou anzuziehen. Sie war nicht bewusstlos, aber benommen und zeigte kein Erkennen. Als sie ihr das Kleid überzogen, lachte sie einmal kurz auf, dann flossen ein paar Tränen. Frida zog ihr Schuhe über die Füße. Sie mussten sie von beiden Seiten stützen, als sie sie in den Flur und die Treppe hinabschleppten.

Der Bühnensaal war immer noch leer. James gelang es auf der Straße, eine Droschke anzuhalten. Sie fuhren zu seiner Wohnung, die viel zu groß für einen einzigen Menschen war und doch kein Schlafzimmer für Gäste besaß. Er räumte seine eigene Kammer und half Frida, die immer wieder einschlafende Lou ins Bett zu schaffen. Frida deckte sie zu und küsste sie auf die Stirn, über der sich die ungewaschenen, nach Schweiß riechenden Locken kräuselten. «Ich liebe dich», sagte sie.

Drückte Lou ihre Hand? Oder bildete sie es sich nur ein, weil sie es so sehnlich erhoffte? James kam mit einem Arztkoffer und untersuchte Puls und Herzschlag. Bang sah Frida ihn an. Er zuckte mit den Schultern.

«Lassen wir sie ihren Rausch ausschlafen. Komm. Wir überlegen morgen, wie es weitergeht.»

Aber es gab nichts zu überlegen. Das wurde Frida in der durchwachten Nacht, die sie auf einem Sofa in James' Stube verbrachte, klar. Louise brauchte Schutz, und diesen Schutz konnte sie nur auf Amrum bekommen. Wo denn auch sonst? Es gab ja keine weitere Verwandtschaft oder verlässliche Freunde der Familie. Lou war am nächsten Morgen wacher, sie konnte laufen und auch ein paar Worte reden. Also stiegen sie mit ihr in den Zug und brachten sie heim.

Mutter selbst öffnete ihnen, und einen Moment sah es aus, als wollte sie die Tür sofort wieder zuschlagen. Ihre geweiteten Augen waren starr auf Lou gerichtet, ihr Busen hob und senkte sich. Dann wurde ihre Miene weicher. Weil sie James entdeckt hatte, den wohlhabenden Herrn, den sie vielleicht doch noch als Schwiegersohn ergattern konnte? Frida verdrängte den bösen Gedanken. Sie wollte zu einer Erklärung ansetzen, aber ihre Mutter trat zur Seite, und die Weichheit, wenn es sie denn überhaupt gegeben hatte, war dahin. Rosa rief nach Gerlinde und verschwand selbst im Musikzimmer, dessen Tür sie mit einem Knall hinter sich schloss.

«Willkommen daheim», murmelte Lou und rang sich ein Grinsen ab.

James stellte die Koffer ab. Er und Frida wollten ihr die Treppe hinauf in ihr Zimmer helfen, aber Lou bestand darauf, die Stufen ohne Hilfe zu erklimmen. In ihrem Zimmer war es mit dem Heldentum zu Ende. Blass und zitternd ließ sie zu, dass Frida ihr ins Bett half.

Gerlinde trug die Koffer herein. «Da ist sie also wieder, die Mamsell, die unbedingt allein in die Welt hinausmusste.»

Frida schob die Alte in den Flur zurück und schloss die Tür. Lou hatte die Augen bereits wieder geschlossen.

«Sicher, dass sie hier gut aufgehoben ist?», fragte James skeptisch.

Aber was gab es denn für eine Alternative? Er hatte bereits in Hamburg vorgeschlagen, Lou in seiner Wohnung unterzubringen, bis die Lage geklärt wäre. Doch das war unmöglich. Damit hätten sie nicht nur Lous Ruf vollends ruiniert, sondern auch den von James. Wie wollte er denn erklären, dass er eine ihm völlig fremde Frau, die nackt in einem Varieté tanzte, bei sich wohnen ließ? So etwas konnte ihn die Stelle im Krankenhaus und an der Universität kosten.

Lou drehte sich mit dem Gesicht zur Wand. Lachte oder weinte sie? Vielleicht beides. Während der Fahrt hatten sie nur das Nötigste miteinander gesprochen, aber jetzt platzte Frida mit der Frage heraus, die sie quälte: «Bist du schwanger?»

Lou antwortete nicht, und als Frida sich über sie beugte, kniff die Schwester die Augen zusammen wie ein kleines Kind.

James übernachtete bei Matz und verließ die Insel am nächsten Morgen mit der ersten Fähre wieder. So war nur die Familie zugegen, als es zur ersten echten Begegnung zwischen Lou und ihren Eltern kam. Frida hatte ihre Schwester gewaschen und frisiert, sie hatte ihr eines von Emilys Kleidern angezogen, denn Lous Schränke und ihr eigener waren leergeräumt gewesen. Dann half sie ihr wie einer Kranken, die sie ja auch war, die Treppe hinab. Die Schwangerschaft hatte sie nicht noch einmal erwähnt. Sie war zu dem Schluss gekommen, dass Lou die Sache von selbst ansprechen würde, wenn die letzten Nachwirkungen des Kokains verschwunden waren.

Mutter, Rudolf und Christian saßen bereits um den Esstisch, aber weder für Lou noch für Frida war eingedeckt worden. Frida half ihrer Schwester zu einem Stuhl und holte selbst Teller und Tassen aus dem Geschirrschrank. Niemand sprach.

Lou reagierte nicht, als Frida sie fragte, was sie essen wolle. Frida legte ihr ein Marmeladenbrot auf den Teller und schenkte ihr Kaffee ein – es war echter Kaffee, das Geld aus dem Verkauf des Hospitals schien sich im Haushalt niederzuschlagen. «Du musst etwas zu dir nehmen», sagte sie. Als sie den Kopf hob, sah sie Gerlinde in der Tür stehen. Ihr Blick war so gehässig wie gestern, das hätte eine Warnung sein müssen, denn Gerlinde und Mutter hatten zu allem die gleiche Meinung, so war es immer schon gewesen. «Trink ein Glas Sanddornsaft.» Frida ließ sich von Christian die Glaskaraffe reichen, um ihrer Schwester einzuschenken.

Und da sprach Lou, oder vielmehr, sie schrie ein Wort heraus: «Karl!»

Verwirrt starrte Frida sie an. Wer war Karl? Der Mann, mit dem sie lebte, hieß doch Fritz.

Kurz war es still. Dann legte Mutter ihr Besteck beiseite. Sie griff zur Serviette, tupfte sich die Lippen ab und fragte: «Hast du diesen ... Abschaum tatsächlich geheiratet?»

Lous Augen begannen feucht zu glänzen.

«Ich hab dich etwas gefragt, Louise.»

«Ja, da fällt ihr nichts mehr ein», polterte Rudolf los, als sie weiter schwieg. Er schlug mit der Faust auf den Tisch, sodass das Geschirr klapperte. «Sieh dir deine Tochter doch an, Rosa. Erst droht sie uns mit einem Anwalt, aber nachdem der Dreckskerl, mit dem sie sich zusammengetan hat, ihr einen Tritt in den Hintern gegeben hat, kommt sie angekrochen! Da wird sie plötzlich ...»

Lou holte aus und fegte ihr Geschirr vom Tisch. Sie stemmte sich auf die Füße und stolperte aus dem Raum.

Frida, die der Szene sprachlos zugesehen hatte, wollte hinterher, aber Rudolf erwischte sie am Arm. «Du musst aus ihr herausbekommen, ob diese Hochzeit tatsächlich stattgefunden hat oder ob man uns reinlegen will, das ist wichtig.»

«Ihr wisst von der Heirat?», fragte Frida wie vor den Kopf geschlagen.

«Deine Schwester war unverschämt genug, uns eine Einladung zu schicken.»

«Ja, aber ... Warum habt ihr mir davon nichts gesagt? Ich hätte hinfahren, die Sache vielleicht verhindern können.»

Rudolf lachte höhnisch. «Natürlich. Man sieht doch, wie weit dein Einfluss reicht. Du bläst dich auf, Frida. Schau dir deine Schwester an!»

«Rudolf ...», begann Rosa vorsichtig.

«Verdammte Studiererei. Angeben und Großtun und nichts dahinter. Wer weiß, ob unsere Frida mit ihrem Arzt nicht auch schon ein Lotterleben führt!»

In Fridas Ohren piepte es schrill wie aus winzigen Pfeifen. Sie rannte aus dem Zimmer. Wie satt sie sie hatte, ihre ganze Familie.

Es war sonderbar, dass niemand von ihnen Lou in den nächsten Tagen von Emilys Tod erzählte. Sie dachten einfach nicht daran. Die eine Katastrophe hatte die andere überschattet, Lous schlimmer Zustand das Grab aus ihren Köpfen verdrängt.

Als Frida ihre Schwester zwei Tage später abends in ihrem Zimmer aufsuchte, fand sie sie aufmerksamer als zuvor, aber immer noch nicht bereit zu sprechen. Christian kam ebenfalls herein und fragte Lou das eine oder andere, verlor aber bald die Lust, als keine Antwort kam, und machte sich wieder davon.

Frida legte sich neben Lou auf das schmale Bett. «Wer ist Karl?»

Lou schwieg weiter, sie starrten an die Decke und hörten, wie unten in der Küche Geschirr klapperte.

«Soll ich dir dein Essen hier heraufbringen? Willst du lieber allein sein?»

«Ich will Emily sehen», sagte Lou.

Da begriff Frida mit einem Schlag, wie entsetzlich sie versagt hatte. Die Wände bekamen ein sonderbares Eigenleben. Es war, als rückten sie zusammen und zerrieben das schale Licht, das die Nachttischlampe spendete. Wenn man den Tod der einen Schwester zu erwähnen vergessen hatte, wie konnte man dann behaupten, die andere zu lieben?

«Emily ist gestorben», flüsterte sie.

Lou atmete weiter, Frida spürte, wie sich ihr Brustkorb hob und senkte.

«Ich weiß, es ist furchtbar, ich wusste nicht, wie ich es dir sagen soll. Sie hatte Kummer, hat Mutter gesagt. Ich wünschte, sie hätte mit mir gesprochen, vielleicht wollte sie es auch, aber ich war so eingespannt, du weißt nicht, wie sehr ich mir das vorwerfe...» Jeder Satz klang verkehrt, herzlos, selbstbezogen. Und schließlich gingen ihr auch diese kümmerlichen Worte aus. «Es tut mir so entsetzlich leid.»

Aus der Küche klang ein Klirren, als wäre etwas zerbrochen. Gerlinde schimpfte mit Christian.

«Ich kehre nach Hamburg zurück», sagte Lou.

«Aber ... Lou, rede nicht so. Du musst zur Ruhe komm –»

«... weil ich dort glücklich bin.» Lou wandte ihr das Gesicht zu, zum ersten Mal. «Ich habe dort meine einzige Liebe, Frida, weißt du? In Hamburg lebt der einzige Mensch, für den ich wirklich wichtig bin, dem ich alles bedeute und den ich auch selbst von Herzen liebe. Mehr kann man sich nicht erhoffen. Mehr will ich auch nicht.»

Frida rang mit sich. Konnte sie nach der Szene beim Frühstück tatsächlich mit ihrer Mutter über das reden, was Lou ihr anvertraut hatte? Sie sah keine andere Möglichkeit. Da sie selbst tagsüber im Hospital war, musste jemand anderes auf Lou achten. Sie wurden sich einig, dass sie zu ihrem eigenen Schutz in ihrem Zimmer eingesperrt werden musste, bis sich ihr Zustand besserte und sie zur Einsicht kam.

«Ob das eine gute Strategie ist?», fragte James, den sie abends anrief, skeptisch.

«Ich weiß es nicht. Aber du hast doch gesehen, in welchem Zustand sie war, als wir sie aus dem *Kladderadatsch* geholt haben.»

«Und sie behauptet tatsächlich, Berger zu lieben?»

«Ja, aber ich glaube ihr nicht.»

«Kannst du nicht doch noch mal versuchen, mit ihr zu reden?»

«Sie will einfach nicht.»

Die eigene Antwort brachte Frida auf eine Idee. Am nächsten Tag, es war kurz vor Weihnachten, schmuggelte sie Matz in Lous Zimmer.

Er sprach auf sie ein und flehte, aber Lou würdigte ihn keines Blickes, und schließlich ging er verzweifelt wieder in die Nacht hinaus.

Der anschließende Morgen war hektisch – Frida hatte verschlafen und musste direkt nach einer Katzenwäsche, ohne einen Bissen im Magen, hinüber ins Hospital. Kurz überlegte sie, ob sie die Mittagspause für einen Blick in Lous Zimmer nutzen sollte, aber sie konnte sich nicht überwinden. Allmählich fand sie, dass ihre Schwester es sich verdammt einfach machte. Sie igelte sich ein und schmollte – sollten die anderen sich doch sorgen. Besonders die Art, wie sie mit Matz umgesprungen war, nahm Frida ihr übel. Wie konnte sie dieses Scheusal Berger einem Menschen wie Matz vorziehen? Frida hatte noch vor Augen, wie der Kerl den armen Insellehrer zusammengeschlagen hatte. Ob sie Lou das unter die Nase reiben sollte? Vielleicht wusste sie gar nichts davon.

Abends zögerte sie, nach Hause zu gehen. Der Tag hatte all ihre Kräfte beansprucht. Horst bekam die Kälte nicht. Er war blau angelaufen, als er – trotz Verbots – draußen herumgetollt war. Sie hatte ihn mit einer Daunendecke ins Bett gepackt, rief James an, um seine Meinung zu erfahren, und erreichte ihn nicht. Was, wenn sie einfach im Hospital übernachtete? Lou wollte sich doch sowieso von ihr nicht helfen lassen.

Schließlich ging sie trotzdem zur Villa zurück. Als sie das Haus betrat, wurde sie von Gerlinde abgefangen. «Man erwartet dich.»

«Bitte?»

«Deine Eltern. Sie befinden sich im Salon.» Gerlinde führte sie, als wäre sie eine Fremde, in den weihnachtlich geschmückten Raum mit den Fenstern zur Veranda, auf der bereits der Tannenbaum stand. Ihre Eltern saßen mit hölzernen Mienen auf einem der beiden Sofas. Sie sahen aus, als hätten sie sich für ihre Tochter in Positur gesetzt, so, wie sie einander an der Hand hielten. Was sollte dieses Theater?

Plötzlich spürte Frida einen Kloß im Hals. Der Augenblick wurde zu einem Déjà-vu. Emily! Und nun? Sie wusste, was kommen würde. Sie war ja den ganzen Tag schon wie verrückt vor Angst um Louise gewesen. *Kind, wir haben dir etwas Entsetzliches mitzuteilen. Deine Schwester ...*

Verstört wandte sie sich zur Tür. Sie konnte das nicht noch einmal ertragen. Sie musste weg, einfach weg von hier ...

«Bitte bleib. Wir haben dir etwas zu sagen.» Rudolfs Stimme. Wie sie es hasste, dieses strenge, rechthaberische, humorlose, immer etwas zu laute Organ.

«Deine Mutter und ich haben Louise in einer Klinik auf dem Festland untergebracht.»

Wie bitte? Frida drehte sich um.

«Es gibt dort eine private Nervenheilanstalt. Sie wurde uns von Freunden empfohlen. Ein gutes Haus, klein, aber von einem erfahrenen Nervenarzt geleitet. Wir haben Louise heute von ihm und einer Krankenschwester abholen lassen.»

«*Was* habt ihr getan?»

«Gleichzeitig haben wir ihre Entmündigung beantragt. Der Arzt wird dieses Vorhaben sicher unterstützen, denn es ist klar, dass Louise ihrer Sinne nicht mehr mächtig ist. Ich werde bis zum Gerichtsbeschluss und auch in Zukunft alle Entscheidungen für sie treffen. Ihre Ehe wird annulliert werden, da sie in einem Zustand der Unzurechnungsfähigkeit geschlossen wurde.»

Frida starrte ihren Stiefvater an. Das joviale Gesicht, die Hosenträger, der locker gebundene Schlips ...

«Warum habt ihr nicht vorher mit mir darüber gesprochen?»

Sie begriff es, als sie Mutters Gesicht schamrot anlaufen sah. Louises Vormund zu sein bedeutete, über ihr Vermögen zu verfügen. Emilys Geld gehörte ihnen bereits, das hatte Rosa ja geerbt. Und jetzt hatten sie auch noch an sich gerafft, was Lou hinterlassen worden war. Man hatte sie nicht in Hamburg vergessen können – also hatte man sie entmündigt.

«Ich will Großvaters Testament sehen», brachte Frida heraus.

«Aber Kind ...»

«Ich will es sehen.»

«Das kannst du natürlich, obwohl ich ...»

«Herrgott!», fiel Rudolf seiner Frau polternd ins Wort. «Was soll *dieses* Theater denn nun schon wieder? Deine Schwester ist krank, und alles, an was du denkst, ist dein Geld? Wie erbärmlich. Wie herzlos und ... Nein, Rosa, lass mich weiterreden. Da es dir offenbar nur ums Finanzielle geht, machen wir es kurz. Mutter und ich werden diese Villa hier in ein Hotel umbauen lassen. Wir werden es in die Hände eines Verwalters geben und nach Kladow zurückkehren, wo ich in den Kolonialwarenhandel einsteigen werde. Dir selbst wird dein Erbe bei Heirat oder an deinem dreißigsten Geburtstag ausgezahlt, wie dein Großvater es bestimmt hat. Der Rest geht dich nichts an.»

«Du bist uns natürlich immer willkommen», fügte Mutter betreten hinzu.

«In welche Klinik hat man Lou gebracht?», fragte Frida rau.

Wieder wollte Mutter antworten, wieder ließ Rudolf es nicht zu. «Wir werden keinesfalls erlauben, dass du sie aufsuchst und sie mit deiner kleinlichen Habgier noch weiter aufwühlst.»

Frida drehte sich auf dem Absatz um und verließ den Raum. Lou lebt, sagte sie sich, während ihr Herz so schmerzhaft gegen die Rippen pochte, dass sie kaum atmen konnte. Sie lebt, und das ist erst einmal alles, was zählt.

34.

FRIDA

James hatte die Klinik bereits verlassen, als sie dort anrief. Frida bat den Pförtner, der für sie in den Arbeitsplänen geblättert hatte, ihm einen Zettel mit der dringenden Bitte um einen Rückruf in sein Büro zu legen.

Sie stieg in ihre Dachkammer, froh, dass die Hospitalkinder der frühen Dunkelheit wegen bereits in den Betten lagen, stopfte sich ein Kissen in den Nacken, schloss die Augen und öffnete sie wieder. Lou war also in einer Nervenheilanstalt. Wie mochte es ihr dort gehen? Frida wusste nicht viel über diesen Zweig der Medizin. Sie kannte natürlich Freud mit seinen Theorien über das Unbewusste als psychische Realität, den Ödipus-Komplex, infantile Wünsche, die Heilkraft der Hypnose ... Sie hatte sogar die *Allgemeine Psychopathologie* von Freuds Gegner Jaspers gelesen, wenn auch mit wenig Interesse. Aber wie es in Psychiatrien wirklich zuging – sie hatte keine Ahnung, nur diffuse Ängste. Zwangsjacken, Schockkuren ...

Das Telefon im Büro schrillte. Hastig eilte sie die Treppe hinab. War James doch noch in der Klinik gewesen? Wer sollte sonst um diese Zeit anrufen?

«Was ist los?», hörte sie ihn sagen, nachdem die Telefonistin ihn durchgestellt hatte.

Frida war so erleichtert, seine Stimme zu hören, dass sie in Tränen ausbrach. Wütend über sich selbst, rang sie um Fassung und erklärte die neue Situation.

«In eine Nervenklinik?»

«Ja.»

«Weißt du, in welche?»

«Eine in der Nähe von Berlin, denke ich. Sie wurde meinen Eltern von Freunden empfohlen, und Freunde haben sie nur dort.»

«Es gibt hervorragende Anstalten, Frida, in denen Menschen in Louises Situation geholfen werden kann.» James schwieg kurz. «Leider gibt es auch Heime, die mit ihren Methoden im vergangenen Jahrhundert stecken geblieben sind. In der Nähe von Berlin also ... Ich werde mich umhören. Frida ...»

«Ja?»

«Ruhe bewahren. Wir haben hier in der Klinik eine Liste sämtlicher staatlicher Nervenheilanstalten. So lang ist sie nicht.»

«Meine Familie ist grauenhaft.»

«Welche nicht?», murmelte er. «Komm bitte nach Hamburg. Es tut dir nicht gut, wenn du in dieser Stimmung auf der Insel festsitzt.»

«Aber die Kinder ...»

«Dr. Karlwein wird sich kümmern.»

«Ja», sagte sie und legte auf.

Sollte sie Matz Bescheid geben? Frida zögerte. Wollte er überhaupt noch etwas von Lou wissen? Sie machte sich auf den Weg zu ihm. Es war drei Tage vor Weihnachten, die Ferien hatten begonnen, und Matz zögerte keinen Moment, seinen abgeschabten Koffer zu packen.

«Du liebst sie mehr, als sie's verdient.»

«Sie liebt mich auch, sie muss nur erst wieder zu sich kommen.» Matz lächelte verzerrt. «Die Fähre geht morgen um halb zehn.»

Sie erreichten Hamburg am frühen Abend. Trotz der Hungerjahre hatten die Leute Tannenzweige mit Christbaumkugeln in die Fenster gestellt. Draußen prasselte ein Schauer herab, die gelb erleuchteten Fenster wirkten dadurch doppelt heimelig. Doch Frida fand den Anblick nur deprimierend.

James erwartete sie in seiner Wohnung. Er musste gerade aus dem Krankenhaus gekommen sein, denn er hatte den müden Blick, der langen Diensten folgte. Sie stellten die Koffer ab, dann saßen sie in der Küche, in der er sich selbst seine Mahlzeiten zuzubereiten schien. Wieder wunderte Frida sich über die große Wohnung, die aber trotz James' komfortabler finanzieller Situation so karg und lieblos eingerichtet war. Er schien auch keine Angestellten zu beschäftigen, zumindest deutete ein Berg schmutzigen Geschirrs in der Spüle darauf hin.

Er schnitt Brot, sie bestrichen die Scheiben mit Butter und belegten sie mit Käse. «Haben Sie eine Zigarette?», fragte Matz, der nervös mit dem Knie wippte. James holte sein Etui und dazu eine Liste der Nervenheilanstalten, mit denen er bereits telefoniert hatte. Es waren praktisch alle öffentlichen Einrichtungen in Berlin und dessen Umland.

«Leider konnte man mir nicht weiterhelfen.»

«Ich habe gewusst, dass wir sie nicht finden werden. Darauf hat von Möhring es doch angelegt», sagte Matz, schob das Brot von sich und zündete die Zigarette an. «Womöglich ist sie am anderen Ende der Republik. Wer sagt denn, dass diese ominösen Freunde ihre Verrückten in der Nähe einsperren lassen?»

«Mutter will nach Kladow zurück. Und sie würde Lou sicher besuchen wollen», sagte Frida. Wunschdenken?

«Es gibt neben den staatlichen auch private Institutionen. Da ist es allerdings schwerer, Adressen zu bekommen.»

«Und wie stellen wir es dann an?», fragte Matz.

James rieb sich nachdenklich das Kinn.

Am nächsten Morgen teilten sie sich auf. Matz ging zum Bahnhof, um den Fahrplan zu studieren und Fahrkarten nach Berlin zu kaufen, Frida und James begaben sich zum Telefonieren in die Klinik. James besaß eine tiefe, ruhige Stimme, die Autorität vermittelte. Er sprach mit dem größten Berliner Krankenhaus, ließ durchklingen, dass er leitender Arzt im Eppendorfer Klinikum sei – und begann schamlos zu lügen: Er betreue eine neue Patientin, die offenbar vor ihrer Einlieferung in einer Nervenheilanstalt in Berlin behandelt worden sei. «Sie kann uns leider den Namen der Institution nicht nennen, ihr Zustand ist desolat, aber da sie aus Berlin kommt ... Genau ... Ja, es ist unbedingt nötig, dass wir mit dem früheren Arzt ... Ich wäre Ihnen verbunden ...»

Er lauschte. Zeit verstrich.

«Oh! Das ist aber ein Jammer ... Nein, da habe ich schon angerufen ... Es könnte sich auch um eine kleinere, privat geführte Institution handeln. Bedauerlicherweise besitzen wir dazu keine Adressen ... Ah ja?» Er lächelte, griff nach einem Stift und begann zu schreiben.

«Was ist?», fragte er, nachdem er aufgelegt hatte und sich wieder Frida zuwandte.

«Du hast gelogen.»

«Lügst du nie?» Er lächelte, aber sein Lächeln erlosch, als er ihren Gesichtsausdruck erkannte. «Was ist los? Bist du eine Verfechterin unerbittlicher Wahrheitsliebe?»

«Es passt nicht zu dir. Lügen. Du tust es nur meinetwegen. Ich kann das nicht ausstehen, weil ... Irgendwann wirst du mir deswegen grollen.»

«Pardon?»

«Diese Verlogenheit und Herzlosigkeit in meiner Familie», platzte Frida heraus. «Es ist ekelhaft! Du solltest Vorlesungen halten, bei deinen Patienten sein, stattdessen verleite ich dich dazu ...»

«Darf ich dir etwas erzählen?»

Sie zog sich das Blatt heran, das er beschrieben hatte. Vier Namen, vier Adressen, alle in Berlin. «Ich danke dir. Ich werde damit allein ...»

Er legte die Hand auf das Papier. «Du bist nicht besonders kritisch. Was weißt du eigentlich von mir? Ich bin Arzt, ein selbstloser Mensch, vermutest du, der darin aufgeht, sich um andere zu kümmern. Aber vielleicht stimmt das gar nicht. Vielleicht bin ich nur ein talentierter Geschichtenerzähler. Du hast mir gerade beim Lügen zugehört. Das wäre ein Hinweis. Vielleicht habe ich auch in Bezug auf Afrika gelogen – um dir den Mann deines Herzens madig zu machen.»

«Das glaube ich nicht.»

«Da dank ich dir. Jetzt also alles über meine eigene Familie auf den Tisch. Meine Mutter war die erste Liebe meines Lebens – eine Irin mit roten Haaren und Sommersprossen, so, wie man sich die Irinnen vorstellt. Für mich war sie die schönste Frau der Welt. Mein Vater und ich haben um ihre Liebe gewetteifert, aber ich war ihm um Längen voraus, das wussten wir beide, und ich hab es ihn spüren lassen. Sie hat mir zu meinem zwölften Geburtstag eine Eisenbahn geschenkt, Märklin, den König-Ludwig-Zug, ein Prachtexemplar, das ich mir mehr als alles andere gewünscht hatte und das mein Vater allein deshalb als idiotisches Spielzeug abtat. Zwei Tage später ist meine Mutter gestorben. Ausgerechnet bei einem Zugunglück. Meine Eltern hatten für den Abend Gäste eingeladen. Warum war sie in einen Zug nach London gestiegen, obwohl sie wusste, dass ein paar Stunden später die Nachbarn vor der Tür stehen würden? Hatte sie einen Geliebten, wie man munkelte? Wollte sie mit ihm durchbrennen? Einiges spricht dafür. Aber warum hatte sie mich dann nicht mitgenommen? Irgendwann habe ich angefangen, sie zu hassen, und die wenigen Fotos zerschnitten, die es von ihr gab.»

«Oh, James ...»

«Ich habe sie später wieder zusammengeklebt. Aber ich glaube immer noch, dass sie an diesem Tag meine Liebe zu ihr verraten hat. Ich erzähle es dir, damit du verstehst, warum ich Lügen hasse, und tatsächlich lüge ich selten.» Er blickte ihr in die Augen. «Aber eine Notlüge wie die eben am Telefon finde ich vertretbar.»

Jemand klopfte an die Bürotür. James legte den Finger auf

die Lippen, sie warteten schweigend, und der Besucher ging weiter. «Ich habe das Hospital gekauft, um einen Vorwand zu haben, dich immer wieder zu sehen. Vielleicht war auch ein wenig Altruismus dabei, vor allem war es aber schnöde Berechnung. Und sobald ich genug Mut gesammelt habe, werde ich dich bitten, mich zu heiraten. Willst du?»

«Was?»

«Willst du mich heiraten?» Er beugte sich vor und nahm ihre Hand.

Sie starrte ihn an. Er wartete. Sein Gesicht schien so ruhig wie immer. Er war ein Mann ohne Überschwang, ein kluger Mann, ein ehrlicher Mann. War das zu wenig? Oder im Gegenteil alles, worauf es ankam? Ihr stieg die Glut ins Gesicht. Sie legte seine Hand auf ihre Wange und hörte auf abzuwägen, es fühlte sich richtig an. Es fühlte sich an wie pures Glück.

In Berlin mieteten sie bei einer Autovermietung neben ihrem Hotel einen Ford. Leider besaß der Wagen keine Windschutzscheibe, sodass der Wind ihnen von allen Seiten in die Gesichter blies, als sie sich am nächsten Morgen aufmachten, die Adressen auf ihrer Liste abzuklappern. Zitternd trotz der Wintermäntel und Schals, fuhren sie mit Hilfe eines Stadtplans, den sie ebenfalls bei der Vermietung erstanden hatten, die erste Adresse an, einen noblen Bau in der Nähe des Tiergartens.

Frida übernahm das Reden. Sie hielt sich so wenig an die Wahrheit wie James. Ihre Eltern hätten ihre Schwester in eine Nervenheilanstalt in Berlin gebracht und sie gebeten, nach ihr zu sehen. Nur sei ihr leider auf der Fahrt die

Adresse verlorengegangen. Das Personal begegnete ihnen freundlich, winkte aber bedauernd ab, als sie Lous Namen nannte.

In einem größeren Haus mit einem säulengetragenen Vordach nahm der Pfleger, der sie einließ, das Patientenbuch zur Hand – aber auch hier wurden sie nicht fündig. Sie besuchten ein Hospital am Ende der Buckower Chaussee, das etwas kleiner, aber nicht weniger vornehm war. Eine ältliche Schwester mit Haube öffnete ihnen die Haustür, die wie üblich in diesen Gebäuden durch besonders dicke Schlösser gesichert war. Wieder Bedauern.

Es wurde früh dunkel, die Umrisse der gegenüberliegenden Häuser verschwammen bereits mit der Nacht. Von irgendwoher wehte weihnachtliche Flötenmusik zu ihnen herüber. Als sie mit ihren feuchten Schuhen über den Kiesweg zu ihrem Wagen gingen, blieb Matz plötzlich stehen. «Ich gehe da noch mal rein!»

«Das hat doch keinen Zweck.» James hielt Frida die Autotür auf.

«Die Frau hat gelogen.»

«Nun sieh keine Gespenster!»

«Ich bin Lehrer, ich merke, wenn mich einer anflunkert. Das ist mein täglich Brot – zu merken, wenn mir jemand ins Gesicht lügt!» Er kehrte um und stapfte mit finsterem Blick unter den schneebestäubten Bäumen hindurch zur Tür zurück.

«Lass ihn gehen. Du hältst ihn sowieso nicht auf», sagte James. Sie setzten sich fröstelnd ins Auto und sahen zu, wie ihr aufgebrachter Freund an der verschlossenen Haustür Sturm klingelte. «Sie werden die Polizei rufen, und wir werden ihn freibetteln müssen. Schonen wir unsere Nerven», meinte James und nahm ihre Hand. Auch das Irrenhaus besaß einen Tannenbaum. Er stand mitten im Garten und war mit Kugeln aus buntem Blech geschmückt.

Die Tür ging erneut auf, Matz drängelte sich hinein. Es dauerte nicht lange, bis er zurückkehrte. In seinem Gesicht saß ein breites Lächeln. Er zwängte sich auf den Beifahrersitz und drehte sich so, dass er sie beide ansehen konnte. «Ich sage doch, dass ich sehe, wenn einer mir was verschweigt. Also ... Es gibt ein privates Heim beim Tegeler Forst. Es ist berüchtigt, weil es von jemandem geleitet wird, den die Schwester einen Psychiker nennt. Muss etwas Verächtliches sein, die Frau hat so leise geflüstert, dass sie mir fast ins Ohr gekrochen ist. Ich habe ihr geschildert, wie man uns Lou weggenommen hat, und sie hat gemeint, wenn sie jemanden verschwinden lassen wollte, dann würde sie ihn dort unterbringen.»

«Mach dir nicht zu viele Hoffnungen», sagte James.

«Was sind Psychiker?», fragte Matz, während James den Ford nach Fridas Anweisungen über matschige Wege mit tiefen Schlaglöchern lenkte. Sie fuhren aus Berlin hinaus, und mit jedem Kilometer wurden die Straßenverhältnisse schlechter. Licht gab es kaum noch, sie kamen also nur langsam vorwärts, und da es zudem zu schneien begonnen hatte, froren sie erbärmlich.

«Etwas, das es schon lange nicht mehr geben sollte, in einer vernunftbegabten Welt. Aber wir haben ja auch gerade Europa in Schutt und Asche gelegt», murmelte

James und wischte einige Schneeflocken aus seinen Haaren, während er das Auto auf der Straße zu halten versuchte.

«Was heißen soll?»

Er bekam keine Antwort.

Die Cyriakus-Klinik – das war der Name, den Matz in Erfahrung gebracht hatte – lag inmitten eines kleinen Wäldchens. Ein einsamer Nachtspaziergänger wies ihnen den Weg, sonst hätten sie das Haus wohl gar nicht gefunden. Es lag inmitten uralter Bäume, versteckt hinter einer hohen, roten Ziegelmauer, und war von Efeu überwuchert, der sich wie mit Krallen am Gebäude emporhangelte. Die Scheinwerfer ihres Autos strahlten das Gebäude an. Viel Licht gab es nicht. Nur in wenigen Fenstern auf der Frontseite flackerten schwächlich ein paar Kerzen.

«Na, dann sehen wir mal nach», sagte James.

Als Frida aus dem Wagen stieg, jagte ein Hase vor ihren Beinen ins angrenzende Gebüsch. Sie folgte den Männern zu dem Eisentor, das zwischen den Mauern emporragte. Matz drückte dagegen, aber es ließ sich nicht öffnen. Er fand einen altmodischen Glockenstrang und zog daran – das erste Mal manierlich, dann in nervösem Dauergeläut.

Endlich öffnete sich die Haustür, und jemand trat auf die Treppe hinaus. Ein Arzt? Zumindest trug er einen weißen Kittel. Sein pomadeglänzendes Haar war akkurat gescheitelt, eine Brille mit runden Gläsern saß auf seiner Nase. Er nahm sie wegen des Schnees aber schon nach wenigen Schritten ab. Blinzelnd versuchte er, die späten Besucher zu erkennen, und als ihm das nicht gelang, kam er den Weg hinab. Dass er dabei die Haustür hatte offen stehen lassen, erleichterte Frida. Ganz so streng, wie die Frau im letzten Heim sie hatte glauben machen wollen, wurde die Einrichtung offenbar doch nicht geführt. Die Patienten schienen sich im Garten frei bewegen zu dürfen.

Der Arzt erreichte die andere Seite des Tors. In seiner Hand baumelte ein Schüsselbund, aber er zögerte zu öffnen. «Womit kann ich dienen?»

«Wir wollen zu Louise Kirschbaum», sagte Frida.

«Bitte?»

«Meine kranke Schwester ist hier untergebracht. Wir möchten sie besuchen.»

Der Mann schüttelte den Kopf. An seinem Kinn saß ein langes, schmales Ziegenbärtchen, das an einen Pharao erinnerte, es wirkte gleichzeitig modisch und aus der Zeit gefallen. «Da muss ein Irrtum vorliegen, in diesem Haus sind nur Männer untergebracht. Kriegszitterer.»

Kriegszitterer waren Soldaten, die an der Front, möglicherweise durch die Druckwellen explodierender Granaten, eine Störung entwickelt hatten. Sie zitterten, ohne es kontrollieren zu können, und viele entwickelten Ängste vor banalen Gegenständen. Einige Ärzte vertraten allerdings die Meinung, dass sie schlicht simulierten: im Krieg, um nicht mehr an die Front zu müssen, später, um eine Rente zu ergattern. Auf jeden Fall klang die Auskunft des Ziegenbarts plausibel.

Er wandte sich ab und wollte zum Haus zurückgehen. Aber Matz ließ ihn nicht so schnell entkommen. «Hören Sie, verflucht, wir reden mit Ihnen.» Taub für Fridas und James' leise Beschwichtigungen, begann er an dem Türgitter zu rütteln. Er schien allmählich durchzudrehen. Als der

Mann auf das Rütteln nicht reagierte, packte er die Streben und begann sich am Tor hochzuhangeln.

«Puh», murmelte James.

Der Ziegenbart fuhr herum. Seine Stimme wurde scharf. «Was erlauben Sie sich?»

Matz war in seiner Jugend, die so lang noch nicht zurücklag, oft an Masten und Bäumen emporgeklettert. Das Tor bildete für ihn kein ernsthaftes Hindernis. Es dauerte nur Sekunden, bis er auf der anderen Seite gelandet war. Kaum auf dem Boden, war er auch schon bei dem Ziegenbart und entriss ihm den Schlüsselbund. Schon der zweite Schlüssel passte.

«Hören Sie, das ist eine Unverschämtheit. Sie brechen hier ein. Das ist strafbar. Ich werde die Polizei …» Der Mann griff zu einer Trillerpfeife, die um seinen Hals hing. Ein Pfiff zerriss die Abendluft.

Die Szene, die nun folgte, hatte etwas Unwirkliches. Matz rannte auf das Haus zu, und James, eben noch besorgt, drückte das Tor auf und folgte ihm gemesseneren Schritts, aber genauso zielstrebig. Da der Ziegenbart ebenfalls zur Haustür eilte, schloss sich auch Frida an. Kurz sah sie sich mit James und Matz zusammen in einer Gefängniszelle sitzen. Würde danach der Rauswurf aus Klinik, Universität und Schule folgen?

Das Gebäude besaß einen strengen, einfallslosen Grundriss. Der Haustür gegenüber befand sich eine Art Pförtnerloge – allerdings ohne Pförtner, kein Mensch war in dem dunklen, geisterhaften Gebäude zu sehen. Linker und rechter Hand ging je ein Flur ab. Matz und James hatten sich getrennt, jeder lief einen der seitlichen Gänge entlang, riss Türen auf und eilte weiter. Von dem Arzt – Frida war zu dem Schluss gekommen, dass es sich um einen Mediziner handeln musste, so entschieden, wie er sich ihnen in den Weg gestellt hatte – war nichts mehr zu sehen.

Einen Moment blieb sie ratlos stehen, dann folgte sie Matz, der unentwegt Lous Namen brüllte. Seine Stimme hallte von der hohen Decke wider, und der Schall machte sie genauso nervös wie die Kerzen auf den Fensterbänken, die im Luftzug flackerten. Sie spähte in die Zimmer, die Matz bereits geöffnet hatte, aber dort war es stockdunkel, und es lohnte sich wohl auch nicht, nach einem Schalter zu tasten, denn es waren keine Geräusche zu hören.

Der Gang endete an einem Treppenschacht: Eine der Treppen führte ins Obergeschoss, die andere in den Keller. Matz entschied sich für die obere Treppe, also nahm Frida die andere, die nach unten führte. Das Gebäude schien an einem Hang zu liegen, denn am Ende der Treppe gab ein großes, vergittertes Fenster den Blick in einen Garten frei, der wie ein schwarzer Dschungel wirkte. Auch hier unten brannten Kerzen auf den Fensterbänken. Man kam sich vor wie im Mittelalter. War das ein Behandlungskonzept? Geiz? Aber Kerzen waren ja auch nicht gerade billig.

Plötzlich meinte Frida, leises Orgelspiel zu vernehmen. Sie folgte den Klängen bis zu einer fast deckenhohen Tür mit einem geschnitzten, aufgeleimten, rot lackierten Kreuz. Rechts und links der Tür hingen archaisch zwei Fackeln in Eisenvorrichtungen. Sie strich sich energisch über die Arme, auf denen sich eine Gänsehaut gebildet hatte. Viel wusste sie nicht von Psychikern, aber sie meinte sich zu erinnern, dass sie geistige Krankheiten auf ein Fehlverhalten der Seele zurückführten. Ein religiöser Ansatz. Der Mensch wird krank, weil er sündigt. Nur, warum behandelten sie dann hier Kriegszitterer? Vermuteten die Ärzte, dass ihr fehlender Glaube die Soldaten hatte krank werden lassen?

Die Tür war ungewöhnlich dick, und als Frida sie aufstieß, wurde das Orgelspiel urplötzlich zu einem fulminanten Getöse. Bach. Jemand spielte direkt über ihrem Kopf in verstörender Lautstärke einen Choral. Vor ihr lag eine Kapelle, ein mittelgroßer Raum mit einem weihnachtlich geschmückten Altar und Fenstern, in denen sich bei Tag vermutlich das Sonnenlicht im bunten Glas brach. Jetzt waren die Scheiben schwarz. Merkwürdigerweise gab es keine einzige Kirchenbank, als spiele der Organist nur zur eigenen Erbauung. Frida tat einen Schritt in den Raum hinein – und erstarrte.

Denn es gab durchaus Zuhörer. Die seitlichen Kapellenwände waren von Lehnstühlen gesäumt, und auf jedem dieser Stühle saß eine Person. Aber niemand rührte sich oder sagte etwas. Das konnten die Menschen auch nicht, denn sie waren gefesselt. Ihre Köpfe steckten in hölzernen Kästen mit Aussparungen für die Nasen, die Arme waren mit Riemen an die Lehnen der Stühle gefesselt, die Knöchel steckten in Holzvorrichtungen, die jede Bewegung verhinderten. Ob ihre Münder verklebt waren, konnte sie nicht erkennen. Kriegszitterer? Hier konnte niemand mehr zittern. Das Symptom war unterbunden, das Leiden tobte still in den fixierten Körpern.

Frida taumelte zurück. Die Hand vor den Mund gepresst, drehte sie sich um und begann zu laufen. Weg hier. Raus an die Luft. Nur raus ... Sie war fast an der Treppe, als ein Schrei die Mauern erfüllte: «Lou! O Gott, Louise ...»

Abrupt blieb sie stehen und drehte sich einmal um sich selbst. Der Kellergang setzte sich auch links von der Treppe fort. War Matz' Ruf aus dieser Richtung gekommen? War er hier unten? Sie eilte an einer kahlen Wand entlang bis zu einer Tür, die spiegelgleich zur Kapelle lag. Sie stand offen. Frida trat ein und fand sich in einem gekachelten Baderaum mit mehreren Badewannen wieder. Vor einer stand Matz und zerrte wie von Sinnen an einem Holzbrett, das die Wanne bedeckte und am Wannenrand befestigt war. Am hinteren Ende des Bretts befand sich ein Loch, aus dem Louises Kopf ragte. Sie hatte die Augen geschlossen, ihre Lippen waren blau, die Haut weiß, ihre Haare hingen strähnig herab.

«So hilf mir doch!» Matz schrie vor Angst und umfing Louises Gesicht mit beiden Händen.

Das Brett bestand bei genauem Hinsehen aus zwei Brettern, die in der Mitte durch mehrere Riegel verbunden waren. Frida riss die Eisen durch die Halterungen und klappte die Bretter nach oben. Ihre Schwester lag voll bekleidet in eiskaltem Wasser. Kältebäder ... Schocktherapien ... Schmerz ... Halbvergessenes Wissen über die Psychiker erwachte in Fridas Kopf und erfüllte sie mit glühendem Hass.

Matz packte Lou unter den Armen, Frida an den Füßen, und gemeinsam hievten sie sie aus der Wanne. Das Kleid klebte an ihrem Körper und troff. Sie war wie erstarrt vor Kälte, aber nicht bewusstlos. «Nimm mich mit», flüsterte sie mit blauen Lippen.

«Da kannst du Gift drauf nehmen! O verdammt. Frida, dein Mantel. Natürlich kommst du mit, Vorsicht ...»

Frida half Matz, Lou in ihren Wollmantel einzuwickeln. Dann riss sie ein Badetuch von einem Wandhaken, das sie ihrer Schwester um den nassen Kopf schlang. Man hatte ihre wunderschönen Locken lieblos abgeschnitten, die Kopfhaut roch, als wäre sie entzündet. «Ich bring die um», keuchte Matz, während er Lou in den Flur trug.

«Nimm mich ...»

«Ja, mein Engel.»

Matz trug Lou die Treppe hinauf, und oben zeigte sich, dass die Heilanstalt doch Personal besaß. James wehrte sich gerade gegen drei Männer, die ihn zur Tür drängten. Zwei ließen von ihm ab, als sie Matz und seine in den Mantel gehüllte Last sahen. Kurz sah es so aus, als wollten sie sich auf ihn stürzen, aber dann schienen sie unschlüssig.

James schaffte es, sich mit einem Ruck aus der Umklammerung des letzten Mannes, eines Kerls mit langer Künstlermähne, zu befreien. Er lief auf sie zu.

«Sie lag in einem eiskalten Bad mit Brettern drauf. O James, dass sie überhaupt noch lebt ...»

Plötzlich stand auch der Arzt wieder im Gang. «Was nehmen Sie sich heraus! Sie dringen hier ein ... Sie entführen eine meiner Patientinnen ... bringen sie in Gefahr ... Carl, Stefan, die Frau muss auf ihr Zimmer zurück, unverzüglich ...»

Der Mann mit der Künstlermähne leckte sich über die Lippen, rührte sich aber nicht. Jemand kam die Kellertreppe herauf, vielleicht der Organist. Auch er blieb wie angewurzelt stehen.

James rückte an seiner Krawatte und trat auf den Arzt zu, dichter, als es die Höflichkeit erlaubte. «Kennen Sie die Gewerbeordnung der Stadt Berlin?»

Die Lippen des Arztes wurden so schmal, dass sie fast verschwanden.

«Was Sie hier unter dem Deckmantel der Medizin praktizieren, Herr Kollege ...», James betonte das Wort ironisch, «ist keine ärztliche Behandlung, sondern grausame, lebensbedrohliche Gewalt. Es ist ein Verbrechen. Sicher wissen Sie, dass private Irrenanstalten unter besonderer Aufsicht der Gewerbepolizei stehen? Ich werde dafür sorgen ...»

Der Ziegenbart packte ihn am Revers. «Leute wie Sie sind unfähig, zu begreifen, wie vollkommen der Leib der Seele unterworfen ist. Der Mensch wird von seiner Auflehnung gegen die Gebote unseres Herrn zersetzt. Darin gründet sein Leiden. Es ist die Sünde. Freud, pah! Diese zögerlichen, überkonstruierten Gedankenmodelle von heute, mit denen man den Schmerz der Kranken nur konserviert ... Als würde reden helfen, wenn die Seele an ihrer eigenen Verkommenheit zugrunde ...»

«Ich hoffe, Sie wissen, welche Strafe auf die Misshandlung von Patienten steht?» James schlug die Hände des Mannes beiseite und trat zu Matz, um ihm beim Tragen zu helfen. Frida eilte durch die immer noch offen stehende Haustür voran zum Wagen.

«Sie stand auf der Schwelle zur Besserung!», hörte sie den Arzt in ihrem Rücken brüllen.

Sie kletterte auf den Rücksitz und streckte die Arme aus, um Lou entgegenzunehmen. Es kostete Mühe, ihre

Schwester in das kleine Auto zu hieven. Frida zog den Oberkörper auf ihren Schoß. Sie umschloss die zitternde Gestalt mit den Armen und sah zu, wie Matz alles an Kleidung, was er anständigerweise entbehren konnte, um Lous nackte Füße und ihre Beine wickelte. Auch James reichte seinen Mantel nach hinten. Es war bitterkalt. Zum Glück hatte wenigstens der Schneefall nachgelassen.

James startete den Motor. Er wollte ins nächste Krankenhaus fahren, aber Lou reagierte, als sie es mitbekam, mit hysterischem Geschrei, und Frida schüttelte den Kopf.

Im Hotel reagierte man auf ihr Erscheinen mit Befremden, ließ sie aber unbehelligt. Sie packten Lou ins Bett, Matz besorgte eine Wärmflasche, Lou starrte mit riesigen Augen ins Nichts. Erst klapperte sie mit den Zähnen, dann wurde ihr so heiß, dass sie die Decke fortstrampelte. Schließlich glühte sie. Sie begannen mit feuchten Wadenwickeln, doch damit ließ sich die Temperatur nicht senken. James kontrollierte sie mit einem Thermometer, das ihnen ebenfalls vom Hotelpersonal geliehen worden war. Dann machte er sich auf den Weg und besorgte Medikamente. Das Fieber verschwand, aber es kehrte nach wenigen Stunden zurück.

Und das war das Drama, auch, als sie Tage später nach Amrum zurückkehrten: Was immer sie unternahmen, um Lous Fieber zu senken, sie wurde es einfach nicht dauerhaft los.

35.

LOUISE

Es war eine sonderbare Zeit. Nicht ganz Realität, nicht ganz Traum, oft schmerzhaft bis an die Grenze des Erträglichen, dann wieder geisterhaft leicht, als ergäbe nichts mehr Sinn und als wäre das gut so.

Den größten Teil der Tage und Nächte verschlief Lou. Manchmal wurde sie von den Stimmen der Hospitalkinder geweckt, die durch das Haus tobten oder in ihren Betten weinten, manchmal durch Frida und Hannah, die sie wuschen und umzogen. Gelegentlich nötigte man ihr Medizin in kleinen braunen Gläsern auf.

Wirklich schlimm waren die Träume, in denen man ihre Kopfhaut mit etwas einrieb, das furchtbar juckte und schmerzte, oder sie in die Eiswanne tauchte oder, was sie am meisten fürchtete, in einen Drehstuhl setzte und im Kreis wirbelte, bis ihr Blut aus Mund und Nase schoss. Zur Heilung der sündigen Seele, sagte der Arzt mit der runden Brille. Er wusste von ihrer Auflehnung gegen die Eltern und der Flucht nach Hamburg, sicher durch Mutter, und wollte den seelischen Schaden durch eine Erschütterung ihres Körpers beheben. Das erklärte er ihr wieder und wieder. Am Ende der peinigenden Prozeduren hielt er ihr ein Eisenkreuz vor die Augen, das er ihr anschließend gegen die Lippen drückte, damit sie es küsste. Sie weigerte sich, jedes Mal, und darauf war sie stolz.

Wenn sie aus ihren Fieberträumen aufschreckte, stolperte Lou ans Fenster, sog die frische Amrumer Seeluft ein und hörte die Schreie der Seevögel. Das beruhigte sie, der Druck auf ihre Lungen wich, der heiße Körper wurde kühler, die Bilder und Stimmen in ihrem Kopf verblassten.

Matz verbrachte viele Stunden neben ihrem Bett. Selbst abends wich er nur ungern von der Bettkante.

«Musst du nicht unterrichten?»

«Erst am Montag nach Neujahr.»

«Hatten wir schon Weihnachten?»

«Ja, aber da waren wir noch in Berlin.»

Anfangs war er ihr lästig gewesen, sie hatte das Gefühl, sich vor ihm rechtfertigen zu müssen, und war doch viel zu erschöpft dazu. Aber Matz wollte gar keine Erklärungen. Er sang Weihnachtslieder für sie, manchmal auch alte Seemannslieder, erzählte vom Dorftratsch oder ahmte Vogelstimmen nach. Wenn das Fieber kam, kühlte er ihren Kopf und ihre Beine mit kalten Lappen. «Hier kannst du wieder glücklich werden, Lou.»

«Mit dir zusammen?»

«Mit mir oder ohne mich. Das wirst du selbst entscheiden.» Vielleicht waren es diese Worte gewesen, die es möglich gemacht hatten, dass sie ihn wieder lieb gewann. Oder sie hatte ihn immer liebgehabt und es nur nicht verstanden. Dann kam die Nacht mit den Schmerzen, in denen sie ihr Baby verlor. Frida stand ihr bei. Sie trug fort, was sich dem Leben verwehrte. Es war so wenig gewesen, dass Lou nicht einmal weinen konnte.

«Du wirst ein anderes Kind bekommen», versuchte Frida sie zu trösten.

Aber ich habe doch schon eins, dachte Lou. Und genau das war das Problem.

Karlchen hatte ihr einmal gestanden, dass er ein böser Junge sei. Dass Mama ins Wasser gegangen war, weil ihm im Flur das Eimerchen mit dem Koks aus der Hand gefallen war. Mama hatte den Schmutz aufwischen müssen und war von der Nachbarin ausgeschimpft worden. Lou hatte widersprochen, aber er hatte ihr nicht glauben können. Das Wissen um seine angebliche Schuld war in seinem Kopf die alles überstrahlende, brennende Sonne.

Lou erzählte Frida davon, sie konnte ihre Sorge um Karlchen nicht mehr für sich behalten.

«Was liegt dir an dem Kind von Fritz Berger?»

«Mir liegt etwas am Karlchen. Dass Fritz sein Vater ist, dafür kann er ja nichts.»

«Aber du wirst irgendwann eigene Kinder bekommen. Die kannst du liebhaben.»

«Liebhaben ist nichts, was man für sich selbst tut. Man liebt für den anderen, sonst ist es keine echte Liebe.»

Frida küsste sie auf die Stirn, aber Lou bezweifelte, dass sie etwas begriff.

An einem der ersten Januartage kehrte der englische Arzt auf die Insel zurück. Lou musste sich gerade in einen Eimer übergeben, so bekam sie nur die Hälfte von dem mit, worüber er mit Frida im Flur sprach. Infektion? Er klang aufgebracht, Frida zischte «psst», und sie senkten die Stimmen.

Kurz drauf kamen sie in ihr Zimmer, gerade als Matz ihr einen Blechbecher mit Wasser reichte, damit sie sich den Mund ausspülen konnte.

Der Engländer begrüßte sie freundlich. Er war ein ruhiger, ziemlich trockener Langweiler, aber sie mochte ihn. James Tylor. Wenn sie es richtig verstanden hatte, wollte Frida ihn heiraten, und das war eine gute Idee, denn Frida war ja ebenfalls ruhig und trocken und ... Aufhören! Lou verbat sich die eigene Herablassung. Die beiden hatten sie aus der Hölle geholt und dabei ordentlich was riskiert. Außerdem wollte sie sie gar nicht anders haben. Ruhe tat gut. Was hatte ihr die eigene Unruhe denn beschert? Grauenhafte Monate und eine Fehlgeburt.

«Kommst du mit runter? Ich würde gern mit dir reden», sagte James zu Matz.

«Was soll diese ständige Heimlichtuerei?», fuhr sie auf.

Betretene Gesichter.

«Ich bin kein Kind mehr, hört also auf, mich so zu behandeln! Was ist los?»

James wechselte einen Blick mit Frida, dann zog er sich einen Stuhl heran und setzte sich neben ihr Bett. «Sie haben natürlich recht. Also: Ich habe am Tag, nachdem wir Sie aus diesem ... Haus geholt haben, die Berliner Gewerbepolizei informiert. Dort hat man schnell reagiert. Man ist schon am nächsten Morgen in das dubiose Hospital gefahren. Einige Patienten waren inzwischen zwar schon weggebracht worden, aber nicht alle. Man fand auch die Vorrichtungen ...»

«So genau braucht sie es auch wieder nicht zu wissen», schnauzte Matz.

James nickte verlegen. «Vor zwei Tagen hat man mir Ihre Krankenakte zugeschickt, ich hatte darum gebeten. So, wie es aussieht, hat man Sie mit Malaria infiziert.»

Lou starrte ihn fassungslos an.

«Ich glaube nicht, dass man Ihnen schaden wollte. Es handelt sich um einen verbreiteten Therapieansatz. Man hofft, durch die Fieberschübe andere Krankheiten günstig beeinflussen zu können, und es gibt tatsächlich Fälle ...»

«Ich war gesund, als ich in das Haus kam – und man hat mich mit Absicht krank gemacht?»

«Es war ein gefährlicher, durch nichts zu rechtfertigender Versuch, in Ihrem Fall. Zumindest wissen wir jetzt aber, wie wir Ihren Fieberschüben beikommen können. Pyramidon heißt das Mittel der Wahl.»

Frida trat neben James und legte ihm die Hand auf die Schulter. Sie beugte sich zu Lou hinab und streichelte ihre Wange. «Du wirst wieder gesund, das ist das Einzige, was zählt.» Ihre Augen leuchteten vor Erleichterung.

Gab es Anzeichen? Die Leute auf Amrum wussten, wann ein Sturm aufzog. Um die Sonne bildete sich dann ein Dunstring, die Schwalben flogen niedrig, die Fische sprangen häufiger aus dem Wasser, am Himmel türmten sich ambossförmige Wolken. Aber der Sturm, der von Hamburg heranzog, wurde ja nicht vom Wettergott geschickt, und so konnte Lou sich auch nicht wappnen.

Der Schicksalstag, der 19. Februar, begann damit, dass Christian ins Seehospital kam, um Lou zu besuchen. Es war das erste Mal seit ihrer Rückkehr auf die Insel, dass jemand aus der Villa im Hospital auftauchte. Ihre Eltern hätte Lou auch gar nicht sehen wollen. Wie Mutter dem Irrenarzt geholfen hatte, ihr ein benebelndes Mittel einzuflößen, die Ohrfeige, die Rudolf ihr verpasst hatte, als sie nicht auf die Fähre gewollt hatte ... Und alles, was danach kam, hatten sie natürlich ebenfalls zu verantworten. Allein bei dem Gedanken an die beiden hätte Lou schreien mögen. Aber über das Erscheinen ihres kleinen Bruders freute sie sich.

Das Medikament, das Frida ihr verabreichte, zeigte inzwischen Wirkung. Das Fieber war verschwunden, ihre Kräfte kehrten zurück, auch wenn ihr gelegentlich noch schwindlig wurde. Sie stieg die Treppe hinab, um ihn zu umarmen.

«Ich war traurig, als du so plötzlich weg warst», blaffte Christian sie an und trat einen Schritt zurück.

«Ich auch.»

«Dann hättest du nicht einfach gehen sollen. Das war gemein von dir. Ich hab gedacht, dass du tot bist. Ertrunken.» Er starrte sie an, zornig und mit feuchten Augen.

Lou unterdrückte einen Seufzer. Sie zog ihn an sich und tat, als bemerke sie nicht, wie steif er blieb. «Das stimmt. Ich hätte nicht einfach abhauen dürfen. Es war ja klar, dass du dir Sorgen machen würdest. Aber ich war ... so wütend. Kannst du das verstehen? Wie es ist, wenn man innerlich vor Zorn fast explodiert? Dass man dann gar nicht mehr überlegt?»

Sie spürte, wie Christian sich entkrampfte, und drückte ihn noch stärker an sich. «Und als ich in Hamburg war, schien alles so weit weg. Ich hab mich wie in einem Traum gefühlt. Manchmal war's ein schöner, später meist ein schlimmer. Da hab ich dran gedacht heimzukehren, ziemlich oft sogar. Aber das wäre ja gewesen, als würde ich die Waffen strecken.»

«Und nun bist du doch angekrochen gekommen.» Es klang jetzt eher spöttisch als wütend.

«Tja.»

«Und warum hast du mich nicht besucht?»

«Weil ich krank war. Habt ihr das drüben nicht mitbekommen?»

Christian schüttelte den Kopf. Aber er schien versöhnt. Seine Stimmungen hatten ja immer schon rasch gewechselt. Er zog eine Pistole aus der Jackentasche, ein schimmerndes Ding mit einem Griff aus hellem Holz. «Das ist eine Browning 1910. Hat Vater aus Berlin mitgebracht.» Er zielte auf ein Bild an der Wand, ein Gemälde, das eines der Norddorfer Rettungsboote in schäumender See zeigte, mit stehenden Männern an den Rudern. «Ich bin ein toller Schütze.»

Ihr wurde mulmig, als sie sah, wie fingerfertig er mit dem Ding hantierte. «Steck das sofort wieder weg. Du musst sie zurückbringen, klar?»

«Weil ich braver bin als du?», grinste Christian.

«Weil Waffen gefährlich sind. Du legst sie auf der Stelle wieder in Vaters Schrank.»

«Willst du sie haben?»

Komisch, genau darüber hatte sie einen Augenblick nachgedacht. Eine Waffe zu besitzen bedeutete, dass man abdrücken konnte, wenn man bedroht wurde, dass man in der Lage wäre, sich zu verteidigen. Lou schüttelte den Kopf.

«Angsthase», lachte Christian großspurig. Aber er ließ sich beim Abschied bereitwillig einen Kuss auf die Wange drücken. Sein Groll war wirklich verschwunden.

Als er wieder fort war, ging Lou zu den Kindern hinauf, um bei den Bettlägerigen Fieber zu messen und ihnen ihre Medizin aufzuschwatzen. Sie machte das, seit es ihr besser ging, und es tat ihr gut. Sie lachte mit den Kleinen, kitzelte sie und riss Kinderwitze. Und weil die Zuneigung auf Gegenseitigkeit beruhte, begannen sie allmählich, ihr Geheimnisse anzuvertrauen. Heute war es Wilma, der sie in dem kleinen Baderaum die Zöpfe flocht.

«Wenn ich Kacka muss, kommt da immer nur Suppe», flüsterte sie, als würde sie mit dem Spiegel reden, der über einem der drei Waschbecken hing.

«Das hört sich nach Dünnschiss an.»

Wilma lachte, wohl, weil ihr das Wort gefiel. Aber ihr schmales Gesicht wurde sofort wieder ernst.

«Ist sonst noch was nicht in Ordnung?»

Wilma knabberte an ihrer Lippe.

«Na sag schon.»

«Manchmal ist beim Kacka auch Blut dabei.»

«Oje.»

Frida war bestürzt, als sie ihr davon erzählte. Sie sprach von Darmtuberkulose. «Wir müssen die Milch in der Küche unbedingt abkochen. Rede mit Hannah darüber. O Gott, sie war mit ihrem Asthma schon fast über den Berg, und nun das. Ich muss mit Theo sprechen. Und unbedingt mit James telefonieren.»

«Ist das mit dem Blut sehr schlimm?»

«Kann man noch nicht sagen. Hatte sie in den letzten Tagen Fieber?» Frida kramte bereits in den Akten, zog eine Mappe hervor, schlug sie auf und schüttelte besorgt den Kopf.

Lou beugte sich zu ihr über den Schreibtisch. «Ich weiß zu wenig von Krankheiten. Du solltest mir erklären, worauf ich achten muss.»

«Willst du Bücher haben? Drüben in meinem Zimmer liegen noch Lehrbücher aus meiner Schwesternzeit herum.»

Lou nickte, allerdings zögernd. In Fridas Augen hatte es kurz aufgeblitzt. Sie ahnte, welche Hoffnung in ihrer Schwester aufkeimte. *Bleib doch einfach hier. Sorge für das Hospital, wenn ich nach Hamburg zurückkehre.* Aber das war ausgeschlossen. Sie musste ja Karlchen helfen, auch wenn sie noch nicht wusste, wie sie es anstellen sollte, ihn aus dem *Kladderadatsch* zu schaffen.

Dass sie zu Fritz zurückkehren würde, kam nicht in Frage. Die Nacht am Versmann-Kai, der Moment, als sie mit ihm am Wasser gestanden und sich vor Angst übergeben hatte, war ihr unvergessen. Fritz hatte sie einschüchtern wollen. *Es wird dir ergehen wie Bella, wenn du nicht spurst.* Das war seine Drohung gewesen, als er ihren Nacken in Richtung des Wassers gedrückt hatte, in dem seine erste Frau ertrunken war. Oder in dem er sie ertränkt hatte, Lou hielt inzwischen alles für möglich.

Es war ausgeschlossen, dass Karl im Dunstkreis dieses Menschen aufwuchs. Sie musste ihn entführen. Wenn sie ihn allerdings anschließend nach Amrum brachte, würde

Fritz ihn sofort finden. Aus diesem Grund kam eine Zukunft im Hospital nicht in Frage.

Gegen vier Uhr besuchte Christian ein zweites Mal das Hospital. Die Kinder saßen gerade in Decken eingemummelt im Speiseraum, wo Lou sich mit ihnen Schüttelreime ausdachte. *Ich esse nicht gern Spiegelei, weil ich dann wie ein Igel spei.* Ganz so flott wie sie waren die Kinder nicht. «Ich esse nicht gern Kartoffeln, weil die moffeln», dichtete der erbarmungswürdig dünne Martin, der erst seit kurzem im Hospital lebte und um Anerkennung rang.

«Los, komm mal mit!», drängte Christian.

«Ein bisschen musst du schon noch warten.» Jedes Kind durfte einen Reim vortragen, so war es ausgemacht, und bei manchen Kindern dauerte es mit dem Geistesblitz eben etwas länger.

Christian trat ungeduldig von einem Fuß auf den anderen. Er trug eine Holzkiste in der Hand. Kurz sah es so aus, als wollte er wieder verschwinden, aber sein Anliegen war ihm wohl doch zu wichtig. Nachdem Hans, dem nichts Eigenes einfiel, noch einmal den Reim mit dem Spiegelei wiederholt hatte, entließ Lou die Kinder. Christian packte sie bei der Hand und zog sie hinauf in ihr kleines Zimmer. «Hier, das ist für dich.» Er hielt ihr die Holzkiste entgegen.

«Was ist das denn?»

«Ich hab was darin versteckt, etwas, das ich gefunden habe.»

«Mann, wovon redest du?»

Ihr Bruder drückte ihr die Kiste in die Hand. «Ich habe

gern Geheimnisse», grinste er. «Wenn ich erwachsen bin, geh ich zum Marinenachrichtendient. Da hab ich was drüber gelesen. Die sammeln geheime Berichte, zum Beispiel, wo sich feindliche Schiffe aufhalten und so.» Er begann zu faseln. Sie hörte kaum zu. Auf dem Deckel der Kiste standen die Worte *Malle de Jeux*. Eine Spielesammlung?

«Ich wollte es dir schon viel früher geben, ehrlich. Nur war ich anfangs so wütend auf Großpapa, und dann bist du ja weggelaufen. Und da war ich auf dich wütend und auch auf Frida, und irgendwann hab ich es in der Kiste vergessen. Es war ja auch schon so viel Zeit vergangen.» Er wurde ein wenig rot, als würde er flunkern.

Verwirrt knipste Lou das Licht an, ihre Kammer besaß nur ein einziges kleines Fenster, das zudem nach Norden ging. Richtig hell wurde es hier fast nie.

«Willst du es gleich lesen?»

Lesen?

«Aber komm danach nicht sofort rüber. Ich hab gesehen, dass Besuch auf dem Weg zur Villa ist. Warte lieber bis heute Abend.»

«Womit?»

Ihr Bruder war schon an der Tür. «Und nicht böse sein.» Er polterte die Treppe hinab und verschwand in den kalten Nachmittag.

Lou ging mit der Spielekiste zu dem kleinen Tisch am Fenster und setzte sich. Als sie den Deckel hob, erblickte sie, was sie erwartet hatte: eine Vielzahl bemalter Holzsteine, Würfel, Spielkarten und sogar ein kleines Roulette, alles auf einer grünen Samtunterlage. Die Kiste besaß zwei

Etagen. In der unteren befand sich eine Schublade, die aufklappbare Spielflächen enthielt. Und nun? Was sollte das?

Christian hatte von «lesen» gesprochen. Sie fand eine Spielanleitung, aber die hatte er sicher nicht gemeint. Allmählich wurde sie neugierig. Sie kippte die Steine aus und drehte die Kiste. Als das nichts Neues brachte, zog sie die Schublade heraus, um zu sehen, ob etwas unter den Deckel geklebt worden war. Aber sie fand nur blankes Holz. Hatte Christian sie auf seine verschwurbelte Art necken wollen? Er war schon ein bisschen sonderbar, ihr Bruder.

Frida klopfte und trat ins Zimmer. «War das nicht eben Christians Stimme? Wo steckt er denn?»

«Schon wieder weg.» Lou deutete auf die Kiste. «Hier, er hat mir das gebracht.»

«Spiele? Für die Kinder? Das ist aber nett von ihm.»

«Er hat gesagt, ich soll was lesen und nicht böse sein.»

Frida blickte verdutzt drein, dann holte sie sich einen zweiten Stuhl heran und begann den Kasten genau wie Lou zu drehen. Sie untersuchte die Schublade und fand ebenfalls nichts. Doch sie war gründlicher, sie zupfte auch an dem grünen Samt, auf dem die Würfel und der andere Kram gelegen hatten. Und wurde fündig. Mit spitzen Fingern zog sie einen gefalteten Bogen Papier hervor, der in grünes Löschpapier eingeschlagen worden war.

Als sie ihn öffnete, weiteten sich ihre Augen.

Das Haus, in dem sie aufgewachsen waren, stand verloren im mittlerweile dunklen Garten. Schnee puderte den Rasen und die Beete und reflektierte das Licht aus den wenigen erleuchteten Fenstern der Villa. Er ließ die Bäume wie schwarze Riesen mit weißen, gespaltenen Köpfen aussehen.

Frida packte Lous Hand. «Wir machen reinen Tisch. Lass einfach mich reden, wenn du nicht kannst.»

Um ihr zu beweisen, dass sie nicht weniger entschlossen war, eilte Lou voran und öffnete die Haustür – und blieb verblüfft stehen. Gerlinde, ihr immer auf gute Manieren bedachtes Kindermädchen, stand gebückt an der Tür zum Salon und lauschte. Es war komisch zu sehen, wie sie bei ihrem Anblick zusammenzuckte, sich aufrichtete und ihnen mit ausgebreiteten Armen entgegenkam, als wollte sie sie sofort wieder in die Nacht hinausscheuchen.

Aber Lou war nicht zum Lachen zumute. Sie schob die Frau beiseite und öffnete die Tür des Salons.

Und versteinerte.

Neben einem der grün-rosa geblümten, hochlehnigen Sessel stand ein kleiner Junge – Karl. Er trug seinen dicken, blauen Pullover, den sie ihm im Herbst gestrickt hatte, die etwas zu lange Hose und seine Matrosenmütze, die ihm quer über die Stirn hing, als wäre sie noch zu groß für ihn, darüber den halbgeöffneten Mantel. Aber wie er aussah ... Sein rundliches Kleinkindgesicht wirkte eingefallen, die Augen müde, die Schultern hingen herab, als hätte man die Gelenke durch Bleikugeln ersetzt. Bis er Lou erblickte. Da breitete sich ein Leuchten über die kindlichen Züge aus. Er kam auf sie zugeschossen und warf sich in ihre ausgebreiteten Arme. Stürmisch krallte er sich in ihre Kleider. Wenn er gekonnt hätte, wäre er in sie hineingekrochen.

Die Sätze, die ihm vom Sessel aus folgten, waren wie eine kalte Dusche. «Lou ist also fort, ja? Meine Frau hat die

Insel verlassen.» Die sarkastische Stimme des Hallodris. Mit der ihm eigenen Geschmeidigkeit sprang er auf, und schon war sein Schatten über ihr und Karlchen. Da war es also, das Unwetter, der Sturm, den sie nicht hatte kommen sehen.

«Fass mich nicht an», sagte Lou, als er nach ihrem Arm griff.

«Dein Ehemann soll dich nicht anfassen?» Fritz versetzte ihr eine schallende Ohrfeige. Und beantwortete damit zugleich die Frage, wie weit er sich im Beisein ihrer Familie zusammenreißen würde.

«Wag das nicht noch einmal», zischte sie.

«Klappe halten, Fräulein Wichtig. Du hast mich genug Nerven gekostet. Los, hol deinen Koffer. Es geht nach Hause!»

«Davon kannst du träumen.» Lou drückte instinktiv den kleinen Jungen an sich – und auf Fritz' Gesicht erschien ein Grinsen. Natürlich, er hätte seinen Jungen kaum mitgenommen, wenn er nicht gewusst hätte, dass er ihn als Druckmittel benutzen könnte. Sie hatte ja auch nie einen Hehl daraus gemacht, wie sehr sie an ihm hing.

«Ich warte nicht ewig. Wir können auch ohne Koffer los.»

Endlich rührte sich jemand. Rudolf, der neben ihrer Mutter hinter dem Tisch mit den Teetassen auf dem Sofa gesessen hatte, erhob sich schwerfällig und wedelte mit der Hand. «Was unterstehen Sie sich, Sie Rüpel? Was bilden Sie sich ein? Meine Tochter wird natürlich hierbleiben. Ich verlange ...»

Fritz pfiff auf Diskussionen mit erbosten älteren Männern. Er packte Lous Handgelenk, das rechte, das immer noch schmerzte, wenn man roh damit umging, und zog sie Richtung Tür. Karl klammerte sich an ihren Rock und begann zu weinen.

Für einen kurzen Moment sah Lou aus dem Augenwinkel ihre Mutter – die Angst und Hilflosigkeit in ihrem Gesicht. Im nächsten Augenblick wurde sie von Frida abgelenkt, die Lous anderen Arm packte, an dem Karlchen hing. Es war, als stünde die Zeit still, als wären sie alle zu einem Bild gefroren, in dem keine Bewegung mehr möglich war, weil niemand zum Einlenken bereit war.

«Verschwinden Sie, Sie ... Abschaum!» Rudolf brachte das Bild wieder in Bewegung. Er kam näher. «Wir sind bereits dabei, diese Ehe annullieren zu lassen. Ein Anwalt ist beauftragt! Sie haben keine ...»

Fritz hasste Auflehnung. Er schlug ihm die Faust ins Gesicht, und Rudolf taumelte zurück und wäre wohl gestürzt, wenn Frida ihn nicht aufgefangen hätte. Fritz nutzte den Moment und zerrte Lou und Karl zur Tür, aber Frida ließ Rudolf sofort wieder los, lief um sie herum und stellte sich ihnen mit ausgebreiteten Armen in den Weg. Sie schrie nicht, sondern sprach ganz leise: «Niemand bringt meine Schwester gegen ihren Willen fort von hier. Christian, lauf rüber zu den Nachbarn ...»

Rudolf, der ungläubig seine blutverschmierten Finger anstarrte, begann zu brüllen: «Du Dreckschwein! Bilde dir nicht ein, dass du auch nur einen Pfennig von Louises Geld bekommst. Nimm sie doch mit. Aber ich habe dein widerwärtiges Erpressungsschreiben. Das kriegt unser Anwalt. Du musst um Lous Erbe prozessieren, du Mistkerl, und ich schwöre, ich werde dafür sorgen, dass ihre Verwahrlosung ...»

Fritz zitterte vor Wut. Lou spürte, dass er kurz davorstand zu platzen. Trug er eine Waffe bei sich? Sie dachte an Bella und an Walther, dem man das Gesicht weggeschossen hatte. Was, wenn Fritz auch in ihrem Salon ein Blutbad anrichtete? Wenn er einfach durchdrehte? Ihr Widerstand fiel in sich zusammen. Sie ließ sich in die Halle ziehen ...

Aber dort stand Christian.

Ihr Bruder hielt einen Revolver in der Hand, vielleicht die amerikanische Browning, mit der er sie vor wenigen Stunden erschreckt hatte. Der Lauf war auf Fritz gerichtet. Wie rasch die Regungen in dessen scharfgeschnittenem Gesicht wechselten: Entschlossenheit wurde zu Wut, dann zu Vorsicht, schließlich gar zu Angst ... Vielleicht, weil er im Gesicht des Halbwüchsigen den kaum bezähmbaren Wunsch sah, abzudrücken. Kurz schöpfte Lou Hoffnung.

Doch dann handelte Fritz wie immer: impulsiv und gnadenlos. Er war mit zwei langen Schritten bei Christian, schlug ihm die Pistole aus der Hand und fegte ihn mit einem harten Schlag in die Ecke. Christians Kühnheit hatte nicht gereicht. Fritz hob die Pistole auf, entleerte routiniert das Magazin, steckte die Patronen ein und pfefferte die Waffe mit einem verächtlichen Lachen von sich.

Er griff nach Karl. «Ihr werdet von mir hören! Los, Lou.» Er war sich ihres Gehorsams jetzt so sicher, dass er mit Karl in den verschneiten Garten voranging.

Mutter war zu Christian gestürzt, Rudolf und Frida ebenso. Niemand achtete auf Lou. Sie ging ins Herrenzimmer. Christian hatte sich doch nicht die Browning gegriffen, sie lag zwischen zwei Gewehren auf einem Tisch. Lou nahm sie in die Hand. Sie kannte sich aus, Franz hatte sie gelegentlich ebenfalls zur Jagd mitgenommen. Die Waffe war geladen. Umsichtig verbarg sie sie in den Rockfalten und ging durch die Halle zur Tür.

Fritz mühte sich mit Karlchen bereits am Tor zur Straße ab, der Junge strampelte und schlug um sich und war einfach nicht zu bändigen. Fritz haute ihm keine runter, er liebte seinen Sohn, nur machte es ihn rasend, dass es ihm nicht gelang, ihn festzuhalten und gleichzeitig das Tor zu öffnen. «Lou, verflucht, komm endlich!», brüllte er.

Lou hob die Pistole. Fritz hatte den strampelnden Karl zwischen seine Knie geklemmt, Brust und Kopf waren frei, er bot auf die kurze Distanz ein leichtes Ziel.

Sie entsicherte den Hahn und schoss.

Alle Geräusche klangen plötzlich gedämpft, als hätte man ihr Watte in die Ohren gestopft. Lou gaben die Beine nach. Sie setzte sich auf die Treppe und fing Karl, der blutbesudelt zu ihr zurückgelaufen kam, mit den Armen auf. Ihre Familie drängte sich an ihr vorbei, Rudolf allen voran. Er starrte fassungslos auf den Mann, der sich vor dem Tor im blutigen Schnee wälzte. Lou hatte schlecht gezielt, Fritz war verwundet, aber nicht tot. Frida ging zügig auf ihn zu und kniete sich neben ihn in den Schnee. Er wimmerte und heulte, wie Lou noch nie einen Menschen hatte heulen hören. Richtig schreien konnte er aber nicht. Vielleicht hatte sie seine Lunge getroffen? Sie zog Karl an sich und legte ihm die Arme auf die Ohren.

Dann wurde es plötzlich still.

Frida stand auf, blickte zu ihnen herüber und nickte leicht. Ihre weiße Blusenmanschette war mit Blut durchtränkt. *Schneewittchen ... rot wie Blut und weiß wie Schnee ...*

Lou stand auf und kehrte mit Karl in den Salon zurück.

Die Familie folgte ihr. Niemand setzte sich, alle Gesichter waren weiß, sie hielten Abstand voneinander und schienen Schutz bei den Möbeln zu suchen. Rudolf war der Erste, der mit neugewonnener Fassung das Wort ergriff: «Louise hat aufgrund der schockierenden Ereignisse den Verstand verloren. Das ist furchtbar, aber sie war ja schon vorher äußerst anfällig, man bedenke nur ihren gefährlichen Marsch durch das Watt. Wir werden sie umgehend wieder in die Nervenheilanstalt einweisen. Gleich morgen werde ich ...»

«Nein», unterbrach ihn Mutter. Es war ihr erstes Wort.

Verblüfft starrte Rudolf sie an. Hatte sie ihm jemals widersprochen? «Ich verstehe, dass dir die Sache nahegeht, Liebling. Aber Louise hat ihren Ehemann erschossen. Das ist eine Tatsache. Wenn wir sie nicht ins Irrenhaus bringen, wird sie ins Gefängnis müssen. Außerdem könnten wir dann womöglich selbst in den Verdacht geraten ...»

«Nein.»

«Lou geht nirgendwohin», unterstützte Frida ihre Mutter.

«Das werden wir ja sehen ... Rosa! Wo willst du denn hin?»

Mutter verließ den Salon. Alle folgten ihr, nur Lou blieb mit Karl auf dem Sofa sitzen. Sie starrte aus dem Fenster, und nach einer Weile sah sie ihre Mutter mit einer Schubkarre um die Ecke kommen. Mutter und eine Schubkarre – man hätte lachen können, wenn es nicht so unheimlich gewesen wäre. Das Gefährt schwankte unter einer Last, sie hatte Mühe, es mit ihren rheumatischen Fingern zu schieben. In der Kuhle, die von der verfluchten Schaukel geblieben war, nachdem man sie ausgegraben und verfeuert hatte, musste sie aufgeben.

Rudolf kam ins Sichtfeld, er trat neben sie. Auch Frida, Gerlinde und Christian erreichten die Schubkarre. Sie redeten leise miteinander. Schließlich öffnete Frida das Tor zu dem Trampelpfad, der vom Garten in Schlangenlinien zum Strand hinabführte. Rudolf packte die Karre, und sie verschwanden.

Lou lehnte sich auf dem Sofa zurück, Karlchens Kopf sackte auf ihren Schoß. Er war vor Müdigkeit eingeschlafen, der arme kleine Schatz. Seine Hand umklammerte ihren Daumen. Was auch immer aus ihm werden würde – dem Hallodri war er jedenfalls entkommen.

Lou schreckte hoch, als ihre Familie mit von Schlick besudelten Kleidern die Halle betrat. Durch die halboffene Tür sah sie, wie sie sich die Schuhe auszogen und in die obere Etage verschwanden.

Nach und nach kehrten sie in sauberen Kleidern in den Salon zurück. Frida setzte sich an den Tisch, Mutter nahm ebenfalls dort Platz und faltete die zitternden Hände. Sie liebt mich also doch, dachte Lou mit plötzlicher Zärtlichkeit. Ihr *Nein* zu Rudolfs Plan war der Beweis dafür gewesen.

Gerlinde, die sich vermutlich um die schmutzige Wäsche gekümmert hatte, kam nun ebenfalls ins Zimmer. Da sie vergessen hatte, die eigenen Schuhe auszuziehen, hinterließ sie matschige Fußspuren auf dem Parkett. Als Letzter erschien Rudolf, der wohl noch im Herrenzimmer die Pistole gereinigt hatte.

«Und nun?», fragte er mürrisch.

Keiner antwortete.

«Also gut.» Er stützte sich mit dem Ellbogen auf dem Kaminsims ab. «Sollte jemand nach diesem verkommenen Subjekt suchen, was ich für wenig wahrscheinlich halte: Er hat dieses Haus nie betreten. Wir wissen nicht, was er auf der Insel wollte, ob er überhaupt hier war. Wenn man ihn mit Louise in Verbindung bringt, werden wir behaupten, dass wir die ganze Zeit mit ihr zusammen waren. Sicher stellt man die Ermittlungen bald ein, wir sind eine respektable Familie.»

Mutter nickte heftig.

«Louise wird in Zukunft bei uns wohnen», fuhr Rudolf fort. «Sie muss ein zurückgezogenes Leben führen und möglichst wenige Menschen treffen, damit sie sich nicht verplappert. Wir werden sie von der Außenwelt abschotten und das mit ihrer Krankheit erklä–»

«Kommt nicht in Frage», unterbrach Frida ihn scharf.

«Und der Junge muss verschwinden. Ich werde mich nach einem Heim umhören und ihn –»

«Ich sagte: nein! Die beiden werden mich nach Hamburg begleiten.»

«Ach ja?» Rudolf lachte höhnisch. «Und wo wollt ihr wohnen? Wie willst du euch ernähren? Ihr seid arm wie die Kirchenmäuse. Oder denkst du an diesen englischen Arzt? Na, der wird sich bedanken, die Schwester einer Mörderin ...»

Frida fasste in ihre Rocktasche. Sie zog den gefalteten Papierbogen aus Christians Spielkiste hervor, der immer noch in das grüne Löschpapier eingeschlagen war, und legte ihn auf den Tisch.

«Was ist das?»

Mutter zog das Löschpapier zu sich heran und entnahm ihm den Bogen. Sie las, ihre Augen begannen sich zu weiten. «Woher, um Gottes willen, hast du das? Das ist ja ...» Verwirrt blickte sie auf. «Hat Großpapa etwa zwei Testamente aufgesetzt, Frida?»

Eine ungemütliche Stille trat ein.

«Das glaube ich kaum», sagte Frida schließlich. «Was genau passiert ist, werden wir wissen, wenn geprüft worden ist, welches der beiden Testamente – dieses oder das andere – tatsächlich von ihm geschrieben wurde.» Sie tippte auf den Bogen, der vor Mutter lag. «Dies hier hat Christian gefunden, kurz nach Großpapas Tod. Und er hat es ganz sicher nicht gefälscht. Nicht in dieser Schrift und mit diesen Formulierungen.»

«Ja, aber was ...?»

«Laut dieser Urkunde ist Großpapas Vermögen wesentlich umfangreicher als in dem anderen Testament angegeben. Großpapa hat auch erklärt, wo wir die kleinen Goldbarren, die er aus Misstrauen gegen Banken und den Staat schon seit Jahrzehnten angekauft hatte, finden würden, nämlich in einer Kiste in seinem Schreibtisch. Dort, wo wir auch gesucht haben. Und als Testamentsvollstrecker hatte er seinen alten Freund Jan Gerrets eingesetzt. Davon, dass uns Mädchen das Erbe erst übergeben wird, wenn wir dreißig sind oder heiraten, steht darin kein Wort.»

Mutter starrte sie wie vom Donner gerührt an. «Ja, aber das Gold war doch in seinem Reisekoffer auf dem Dachboden.»

War sie tatsächlich so schwer von Begriff? «Offenbar hat nicht Großpapa es dort hineingelegt», sagte Frida und blickte Rudolf an.

Der rang nach einer Antwort, die es nicht geben konnte. «Was sollte ich denn tun?», brauste er schließlich auf. «Das verdammte Testament war nicht auffindbar. Hätte ich etwa warten sollen, bis dieser Vetter in Amerika sich euer Vermögen unter den Nagel reißt? Ich *musste* ein neues Testament schreiben. In eurem ureigenen Interesse.»

«Und wo steckt der Rest des Goldes? Die Differenz zwischen der Summe in beiden Testamenten?», fragte Frida kühl.

Wieder suchte Rudolf nach einer Erklärung. Nach einer Lüge, dachte Lou müde. Er fuhr zu Christian herum. «Warum hast du uns das verfluchte Testament nicht einfach gegeben?»

«Ich hab's vergessen.» Es war offensichtlich, dass Christian log.

«Vergessen?»

«Ich fand es eben gemein», murmelte ihr Bruder kleinlaut. «Allen hat Großpapa was vererbt, Frida, Lou, Emily –

nur mir nicht! Da war ich ... wütend! Und nachher war plötzlich das andere Testament da ...»

Rosa unterbrach ihn: «Du bist nicht sein leibliches Kind, das ist der Grund, warum Großpapa dir nichts vererbt hat.» Sie zuckte zusammen, als Rudolf seinen Sohn am Kragen packte und ihm ins Gesicht schlug.

Christian, dem noch von Fritz' Attacke alles weh tat, jaulte auf und hielt sich die Wange. «Ich hasse dich», sagte er tonlos.

36.

FRIDA

Es musste ein Sommerfest sein. Es musste am Strand gefeiert werden. Und auf keinen Fall würde sie ein weißes Kleid tragen, darauf hatte Lou bestanden, als sie Matz' Heiratsantrag angenommen hatte.

«Aber du kannst doch gar nicht heiraten», hatte Frida entsetzt protestiert, als die Schwester ihr die frohe Kunde überbracht hatte. «Da müsstest du dich zuerst scheiden lassen, und das ist unmöglich …»

«Wissen wir doch selbst. Wir *haben* bereits geheiratet, in Hamburg, mit dir und James als Trauzeugen, so werden wir es den Leuten erklären. Hier auf Amrum feiern wir nur noch ein Fest.»

«Und wenn das rauskommt? Wenn du wegen Bigamie …»

«Fritz ist tot, Frida, der kann nichts mehr sagen, und sonst hat sich bis heute niemand gerührt. Die im *Kladderadatsch* werden den Teufel tun und zur Polizei gehen. Die haben sich das Varieté unter die Nägel gerissen und halten die Klappe, wetten? Und die Gendarmen sind froh, dass sie ihn los sind.»

«Was wird mit euren Kindern? Irgendwann braucht man immer eine Heiratsurkunde.»

«Das werden wir sehen, wenn es so weit ist.» Lou lachte

über Fridas Gesicht und begann unverzüglich mit den Vorbereitungen für ihre Feier.

Ihre Gäste wählte sie mit derselben Bestimmtheit aus wie den Rahmen für die Feier. Vor allem Kinder wollte sie dabeihaben – die aus dem Hospital und die aus Matz' kleiner Schule. Natürlich mussten auch Frida und James kommen. Dazu Hannah, Theo Karlwein und seine Göntje und Matz' Onkel Boy. «Aber wirklich nur Menschen, die wir gernhaben», erklärte sie mit Nachdruck, und es war klar, dass ihre Eltern nicht dazugehörten. Als Essen plante sie ein Picknick, das vom Kurhaus zum Strand gebracht werden sollte.

Frida hatte sich zunächst überrumpelt gefühlt. Doch nach und nach hatte Lou sie mit ihrer Begeisterung mitgerissen. Und nun lag sie träge auf einer der Decken, die auf dem Sand ausgebreitet worden waren, und schaute zu, wie ihre Schwester mit den Kindern im knöcheltiefen Wasser einen temperamentvollen Tanz ohne Regeln tanzte. Die Braut drehte sich in einem Kleid aus hellgrüner, exotisch gemusterter Seide mit einem Wasserfallausschnitt, der ihre Brüste umspielte. Matz, der zur Feier des Tages ein weißes Hemd mit Fliege trug, lieferte die Musik – auf einer Gitarre, weil Lou partout keine Kapelle hatte haben wollen. Die Kinder lachten, ein Junge umklammerte von hinten Lous Taille. Sie schnappte ihn sich und schwenkte ihn durch die Luft. Es war Karlchen, der ihr kaum je von der Seite wich.

«Sie sieht glücklich aus», murmelte James, der neben Frida auf der Decke lag.

«Sie sieht aus wie jemand, der am Abgrund tanzen muss, um sich lebendig zu fühlen.»

«War sie nicht immer schon so?»

«Und macht es das besser?» Frida fragte es mit einem Lächeln, aber wirklich leicht war ihr nicht ums Herz. Louise ließ sich zu sehr von Gefühlen steuern, und gleichzeitig war sie so zerbrechlich. Wann würde sie in die nächste Katastrophe schlittern?

«Matz wird auf sie achtgeben», versuchte James, der ihre Gedanken erriet, sie zu beruhigen.

«Bis sie ihm vielleicht zu anstrengend wird.»

«Das wird nicht passieren. Er hält sie aus. Manche Liebe ist für die Ewigkeit gemacht.»

Frida warf ihm ein Lächeln zu. James war das Gegenteil von Lou – immer besonnen, immer aufrichtig. Und mit einem Humor, der ihr entschieden näher lag als die oft bissigen Kommentare ihrer Schwester. Er drängte ebenso zur Ehe wie Matz, aber sie wollte warten, bis sie ihren Abschluss in Medizin in der Tasche hatte. Die Angst, dass eine unerwartete Schwangerschaft ihr Studium endgültig beenden könnte, war zu groß. Was aber, wenn sie ihn durch ihr Zögern verlöre?

«Meine Liebe übrigens auch», fügte der Gedankenleser mit einem Zwinkern hinzu, und Frida drückte verstohlen seine Hand.

Matz hatte seine Gitarre inzwischen auf einer Decke abgelegt und Lou um die Taille gepackt. Die Kinder sangen und klatschten, während er mit der Braut im Sand einen täppischen Walzer tanzte. Sie wirkten so glücklich. Vielleicht sorgte sie sich tatsächlich umsonst.

Fridas Gedanken irrten zu der grauenhaften Nacht zurück, in der Fritz gestorben war. Sie hatten den Toten ans Meer gefahren und ihn mit Steinen in den Taschen darin versenkt. Diese entsetzliche Tat würde wohl für immer auf ihrem Gewissen lasten, und doch konnte sie sie nicht bereuen. Ein Erpresser und womöglich gar ein mehrfacher Mörder war in den Fluten verschwunden.

Rudolf und Christian waren nach dem anschließenden Streit in der Villa mürrisch zu Bett gegangen. Aber sie, Lou und das schlafende Kind hatten noch mit Mutter im Salon gesessen. Und da hatte Frida entschieden, dass reiner Tisch gemacht werden müsse. Sie brachte die Einweisung ins Irrenhaus zur Sprache und fragte Rosa, ob sie von den Zuständen dort gewusst habe. Lou, die bis dahin kein Wort gesprochen hatte, war plötzlich aufgeschreckt. Erst hatte sie die Frage unter anderen Fragen begraben und schließlich Karlchen aufs Sofa gelegt und Frida stürmisch in den Garten hinausgezogen.

«Rudolf hat mich dorthin zurückschicken wollen», hatte sie sie angezischt, «aber Mutter hat *Nein* gesagt. Sie hat *Nein* gesagt und die Schubkarre geholt. Nichts anderes zählt!»

Sie hatten einander angestarrt, dann war Lou in den Salon zurückgestürmt, wo ihre Mutter immer noch am Tisch saß. «Wusstest du, wie sie in der Cyriakus-Klinik mit ihren Patienten umspringen? Wusstest du das?», hatte sie gebrüllt. Mutter hatte schweigend das Gesicht abgewandt, mit gerecktem Kinn und konsterniert, weil ihre Tochter sie anschrie. Es war klar, dass kein klärendes Wort folgen würde.

Da hatte Lou den schlafenden Karl aufgenommen und war hinüber ins Hospital gegangen.

Rudolf, Christian und ihre Mutter hatten am folgenden Morgen die erste Fähre genommen und waren aus ihrem Leben verschwunden. Den Beutel mit den Goldstücken, mit allen, die im echten Testament angegeben worden waren, hatte Rudolf auf dem Tisch im Salon zurückgelassen, das gefälschte Testament zweifellos vernichtet. Die drei waren nach Kladow gefahren, wie ihnen ein Brief von Mutter Wochen später verriet.

Frida und Lou hatten die Villa ihrer Kindheit nie wieder betreten. Es war in den Räumen zu viel geschehen. Aber Monate später hörten sie, dass sie an einen Kapitän verkauft worden war, der dort seinen Ruhestand verbringen wollte. Rosa und Rudolf hatten sich eine kleine Wohnung in ihrem Heimatort zugelegt, wie Mutter ebenfalls schrieb, und Rudolf hatte mit Hilfe seines alten Freundes tatsächlich eine Stelle bekommen.

Frida und Lou hatten sich zusammengesetzt und über ihr Erbe beraten. Frida war nach Hamburg zurückgekehrt, um ihr Studium fortzusetzen, und Lou hatte sich ein Bauernhaus gekauft, das günstig zwischen Hospital und Schule gelegen war, und beschlossen, weiter für die kranken Kinder zu sorgen. Das lag ihr, es machte sie glücklich.

Der kleine Karl hatte ein paar Monate lang als Patient im Hospital untertauchen müssen, für den Fall, dass jemand auf der Suche nach Fritz Berger auf die Insel käme. Aber vom heutigen Tag an würde er bei Louise und Matz wohnen. Für die Inselbewohner hatten sie das Gerücht gestreut, dass der Junge ein Patient sei, den sie bei sich aufnehmen wollten, damit er nach seiner Genesung nicht nach Hamburg zurückmüsse.

Plötzlich waren in den Dünen hinter ihnen Stimmen zu hören. Frida drehte den Kopf. Ein Tross Insulaner tauchte mit Blumen und Geschenken auf. War das vielleicht Matz' Chor? Tatsächlich, sie stimmten ein Lied an.

Lou löste sich von den Kindern und lief lachend auf die neuen Gäste zu, eine zerbrechliche Fee, die sofort in ihre Mitte genommen wurde, als spürten die Ankömmlinge, dass sie Schutz brauchte. Matz gesellte sich zu ihnen, und Gelächter brandete auf, das sich wohl auf Lous nackte Füße bezog. Die Enkelin vom alten Kirschbaum – aber so war sie ja schon immer gewesen.

Frida sah, wie ihre Schwester einen Brief aufriss, den man ihr in die Hand gedrückt hatte. Ein Glückwunschschreiben? Ihre Miene verfinsterte sich, doch im nächsten Moment lachte sie wieder und unterhielt sich mit den Gästen. Als sie kurz darauf an Frida vorbeiging, um den Tanz im flachen Wasser wieder aufzunehmen, warf sie ihr das Kuvert in den Schoß. Da Frida keine Anstalten machte, den Brief zu lesen, nahm James ihn an sich. «Soll ich?»

Sie nickte.

Nach kurzem Überfliegen erklärte er: «Er ist von Christian.»

Und? War er kreuzunglücklich? Einsam?

«Er verübelt euch, dass er nur wegen des blöden Testaments – ich zitiere das – aus Amrum wegmusste und ... er schreibt viel Unfreundliches.»

Frida seufzte. Da konnte sie wenig tun. Aber Christian würde in wenigen Jahren erwachsen sein. Bis dahin würde sie ihm oft schreiben und hoffen, dass ihre Mutter ihm die Briefe zu lesen gab. Und wenn er volljährig war, würde sie ihn aufsuchen. Aber nicht zu weit denken, das hatte keinen Zweck.

Sie starrte auf das Meer hinaus. Eine Robbe paddelte Richtung Strand, fernab von den Menschen, aber ohne übergroße Scheu. Der Himmel über ihr färbte sich rosa-violett. Das Tier robbte auf den Sand und schaute zu ihnen herüber. Die Kinder wollten zu ihm laufen, doch Lou hielt sie davon ab. Karl hing an ihrem Bein und lachte, er liebte die Robben sehr.

«Heute ist kein Tag, an dem man sich sorgen sollte», murmelte James und griff nach Fridas Hand. Sie drückte sie. Er hatte recht, wie fast immer. Gerade jetzt war alles gut, und morgen war ein neuer Tag.

Ulrike Schweikert
Die Charité
Hoffnung und Schicksal

Berlin, 1831. Seit Wochen geht die Angst um, die Cholera könne Deutschland erreichen – und als auf einem Spreekahn ein Schiffer unter grauenvollen Schmerzen stirbt, nimmt das Schicksal seinen Lauf. In der Charité versuchen Professor Dieffenbach und seine Kollegen fieberhaft, Überträger und Heilmittel auszumachen. Während die Ärzte um das Überleben von Tausenden kämpfen, führen drei Frauen ihren ganz persönlichen Kampf: Gräfin Ludovica, gefangen in der Ehe mit einem Hypochonder, findet Trost in den Gesprächen mit Arzt Dieffenbach. Hebamme Martha versucht, ihrem Sohn eine bessere Zukunft zu bieten, und verdingt sich im Totenhaus der Charité. Die junge Pflegerin Elisabeth entdeckt die Liebe zur Medizin und – verbotenerweise – zu einem jungen Arzt …

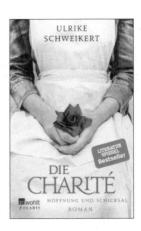

Weitere Informationen finden Sie unter **rowohlt.de**

496 Seiten

Das für dieses Buch verwendete Papier ist FSC®-zertifiziert.